21 世纪高职高专规划教材·财经管理系列

U0095408

新编基础会计教程

（适用于项目式教学）

陆建军　主　编

清华大学出版社

北京交通大学出版社

·北京·

内 容 简 介

本书共 10 部分：导入课程，介绍了企业与会计及会计的相关基础知识；模块一，设置会计科目和账户；模块二，借贷记账；模块三，填制和审核会计凭证；模块四，设置和登记会计账簿；模块五，成本计算；模块六，财产清查；模块七，编制会计报表；模块八，模拟顶岗实训；模块九，会计工作与职业规范。此外，还包括附录 A、附录 B，介绍了会计职业充满机遇与挑战及中英文对照专业名词。

本书适用于高职高专院校、成人高校、中等专科学校会计、贸易、市场营销、物流、文秘等经济与管理类专业在校学生使用，也可以作为纳税单位非会计人员学习使用，还可作为国家会计从业资格证书考试学习参考用书。

图书在版编目（CIP）数据

新编基础会计教程/陆建军主编. —北京：清华大学出版社；北京交通大学出版社，2011.7

（21 世纪高职高专规划教材·财经管理系列）

ISBN 978 - 7 - 5121 - 0598 - 0

Ⅰ.① 新…　Ⅱ.① 陆…　Ⅲ.①会计学-高等职业教育-教材　Ⅳ.①F230

中国版本图书馆 CIP 数据核字（2011）第 111652 号

责任编辑：黎　丹

出版发行：清 华 大 学 出 版 社　　邮编：100084　　电话：010 - 62776969
　　　　　北京交通大学出版社　　邮编：100044　　电话：010 - 51686414
印 刷 者：北京瑞达方舟印务有限公司
经　　销：全国新华书店
开　　本：185×260　　印张：20.5　　字数：518 千字
版　　次：2011 年 7 月第 1 版　　2011 年 7 月第 1 次印刷
书　　号：ISBN 978 - 7 - 5121 - 0598 - 0/F·832
印　　数：1～3 000 册　　定价：32.00 元

本书如有质量问题，请向北京交通大学出版社质监组反映。对您的意见和批评，我们表示欢迎和感谢。

投诉电话：010 - 51686043，51686008；传真：010 - 62225406；E-mail：press@ bjtu. edu. cn。

出 版 说 明

高职高专教育是我国高等教育的重要组成部分，它的根本任务是培养生产、建设、管理和服务第一线需要的德、智、体、美全面发展的高等技术应用型专业人才，所培养的学生在掌握必要的基础理论和专业知识的基础上，应重点掌握从事本专业领域实际工作的基本知识和职业技能，因而与其对应的教材也必须有自己的体系和特色。

为了适应我国高职高专教育发展及其对教学改革和教材建设的需要，在教育部的指导下，我们在全国范围内组织并成立了"21世纪高职高专教育教材研究与编审委员会"（以下简称"教材研究与编审委员会"）。"教材研究与编审委员会"的成员单位皆为教学改革成效较大、办学特色鲜明、办学实力强的高等专科学校、高等职业学校、成人高等学校及高等院校主办的二级职业技术学院，其中一些学校是国家重点建设的示范性职业技术学院。

为了保证规划教材的出版质量，"教材研究与编审委员会"在全国范围内选聘"21世纪高职高专规划教材编审委员会"（以下简称"教材编审委员会"）成员和征集教材，并要求"教材编审委员会"成员和规划教材的编著者必须是从事高职高专教学第一线的优秀教师或生产第一线的专家。"教材编审委员会"组织各专业的专家、教授对所征集的教材进行评选，对所列选教材进行审定。

目前，"教材研究与编审委员会"计划用2~3年的时间出版各类高职高专教材200种，范围覆盖计算机应用、电子电气、财会与管理、商务英语等专业的主要课程。此次规划教材全部按教育部制定的"高职高专教育基础课程教学基本要求"编写，其中部分教材是教育部《新世纪高职高专教育人才培养模式和教学内容体系改革与建设项目计划》的研究成果。此次规划教材编写按照突出应用性、实践性和针对性的原则编写并重组系列课程教材结构，力求反映高职高专课程和教学内容体系改革方向；反映当前教学的新内容，突出基础理论知识的应用和实践技能的培养；适应"实践的要求和岗位的需要"，不依照"学科"体系，即贴近岗位群，淡化学科；在兼顾理论和实践内容的同时，避免"全"而"深"的面面俱到，基础理论以应用为目的，以必需、够用为度；尽量体现新知识、新技术、新工艺、新方法，以利于学生综合素质的形成和科学思维方式与创新能力的培养。

此外，为了使规划教材更具广泛性、科学性、先进性和代表性，我们希望全国从事高职高专教育的院校能够积极加入到"教材研究与编审委员会"中来，推荐"教材编审委员会"成员和有特色、有创新的教材。同时，希望将教学实践中的意见与建议及时反馈给我们，以便对已出版的教材不断修订、完善，不断提高教材质量，完善教材体系，为社会奉献更多更新的与高职高专教育配套的高质量教材。

此次所有规划教材由全国重点大学出版社——清华大学出版社与北京交通大学出版社联合出版。适合于各类高等专科学校、高等职业学校、成人高等学校及高等院校主办的二级职业技术学院使用。

21世纪高职高专教育教材研究与编审委员会

2011年6月

前 言

会计是始终有广泛社会需求的职业之一，无论是企事业单位还是行政机关，哪行哪业都离不开会计。自 2007 年 1 月 1 日起，在上市公司范围内施行新的企业会计准则，并鼓励其他企业执行，标志着我国企业会计进入了一个与国际会计惯例趋同的新时期。以就业为导向、以应用型人才为培养目标的高职教育，强调应用知识点和培养技能的教学，即以"必需、够用"为度的理论内容，融入足够的实训内容，增加弹性，突出重点和应用难点，强调实用性。基础会计作为高职院校会计学专业的专业基础课与非会计学专业的公共基础课，其基本任务是使学生通晓会计的基础知识与方法，掌握会计工作的基本操作与会计信息生成的基本程序，从而形成初步的会计理念与思想，为从事社会实践、就业及进一步学习专业课奠定基础。本书反映了当前职业教学的新需求，内容尽量体现新知识、新方法，以利于学生综合素质的形成和科学思维方式、创新能力的培养，同时注重实训与实习环节，以提高学生的操作技能及与实际岗位的对接。

本书以模块（项目）导入，以任务驱动模式设计"教中练"和"练中学"的教学过程——以会计实务工作为任务驱动模式，以会计基本理论知识为依托，以会计（初级）实务工作为主线，以核算单位情景设计与大量实例为载体，以技能训练和顶岗实训为手段，为学生设置了一套完整的基础会计知识与会计基本实务训与练相融合的全景模式，要求学生在"会计学基础知识与实务操作相融合"的模拟工作单位——三友服饰公司及工作任务情景下，通过手工操作完成模拟情景中经济业务的会计处理。

本书对现行会计基础知识进行系统概括，重点清晰明了，注重实用性，适用于高职高专院校、成人高校、中等专科学校会计、贸易、市场营销、物流、文秘等经济与管理类专业在校学生使用，也可以供纳税单位非会计人员学习使用，还可作为国家会计从业资格证书考试学习的参考用书。

本书由陆建军担任主编，戴金华担任主审，杨六一、张佳、唐建萍、王坤、戴霞、董军录担任副主编，其中具体分工如下：董军录编写模块一、模块九，杨六一编写模块二，张佳编写模块三，王坤编写模块四，戴霞编写模块五和附录 A，唐建萍编写模六、模块七、模块八，陆建军编写导入课程和附录 B。

为了出版一本让读者满意、让自己满意的教材，在本书写作和修订过程中，我们花费了大量的时间，认真编写和修订全部内容，在教材编写的特色上做了一些努力，并尽我们之所能使之完美，虽然我们详细修改，以求内容准确无误，但由于高职教育的发展尚处于发展时期，教材建设还处于探索阶段，因此疏误与不足在所难免，恳请各相关高职院校同仁和读者在使用本教材的过程中给予关注，并将意见及时反馈给我们以便修订时完善。（E-mail：nt123a@yahoo.com.cn）

编 者

2011 年 6 月

目　录

导 入 课 程

刚学会计的同学也许都会问：什么是会计？会计到底是做什么的？怎么做会计？会计究竟有什么作用？作为一名会计初学者这是一个共同的疑问。有了这样的好奇是一件非常好的事情，要了解会计、懂得会计，就必须来认识与会计密切相关的一个概念——企业。

任务1　熟悉企业与会计

世界上绝大部分的工作都是通过各个组织来完成的，这些组织是由为实现一个或多个目标而一起工作的人们组成的团体。组织可以大致分为两大类——营利性组织和非营利性组织。营利性组织，也就是通常所说的企业，其主要目标是赚取利润；而非营利性组织则有其他的目标，如管理、提供社会服务或从事教育等。在本课程中所讲的组织是企业。

1. 企业的性质与类型

我们身边有许多企业，有大型企业，如可口可乐公司、波音公司、中国移动通信公司、中国银行等；也有一些小企业，如马路边的杂货店、饭馆、会计事务所或诊所等。这些企业都有个一共同的特点：要运用各种资源——劳动力、原材料、房屋及机器设备投入到工作中。

因此，企业是组合和处理诸如原材料和劳动力等资源投入以向顾客提供产品或服务的组织。

企业的目标是利润最大化。利润是企业向顾客收取的服务或商品价值与企业提供这些服务或商品所投入的价值之间的差额。企业就是利用这种方式来使自己的资本增值以达到自己的目标。

企业可以根据其性质，分为三种：制造企业、商品流通企业和服务企业。每一种类别的企业都有其独有的特征。

制造企业是将原始的材料转变为可以销售给消费者的产品的组织。下面是一些制造企业及其生产的产品的例子。

制造企业	产品
通用汽车公司	汽车
波音公司	飞机
可口可乐公司	饮料
耐克公司	运动鞋、运动服
诺基亚公司	手机、通信产品

商品流通企业向顾客销售商品，但自身并不生产产品，而是向其他企业购买产品再销售给顾客，它们将产品和顾客紧密联系起来。下面是一些商品流通企业及其经营产品的例子。

商品流通企业	经营的产品
沃尔玛公司	大型超市、日用百货
亚马逊公司	图书、影碟的网上销售
国美公司	家用电器

服务业企业向顾客提供服务而不提供产品。下面是一些服务业企业及其所提供服务的例子。

服务业企业	服务
迪斯尼公司	娱乐
中国国际航空公司	航空运输
毕马威公司	审计与咨询

其实在日常生活中，也有许多与这些大型企业性质一样的小型企业。比如，生产雪糕的小加工厂是制造企业，马路边或居民小区里的小卖店是商品流通企业，街边的修鞋铺、洗衣店是服务业企业。我们的生活与这些企业息息相关。

2. 企业组织类型

企业的组织类型通常有以下三种：独资企业、合伙企业和公司制企业。

独资企业是一个个人主体所拥有的企业，通常称为个体户。独资企业在所有企业中从数量上看占的比重较大，因为其设立容易而且成本较低。这些企业的运营能力通常受到一定的限制，主要是因为个人所拥有的资源是有限的。常见的小餐馆、洗衣店、维修铺、小卖店等都属于独资企业。

当独资企业规模逐渐扩大，需要更多资源时，就可以吸收更多的人加入到这个企业，这就可能成为合伙企业。合伙企业就是由两个或两个以上个人主体所拥有的企业。一般来说，汽车维修企业、会计师事务所、医疗诊所、律师事务所、小型服装店等都可以以合伙企业的形式存在。

公司是根据国家有关法律法规设立的独立法人，通常包括两种形式：有限责任公司和股份有限公司。公司制企业的主要优点在于它通过发行股份获得大量资金，因此大多数大型企业都以公司制的形式存在。例如，前面所列举的通用汽车公司、可口可乐公司及中国移动通信公司等。

综上所述，根据企业的经营性质可以将企业分为制造企业、商品流通企业和服务业企业；而企业组织类型也有三种：独资企业、合伙企业、公司制企业。三种企业类型都有可能采用三种组织类型中的任何一种。

3. 企业利益相关者

企业利益相关者是其利益与企业的财务状况和经营业绩相关的个人或组织。这些利益相关者通常包括：所有者、经营管理者、员工、债权人和政府相关部门。

（1）所有者

所有者将资本投入到企业中，其目的就是为了保证自己的资本能够保值、增值，因此其利益很明显与企业经营的好坏直接相关。大多数的所有者希望能从投资中收回尽可能多的收益，因而只要企业是盈利的，所有者就可能分享企业的利润；同时，所有者还可能在一定时间决定出售投资，而出售投资的总体经济价值也与所有者的利益息息相关，其中的经济价值既能反映企业过去的经营业绩，也反映出对未来经营业绩的预期。

（2）经营管理者

现代企业是所有权和经营权相分离的。经营管理者是所有者授权其经营管理企业的个人或组织。经营管理者能根据企业的经营业绩得到相应的报酬，而企业经营业绩也是所有者对经营管理者进行评价和考核的依据，经营管理者业绩的好坏也影响到其是否会继续被所有者聘用。

（3）员工

员工向企业提供劳务并获得工资回报。企业经营业绩好就可能给员工更多的工资和更好的福利待遇，而企业也通常以业绩较差为理由降低员工的工资或拒绝其提高工资的要求。如果企业濒临倒闭，就会解雇员工。

（4）债权人

债权人与所有者一样，通过信贷等方式将资本投入到企业，他们也关心企业的经营状况。但他们的目的与所有者的区别在于：他们只希望能保证收回本金，并按时收到相应的利息。

（5）政府相关部门

政府是经济的宏观管理部门，而税收是政府收入的重要来源。任何级别的政府税收部门都可以根据法律赋予的权限从企业获得税收。企业经营业绩越好，政府收到的税金就越多。除此之外，企业经营得好，还能帮助政府解决失业问题。

除上述利益相关者外，还可能有的利益相关者包括：顾客、财务分析师、供应商及社会公众等。

4. 企业中的会计

企业需要会计，因为企业有许多的利益相关者，而这些利益相关者需要了解和评价企业的财务状况和经营业绩，以便进行决策。会计就是为利益相关者提供企业财务状况和经营业绩的信息系统。会计对外提供的信息称之为财务信息，包括以下3个方面。

① 财务状况信息。主要有资产总量及其分布状况、债务状况和投资者的投资及其权益变化状况。

② 财务成果信息。主要有营业收入、营业成本和营业费用、利润或亏损和利润分配状况。

③ 现金流量信息。主要有现金流入量、现金流出量和现金净流量。

图 0-1 是财务信息图。

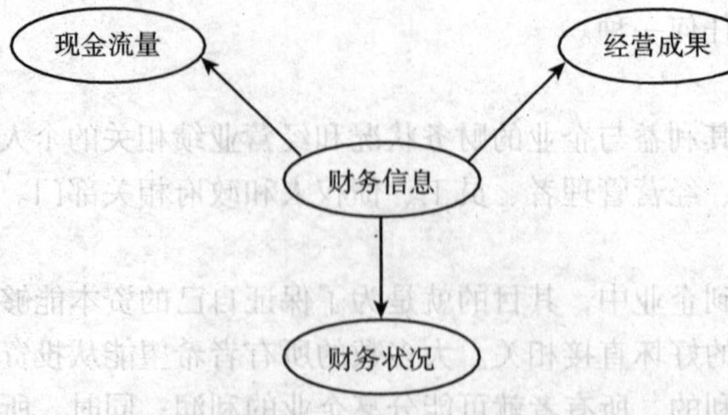

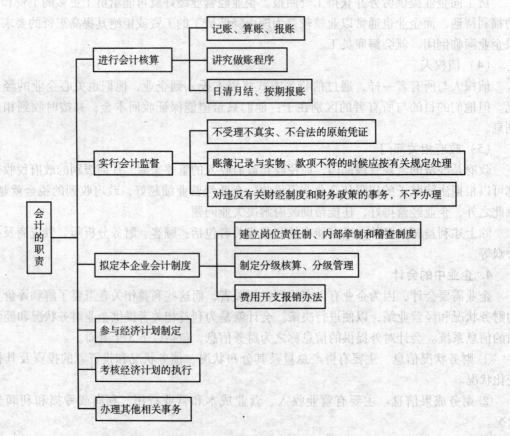

图 0-1　财务信息图

会计信息是一种"商业语言"，任何利益相关者都可以利用这些信息进行决策。例如，可口可乐公司的会计人员提供了一份新产品盈利能力的会计报告，这份报告的提供可能会为以下利益相关者使用：可口可乐公司的经营管理者可据此作出是否生产该种产品的决策，潜在的投资者也可以运用这份会计报告决定是否购买可口可乐公司的股票，银行则通过会计报告决定是否向可口可乐公司贷款或确定贷款的金额，供应商根据会计报告决定是否认可可口可乐公司的信用以供给原材料，政府税收部门根据会计报告确定可口可乐公司应缴纳的税额。那么企业中会计人员的职责有哪些呢？具体如图 0-2 所示。

图 0-2　会计人员的职责

任务2　了解工学结合单位财务核算的基本资料

【学习与能力培养目标】

● 前面已经讲述了企业及企业中的会计，并对会计的作用作了简单的描述。为了使读者对会计的背景有进一步的认识，通过阅读工学结合单位（三友服饰公司）财务核算基本资料，熟悉三友服饰公司的基本情况，了解三友服饰公司的基本经济业务，为课程学习准备工作基础。

● 任务3、任务4将结合任务2所了解的工学结合单位——三友服饰公司财务核算基本资料并结合会计的内涵作深入的讲解，主要包括会计职能与作用、会计对象与方法等。

1. 工学结合单位——三友服饰公司财务核算基本资料介绍

三友服饰公司是一家专业生产西服、童装和衬衫的企业，产品质量稳定，现有职工220人，总资产300多万元，其中固定资产250多万元，注册资本250万元（E公司占股40%，F公司占60%），根据外贸订单组织生产。产品成本采用品种法核算。该公司下设办公室、采购部、销售业务部、财务部、生产部等若干职能部门，财务部人员有五人：财务部主任许洁、总账会计张君、成本会计高德兰、出纳梅芳、往来会计马辉仙，职责分工明确，财务核算健全。

该公司在江苏省南通交通银行开设基本户账号为37589326，在该市中行结算账户为302069；纳税登记号为2300342；地址为南通市青年东路139号；法人代表为黄娟（总经理）。

2009年9月30日资产负债表如表0-1所示。

表0-1　资产负债表

编制单位：三友服饰公司　　　　　2009年9月30日　　　　　单位：元

资　产	期末余额	年初余额	负债和所有者权益	期末余额	年初余额
流动资产：			流动负债：		
货币资金	270 214.58	92 831.27	短期借款	150 000	150 000
交易性金融资产	100 000	100 000	交易性金融负债		
应收票据	130 000	130 000	应付票据	102 000	102 000
应收账款	368 840	300 000	应付账款	67 000	67 000
预付账款	2 000		预收账款	82 000	80 000
应收利息			应付职工薪酬	13 570	6 600
应收股利			应交税费	28 050	1 100
其他应收款	4 500		应付利息		
存货	280 810	72 300	应付股利	90 000	29 000

续表

资　产	期末余额	年初余额	负债和所有者权益	期末余额	年初余额
一年内到期的非流动资产			其他应付款	3 000	3 000
其他流动资产			一年内到期的长期负债		
流动资产合计		695 131.27	其他流动负债		
非流动资产：			流动负债合计	535 620	380 700
可供出售金融资产			非流动负债：		
持有至到期投资			长期借款		
长期应收款			应付债券		
长期股权投资	30 000	30 000	长期应付款		
投资性房地产			专项应付款		
固定资产	2 460 000	2 485 500	预计负债		
在建工程			递延所得税负债		
工程物资			其他非流动负债		
固定资产清理			非流动负债合计		
生产性生物资产			负债合计		380 700
油气资产			所有者权益：		
无形资产			实收资本	2 500 000	2 500 000
开发支出			资本公积		
商誉			减：库存股		
长期待摊费用			盈余公积	81 046	65 347.17
递延所得税资产			未分配利润	529 698.58	264 584.10
其他非流动资产			所有者权益合计	3 110 744.58	2 829 931.27
非流动资产合计		2 515 500			
资产总计	3 646 364.58	3 210 631.27	负债和所有者权益总计	3 646 364.58	3 210 631.27

2. 三友服饰公司账户有关资料

三友服饰公司 2009 年 9 月末有关资料如表 0－2 所示。

表 0－2　有关资料

单位：元

总账账户名称	明细账账户	借或贷	借方余额	总账账户名称	明细账账户	借或贷	借方余额
库存现金		借	1 925.63	短期借款		贷	150 000.00
银行存款		借	268 288.95		交行借款	贷	150 000.00
	交通银行	借	210 000.00	应付票据		贷	102 000.00
	中国银行	借	58 288.95		银行承兑汇票（宇宙公司）	贷	102 000.00
交易性金融资产		借	100 000.00	应付账款		贷	65 000.00
	华能债券	借	100 000.00		安达公司	贷	10 000.00

总账账户名称	明细账账户	借或贷	借方余额	总账账户名称	明细账账户	借或贷	借方余额
应收票据		借	130 000.00		三利公司	贷	27 000.00
	银行承兑汇票（上海天虹公司）	借	50 000.00		英杰公司	贷	30 000.00
	商业承兑汇票（南京伟业公司）	借	80 000.00		大地公司	借	2 000.00
应收账款		借	366 840.00	预收账款		贷	80 000.00
	富丽公司	借	362 640.00		华宏公司	贷	29 600.00
	华兴公司	借	1 200		三兴公司	贷	10 000.00
	合新公司	借	5 000		中央商场	贷	40 400.00
	光大公司	贷	2 000	应付职工薪酬		贷	13 570.00
其他应收款		借	4 500.00		工资	平	
	周建芬	借	3 000.00		福利费	贷	13 570.00
	王玲	借	1 500.00	应付股利		贷	90 000.00
在途物资		借	32 000.00		E公司	贷	40 000.00
原材料		借	169 000.00		F公司	贷	50 000.00
	A面料	借	107 000.00	应交税费		贷	28 050.00
	B面料	借	50 000.00		应交增值税	贷	14 590.91
	辅料（包装物）	借	12 000.00		应交城建税	贷	1 021.36
周转材料		借	3 000.00		应交教育费附加	贷	437.73
——包装物		借	3 000.00		应交所得税	贷	12 000.00
生产成本		借	26 810.00	其他应付款		贷	3 000.00
	西服	借	26 810.00		出借包装物押金	贷	3 000.00
库存商品		借	50 000.00	实收资本		贷	2 500 000.00
	衬衫	借	40 000.00		E公司	贷	1 000 000.00
	领带	借	10 000.00		F公司	贷	15 000 000.00
长期股权投资		借	30 000.00	盈余公积		贷	81 046.00
	东方股票	借	30 000.00	利润分配		贷	529 698.58
固定资产		借	2 580 000.00		提取盈余公积	借	115 000.00
	生产车间	借	2 000 000.00		投资者利润	借	30 000.00
	管理部门	借	580 000.00		未分配利润	贷	674 698.58
累计折旧		贷	120 000.00				

　　三友服饰公司的经营管理者通过阅读上述财务资料可了解 2009 年 9 月 30 日的财务状况如下。

　　① 出纳员梅芳处有现金 1 925.63 元，银行尚有存款 268 288.85 元。

　　② 持有 2009 年 12 月 8 日即将到期的华能债券 100 000 元。

　　③ 持有上海天虹公司开出的 10 月 8 日到期的银行承兑汇票 50 000 元；南京伟业公司开出的 12 月 8 日到期的商业承兑汇票 80 000 元。

④ 应收账款 366 840 元（四家客户），其中富丽公司 362 640 元、华兴公司 1 200 元、合新公司 5 000 元、光大公司 -2 000 元。

⑤ 周建芬借款 3 000 元、王玲出差借差旅费 1 500 元。

⑥ 已付款但尚在运输途中的材料 32 000 元。

⑦ 仓库库存材料 16 9000 元，其中 A 面料 107 000 元，B 面料 50 000 元，辅料 12 000 元。

⑧ 企业周转用包装物 3 000 元。

⑨ 车间正在生产的西服 26 810 元。

⑩ 库存产成品 50 000 元，其中衬衫 40 000 元，领带 10 000 元。

⑪ 持有不准备转卖的东方股票 30 000 元。

⑫ 车间固定资产原价 2 000 000 元，管理部门固定资产原价 580 000 元，以上固定资产已折旧 120 000 元。

⑬ 向交通银行一笔流动资金借款 150 000 元。

⑭ 开出给供应商宇宙公司的银行承兑汇票 102 000 元。

⑮ 欠供应商货款 65 000 元（四家客户），其中安达公司 10 000 元、三利公司 27 000 元、英杰公司 30 000 元、大地公司 -2 000 元。

⑯ 预收客户货款共 80 000 元（三家客户），其中华宏公司 29 600 元、三兴公司 10 000 元、中央商场 40 400 元。

⑰ 已提取未使用的职工福利费余额 13 570 元。

⑱ 收取客户出借包装物押金 3 000 元。

⑲ 已分配但尚未支付给投资者 E 的利润 40 000 元、F 的利润 50 000 元。

⑳ 应交未交的税费共 28 050 元，其中增值税 14 590.91 元、城建税 1 021.36 元、教育费附加 437.73 元、所得税 12 000 元。

㉑ 企业注册资本 2 500 000 元（其中投资者 E 出资 1 000 000 元、投资者 F 出资 1 500 000元）。

㉒ 已提取未用的盈余公积金 81 046 元。

㉓ 本年度 1~9 月已实现净利润 1 870 114.48 元。

㉔ 本年度已分配利润 145 000 元（其中提取盈余公积金 115 000 元，分配给投资者 30 000元）。

㉕ 以前年度累积的未分配利润 264 584.1 元。

初步了解三友服饰公司 2009 年 10 月份发生的经营业务如下。

① 2 日，办公室报销办公费用 1 100 元，以现金支付。

② 3 日，接交通银行收账通知，收富丽公司还来货款 90 000 元。

③ 4 日，采购员周建芬报销差旅费 1 980 元，余款交回。

④ 4 日，向大东公司采购面料 A 用于西服生产，价值 200 000 元，外加 17% 的增值税，签发 9 月期商业承兑汇票支付全部款项。材料已到，验收入库。

⑤ 4 日，8 月份采购的生产童装的面料 B 到货，验收入库。

⑥ 5 日，以银行存款支付借款利息 6 000 元。

⑦ 6 日，向北京中央商场售西服 100 件，总价款 120 000 元，外加 17% 的增值税，扣除

预付款后余款收到 1 月期商业承兑汇票，结转销售成本。

⑧ 6 日，业务部陈健预借差旅费 1 500 元，签发现金支票支付。

⑨ 7 日，交纳上月增值税 14 590.91 元，城建税 1 021.36 元，教育费附加 437.73 元，所得税 12 000 元。

⑩ 7 日，向沈阳五爱公司销售童装 2 000 件，总价款 100 000 元（不含税），外加 17% 增值税，已收到 90 000 元存交通银行。

⑪ 8 日，开出交通银行现金支票，提取现金 120 000 元，备发工资，其中生产工人工资 80 000 元，车间管理人员工资 30 000 元，行政管理人员工资 10 000 元。

⑫ 2 日，生产车间领用 A 面料 50 米，20 000 元，投入西服生产；领用 B 面料，410 米，13 120 元，投入童装生产。

⑬ 10 日，接到银行收账通知，受托向中央商场收取的汇票款 100 000 元到账。

⑭ 11 日，接到银行付款通知，汇付宇宙公司公司汇票款 102 000 元。

⑮ 12 日，从红华公司购入辅助材料一批，价值 1 200 元，外加 17% 的增值税，转账支付，材料未收。

⑯ 14 日，签发转账支票，支付前欠三利公司货款 20 000 元。

⑰ 15 日，开出交行转账支票支付当月成衣车间设备修理费 3 000 元。

⑱ 16 日，以银行存款支付电视广告费 8 000 元。

⑲ 17 日，采购员陈健报销差旅费 1 970 元，余款现金付讫。

⑳ 18 日，职工管晓娟送来医药费单据 730 元，经审核按 70% 报销。

㉑ 19 日，财务部购入计算机一台，价值 5 000 元（含税），交通银行转账支付。

㉒ 20 日，销售废次包装物一批，价值 2 000 元，外加 17% 增值税，货款已收，存入交通银行。包装物成本价 1 500 元。

㉓ 22 日，以交通银行存款分别支付投资者 E 公司、F 公司利润 30 000 元。

㉔ 25 日，本月 12 日从红华公司购入的辅助材料到货，验收入库。

㉕ 26 日，以交通银行存款支付当月电费 9 200 元（车间 8 000 元，管理部门 1 200 元）；支付水费 3 300 元（车间 2 600 元、管理部门 700 元）。

㉖ 28 日，以交通银行存款支付当月电话费 1 600 元。

㉗ 30 日，计提固定资产折旧（其中生产部门 25 140 元、管理部门 13 060 元）。

㉘ 30 日，按生产西服、童装工人工资比例分配结转制造费用。

㉙ 30 日，本月计划生产西服 272 件已完工 100 件；童装 2 243 件已完工 2 000 件，结转已完工产品生产成本。

㉚ 31 日，本月应缴纳增值税 3 536 元，分别按 7% 和 3% 计算应缴纳的城市维护建设税和教育费附加。

㉛ 31 日，结转本月损益。

㉜ 31 日，按利润总额（假设其为应纳税所得额）的 25% 计算应交所得税，并结转所得税费用。

㉝ 31 日，结转本月净利润 53 798.35 元。

㉞ 31 日，按净利润的 10% 提取盈余公积金。

㉟ 31 日，按净利润的 30% 向投资者分配利润。

任务3 熟悉会计的相关基础知识

【知识学习目标】
- 熟悉会计的概念；
- 熟悉会计的基本职能；
- 初步掌握会计对象及会计核算基础；
- 理解会计基本假设和会计核算的一般原则在实际中的应用。

1. 会计概述

会计是人类社会发展到一定历史阶段的产物，它随着社会生产的发展而产生、发展并不断完善起来。在生产活动中，为了获得一定的劳动成果，必然要耗费一定的人力、财力、物力。人们一方面关心劳动成果的多少，另一方面也注重劳动耗费的高低。因此，人们在不断革新生产技术的同时，对劳动耗费和劳动成果进行记录、计算，并加以比较和分析，从而有效地组织和管理生产。会计就是这样产生于人们对经济活动进行管理的客观需要中，并随着加强经济管理、提高经济效益的要求而发展，与经济发展密切相关。会计在我国有着悠久的历史。我国"会计"一词命名起源于西周时代。会计的发展经历了以下四个发展阶段，如图0-3所示。

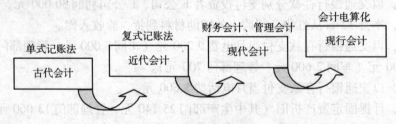

图0-3 会计的发展史

（1）古代会计

会计产生初期只是"生产职能的附带部分"，即由生产者凭大脑记忆或简单记录，在生产时间之外附带地把收支情况、支付日期等记载下来。只有当社会生产力发展到一定水平，出现了剩余产品，出现了社会分工和私有制，会计才逐渐"从生产职能中分离出来，成为特殊的专门委托当事人的独立职能"。

随着社会生产力的发展和生产规模的社会化，会计经历了一个由简单到复杂、由低级到高级的发展过程，它从早期对实物数量的简单记录和计算，逐步发展成为用货币作为计量单位来进行综合核算和管理监督。在我国，从秦汉到唐宋，在生产力发展的基础上逐步形成了一套计算账的古代会计的基本模式，即"四柱清册"方法。通过"旧管（即期初结存）+

新收（即本期收入）－开除（即本期支出）＝实在（即期末结存）"的基本公式进行结账，为我国通行的收付记账法奠定了基础。"四柱清册"方法是我国古代会计的一大杰出成就。一直到清代，"四柱清册"方法已成为系统反映王朝经济活动或私家经济活动全过程的科学方法，成为中式会计方法的精髓。

（2）近代会计

近代会计是商品经济发展的产物。但在19世纪中叶以前，会计方法与理论仍较为落后。19世纪中叶以后，以借贷复式记账法为主要内容的"英式会计"、"美式会计"传入我国，此时我国会计学者也致力于"西式会计"的传播，这对改革中式薄记、推行近代会计、促进我国会计的发展起到了一定的作用。

明末清初，随着手工业、商业的发达和资本主义经济萌芽的产生，我国出现了"龙门账"，把会计科目划分为"进"、"缴"、"存"、"该"（即收、付、资产、负债），设总账进行"分类记录"，并编制"进缴表"和"存该表"（即损益表和资产负债表），实行双轨计算盈亏。后来在资本主义萌芽阶段，又出现了"四脚账"，对每一笔经济业务既登记"来账"又登记"去账"，也反映了同一账项的来龙去脉。"龙门账"和"四脚账"是我国复式记账方法的最初形式。

1494年意大利数学家、会计学家卢卡·帕乔利的《数学大全》一书在威尼斯出版发行，该书对借贷复式记账作了系统的介绍，并介绍了以日记账、分录账和总账三种账簿为基础的会计制度，以后相继传至世界各国，为全世界现代会计的发展奠定了基础。

（3）现代会计

辛亥革命以后，我国会计学家积极引进西方会计，使我国的会计事业有了发展。在20世纪30年代曾发起了改良中式簿记运动，对中小型企业的会计曾经起过一定的作用，但仍存在"中式簿记"和"西式簿记"并存的局面。

随着第二次世界大战的结束，军事科技大量用于工业生产，工业大发展推动了股份有限公司的诞生，而有限责任公司所有权与经营权的分离，要求会计的职能不能只停留在核算反映上，要求会计对生产管理过程进行管理、监督、控制、分析等。人们运用现在管理科学理论，逐步形成了会计上的一个新的分支——管理会计。会计至此分流为财务会计和管理会计两个分支，这是现代会计产生的重要标志。财务会计主要提供企业外部所需财务信息，管理会计主要提供企业内部所需财务信息。

跨国公司大量涌现，企业规模来越大，生产经营日趋复杂，企业间的竞争越来越激烈。为了适应这种竞争的需要，企业迫切地需要降低成本，标准成本法的产生及管理会计的迅速发展，丰富了会计的内涵和外延，形成了财务会计和管理会计两大分支；丰富的社会经济实践为会计理论的逐渐形成提供了肥沃的土壤，会计成为一门应用性学科；会计标准和会计规范逐渐形成及完善，会计标准的国际化问题不断引起人们的重视；股份制公司的出现，使得社会资本不断集中，随之而来的是上市公司的出现，资本市场的产生和不断完善，使得会计信息的重要性为世人瞩目，在社会中客观上形成了注册会计师对会计报表的真实性、公允性发表审计意见的制度。一般认为，管理会计的形成与财务会计相分离而成为独立的学科，是现代会计的开端。进入20世纪70年代以后，会计进入了以电子技术和网络技术为主导的全新发展时期。

（4）现行会计

20世纪70年代之后，世界市场经济一体化的发展和科技的进步，促进了计算机等现代化技术手段在会计工作中的应用。会计电算化是会计手段上的一大进步，也是现行会计的一个标志。

从会计发展史中可以看出，会计的发展与经济的发展是分不开的，可以说经济的发展推动了会计的发展，会计的发展服务于经济的发展，如图0-4所示。

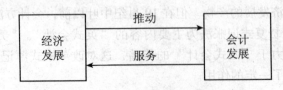

图0-4　会计发展与经济发展的关系

新中国成立以后，我国实现高度集中的计划经济体制，引进了与此相适应的前苏联计划经济会计模式，对旧中国会计制度与方法进行改造与革新。改革开放以后，为适应社会主义市场经济发展的需要，会计理论与会计工作以前所未有的速度和质量迅速发展。1993年7月1日，我国对会计模式进行了重大的改革，出台了与国际会计惯例相适应的《企业会计准则》和《企业财务通则》，我国财政部从1997年开始陆续颁布了《关联方关系与其交易的披露》等具体会计准则。之后，为适应我国市场经济发展和经济全球化的需要，按照立足国情、国际趋同、涵盖广泛、独立实施的原则，财政部对上述准则作了系统的修改，并制定了一系列新的准则，于2006年2月15日发布了包括《企业会计准则——基本准则》和38项具体准则在内的企业会计准则体系，2006年10月30日又发布了《企业会计准则应用指南》，于2007年1月1日执行新的企业会计准则体系，从而实现了我国会计准则与国际财务报告准则的实质性趋同，也揭开了我国会计发展的崭新篇章。

会计的发展除了受经济环境的影响之外，还受政治、文化、教育、法律和科技等诸因素影响。以我国为例，从20世纪70年代末开始实行改革开放，传统的计划经济体制向具有中国特色的社会主义市场经济体质转变，大力推动了我国经济的发展。在社会经济环境的渐变过程中，作为经济管理手段的会计必须进行与经济发展相配套的一系列改革。

综上所述，会计的概念可以表述为：会计是以货币为主要计量单位，运用一系列专门方法核算和监督一个单位经济活动的一种经济管理工作。

2. 会计的基本职能

会计的职能是指会计在经济管理中所具有的功能。会计的基本职能包括会计核算职能和会计监督职能两个方面。

（1）会计的核算职能

会计核算职能贯穿于经济活动的全过程，是会计最基本的职能，也称反映职能，它是指会计以货币为主要计量单位，通过对特定主体的经济活动进行确认、记录、计算、报告，如实反映特定主体的财务状况、经营成果（或运营绩效）和现金流量等信息。

会计确认是运用特定会计方法、以文字和金额同时描述某一交易或事项，使其金额反映在特定主体财务报表的合计数中的会计程序。会计确认解决的是定性问题，以判断发生的经济活动是否属于会计核算的内容、归属于哪类性质的业务，是作为资产还是负债或其他会计要素等。会计确认分为初始确认和后续确认。

会计计量是指在会计确认的基础上确定具体金额，会计计量解决的是定量问题，是指对特定主体的经济活动采用一定的记账方法、在账簿中进行登记的会计程序。

会计报告是确认、计量的结果，即通过报告，将确认、计量、记录的结果进行归纳和整理以财务报告的形式提供给信息使用者。

现代会计的核算职能具有以下特点。

① 会计主要利用货币计量，综合反映各单位的经济活动情况，为经济管理提供可靠的会计信息。

② 会计核算不仅是记录已发生的经济业务，还要面向未来，为各单位的经营决策和管理控制提供依据。

③ 会计核算所产生的会计信息应具有完整性、连续性和系统性。所谓完整性，是指对属于会计对象的全部经济活动内容都应予以记录。所谓连续性，是指对各种经济业务应按照其发生的时间顺序依次进行登记。所谓系统性，是指会计提供的数据资料应当按照科学的方法进行分类，系统加工、整理、汇总，以便为经济管理提供其所需的各类会计信息。

（2）会计的监督职能

会计的监督职能是指会计人员在其会计核算的过程中，对经济活动的合法性、合理性进行审查。

会计的监督职能具有以下特点。

① 会计监督主要是对利用核算职能所提供的各种价值指标进行的货币监督。会计核算主要是通过货币计量，提供一系列综合反映企业经济活动的价值指标。

② 会计监督贯穿于会计管理活动的全过程，不仅体现在过去的经济业务上，还体现在业务发生过程之中和尚未发生之前，包括事前监督、事中监督和事后监督。事前监督，是指有关会计部门在参与制定各种决策及相关的各项计划时，依据有关的政策法规和经济规律，对各项经济活动的可行性、合理性、合法性和有效性进行审查，是对未来经济活动的指导。事中监督，是指日常会计工作中对已发生的问题提出建议，促使有关部门和人员采取改进措施，是对经济活动的日常监督和管理。事后监督，是指以事先制定的目标，利用会计核算提供的资料，对已发生的经济活动进行的考核和评价。

（3）会计核算职能与监督职能的关系

会计的两项基本职能是关系密切、相辅相成的。会计核算职能是会计的首要职能，是会计监督的基础，没有核算所提供的信息，监督就失去了依据；会计监督是会计核算的保证，两者必须结合起来发挥作用，才能正确、及时、完整地反映经济活动。

（4）会计职能的发展

随着社会的进步、经济的发展，市场竞争日趋激烈，企业规模不断扩大，经济活动日益复杂化，要求经营管理必须加强预见性。为此，会计职能得到了进一步的发展和完善，出现了一些新的职能。会计核算由事后的核算发展到事前核算、分析和预测未来经济前景，为经营决策和管理控制提供更多的经济信息，从而更好地发挥会计的管理功能，进而出现了会计预测和会计决策等职能。在目前会计界比较流行的是会计的"六职能"论，即会计核算职能、会计监督职能、会计控制职能、会计分析职能、会计预测职能和会计决策职能。

3. 会计对象

会计核算和监督的内容是会计对象，凡是特定主体能够以货币表现的经济活动都是会计对象。用货币表现的经济活动通常又称为资金运动，因此会计核算和监督的内容即会计对象就是资金运动。

资金是指一个单位所拥有的各项财产物资的货币的表现。资金运动是资金的形态变化和位置移动，资金运动是客观的。资金运动的客观性体现在任何单位的资金都要经过资金投入、资金循环与周转（即运用）和资金退出这样一个运动过程，这个过程不会因为单位所处的国家或地区的不同而不同。也正因为资金运动的客观性，才使得会计成为一种国际性的"商业语言"。资金运动过程对任何单位来说都是一样的，但具体运动形式并不完全相同。按照相关法律要求，成立任何单位都需要资金的投入，即来自所有者投入的资本，通常表现为货币资金（库存现金和银行存款），但有时也变现为存货、固定资产、无形资产等非货币性资产。单位成立后，特别是企业成立后出于经营或扩大规模的需要，在资金不足或为解决临时资金需要时，还可以通过其他筹款活动从单位外部取得一定的资金。投入单位的资金包括投资者投入的资金和向债权人借入的资金，前者形成所有者权益，后者属于债权人权益（即单位的负债）。资金投入是单位取得资金的过程，是资金运动的起点。资金的退出指的是资金离开本单位，退出资金的循环与周期。资金退出是资金运动的终点，主要包括偿还各项债务、依法缴纳各项税费、向所有者分配利润等。

资金的循环和周转在不同的单位（企业、行政和事业单位、民间非营利组织等）存在较大的差异；同样是企业，如制造业、交通运输业、建筑业及金融业等资金的循环和周转各有特色。下面以制造业（以下简称企业）为例，简要说明资金的循环与周转。

企业将资金运用于生产经营过程就开始了资金的循环与周转。企业的生产经营活动通常包括供应、生产、销售三个过程。企业进行采购，将投入的资金用于建造或购置厂房、购买机器设备、购买原材料，为生产产品作必要的物资准备，这就是供应过程。企业劳动者借助机器设备对原材料进行加工、生产出产品，企业支付职工工资和生产经营中必要的开支，这就是生产过程。企业将生产的产品对外销售并取得收入，这就是销售过程。

在上述过程中，劳动对象的实物形态在供应、生产、销售等环节依次发生转变，即原材料→在产品→库存商品；资金形态也相应地发生变化，即货币资金→储备资金→生产资金→成品资金→结算资金→货币资金，资金运动从货币资金形态开始又回到货币资金形态，我们称为完成一次资金循环，资金的不断循环就是资金周转。生产企业的资金运动过程如图 0-5 所示。

资金运动是对会计核算和监督的内容的最高概括，是第一层次，即会计对象。资金运动的第二层次——会计要素和第三层次——会计科目，将在后面加以介绍。

4. 会计核算的具体内容

会计核算的监督内容就是资金运动，一般将各单位在日常生产经营和业务活动中的资金运动称为经济业务事项。经济业务事项包括经济业务和经济事项两类。经济业务又称为经济交易，是指单位与其他单位和个人之间发生的各种经营利益的交换，如商品销售、上缴税款等。经济事项是指在单位内部发生的具体经济影响的各类事项，如支付职工工资、报销差旅费、计提折旧等。这些经济业务事项内容，就是会计核算的具体内容。企业日常财务工作有：款项和有价证券的收付；财务的收发、增减和使用；债权、债务的发生和结算；资本的增减；收入、支出、费用、成本的核算；财务成果的计算和处理；需要办理会计手续、进行核算的其他事项。

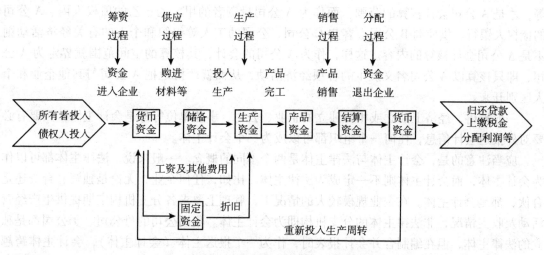

图0-5　生产企业资金运动过程

5. 会计核算的基本前提

一个正常经营的企业，它的供应、生产、销售的活动是连续、重复进行的，资金随着生产经营活动的进行不断变化，会计面对的是一个复杂的、变化不定的环境，要使会计核算工作具有一定的稳定性和规律性，必须对会计工作提出一定的前提条件，即作出某些假设，从而使会计工作处于一个相对稳定的、比较理想的环境中。这种为了保证会计工作的正常进行和会计信息的质量，对会计核算的空间范围、时间范围、内容和方法所作的限定，就是会计核算的基本前提，也称为会计假设。

（1）会计主体

会计主体也称为会计实体，它是独立于其他机构的某一机构或者某一机构的一部分，是会计工作为其服务的特定单位或组织。

进行会计核算，首先要明确其核算的空间范围，即为谁记账。会计主体的作用在于界定不同主体会计核算范围，避免各主体的事务相混淆。因为会计核算的对象，从宏观上说是社会经济活动，而社会经济活动又是由各单位的具体经济业务及有关事项所组成，从微观上说是各单位的经济业务事项，而每项经济业务事项对不同的单位来说性质是不同的，所以进行会计核算之前，首先应当确定会计核算的范围，明确哪些经济业务事项应当予以确认、计量和报告，也就是应当确定会计主体。

依据这一会计前提，各单位会计只对本单位发生的经济业务事项进行核算，其他单位发生的经济业务事项不在核算范围之内，不同单位发生的经济业务事项不能混合在一起核算。

例如，甲以现金20万元、乙以价值30万元的一套生产设备出资成立A公司。甲自有存款8万元，向父母借款12万元；乙对这套生产线拥有所有权但尚欠供应商丙5万元。A公司成立后，向B公司赊购原材料，货款9万元；招收工人组织生产，共支付工人工资2万元；C公司订购产品80件，预收2万元定金；为补充流动资金，以A公司的名义向中国银行借了 15 万元。

在上例中，以特定的 A 公司作为一个会计核算的主体，那么只有以 A 公司的名义发生的有关经济活动，如甲、乙出资成立公司、购进原材料、支付工资、销售产品、向银行借款等，才是 A 公司会计核算的范围。而作为 A 公司投资者的甲、乙、乙的债权人丙、A 公司的债权人银行、供应商 B 公司、客户 C 公司、公司的工人等组织和个人的有关经济活动则不是 A 公司会计核算的内容。这样，作为 A 公司的会计，其核算的空间范围就界定为 A 公司，即只核算以 A 公司名义发生的各项经济活动，从而就严格地把 A 公司与其他企业和个人区别开来。

一般地讲，经济上独立或相对独立的企业、公司、事业单位等都是会计主体，只要有必要对外报送会计信息，任何一个组织都可以成为一个会计主体。

应当注意的是，会计主体与法律主体是两个不同的概念。一般来说，法律主体都可以作为会计主体，而会计主体则不一定成为法律主体。比如，任何企业，无论是独资、合资还是合伙，都是会计主体。在企业规模较大的情况下，管理上要求各分支机构定期提供生产经营活动及收支情况，非法律主体的分支机构即为会计主体。集团公司的母公司、子公司都是独立的法律主体，但在编制合并会计报表时，作为一个报送主体（会计主体），会计主体跨越了法律主体的界限。图 0-6 是确立会计主体前提的意义。

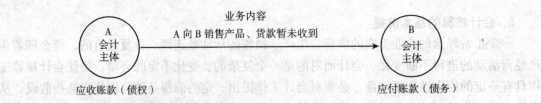

图 0-6　确立会计主体前提的意义

（2）持续经营

持续经营是指在可以预见的未来，企业正常的生产经营活动能继续经营下去，即企业不会停业、倒闭。明确这一前提，就意味着会计主体将按照既定的用途使用资产，按照既定的合约条件清偿债务，有利于企业组织会计核算工作。如果没有这样的前提，不仅会计核算无法保持其稳定性，企业生产经营活动也无法正常进行。

上例中的 A 公司股东乙以价值 30 万元的一条生产设备出资，该设备预计可用 5 年，每年可为企业带来收入 8 万元。按持续经营假设，企业正常的生产经营活动能长期进行下去，即在可以预见的 5 年内不会破产。设备投入的 30 万元可分 5 年收回，每年承担 6 万元，因而该设备每年可赚 2 万元。但如果没有这样的假设，则会计核算就无法正常进行了。如设想企业可能 4 年后破产，则该设备的投入必须在 4 年内收回，每年需承担 7.5 万元，这样每年就只有 0.5 万元的利润了（这里没有考虑企业破产后设备还能变卖的价值）。

可见，如果没有持续经营这一假设，会计就没有确定的时间范围，就无法进行核算。当然，在市场经济环境下，任何企业都存在破产、清算的风险。如果企业真的破产了，持续经营的假设不存在了，而还用破产会计方法对其进行核算，这就不属于正常的会计核算内容了。图 0-7 是持续经营前提的基本含义。

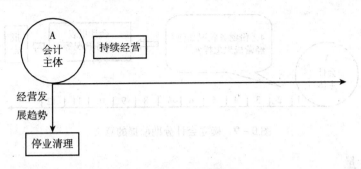

图0-7 持续经营前提的基本含义

（3）会计分期

按持续经营假设，社会经济活动总是持续不断地进行着，从一个单位看，在正常情况下，单位的经济活动也会日复一日、年复一年地进行下去。在经济活动不断进行的情况下，要计算单位的盈亏损益情况，反映其财务成果，从理论上说只有等到会计主体所有的经济活动最终结束时，才能通过所得与所费的归集与比较进行准确计算，但在实际中这是不能被接受的。因为投资者、债权人等会计信息使用者需要及时了解会计主体的经济活动情况，作为决策依据。为了及时计算和反映单位的经济活动情况，就有必要将这种连续不断的经济活动的过程人为地划分为若干相等的、较短的时间段，作为会计核算的期间。这种人为的分期就是会计期间。可见，会计分期假设是持续经营假设的一个必要补充，它同样是会计核算时间范围的界定。图0-8是确立会计分期前提的基本含义。

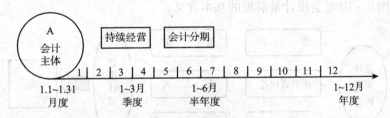

图0-8 确立会计分期前提的基本含义

合理划分会计期间，并据以进行账目结算，编制会计报表，可以及时地向有关方面的决策者提供反映经营成果和财务状况及其变动情况的会计信息，为决策者实现其经济目标服务。

会计分期通常以"年"来计量，称为会计年度。《企业会计准则》规定了我国以日历年度为企业会计年度，即从公历元月1日起到12月31日止。此外，还可进一步分为月度、季度和半年度。有了会计分期假设，才有企业"某年盈利多少"、"某年亏损多少"等说法。

会计期间的划分对会计核算具有重要的影响。有了会计期间，才得以区分本期与非本期，而由于有了本期与非本期的区别，才产生了权责发生制和收付实现制，才使不同类型的会计主体有了记账的基准，进而出现了应收、应付、预收、预付、折旧、摊销等跨期处理办法。图0-9是确立会计分期前提的意义。

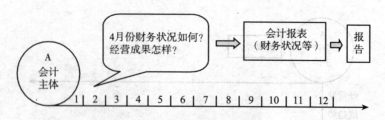

图 0-9 确立会计分期前提的意义

（4）货币计量

货币计量是指企业在会计核算中要以货币为统一的、主要的计量单位，记录和反映会计主体的经济活动。

在商品经济社会，货币作为商品的一般等价物，是衡量一般商品价值的共同尺度。各种各样的商品，计量单位千差万别，有重量、长度、容积、台件等，无法在量上比较，但是都可以用货币来计量，商品的运动也就是经济活动，可以反映为货币的运动。会计核算采用货币计量，使会计主体的经济活动统一地表现为货币资金运动，从而能够全面完整地反映会计主体的经营成果、财务状况及其变动情况。因此，尽管会计产生于货币之前，但货币一经产生便成为会计核算的计量单位。

在会计核算中，日常登记账簿和编制会计报表用以计量的货币，也就是单位主要会计核算业务所使用的货币，称为记账本位币。在国际上，通行的做法是以一个国家的法定货币作为记账本位币。我国《会计法》规定，会计核算以人民币为记账本位币，业务收支以人民币以外的货币为主的单位，可以选定其中一种货币作为记账本位币，但是编报的财务会计报表应当折算为人民币。图 0-10 是货币计量前提的基本含义。

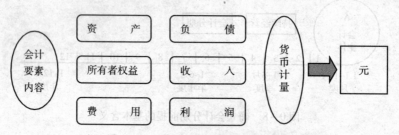

图 0-10 货币计量前提的基本含义

上述会计核算的四项基本前提，具有相互依存、相互补充的关系。会计主体确立了会计核算的空间范围，持续经营与会计分期确立了会计核算的时间长度，货币计量则为会计核算提供了必要手段。没有会计主体，就不会有持续经营；没有持续经营，就不会有会计分期；没有货币计量，就不会有现代会计。图 0-11 反映了会计核算基本前提的内容及关系。

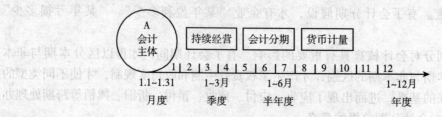

图 0-11 会计核算基本前提的内容及关系

6. 会计核算的基础

会计基础是会计确认、计量、报告的基础，是指企业在会计确认、计量、报告的过程中所采用的基础，是确认一定会计期间的收入和费用，从而确定收益的标准。会计核算的基础一般有权责发生制和收付实现制。

（1）权责发生制

企业会计的确认、计量和报告应当以权责发生制为基础。权责发生制，也称应计制，是指收入和费用的确认以收入和费用是否实际发生作为确认计量的标准。根据权责发生制基础要求，凡是当期已经实现的收入和已经发生或应当负担的费用，无论款项是否收付，都应当作为当期的收入和费用，计入利润表；凡是不属于当期的收入和费用，即使款项已经在当期收付，也不应作为当期的收入和费用。根据权责发生制进行收入和费用的核算，能够更加准确地反映特定会计期间真实的财务状况及经营成果。

（2）收付实现制

收付实现制是与权责发生制相对应的一种会计基础。收付实现制，也称现金收付制或现金制，是指以收到或支付的现金作为确认收入和费用的依据。收付实现制是以实际收到或付出款项的日期确认收入或费用的归属期的制度。目前，我国的行政单位会计主要采用收付实现制，事业单位会计除经营业务可以采用权责发生制以外，其他大部分业务采用收付实现制。

例如，东方重工公司 2010 年 9 月份销售 W 产品一批，取得银行承兑汇票一张，价款 20 000 元，销售 B 产品一批，取得转账支票一张，价款 80 000 元，收到 8 月份所欠货款 70 000 元。

本例中，按收付实现制确定东方重工公司 9 月份销售收入为 150 000 元（80 000 + 70 000），而按权责发生制确定通达公司 9 月份销售收入为 100 000 元（20 000 + 80 000）。

再如，东方重工公司 2010 年 9 月份预付第三季度财产保险费 1 800 元，支付第二季度借款利息共 3 900 元，用银行存款支付本月广告费 30 000 元。

本例中，按收付实现制确定东方重工公司 9 月份费用为 35 700 元（1 800 + 3 900 + 30 000），而按权责发生制确定东方重工公司 9 月份费用为 30 600 元（600 + 30 000）。

为了进一步说明问题，下面再举几个例子以列表的方式对两种会计处理基础加以比较，如表 0 - 3 所示。

表 0 - 3　权责发生制与收付实现制的比较

	举例	权责发生制	收付实现制
第一种情况	出租房屋的租金收入，1 月份一次收讫上半年的租金	1 月份：租金收入为半年收入的 1/6；其余部分在 1 月份来看为预收收入	全部作为 1 月份的收入
第二种情况	1 月份把全年的报刊费一次付讫	1 月份：报刊费仅为整笔支出的 1/12；其余部分在 1 月份来看为预付费用	全部作为 1 月份的费用

	举例	权责发生制	收付实现制
第三种情况	与购货单位签订合同，分别在1、2、3月份销售三批产品，货款于3月末一次结清	分别作为1、2、3月份的收入；1、2月份应收而未收的收入为应计收入	全部作为3月份的收入
第四种情况	1月份向银行借入的为期3个月的借款，利息到期即3月份一次偿还	分别作为1、2、3月份的费用；1、2月份应付而未付的费用为应计费用	全部作为3月份的费用
第五种情况	本期内收到的款项就是本期应获得的收入，本期内支付的款项就是本期应负担的费用，按权责发生制和收付实现制确认收入和费用的结果是完全相同的		

从表0-3可以发现，与收付实现制相反，在权责发生制下，必须考虑预收、预付和应收、应付。由于企业日常的账簿记录不能完整地反映本期的收入和费用，需要在会计期末对账簿记录进行调整，使未收到款项的应计收入和未付出款项的应付费用，以及收到款项而不完全属于本期的收入和付出款项而不完全属于本期的费用，归属于相应的会计期间，以便正确地计算本期的经营成果。采用权责发生制核算比较复杂，但反映本期的收入和费用比较合理、真实，所以适用于企业。

7. 会计的信息质量要求

我国《企业会计准则》对会计信息质量要求作了明确的规定。

（1）真实性原则

真实性又称客观性，是指会计核算应当以实际发生的经济业务为依据。会计核算应当以真实的经济业务为核算对象，才能形成真实、准确的会计信息，才有助于决策者作出正确判断，实现经济目标。如果会计信息是虚假的，不能真实客观地反映会计主体经济活动的实际情况，必然无法满足各有关方面了解会计主体情况，进行决策的需要，甚至可能误导决策者作出错误的决策。因此，会计核算必须真实客观，即以实际发生的经济业务事项及证明经济业务事项发生的可靠资料为依据，如实反映财务状况和经营成果，做到内容真实，数字准确，资料可靠。

真实性包括以下几个重要含义：一是会计核算应当以真实发生的经济业务为核算依据，保证会计资料的真实性；二是会计核算应当准确反映经济业务，保证会计信息的准确性；三是会计核算应当具有可验证性，即会计信息应当源自于可以被客观证据加以证明的经济活动信息，而不应建立在主观臆断和个人意见的基础上；四是会计核算是一种事后核算，是对已经发生的经济业务事项所进行的事后记录、计量和反映，不包括对经济活动事前的预测、决策和管理控制等内容。

（2）相关性原则

相关性是指企业提供的会计信息应当与财务会计报告使用者的经济决策需要相关，有助于财务会计报告使用者对企业过去、现在或者未来的情况作出评价或者预测。

会计对外提供信息，应当是为了满足有关方面的需要。会计核算就要为各方面提供有用的信息，会计信息是面向社会的，只满足某方面的要求还不够，要满足所有使用者的要求。如投资者要了解企业盈利能力的信息，以决定是否投资或继续投资；银行等金融机构要了解企业的偿债能力，以决定是否对企业贷款；税务部门要了解企业的盈利及生产经营情况，以确定企业的纳税情况是否合理等。

（3）明晰性原则

明晰性又称为可理解性，是指企业提供的会计信息应当清晰明了，便于财务会计报告使用者理解和使用。企业提供会计信息的目的是为了使用，要使使用者有效地使用会计信息，应当能让其了解会计信息的内涵，弄懂会计信息的内容，这就要求财务报告所提供的会计信息应当清晰明了，易于理解。鉴于会计信息是一种专业性较强的信息产品，因此在强调会计信息的可理解性的同时，还应假设使用者具有一定的有关企业生产经营活动和会计核算方面的知识，并且愿意付出努力去研究这些信息。

（4）可比性原则

企业提供的会计信息应当具有可比性，可比性分为横向可比和纵向可比。

① 同一企业不同时期可比（纵向可比）。同一企业不同时期发生的相同或者相似的交易或事项，应当采用一致的会计政策，不得随意变更。确需变更的，应当在附注中说明改变的原因及其对财务和经营成果的影响。也就是说一个企业在不同时期采用相同的会计处理程序与方法。

② 不同企业相同会计期间可比（横向可比）。不同企业发生的相同或者相似的交易或事项，应当采用规定的会计政策，确保会计信息口径一致、相互可比，即应当按照既定的会计处理方法进行会计核算，会计指标口径一致，提供相互可比的会计信息。这里的可比，是指不同的企业，尤其是同一行业的不同企业之间的可比。可比性要求不同的企业都要按照国家统一规定的会计核算方法与程序处理交易或事项，以便于会计信息使用者进行企业间的比较。

（5）实质重于形式原则

企业应当按照交易或事项的经济实质进行会计确认、计量和报告，不应仅以交易或者事项的法律形式为依据。

在实际工作中，交易或事项的外在形式或人为形式并不一定能完全真实地反映其实质内容。所以，会计信息反映的交易或事项，必须根据交易或事项的实质和经济现实进行会计核算，而非根据它们的法律形式进行核算。

例如，以融资租赁的形式租入的固定资产，虽然从法律形式上来讲，企业并不拥有其所有权，但是由于租赁合同中规定的租赁期相当长，接近于该资产的使用寿命，租赁期结束时承租企业有优先购买的选择权，在租赁期内承租企业有权支配资产并从中受益。从实质上看，企业控制了该项资产的使用权及其受益权。所以，在会计核算上，将融资租赁的固定资产视为企业的资产。

如果企业的会计核算仅仅按照交易或事项的法律形式或人为形式进行，而这些形式又没有反映其经济实质和经济现实，那么其最终结果将不仅不会有利于会计信息使用者的决策，反而会误导会计信息的使用。

（6）重要性原则

企业提供的会计信息应当反映与企业财务状况、经营成果和现金流量等有关的所有重要交易或事项。重要性要求企业的财务报告在全面反映企业的财务状况和经营成果的同时，对于重要的经济业务，应重点核算、单独反映，而对不重要的经济业务，则可适当简化或合并反映。企业的经济业务是多种多样的，但其中有的经济业务可能对企业的财务状况与经营成果产生重大的影响，而有些则可能不会产生很大的影响。

例如，企业购进1台价值300万元的大型机床，对该机床如何保管、使用、维护，对其使用过程中的损耗如何确认等，必将对企业的经营活动和财务成果产生重大的影响。因此，对于这种大型机床就需要重点核算并单独反映。企业购进 1 台价值 4 000 元的小型固定资产等，不论如何处理，均不会对经营活动与经营成果产生大的影响。因此，在进行会计处理时，就不必单独核算，而将其与其他零星支出一起作为费用一并反映。

可见，重要性的运用，一方面可使会计人员适当简化核算程序，减少核算工作量；另一方面也可使会计信息使用者抓住重点和关键，从而更好地利用会计信息。运用重要性，关键是如何确定什么是重要的经济业务。一般来说，应根据企业规模与业务涉及的金额大小来确定。

（7）谨慎性原则

企业对交易或事项进行会计确认、计量和报告，应当保持应有的谨慎，不应高估资产或者收益、低估负债或者费用。谨慎性又称稳健性，要求在会计核算中应当考虑到企业风险，对可能发生的损失和费用，作出合理的预计并入账，而对可能取得的收益，则不予预计或入账。

在市场经济条件下，企业在经营中不可避免地要遇到各种风险，所以应遵循谨慎性原则，合理核算可能发生的损失和费用，尽量降低经营风险，使会计信息更加可靠。

例如，企业购入 5 000 股某股票，购入价为 15 元/股。假设编制会计报告时，每股市场价为 10 元，尽管下跌 5 元，由于股票并未抛出，即并未真正产生损失，按谨慎性要求，这 5 元仍要作为损失，将每股按市价改为 10 元，显然这样的资料是可靠的。但若每股涨到 18 元，按谨慎性要求则不将上涨的 3 元预计为收益，尽管这 3 元收益是"很可能"实现的。

由于谨慎性充分考虑了可能发生损失和费用，而不考虑可能取得的收入或收益，就使得会计信息比较稳健或比较慎重，也就是作了最坏的估计。这样得出来的财务信息通常都比较保守、可靠，而且实际的结果往往都会比预期的好。

（8）及时性原则

企业对于已经发生的交易或事项，应当及时进行会计确认、计量和报告，不得提前或者延后。及时性要求在处理会计事项时，必须在经济业务发生时及时进行，讲究时效，以便于会计信息的及时利用，也就是要求会计信息提供的时间与会计所反映的经济业务发生的时间要保持一致，在会计核算中贯彻及时性，就能使会计事项的账务处理在当期内完成。及时性有两重含义：一是处理及时，对企业发生的经济活动应及时在本会计期间内进行会计处理，而不延至下期；二是报送及时，会计资料如会计报表等，应在会计期间结束后按规定日期及时报送出去。

任务4　了解会计核算工作过程（方法）

【知识培养目标】

● 初步掌握会计核算对象；

● 初步了解会计核算方法体系。

【能力培养目标】

初步了解会计信息载体——会计凭证、会计账簿、会计报表，并理解它们相互之间的关系，熟悉会计核算工作（过程）。

1. 会计信息载体

会计信息载体是指会计凭证、会计账簿、会计报表等。下面以三友服饰公司 2009 年 10 月会计核算工作过程的最终会计报表开始，倒推该公司各种会计信息载体的形成过程。

1）会计报表

会计报表是会计核算基本工作过程的最终结果，也是提供会计信息的最终直接形式。会计信息使用者通过会计报表可以分析和掌握单位的财务状况、经营成果及现金流量等方面的信息，为作出决策提供帮助。我们可以从以下会计报表开始倒推并分析 2009 年 10 月底的财务状况和 10 月份的经营成果。会计报表如表 0－4、表 0－5 所示。

表 0－4　资产负债表

编制单位：三友服饰公司　　　　　　　　　　　　2009 年 10 月 31 日　　　　　　　　　　　　单位：元

资　产	期末余额	年初余额	负债和所有者权益	期末余额	年初余额
流动资产：			流动负债：		
货币资金	182 439.58	92 831.27	短期借款	150 000	150 000
交易性金融资产	100 000	100 000	交易性金融负债		
应收票据	130 000	130 000	应付票据	234 000	102 000
应收账款	303 840	300 000	应付账款	45 000	67 000
预付账款	2 000		预收账款	41 600	80 000
应收利息			应付职工薪酬	31 259	6 600
应收股利			应交税费	21 822.38	1 100
其他应收款	1 500		应付利息		
存货	544 644.73	72 300	应付股利	46 139.51	29 000
一年内到期的非流动资产			其他应付款	3 000	3 000
其他流动资产			一年内到期的长期负债		
流动资产合计	1 264 424.31	695 131.27	其他流动负债		
非流动资产：			流动负债合计	572 820.89	380 700
可供出售金融资产			非流动负债：		
持有至到期投资			长期借款		
长期应收款			应付债券		
长期股权投资	30 000	30 000	长期应付款		
投资性房地产			专项应付款		
固定资产	2 426 800	2 485 500	预计负债		
在建工程			递延所得税负债		
工程物资			其他非流动负债		
固定资产清理			非流动负债合计		
生产性生物资产			负债合计	572 820.89	438 700
油气资产			所有者权益：		
无形资产			实收资本	2 500 000	2 500 000
开发支出			资本公积		

资　产	期末余额	年初余额	负债和所有者权益	期末余额	年初余额
流动资产：			流动负债：		
商誉			减：库存股		
长期待摊费用			盈余公积	86 785.84	7 347.17
递延所得税资产			未分配利润	561 617.58	264 584.10
其他非流动资产			所有者权益合计	3 148 403.42	2 771 931.27
非流动资产合计	2 456 800	2 515 500			
资产总计	3 721 224.31	3 210 631.27	负债和所有者权益总计	3 721 224.31	3 210 631.27

表 0-5　利润表

会企 02 表

编制单位：三友服饰公司　　　　　　　　2009 年 10 月　　　　　　　　单位：元

项　　　目	本期金额	上期金额
一、营业收入	222 000	
减：营业成本	101 505.27	
营业税金及附加	353.60	
销售费用	8 000	
管理费用	34 410	
财务费用	6 000	
资产减值损失		
加：公允价值变动收益（损失以"-"填列）		
投资收益（亏损以"-"号填列）		
其中：对联营企业和合营企业的投资收益		
二、营业利润（亏损以"-"号填列）	71 731.13	
加：营业外收入		
减：营业外支出		
其中：非流动资产处置损失		
三、利润总额（亏损总额以"-"号填列）	71 731.13	
减：所得税费用	17 932.78	
四、净利润（净亏损以"-"号填列）	53 798.35	
五、每股收益		
（一）基本每股收益		
（二）稀释每股收益		

　　上述会计报表中的信息来源于三友服饰公司会计账簿所记录和积累的信息。

　　2）会计账簿

　　会计账簿全面、连续、系统、完整地记录和反映了单位的全部经济活动信息。账簿账页如表 0-6～表 0-10 所示。

表0-6 库存现金（总账账页）

2009年 月	日	凭证 种类	号数	摘要	借方	贷方	借/贷	余额
1	1			年初余额			借	2 5 7 3 8
9	30			（1-9月）略			借	1 9 2 5 6 3
10	31	科汇	1	本月1-35#汇总	1 2 1 0 2 0 0 0 0	1 2 2 0 8 1 1 0 0	借	8 6 4 6 3
				本月发生额合计	1 2 1 0 2 0 0 0 0	1 2 2 0 8 1 1 0 0		

表0-7 银行存款（总账账页）

2009年 月	日	凭证 种类	号数	摘要	借方	贷方	借/贷	余额
1	1			年初余额			借	9 2 5 7 3 8 9
9	30			（1-9月）略			借	2 6 8 2 8 8 9 5
10	31	科汇	1	本月1-35#汇总	2 8 2 3 4 0 0 0	3 6 9 0 5 4 0 0	借	1 8 1 5 7 4 9 5
				本月发生额合计	2 8 2 3 4 0 0 0	3 6 9 0 5 4 0 0		

表0-8 应收账款（总账账页）

2009年 月	日	凭证 种类	号数	摘要	借方	贷方	借/贷	余额
1	1			年初余额			借	3 0 0 0 0 0 0 0
9	30			（1-9月）略			借	3 6 6 8 4 0 0 0
10	31	科汇	1	本月1-35#汇总	2 7 0 0 0 0 0	9 0 0 0 0 0 0	借	3 0 3 8 4 0 0 0
				本月发生额合计	2 7 0 0 0 0 0	9 0 0 0 0 0 0		

表0-9 应付账款（总账账页）

2009年 月	日	凭证 种类	号数	摘要	借方	贷方	借/贷	余额
1	1			年初余额			贷	6 7 0 0 0 0 0
9	30			（1-9月）略			贷	6 5 0 0 0 0 0
10	31	科汇	1	本月1-35#汇总	2 0 0 0 0 0 0		贷	4 5 0 0 0 0 0
				本月发生额合计	2 0 0 0 0 0 0			

表0-10 实收资本（总账账页）

2009年		凭证		摘要	借方											贷方											借/贷	余额										
月	日	种类	号数		千	百	十	万	千	百	十	元	角	分	√	千	百	十	万	千	百	十	元	角	分	√		千	百	十	万	千	百	十	元	角	分	√
1	1			年初余额																							贷		2	5	0	0	0	0	0	0	0	

以上账簿记录分类、连续、系统地记录了企业所发生的各项经济业务，为编制会计报表提供了依据。这些账簿记录的资料又是以会计凭证为依据进行登记的。

3）会计凭证

会计凭证是记录经济业务、明确经济责任、作为记账依据的书面证明。按其编制程序和用途不同，可分为记账凭证和原始凭证两大类。

（1）记账凭证

记账凭证是财会部门根据原始凭证填制，记载经济业务简要内容，作为记账依据的会计凭证。记账凭证如表0-11和表0-12所示。

表0-11 记账凭证

2009 年 10 月 3 日　　　　编号 2

摘　要	一级科目	二级额或明细科目	记账	借方金额										贷方金额									
				千	百	十	万	千	百	十	元	角	分	千	百	十	万	千	百	十	元	角	分
收到货款	银行存款	交行					9	0	0	0	0	0	0										
	应收账款	富丽公司															9	0	0	0	0	0	0
合　计						¥	9	0	0	0	0	0	0			¥	9	0	0	0	0	0	0

会计主管　　　　复核　　　　　　记账　　　　出纳　　　　　制表 马辉仙

表0-12 记账凭证

2009 年 10 月 2 日　　　　编号 12

摘　要	一级科目	二级额或明细科目	记账	借方金额										贷方金额										
				千	百	十	万	千	百	十	元	角	分	千	百	十	万	千	百	十	元	角	分	
生产领用	生产成本	西服					2	0	0	0	0	0	0											
	生产成本	童装					1	3	1	2	0	0	0											
	原材料	A面料															2	0	0	0	0	0	0	
	原材料	B面料															1	3	1	2	0	0	0	
合　计						¥	3	3	1	2	0	0	0			¥	3	3	1	2	0	0	0	

附件 1 张

会计主管　　　　复核　　　　　　记账　　　　出纳 梅芳　　　制表 马辉仙

以上记账凭证为登记账簿提供了依据，而记账凭证的填制依据则是原始凭证所记录的经济业务内容。

（2）原始凭证

原始凭证是在经济业务发生或完成时取得或编制的载明经济业务的具体内容、明确经济责任、具有法律效力的书面证明。原始凭证样例如表0－13和表0－14所示。

表0－13　银行转账支票（收账通知）

支票号码 09 NO 007181

签发日期：2009 年 9 月 30 日　　　　　　　　　　　　　　　　　字第15 号

收款单位	全　称	三友服饰公司		收款单位	全　称	富丽公司										
	开户银行	交通银行	账号 37589326		开户银行	农行人办	行号				5778432					
汇票金额	人民币（大写）	玖万元整				千	百	十	万	千	百	十	元	角	分
							¥ 9	0	0	0	0	0	0	0	0
款项内容	贷款		控制指标（大写）			预算科目									
付款单位开户行转账日期 2009 年 9 月 30 日				收款单位开户行转账日期 2009 年 10 月 2 日											
				复核员 记账员 （收款单位开户行盖章）											

本支票有效期五天（签发日除外，到期日为节假日顺延）。

表0－14　领料单

领料部门　成衣生产车间　　　2009 年 10 月 2 日　　　　字第　　1 号

材料			单　位	数　量		成　本										材料账页
编号	名称	规格		请领	实发	单价	总价									
	A 面料		米	50	50	400	2	0	0	0	0	0	0			
	B 面料		米	410	410	32	1	3	1	2	0	0	0			

主管　　会计　　记账　　保管 李红梅　　发料 周微　　领料 高丽

第一联：领料部门存查

以上原始凭证所记录的是企业所发生的经济业务的具体内容，它为记账凭证的填制、会计账簿的登记和会计报表的编制提供了原始数据信息。

可见，会计核算的基本过程是以原始凭证（记录经济业务内容）为依据填制记账凭证，然后以记账凭证作为登记账簿的依据，再在会计账簿中登记全部的经济业务内容，最后以会计账簿所反映的信息作为编制会计报表的依据，以编制的会计报表向会计信息使用者提供会计信息。其过程可以简单表述为如图0－12所示。

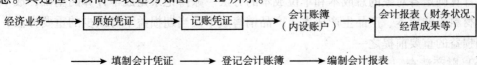

图0－12　会计核算过程简图

上述会计凭证如何填制？会计账簿如何登记？会计报表如何编制？这些都是会计核算方法的问题。三友服饰公司会计核算的过程也就是对上述会计核算方法的运用过程，在此过程中运用会计核算的各种专门方法对三友服饰公司所发生的经济业务进行一系列的会计处理，从而实现会计核算的任务，发挥会计的经济管理功能。

2. 会计核算方法体系

会计核算方法就是对会计对象进行连续、系统、完整的核算和监督所应用的方法。为了完成会计核算的基本任务，必须采用一系列的会计核算方法。

（1）设置会计科目（账户）

会计科目是对会计对象的具体内容分门别类地进行核算所规定的项目。设置会计科目则是根据会计对象的具体内容和组织管理要求，事先规定分类核算的项目，并在账簿中据以开设账户，以便取得所需要的核算指标。会计科目的设置是会计制度设计的一项重要内容，对于正确运用填制凭证、登记账簿和编制会计报表等核算方法都具有重要意义。

此外，还必须根据规定的会计科目开设账户、分别登记各项经济业务，以便取得各种核算指标，并随时加以分析、检查和监督。

（2）复式记账

复式记账是对每一项经济业务都以相等的金额同时在两个或两个以上的相互联系的账户中进行记录的一种方法。复式记账法能够全面、系统地反映每一项经济业务的来龙去脉和各项业务之间的联系。同时，通过账户的平衡关系，可以检查有关业务的记录是否正确，便于核对凭证填制和账簿登记的正确性。

（3）填制和审核会计凭证

填制和审核会计凭证是以会计凭证作为记账的依据，保证会计记录真实、完整、可靠，审查经济活动是否合理、合法的一种专门方法。会计凭证是记录经济业务、明确经济责任的书面证明，是登记账簿的重要依据。对每一项经济业务填制会计凭证，并加以审核，可以保证会计核算的质量，明确经济责任。

（4）登记账簿

登记账簿是根据审核无误的会计凭证，在账簿上进行全面、连续、系统记录的方法。账簿是用来全面、连续、系统地记录各项经济业务的簿籍，也是保存会计数据资料的重要工具。登记账簿必须以凭证为依据，同时按规定的会计科目开设账户，将凭证中所反映的经济内容分别记入相关账户，这样就将凭证中分散的会计信息进一步系统化。登记账簿是会计核算的中心环节。按照科学的方法和程序登记账簿，既可以完整、连续、系统地反映经济活动，也可以为编制财务会计报告提供重要的依据。

（5）成本计算

成本计算是指对生产经营过程中所发生的各种费用，按照一定对象和标准进行收集和分配，以计算确定各对象的总成本和单位成本的方法。账簿记录是成本计算的基础，成本计算是确定材料采购成本、产品生产成本、产品销售成本及当期损益不可缺少的重要方法，是确定当期损益的重要前提之一。

（6）财产清查

财产清查就是盘点实物、核对账目，查明各项财产物资和资金的实有数据的方法。在财产清查中，若发现账实不符，应分析原因、明确责任、调整账簿记录，以使账实完全相符。财产清查是保证核算资料正确性的重要手段，通过财产清查，可以查明各种物资的利用情况、保管情况、各种账款结算情况和拖欠情况，对于监督财产管理、正确核算损益具有重要意义。

（7）编制会计报表

会计报表是以一定的表格形式，对一定时期内账簿记录内容的总括反映，也是对编表单位在一定时期内经济活动过程和结果加以综合反映的一种报告文件。编制会计报表是对日常会计核算的总结，就是将账簿记录的内容定期地加以分类、整理和汇总，提供为经济管理所需要的会计核算指标的方法。

上述各种会计核算方法是一个相互联系、密切配合的完整的方法体系。这些方法相互配合运用的程序如下。

①根据会计科目和管理要求在账簿中开设账户。

②经济业务发生后，根据业务内容取得或填制会计凭证并加以审核。

③根据审核后的凭证，运用复式记账法登记账簿。

④对生产经营过程中发生的各种费用按成本计算对象进行归集和分配，计算各对象的成本。

⑤通过财产清查对账簿记录加以核实，保证账实相符。

⑥期末，根据账簿记录资料和其他资料，编制会计报表。

对每一个会计主体来说，所发生的经济业务都要通过以上方法进行会计处理，将大量的经济业务转换为系统的会计信息。从繁多、具体的经济业务到最终的信息载体——财务会计报告，会计在经济发展过程中逐渐形成了独特的会计信息加工处理的程序和方法，由于这些程序和方法在每一个会计期间循环使用，故称为会计循环。会计循环一般包括：设置账户、填制和审核凭证、登记账簿、对账、结账和编制会计报表。它们之间的相互关系如图 0－13 所示。

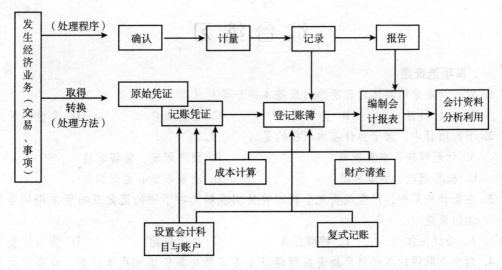

图 0－13　会计核算程序与会计核算方法之间的关系图

复习思考题

1. 会计信息有哪些载体？它们之间是什么关系？
2. 会计核算有哪些方法？相互之间是什么关系？
3. 什么叫会计？会计的发展经历了哪几个阶段？
4. 会计有哪些基本职能？它们相互之间有什么关系？
5. 什么是会计的对象？会计对象在生产企业中的具体表现是什么？
6. 会计核算的基本假设有哪些？它们相互之间有什么关系？
7. 会计信息质量要求有哪些？
8. 会计核算的基础是什么？什么是权责发生制？
9. 在会计讨论课上，同学们就"会计是什么？"的问题展开了激烈的讨论。肖强同学说："会计参与企业的管理，重在为管理者服务，因此会计是一种管理活动。"赵林同学反驳道："会计是通过核算得来的会计信息来反映企业的经济状况，重在提供信息，因此会计是一种提供信息的反映活动。"上述两位同学的说法全面吗？你是怎样理解会计的职能的？

10. 2010 年 1 月 1 日，A 企业以 1 500 万元购买用于生产某畅销型号手机的生产线，4 月 25 日建成投产使用，请问建成的这条生产线属于公司的资产吗？为什么？4 月 26 日 A 企业计划购买一辆价值 20 万元的货车用于运送原材料，请问在 4 月 26 日该货车属于企业的资产吗？为什么？

11. A 企业在 2010 年 5 月 1 日向 B 企业赊购价值 3.5 万元的用于生产手机的配件，请问这一经济活动构成 A 企业的一项负债吗？这些配件属于公司的资产吗？为什么？

12. A 企业的大股东（所有者）向 A 企业投入一笔 50 万元的现金，供企业使用。这笔现金属于 A 企业的所有者权益吗？为什么？属于企业的资产吗？为什么？

综 合 练 习

一、单项选择题

1. 对会计对象的具体内容所作的最基本的分类是（   ）。

    A. 会计科目   B. 会计要素   C. 会计账户   D. 会计恒等式

2. 下列项目中，属于会计基本职能的是（   ）。

    A. 计划职能、核算职能   B. 预测职能、监督职能

    C. 核算职能、监督职能   D. 决策职能、监督职能

3. 在会计核算中，产生权责发生制和收付实现制两种不同的记账基础所依据的会计基本假设是（   ）。

    A. 会计主体   B. 持续经营   C. 会计分期   D. 货币计量

4. 对企业取得的各种财产物资按照经济业务实际交易价格和成本计量，在资产处置前保持其入账价值不变的做法，是基于（   ）。

    A. 客观性   B. 权责发生制

C. 谨慎性   D. 历史成本

5. 会计信息质量要求中，要求前后期提供相互可比的会计信息是（   ）要求。

    A. 可比性   B. 一贯性   C. 配比性   D. 权责发生制

6. 从核算成本效益看，对所有会计事项不分轻重主次和繁简详略，采用完全相同的会计程序和处理方法，不符合（   ）要求。

    A. 明晰性   B. 谨慎性   C. 相关性   D. 重要性

7. 会计主体假设规定了会计核算的（   ）。

    A. 时间范围   B. 空间范围   C. 成本开支范围   D. 期间费用范围

8. 权责发生制的产生，以及预提、摊销等会计处理方法的运用的基本前提是（   ）。

    A. 谨慎性   B. 历史成本   C. 会计分期   D. 货币计量

9. 合理确认各期收入和费用的会计核算要求是（   ）。

    A. 权责发生制   B. 配比性

    C. 历史成本   D. 划分收益性支出和资本性支出

二、多项选择题

1. 会计核算的基本前提包括（   ）。

    A. 会计主体   B. 持续经营   C. 会计分期   D. 货币计量

2. 下列对不确定因素作出判断时符合谨慎原则的做法是（   ）。

    A. 设置秘密准备，以便在利润计划完成不佳的年度转回

    B. 合理估计可能发生的损失和费用

    C. 充分估计可能取得的收入和利润

    D. 不要高估资产和预计收益

    E. 尽量压低负债和费用

3. 会计对象是指（   ）的内容。

    A. 会计核算   B. 实物流转   C. 会计监督   D. 财务活动

三、判断题

1. 法人可以为会计主体，会计主体一定是法人。（   ）

2. 会计的本质可以理解为是一种经济管理活动。（   ）

3. 会计只能以货币为计量尺度。（   ）

4. 法律主体必定是会计主体，会计主体不一定是法律主体。（   ）

5. 企业的会计对象就是企业的资金运动。（   ）

6. 相关性要求企业对外提供的会计报表不仅要满足共性的信息需求，也要满足特定用途的信息需求。（   ）

模块一
设置会计科目和账户

任务1 熟悉会计要素

【知识学习目标】
- 理解会计要素的含义、特征、内容及计量。

【能力培养目标】
- 能根据企业的财务状况资料分析确定所属的会计要素；
- 能根据企业的经济业务分析引起哪些会计要素的变化。

【任务要求】
① 根据三友服饰公司 2009 年 9 月 30 日的财务状况资料，分析确定所属会计要素的名称及具体的项目名称。
② 对三友服饰公司 2009 年 10 月份的经济业务进行分析，确定各项经济业务引起哪些会计要素的变化，并进一步分析这些会计要素是如何变化的。

 任务准备

1. 会计要素

会计要素就是对会计对象进行的基本分类，是会计对象的具体化，是对资金运动的第二层次的划分。会计核算工作是围绕会计要素的确认、计量及报告展开的。在我国，《企业会计准则》将会计要素分为六类：资产、负债、所有者权益、收入、费用及利润。其中资产、负债和所有者权益表现资金运动的相对静止状态，反映企业的财务状况；收入、费用和利润表现资金运动的显著变动状态，反映企业的经营成果。

（1）资产

资产是指过去的交易或者事项形成的并由企业拥有或者控制，预期会给企业带来经济利益的资源。

资产具有如下特征。

① 资产是预期能给企业带来经济利益的经济资源。预期会给企业带来经济利益，是指直接或间接导致现金和现金等价物流入企业的潜力。按照这一特征，那些已经没有经济价值、不能给企业带来经济利益的项目，就不能继续确认为企业的资产。

② 资产是企业拥有或控制的资源。由企业拥有或者控制，是指企业享有某项资源的所有权，或虽然不享有某项资源的所有权，但该项资源能被企业所控制（如融资租入固定资产）。

③ 资产是由过去的交易或事项形成的。也就是说，资产是过去已经发生的交易或事项所产生的结果，资产必须是现实的资产，而不能是预期的资产。未来交易或事项可能产生的结果不能作为资产确认。只有过去发生的交易或事项才能增加或减少企业的资产，而不能根据谈判中的交易或计划中的经济业务来确认资产。

会计上按流动性进行分类，将资产分为流动资产和非流动资产两类。

流动资产是指预计在一个正常营业周期中变现、出售或耗用，或者主要为交易目的而持有，或者预计从资产负债表日起一年内（含一年）变现的资产，以及自资产负债表日起一年内交换其他资产或清偿负债的能力不受限制的现金或现金等价物。流动资产主要包括货币资金、交易性金融资产、应收票据、应收账款、预付账款、应收利息、应收股利、其他应收款及存货等。

非流动资产是指流动资产以外的资产，主要包括长期股权投资、固定资产、在建工程、工程物资、无形资产等。

长期股权投资是指企业持有的对其子公司、合营企业及联营企业的权益性投资及企业持有的对被投资单位不具有控制、共同控制或重大影响，并且在活跃市场中没有报价、公允价值不能可靠计量的权益性资产。

固定资产是指同时具有以下两个特征的有形资产：第一，为生产商品、提供劳务、出租或经营管理而持有的；第二，使用寿命超过一个会计年度。使用寿命，是指企业使用固定资产的预计期间，或者该固定资产所能生产产品或提供劳务的数量。固定资产一般包括房屋及建筑物、机器设备、运输设备和工具器具等。

无形资产是指企业拥有或者控制的没有实物形态的可辨认非货币性资产，包括专利权、非专利技术、商标权、著作权、土地使用权和特许权等。

资产要素的内容如图 1－1 所示。

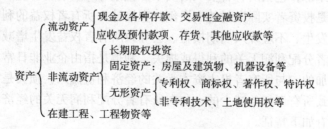

图 1－1　资产要素

（2）负债

负债是指企业由过去的交易或事项形成的、预期会导致经济利益流出企业的现时义务。负债具有如下特征。

① 负债是企业承担的现时义务。现时义务是指企业在现行条件下已承担的义务。未来发生的交易或事项形成的义务不属于现时义务，不应当确认为负债。

② 负债的清偿预期会导致经济利益流出企业。清偿负债导致经济利益流出企业的形式多种多样，如用现金偿还或以实物资产偿还、以提供劳务偿还、部分转移资产部分提供劳务偿还或将负债转为所有者权益等。

③ 负债是由过去的交易或事项形成的。作为现时义务，负债是过去已经发生的交易或事项所产生的结果。只有过去发生的交易或事项才能增加或减少企业的负债，而不能根据谈判中交易或事项，以及计划中的经济业务来确认负债。

企业负债按其流动性可分为流动负债和非流动负债两部分，这是为了便于分析企业的财务状况和偿债能力。

流动负债是指预计在一个正常营业周期中偿还，或者主要为交易目的而持有，或者自资产负债表日起一年内（含一年）到期应予以清偿，或者企业无权自主地将清偿推迟至资产负债表日后一年以上的负债。流动负债主要包括：短期借款、应付票据、应付账款、预收账款、应付职工薪酬、应交税费、应付利息、应付股利、其他应付款等。

非流动负债是指流动负债以外的负债，主要包括：长期借款、应付债券等。

负债要素的内容如图 1-2 所示。

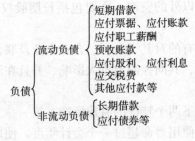

图 1-2　负债要素

（3）所有者权益

所有者权益又称为净资产，是指在企业资产扣除负债后由所有者享有的剩余权益。公司的所有者权益又称为股东权益。所有者权益金额取决于资产和负债的计量。

所有者权益的来源，包括所有者投入的资本、直接计入所有者权益的利得和损失、留存收益等。投入资本是投资者实际缴付的出资额。直接计入所有者权益的利得和损失，是指由企业非日常活动所发生、不应计入当期损益、会导致所有者权益发生增减变动的、与所有者投入资本或向所有者分配利润无关的利得或损失。利得是指由企业非日常活动所形成的、会导致所有者权益增加的、与所有者投入资本无关的经济利益流入；损失是指由企业非日常活动所发生的、会导致所有者权益减少的、与向所有者分配利润无关的经济利益流出。

所有者权益具有如下特征。

① 它是一种剩余权益。权益可分为债权人权益（负债）和所有者权益。债权人权益优先于所有者权益，即企业的资产必须在保证企业所有的债务得以清偿后，才归所有者所享有。因此，所有者权益在数量上等于企业的全部资产减全部负债后的余额，它是在保证了债权人权益之后的一种权益，即剩余权益。

② 除非发生减资、清算，否则企业不需要偿还所有者权益。

③ 所有者凭借所有者权益能够参与利润的分配。

所有者权益一般分为实收资本（或股本）、资本公积、盈余公积、未分配利润等项目。实收资本（股本）是指所有者投入的构成企业注册资本或者股本部分的金额。资本公积包括资本（或股本）溢价及直接计入所有者权益的利得和损失等。盈余公积是指企业从利润中提取的公积金、公益金。未分配利润是指企业留待以后年度分配的利润或本年度待分配的利润。盈余公积和未分配利润统称为留存收益。

所有者权益要素的内容如图1-3所示。

$$所有者权益 \begin{cases} 实收资本 \\ 资本公积：资本（或股本）溢价等 \\ 盈余公积：法定盈余公积、任意盈余公积等 \\ 未分配利润 \end{cases}$$

图1-3　所有者权益要素

（4）收入

收入是指企业在日常活动中形成的、会导致所有者权益增加的、与所有者投入资本无关的经济利益的总流入。其中日常活动是指企业为完成其经营目标所从事的经营性活动及与之相关的活动，如销售商品、提供劳务及让渡资产使用权等。

收入具有如下特征。

① 收入是从企业的日常经济活动中产生的，而不是从偶发的交易或事项中产生的。

② 收入能引起所有者权益增加。

③ 收入的取得会导致经济利益流入企业，表现为资产的增加或负债的减少或两者兼而有之。

④ 收入只包括本企业经济利益的流入，不包括为第三方或客户代收的款项。

⑤ 收入与所有者投入资本无关。

按日常活动在企业所处的地位不同，收入分为主营业务收入和其他业务收入。

主营业务收入是指企业经常发生的、主要业务所产生的收入，它一般占企业营业收入的比重很大。

其他业务收入是指从日常经济活动中取得的主营业务以外的兼营收入，它一般占企业营业收入的比重不是很大，如原材料销售收入、包装物出租收入等。

收入要素的内容如图1-4所示。

$$收入 \begin{cases} 主营业务收入：商品销售收入等 \\ 其他业务收入：原材料销售收入、包装物出租收入等 \end{cases}$$

图1-4　收入要素

（5）费用

费用是指企业在日常活动中发生的、会导致所有者权益减少的、与向所有者分配利润无关的经济利益的总流出。

费用只有在经济利益很可能流出从而导致企业资产减少或负债增加，且经济利益的流出额能够可靠计量时才能予以确认。

费用具有如下特征。

① 费用是从企业的日常经济活动中发生的。

② 费用会导致经济利益流出企业，表现为企业资产的减少或负债的增加或两者兼而有之。

③ 费用会导致企业所有者权益的减少。

④ 与向所有者分配利润无关。

费用按其性质可分为营业成本和期间费用。

营业成本是指销售商品或提供劳务的成本。其内容包括主营业务成本和其他业务成本。

期间费用是指企业在日常活动中发生的，应当直接计入当期损益的费用。其内容包括销售费用、管理费用和财务费用。

费用要素的内容如图1－5所示。

$$费用\begin{cases}营业成本：主营业务成本、其他业务成本\\期间费用：销售费用、管理费用、财务费用\end{cases}$$

图1－5　费用要素

（6）利润

利润是指企业在一定会计期间的经营成果。利润包括收入减去费用后的净额、直接计入当期利润的利得和损失等。

直接计入当期利润的利得和损失，是指应当计入当期损益、会导致所有者权益发生增减变动的、与所有者投入资本或向所有者分配利润无关的利得和损失。

利润金额取决于收入和费用及直接计入当期利润的利得和损失金额的计量。

利润有营业利润、利润总额和净利润。营业利润是营业收入减去营业成本、营业税费、期间费用、资产减值损失，加上公允价值变动净收益、投资净收益后的金额。利润总额是指营业利润加上营业外收入，减去营业外支出后的金额。净利润是指利润总额减去所得税费用后的金额。

利润要素的内容如图1－6所示。

$$利润\begin{cases}营业利润\\利润总额\\净利润\end{cases}$$

1－6　利润要素

企业六大会计要素的项目分类如图1－7所示。

2. 会计要素的计量

企业在将符合确认条件的会计要素登记入账并列报于会计报表及其附注（又称财务报表）时，应该按照规定的会计计量属性进行计算，确定其金额。计量属性是指所予计量的某一要素的特征方面，如桌子的长度、铁矿的重量、楼房的面积等。从会计角度，计量属性反映的是会计要素金额的确定基础，会计计量属性主要包括历史成本、重置成本、可变现净值、现值和公允价值。

（1）历史成本

历史成本，又称实际成本，就是取得或制造某项财产物资时所实际支付的现金或其他等价物。在历史成本计量下，物产按照其购置时支付的现金或现金等价物的金额，或按照购置资产时所付出的对价的公允价值计量。负债按照其应承担现时义务而实际收到的款项或资产的金额，或承担现时义务的合同金额，或按照日常活动中为偿还负债预期需要支付的现金或现金等价物的金额计量。

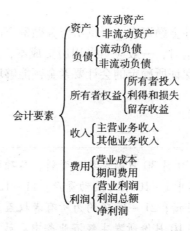

图1-7　会计要素分类图

历史成本计量，要求对企业资产、负债和所有者权益等项目的计量，应当基于经济业务的实际交易成本，而不考虑以后市场价格变动的影响。

（2）重置成本

重置成本，又称现行成本，是指按照当前市场条件，重新取得同样一项资产所需支付的现金或现金等价物金额。在重置计量下，资产按照现在购买相同或者相似资产所需支付的现金或现金等价物的金额计量。负债按照现在偿付该项债务所需支付的现金或现金等价物的金额计量。

在实务中，重置成本多应用于盘盈固定资产的计量等。

（3）可变现净值

可变现净值，是指在正常生产经营过程中，以预计售价减去进一步加工成本和预计销售费用及相关税费后的净值。在可变现净值计量下，资产按照其正常对外销售所能收到的现金或者现金等价物的金额扣减该资产至完工时估计将要发生的成本、估计的销售费用及相关税费后的金额计量。

可变现净值是在不考虑资金时间价值的情况下，计量资产在正常经营过程中可带来的预期净现金流入或流出。可变现净值通常应用于存货资产减值情况下的后续计量。

（4）现值

现值，是指对未来现金流量以恰当的折现率进行折现后的价值，是考虑货币的时间价值的一种计量属性。在现值计量下，资产按照预计从其持续使用和最终处置中所产生的未来净现金流入量的折现金额计量。负债按照预计期限内需要偿还的未来净现金流出量的折现金额计量。

现值通常用于非流动资产可回收金额和以摊余成本计量的金融资产价值的确定等。例如，在确定固定资产、无形资产等可收回金额时，通常需要计算资产预计未来现金流量的现值；对于持有至到期投资、贷款等以摊余成本计量的金融资产，通常需要使用实际利率法将这些资产在预期存续期间或适用的更短时间内的未来现金流量折现，再通过对相应的调整确定其摊余成本。

（5）公允价值

公允价值，是指在公平交易中，熟悉情况的交易双方自愿进行资产交换或者债务清偿的金额。在公允价值计量下，资产和负债按照在公平交易中熟悉情况的交易双方自愿进行资产交换或者债务清偿的金额计量。

公允价值主要应用于交易性金融资产、可供出售金融资产的计量等。

企业在对会计要素进行计量时，一般应当采用历史成本，采用重置成本、可变现净值、现值、公允价值计量的，应当保证所确定的会计要素金额能够取得并可靠计量。

任务完成

① 三友服饰公司 2009 年 9 月 30 日财务状况资料，各项所属的会计要素及具体项目如下：1 ~ 12 项均为资产（其中 1 ~ 10 项为流动资产，11 ~ 12 项为非流动资产）；13 ~ 20 项均为负债，而且全为流动负债；21 ~ 25 项均为所有者权益。

② 三友服饰公司 2009 年 10 月份所发生经济业务中，第 7 笔向北京中·央商场销售西服取得了 120 000 元的商品销售收入，第 10 笔向沈阳五爱公司出售童装取得了 100 000 元的商品销售收入，均为该企业的主营业务收入。第 22 笔业务取得了 2 000 元的废次包装物销售收入，为该企业的其他业务收入。

三友服饰公司 2009 年 10 月份所发生经济业务中，第 7 笔业务销售的 100 件西服的成本价 70 011.95 元和第 10 笔业务销售的 2 000 件童装成本价 29 993.32 元均为该企业的主营业务成本，第 22 笔业务销售废次物的成本价 1 500 元为该企业的其他业务成本。第 18 笔业务，支付电视台广告费用 8 000 元，属销售费用。第 21 笔业务，购入计算机 5 000 元，属固定资产。第 26 笔业务，以银行存款支付电话费 1 600 元，属管理费用。

任务 2　会计科目的设置

【知识学习目标】

熟悉会计科目的含义、科目内容、科目级次及基本结构。

【能力培养目标】

根据企业的财务状况资料，能正确使用会计科目进行表达，并熟悉其所属的会计要素。

【任务要求】

对三友服饰公司 2009 年 9 月 30 日的财务状况所列 25 项内容分别确定其所属会计科目。

 **任务准备**

三友服饰公司 2009 年 9 月底拥有一项原值为 2 580 000 元的固定资产，还拥有 280 810 元存货等，虽然这些都属于资产，但它们的经济内容及在经济活动中的周转方式和所起的作用各不相同。三友服饰公司欠着银行 150 000 元的流动资金借款，也欠着 169 000 元供应商的货款，虽然都是负债，但它们的形成原因和偿付期限也是各不相同。三友服饰公司股东投入了 2 500 000 元的资本，还有着以前年度积累的未分配利润 529 698.58 元，虽然都是所有者权益，但它们的形成原因和作用也不一样。由于企业的经济业务错综复杂，即使涉及同一项会计要素，也往往具有不同的内容和性质，这就要对会计要素作进一步分类。

1. 会计科目的概念及意义

会计科目是为了满足会计确认、计量、报告的要求，对会计要素具体内容进行分类的项目，是对资金运动的第三层次的划分。

会计科目是进行会计记录和提供会计信息的基础，在会计核算中具有重要意义。

① 会计科目是复式记账的基础。复式记账要求每一笔经济业务在两个或两个以上相互联系的账户中进行登记，以反映资金运动的来龙去脉。

② 会计科目是编制记账凭证的基础。会计凭证是确定所发生的经济业务应记入何种科目及分门别类登记账簿的凭据。

③ 会计科目为成本计算和财产清查提供了前提条件。通过会计科目的设置，有助于成本核算，使各种成本计算成为可能；通过账面记录与实际结存的核对，又为财产清查、保证账实相符提供了必备的条件。

④ 会计科目为编制会计报表提供了方便。会计报表是提供会计信息的主要手段，会计报表中的许多项目与会计科目是一致的，并根据会计科目的本期发生额或余额填列。

2. 设置会计科目的原则

设置会计科目，一般应遵循以下几项原则。

（1）必须结合会计对象的特点

设置会计科目是为了分门别类地核算和监督各项经济业务，为加强经济管理提供必要的核算指标。因此，除了共性的会计科目外，必须根据本单位会计对象的特点来确定应设置的会计科目。例如，生产企业是制造产品的单位，根据这一业务特点，就必须设置核算和监督生产过程的会计科目。而商品流通企业没有制造产品的业务，就不必设置核算和监督生产过程的会计科目。预算单位则应设置核算和监督经费收入和经费支出情况的会计科目。

（2）必须符合经济管理的需要

设置会计科目应充分考虑各有关方面对会计信息的需求，不仅应当符合国家宏观经济管理的要求，还要满足债权人、所有者等有关各方了解企业财务状况和经营成果的需要、满足企业加强内部经营管理的需要。然而，不同方面对会计信息的要求并不完全相同。一般来讲，企业内部经营管理需要会计提供尽可能详细、具体的数据资料，而对外报告一般是通过会计报表提供一些概括的数据资料。也就是说，企业的管理者往往要求会计科目设置细化，而企业外部的报表使用者只是通过会计报表概括了解企业的财务状况和经营成果。这就要求企业在设置会计科目时，要同时兼顾企业内部和外部两方面对会计信息的需要，对会计科目适当分类，既设置能够提供总括核算指标的会计科目，以满足企业外部有关方面的需要；又要设置能够提供明细核算指标的明细科目，主要满足企业内部经营管理的需要。

（3）必须坚持统一性和灵活性相结合

统一性是指设置会计科目时要符合会计制度的要求，灵活性是指在不影响会计核算要求和会计报表指标汇总的前提下各单位根据自己的具体情况可以自行增减或合并某些会计科目。例如，企业根据管理要求，可以将"生产成本"科目分为"基本生产成本"、"辅助生产成本"两个科目。又如，企业内部各车间、部门周转使用的备用金，可以增设"备用金"科目。再如，预收、预付账款不多的企业，可以不设"预收账款"、"预付账款"科目，将预收、预付账款在"应收账款"、"应付账款"科目核算。但应注意的是，会计科目的设置，既要防止会计科目设置过多的烦琐倾向，又要防止不顾实际需要随意简化、合并会计科目的简单化做法。

（4）必须使会计科目具备可操作性

为了便于理解和实际运用，必须对每一个会计科目都明确规定其特定的核算内容，会计科目的名称应字义相符、简单明确、通俗易懂；同时，为了符合会计信息可比性的要求，会计科目要保持相对稳定。

为了便于会计账务处理，加快会计核算速度，每个会计科目都有固定编号，以便于编制会计凭证、登记账簿、查阅账目、实行会计电算化，不要随意改变或打乱重编。为便于会计科目增减，在顺序号中一般都留有间隔。

财政部制定的《企业会计准则》及其指南规定了一般企业的常用会计科目名称及其核算内容。表1-1是财政部最新公布的企业统一会计科目。

表1-1　新会计准则会计科目表

序号	会计科目编号	会计科目名称	会计科目适用范围说明
一、资产类			
1	1001	库存现金	
2	1002	银行存款	
3	1003	存放中央银行款项	银行专用
4	1011	存放同业	银行专用
5	1012	其他货币资金	
4	1101	短期投资	
5	1102	短期投资跌价准备	
6	1021	结算备付金	证券专用
7	1031	存出保证金	金融共用
8	1101	交易性金融资产	
9	1111	买入返售金融资产	
10	1121	应收票据	
11	1122	应收账款	
12	1123	预付账款	
13	1131	应收股利	
14	1132	应收利息	
15	1201	应收代位追偿款	保险专用
16	1211	应收分保账款	保险专用

序号	会计科目编号	会计科目名称	会计科目适用范围说明
17	1212	应收分保合同准备金	
18	1221	其他应收款	
19	1231	坏账准备	
13	1161	应收补贴款	
20	1301	贴现资产	银行专用
21	1302	拆出资金	
22	1303	贷款	银行和保险共用
23	1304	贷款损失准备	银行和保险共用
24	1311	代理兑付证券	银行和证券共用
25	1321	代理业务资产	
26	1401	材料采购	
27	1402	在途物资	
28	1403	原材料	
29	1404	材料成本差异	
30	1405	库存商品	
31	1406	发出商品	
32	1407	商品进销差价	
33	1408	委托加工物资	
34	1411	周转材料	
35	1421	消耗性生物资产	
36	1431	贵金属	
37	1441	抵债资产	金融共用
38	1451	损余物资	保险专用
39	1461	融资租赁资产	租赁专用
40	1471	存货跌价准备	
41	1501	持有至到期投资	
42	1502	持有至到期投资减值准备	
43	1503	可供出售金融资产	
44	1511	长期股权投资	
29	1402	长期债权投资	
45	1512	长期股权投资减值准备	
46	1521	投资性房地产	
47	1531	长期应收款	
48	1532	未实现融资收益	
49	1541	存出资本保证金	
50	1601	固定资产	
51	1602	累计折旧	
52	1603	固定资产减值准备	
53	1604	在建工程	
54	1605	工程物资	
55	1606	固定资产清理	

序号	会计科目编号	会计科目名称	会计科目适用范围说明
56	1611	未担保余值	租赁专用
57	1621	生产性生物资产	农业专用
58	1622	生产性生物资产累计折旧	农业专用
59	1623	公益性生物资产	农业专用
60	1631	油气资产	石油天然气开采专用
61	1632	累计折耗	石油天然气开采专用
62	1701	无形资产	
63	1702	累计摊销	
64	1703	无形资产减值准备	
65	1711	商誉	
41	1815	未确认融资费用	
66	1801	长期待摊费用	
67	1811	递延所得税资产	
68	1821	独立账户资产	保险专用
69	1901	待处理财产损溢	

二、负债类

序号	会计科目编号	会计科目名称	会计科目适用范围说明
70	2001	短期借款	
71	2002	存入保证金	金融共用
72	2003	拆入资金	金融共用
73	2004	向中央银行借款	银行专用
74	2011	吸收存款	银行专用
75	2012	同业存放	银行专用
76	2021	贴现负债	银行专用
77	2101	交易性金融负债	
78	2111	卖出回购金融资产款	金融共用
79	2201	应付票据	
80	2202	应付账款	
81	2203	预收账款	
82	2211	应付职工薪酬	
50	2153	应付福利费	
83	2221	应交税费	
53	2176	其他应交款	
84	2231	应付利息	
85	2232	应付股利	
86	2241	其他应付款	
87	2251	应付保单红利	保险专用
88	2261	应付分保账款	保险专用
89	2311	代理买卖证券款	证券专用

序号	会计科目编号	会计科目名称	会计科目适用范围说明
90	2312	代理承销证券款	证券专用
91	2313	代理兑付证券款	证券和银行共用
92	2314	代理业务负债	
93	2401	递延收益	
94	2501	长期借款	
95	2502	应付债券	
96	2601	未到期责任准备金	保险专用
97	2602	保险责任准备金	保险专用
98	2611	保户储金	保险专用
99	2621	独立账户负债	保险专用
100	2701	长期应付款	
101	2702	未确认融资费用	
102	2711	专项应付款	
103	2801	预计负债	
104	2901	递延所得税负债	
三、共同类			
105	3001	清算资金往来	银行专用
106	3002	货币兑换	金融共用
107	3101	衍生工具	
108	3201	套期工具	
109	3202	被套期项目	
四、所有者权益类			
110	4001	实收资本	
111	4002	资本公积	
112	4101	盈余公积	
113	4102	一般风险准备	金融共用
114	4103	本年利润	
115	4104	利润分配	
116	4201	库存股	
五、成本类			
117	5001	生产成本	
118	5101	制造费用	
119	5201	劳务成本	
120	5301	研发支出	
121	5401	工程施工	建造承包商专用
122	5402	工程结算	建造承包商专用
123	5403	机械作业	建造承包商专用
六、损益类			
124	6001	主营业务收入	

序号	会计科目编号	会计科目名称	会计科目适用范围说明
125	6011	利息收入	金融共用
126	6021	手续费及佣金收入	金融共用
127	6031	保费收入	保险专用
128	6041	租赁收入	租赁专用
129	6051	其他业务收入	
130	6061	汇兑损益	金融专用
131	6101	公允价值变动损益	
132	6111	投资收益	
133	6201	摊回保险责任准备金	保险专用
134	6202	摊回赔付支出	保险专用
135	6203	摊回分保费用	保险专用
136	6301	营业外收入	
137	6401	主营业务成本	
138	6402	其他业务成本	
139	6403	营业税金及附加	
140	6411	利息支出	金融共用
141	6421	手续费及佣金支出	金融共用
142	6501	提取未到期责任准备金	保险专用
143	6502	提取保险责任准备金	保险专用
144	6511	赔付支出	保险专用
145	6521	保户红利支出	保险专用
146	6531	退保金	保险专用
147	6541	分出保费	保险专用
148	6542	分保费用	保险专用
149	6601	销售费用	
150	6602	管理费用	
151	6603	财务费用	
152	6604	勘探费用	
153	6701	资产减值损失	
154	6711	营业外支出	
155	6701	所得税费用	
156	6901	以前年度损益调整	

3. 会计科目的分类

会计科目表中列举的各个会计科目，并非彼此孤立，而是相互联系、相互补充地组成一个完整的会计科目体系，可用来全面、系统、分类地核算和监督会计对象的具体内容，提供企业内部经营管理和外部有关方面所需要的一系列核算指标。为了正确地掌握和运用会计科目，可以按照下列标准对会计科目进行适当的分类。

（1）按经济内容分类

会计科目按其经济内容的分类是主要的、基本的分类。会计科目按其所反映的经济内容，可以划分为资产类、负债类、共同类、所有者权益类、成本类和损益类六类。

① 资产类科目。是对资产要素的具体内容进行分类核算的项目，又可分为反映流动资产的科目和反映非流动资产的科目。其中反映流动资产的科目主要包括库存现金、银行存款、应收账款、其他应收款、原材料、库存商品等；反映非流动资产的科目主要包括固定资产、无形资产、长期股权投资等。

② 负债类科目。是对负债要素的具体内容进行分类核算的项目，又可分为反映流动负债的科目和反映非流动负债的科目。其中反映流动负债的科目主要包括短期借款、应付账款、其他应付款、应付职工薪酬、应交税费和应付股利等；反映长期负债的科目主要包括长期借款、长期应付款等。

③ 共同类科目。是具有双重性质的账户，包括衍生工具、套期工具等（考虑到基础会计的业务实例涉及不到共同类科目，故此由授课教师自行处理）。

④ 所有者权益类科目。是对所有者权益要素的具体内容进行分类核算的项目，按所有者权益的形成和性质可分为反映资本的科目和反映留存收益的科目。反映资本的科目有"实收资本"（或"股本"）、"资本公积"等；反应留存收益的科目有"盈余公积"、"本年利润"、"利润分配"等。所有者权益类的"本年利润"科目归属于利润会计要素，但由于企业实现利润会增加所有者权益，因而将其归为所有者权益类科目。

⑤ 成本类科目。是对可归属于产品生产成本、劳务成本等费用的具体内容进行分类核算的项目，按成本的不同内容和性质可以分为反映制造成本的科目和反映劳务成本的科目。反映制造成本的科目有"生产成本"、"制造费用"等；反映劳务成本的科目有"劳务成本"等。成本类科目归属于资产要素，成本是企业生产产品、提供劳务所消耗的价值的体现，为了能单独核算产品成本、劳务成本等，因而设置了成本类科目。

⑥ 损益类科目。是对收入和费用要素的具体内容进行分类核算的项目，又分为收入类科目和费用类科目。其中收入类科目主要包括主营业务收入、其他业务收入、投资收益和营业外收入等；费用类科目主要包括主营业务成本、其他业务成本、营业税金及附加、销售费用、管理费用、财务费用、营业外支出和所得税费用等。

（2）按其提供信息的详细程度及其统驭关系分类

根据会计科目所提供信息的详细程度及其统驭关系不同，可将会计科目分为总分类科目和明细分类科目。

① 总分类科目。也称为总账科目或一级科目，它是对会计要素具体内容进行总括分类、提供总括信息的会计科目，如"原材料"、"应收账款"等。为了便于宏观经济管理，总分类科目由财政部统一规定，前述科目表列示了新会计准则指南规定的总分类科目。

② 明细分类科目。也称明细科目，它是对总分类科目作进一步分类、提供更详细更具体会计信息的科目，如"原材料"科目按原材料的种类、规格等设置明细科目，反映各种原材料的具体构成内容；再如"应收账款"科目按债权人名称设置明细科目，反映应付账款的具体对象。明细分类科目一般是由企业依据国家统一规定的会计科目和要求，根据经营管理的需要自行设置的。

总分类科目与明细分类科目既有联系又有区别，总分类科目是概括地反映会计对象的具体内容，提供的是总括性指标；明细分类科目是详细地反映会计对象的具体内容，提供的是比较详细具体的指标。总分类科目对明细分类科目具有统驭控制作用，而明细分类科目则是对总分类科目的具体化和详细说明。

应当说明的是，并不是所有的总分类科目都需要设置明细分类科目，根据信息使用者所需不同信息的详细程度，有些只需设总分类科目，有些只需设总分类科目和二级明细科目，有些需设总分类科目、二级明细分类科目和三级明细分类科目等。

现以"生产成本"科目为例说明会计科目的级次关系，如表1－2所示。

表1－2　"生产成本"、"固定资产"明细科目

总分类科目（一级科目）	明细分类科目	
	二级明细科目	三级明细科目
生产成本	A 产品	直接材料
		直接人工
		制造费用
	B 产品	直接材料
		直接人工
		制造费用
固定资产	机器设备	A 机床
		B 机床
	运输工具	卡车（10 吨）
		客车（55 座）
		轿车

任务完成

三友服饰公司资料所反映的 2009 年 9 月 30 日的财务状况中的 25 项内容，分别用会计科目表示如下。

① 库存现金，银行存款。

② 交易性金融资产。

③ 应收票据——上海天虹公司，应收票据——南京伟业公司。

④ 应收账款——富丽公司，应收账款——华兴公司，应收账款——合新公司，应收账款——光大公司。

⑤ 其他应收款——周建芬，其他应收款——王玲。

⑥ 在途物资——材料。

⑦ 原材料——A 面料，原材料——B 面料，原材料——辅料。

⑧ 周转材料——包装物。

⑨ 生产成本——西服。

⑩ 库存商品——衬衫,库存商品——领带。

⑪ 长期股权投资——东方股票。

⑫ 固定资产——生产部门,固定资产——管理部门,累计折旧。

⑬ 短期借款——流动资金借款。

⑭ 应付票据——宇宙公司。

⑮ 应付账款——安达公司,应付账款——三利公司,应付账款——英杰公司,应付账款——大地公司。

⑯ 预收账款——华宏公司,预收账款——三兴公司,预收账款——中央商场。

⑰ 应付职工薪酬——福利费。

⑱ 其他应付款——押金。

⑲ 应付股利——E公司,应付股利——F公司。

⑳ 应交税费——应交增值税,应交税费——应交城建税,应交税费——应交教育费附加,应交税费——应交所得税。

㉑ 实收资本——E股东,实收资本——F股东。

㉒ 盈余公积。

㉓ 本年利润。

㉔ 利润分配——提取盈余公积,利润分配——提取应付股利。

㉕ 利润分配——未分配利润。

任务3 会计账户的设置

【知识学习目标】
- ●掌握会计账户的基本结构和内容;
- ●掌握会计账户与会计科目的关系。

【能力培养目标】
- ●能根据中小企业经营业务发生情况开设会计账户。

【任务要求】
根据三友服饰公司2009年9月30日的财务资料及10月份发生的经济业务,为三友服饰公司设置账户。

 任务准备

对会计对象具体内容分为会计要素和会计科目后,还要从数量上核算各项会计要素的增减变化，不但需要取得各项会计要素增减变化及其结果的总括数据，而且要取得一系列更加具体的分类的数量指标。这就要求根据会计科目开设账户。设置会计账户就是对会计要素的具体内容用货币量度进行日常归类、核算与监督的一种方法。会计科目只是对会计要素具体内容进行分类，但各单位发生的各种经济业务十分频繁、复杂，为了系统、连续地把各种经济业务发生情况和由此引起的各项资金变化情况分门别类地进行核算与监督，必须根据规定的会计科目在账簿中开设账户。

1. 会计账户的概念

设置会计科目，只是规定了对会计对象的具体内容进行分类核算的项目。为了对会计科目反映的经济内容进行全面、系统和连续的记录、计算，为经济管理提供各种信息资料，还必须根据规定的会计科目在账簿中开设账户，对各项经济业务进行分类核算。

账户是根据规定的会计科目在账簿中开设的，用来分类连续记录各项经济业务和分类储存会计核算资料的，具有一定结构的记账实体和信息载体。每一个账户都标有一个简明的名称，用以说明账户所记录的经济内容，会计科目就是账户的名称。

在账簿中根据各个会计科目分别设立账户，每个账户按照会计科目命名，记录该会计科目所确定的核算内容。为此，共同类账户与会计科目的分类相适应，账户按其核算的经济内容可分为资产类账户、负债类账户、所有者权益类账户、成本类账户、损益类账户。

账户按其提供核算资料的详细程度可分为总分类账户和明细分类账户。总分类账户是根据总分类科目开设的，提供各种总括分类核算资料。明细分类账户是根据二级科目或明细科目开设的，提供各种具体详细的分类核算资料。

2. 会计账户的基本结构和内容

会计账户的基本结构就是指账户的格式。账户的结构划分为两个基本部分：一部分反映数额的增加，另一部分反映数额的减少。通常在账户上划分为左右两方，分别记录增加额和减少额，至于哪一方向记增加，哪一方向记减少，取决于所采用的记录经济业务和账户的性质。一定时期内账户登记的增加额或减少额，称为本期发生额，它表示这一时期资金运动的动态变化；增减相抵后的差额，称为账户的余额，它表示某一会计期间期末资金增加、减少变化后的结果，是资金运动在期末的静态反映。余额按照表示的时间不同，分为期初余额和期末余额。一般情况下，账户余额的方向同账户增加额的方向一致。

通过账户记录可提供期初余额、本期增加发生额、本期减少发生额、期末余额四个核算指标。它们之间的基本关系是

期末余额 ＝ 期初余额 ＋ 本期增加发生额 － 本期减少发生额

账户需要依附于簿籍开设，亦即账簿，这样每个账户表现为账簿中的某张或某些账页，因而账户还应具体包括一定的要素。账户的格式，尽管各种各样，但一般来说应包括以下内容：账户的名称（即会计科目）、日期和凭证号数（用以说明账户记录的日期及依据）、摘要（概括说明经济业务的内容）、增加和减少的金额、余额。

在一定的记账法下，账户分为左方和右方，分别反映资产、负债、所有者权益的增减变化。账户基本结构（书面格式）如表1-3所示。

表1-3 账户名称（会计科目）

年		凭证号数	摘要	增加额	减少额	余额
月	日					

上述账户结构，在教学上通常用简化了的"T"形账户表示。

3. 会计账户的分类

1) 账户分类的意义

账户是用来对经济业务生成的会计数据进行分类记录的工具，只从某一侧面反映会计要素的具体变化及结果。因此，每个账户都有自己的特性，其他账户无法替代。了解每个账户的特性对于正确运用各个账户是非常必要的。会计要素无论是内部还是相互之间都是密切联系的，从而向信息使用者提供完整、系统的会计信息。作为会计要素具体化的账户，它们之间必然也是相互依存、相互关联的。共性的存在使得账户在整体上构成了一个有机的体系。只有完整地运用账户体系，才能真正发挥会计的功能。

在学习账户特性的基础上，还应进一步研究账户的共性，寻求账户设置和运用的规律。为此，需探明每个账户在账户体系中的地位和作用，理解账户间的内在联系，掌握各类账户在提供会计指标方面的规律性。总之，对账户分类的认识，既可以揭示全部账户是如何分工且协作地全面反映会计对象，也便于设计恰当的会计账页格式，并深化对设置和运用账户这一会计核算专门方法的理解。

账户分类的意义具体表现如下。

（1）有利于全面反映企业资金运动情况

不同企业的经营活动各有特点，则资金运动过程的内容就有所区别，因此全面反映资金运动过程的变化及结果的账户体系也就不同。企业应根据自身经营活动的特点，选择能有效核算和监督本单位经营活动的账户体系。这要求会计人员必须掌握各种账户所包含的经济内容和用途、结构方面的规律，全面系统地记录企业的资金运动情况，为信息使用者提供所需的信息。

（2）有利于设计恰当的会计账页格式

会计账簿是在账户的基础上，将具有一定格式的账页装订起来的簿籍。账页是账户的载体，是组成账簿的单元。对于不同类别的账户，由于信息披露的需求不同，所以账页在设计时就应该选择恰当的格式来满足特定的需求。掌握账户的分类规律，将有助于选择合适的账页格式。例如，反映实物资产的账户应既能提供金额方面的信息，也能提供实物量方面的信息，可采用数量金额式账页格式；反映生产成本的账户应在反映总额的基础上，还提供与产品生产密切相关的各种组成项目的详细情况，可采用多栏式账页格式。

账户体系是包含众多账户的集合，科学地对其进行分类才能实现科学的管理。按照不同的标准对账户分类，可以从不同的角度来认识账户，主要的分类标准有按会计要素分类和按用途及结构分类两种。

2) 账户按会计要素分类

会计要素包括资产、负债、所有者权益、收入、费用和利润六类，产品生产企业账户按会计要素分类就可以分为资产类账户、负债类账户、所有者权益类账户、收入类账户、费用类账户和利润类账户六种。这种分类方法既考虑了企业会计要素的基本内容，也考虑了企业经营活动的特点。通过这六种账户可以进一步提供各会计要素更为具体的核算指标，全面反映企业的资金运动过程。其中，反映静态资金运动的账户包括资产类账户、负债类账户、所有者权益类账户，反映动态资金运动的账户包括收入类账户、费用类账户和利润类账户。账户之间的本质区别在于其反映的经济内容不同，因而账户按会计要素的分类是账户基本的分类，它是账户按用途和结构分类的基础。

（1）资产类账户

资产类账户是反映企业过去的交易或者事项形成的、由企业拥有或者控制的、预期会给企业带来经济利益的资源增减变动及其结果的账户。由于资产按流动性可分为流动资产和非流动资产，所以资产类账户可进一步分为以下两种。

① 反映流动资产的账户。资产类账户中符合流动资产条件的，应当归类为流动资产账户，包括"库存现金"、"银行存款"、"应收票据"、"应收账款"、"预付账款"、"应收股利"、"应收利息"、"其他应收款"、"在途物资"、"材料采购"、"原材料"、"库存商品"等账户。

② 反映非流动资产的账户。非流动资产账户是资产类账户中流动资产账户以外的账户，包括"长期股权投资"、"固定资产"、"累计折旧"、"在建工程"、"固定资产清理"、"无形资产"、"累计摊销"、"长期待摊费用"、"待处理财产损溢"等账户。

（2）负债类账户

负债类账户是反映企业过去的交易或者事项形成的、预期会导致经济利益流出企业的现实义务增减变动及其结果的账户。负债也按流动性分为流动负债和非流动负债，因此负债类账户可进一步分为以下两种。

① 反映流动负债的账户。负债类账户中符合流动负债条件的，应当归类为流动负债账户，包括"短期借款"、"应付票据"、"应付账款"、"预收账款"、"应付职工薪酬"、"应交税费"、"应付利息"、"应付股利"、"其他应付款"、"预计负债"等账户。

② 反映非流动负债的账户。负债类账户中流动负债账户以外的账户是非流动负债账户，包括"长期借款"、"应付债券"、"长期应付款"等账户。

（3）所有者权益类账户

所有者权益类账户是反映企业资产扣除负债后由所有者享有的剩余权益增减变动及其结果的账户。所有者权益由实收资本、资本公积、盈余公积和未分配利润四个项目构成，其来源于投入资本和留存收益等。因此，所有者权益类账户可以进一步分为以下两种。

① 反映所有者投入资本的账户。反映所有者投入资本的账户包括"实收资本"和"资本公积"账户。

② 反映留存收益的账户。留存收益是指企业从历年实现的利润中提取和留存于企业的内部积累，它源于企业生产和经营活动所实现的净利润，包括盈余公积和未分配利润两个部分。反映留存收益的账户包括"盈余公积"、"本年利润"和"利润分配"账户。其中"本年利润"账户和"利润分配"账户相配合，可提供企业未分配利润的情况，最终将增加企业的所有者权益。

（4）收入类账户

此处的"收入"是指广义的收入，包括在日常活动和非日常活动中形成的会导致所有者权益增加的、与所有者投入资本无关的经济利益的流入。收入类账户具体可分为以下两种。

① 反映营业收入的账户。营业收入包括主营业务收入和其他业务收入两部分，反映营

业收入的账户包括"主营业务收入"、"其他业务收入"、"投资收益"等账户。

② 反映营业外收入的账户。反映营业外收入的账户是用来核算企业在非日常活动中形成的、会导致所有者权益发生增加，但与所有者投入资本无关且应当计入当期损益的利得的账户，如"营业外收入"账户。

（5）费用类账户

此处的"费用"是广义的费用，包括在日常活动和非日常活动中形成的导致所有者权益减少的、与向所有者分配利润无关的经济利益的流出。费用类账户按照其性质和内容可以分为以下三种。

① 反映营业费用的账户。营业费用是为取得营业收入而支付的代价，反映营业费用的账户包括和产品生产密切相关的费用，如"生产成本"、"制造费用"，还包括和当期损益密切相关的费用，如"主营业务成本"、"其他业务成本"、"营业税金及附加"、"管理费用"、"销售费用"、"财务费用"、"资产减值损失"等账户。

② 反映营业外费用的账户。反映营业外费用的账户是用来核算企业在非日常活动中形成的、会导致所有者权益发生减少，但与向所有者分配利润无关的且应当计入当期损益的账户，如"营业外支出"账户。

③ 反映所得税费的账户。反映所得税费用的账户是用来核算按照当期实现的利润交纳企业所得税的账户，如"所得税费用"账户。

（6）利润类账户

利润类账户用来核算企业一定会计期间的经营成果，包括利润的实现和分配情况两部分。具体分为以下两种。

① 反映利润实现情况的账户。反映利润实现情况的账户是用来核算企业当期经营成果形成情况的账户，如"本年利润"账户。

② 反映利润分配情况的账户。反映利润分配情况的账户是用来核算企业利润的分配和历年利润分配后的结存余额，如"利润分配"账户。上述对生产企业的主要账户按其会计要素进行分类的情况如图1-8所示。

3）账户按用途和结构分类

账户的用途，是指设置和运用账户的目的，即通过账户记录提供什么核算指标。账户的结构，是指在账户中如何登记经济业务，以取得所需要的各种核算指标，即账户借方登记什么内容，贷方登记什么内容，期末账户有无余额，如有余额在账户的哪一方，余额表示什么内容。

将账户按会计要素进行分类，对于掌握完整的账户体系，正确区分账户的经济性质，提供企业经营管理和对外报告所需要的各种核算指标，具有重要意义。但是，仅按会计要素对账户进行分类，还难以清晰说明各个账户的具体用途，以及账户如何在结构上提供管理中所需要的各种核算指标。从会计要素与用途、结构这两个不同的角度出发来研究账户，经常发现：一方面，按照会计要素归为一类的账户，可能具有不同的用途和结构；而另一方面，具有相同用途和结构的账户，在按照会计要素分类时可能属于不同的类别。

例如，"固定资产"账户和"累计折旧"账户，按其反映的会计要素都属于资产类账户，而且都用来反映固定资产的相关内容，但是这两个账户的用途和结构却完全不同。"固定资产"账户是按原始价值反映固定资产增减变动及其结存情况的账户，增加记借方，减少记贷方，期末借方余额表示企业现有固定资产的原始价值。而"累计折旧"账户则是用来反映固定资产由于损耗而引起的价值减少，即提取折旧情况的账户，计提折旧的增加记贷方，已提折旧的减少或注销记借方，期末余额在贷方，表示现有固定资产的累计折旧。"本年利润"和"利润分配"也是一组归属于相同的会计要素但用途和结构却不同的账户。

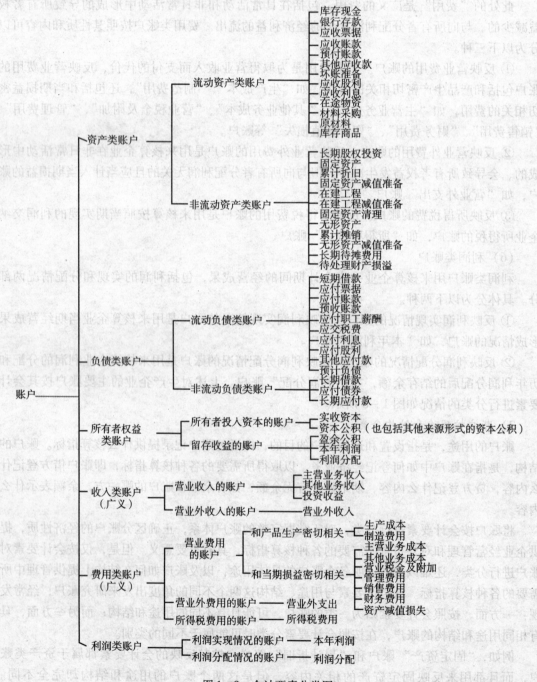

图1-8 会计要素分类图

再如，"长期待摊费用"账户和"预计负债"账户，这两个账户按照会计要素分类，一个是资产类账户，另一个是负债类账户，但它们在用途和结构方面却有相同之处。两者都是根据权责发生制核算基础的要求，为划清各个会计期间的费用界限而设置和运用的，账户结构也基本相同，借方用来登记费用的实际支付额，贷方用来登记应由某个会计期间负担的费用摊配或预提额。

因此，虽然账户的用途和结构总是直接或间接地依存于账户的经济性质，但账户按会计要素的分类并不能取代账户按用途和结构的分类。为了深入理解和掌握账户在提供核算指标方面的规律性，正确地设置和运用账户来记录经济业务，为信息使用者提供有助于决策的会计信息，就有必要在账户按会计要素分类的基础上进一步研究账户按用途和结构分类。两种划分账户角度的关系是：按会计要素进行账户分类是基本的、主要的分类，按用途和结构进行分类，是在按会计要素分类的基础上的进一步分类，是对账户按会计要素分类的必要补充。

在借贷记账法下，生产企业的主要账户按其用途和结构，可以分为盘存账户、结算账户、资本账户、集合分配账户、跨期摊提账户、成本计算账户、损益结转账户、财务成果账户、调整账户和计价对比账户。

（1）盘存账户

盘存账户是用来核算和监督各项财产物资和货币资金的增减变动及其结存情况的账户。这类账户的结构是：借方登记各项财产物资和货币资金的增加额，贷方登记各项财产物资和货币资金的减少额，期末余额在借方，表示期末各项财产物资和货币资金的实际结存额。盘存账户的结构如下。

借方	盘存账户	贷方
期初余额：财产物资和货币资金的期初实存额 发生额：财产物资和货币资金的本期增加额		发生额：财产物资和货币资金的本期减少额
期末余额：财产物资和货币资金期末实存额		

属于这类账户的有"库存现金"、"银行存款"、"原材料"、"库存商品"、"固定资产"等账户。盘存账户的特点是：盘存账户可以通过财产清查的方法（实地盘点或对账）确定其实存额，核对其实存额与账面结存额是否相符，检查实存的财产物资和货币资金在管理中是否存在问题；除"库存现金"、"银行存款"账户外，其他盘存账户，如"原材料"、"库存商品"和"固定资产"等账户，可以通过设置数量金额式明细账格式，同时提供实物数量和金额两种指标。

（2）结算账户

结算账户是用来核算和监督企业同其他单位或个人之间债权（应收款项或预付款项）、债务（应付款项或预收款项）结算情况的账户。由于结算业务的性质不同，决定了不同结算账户具有不同的用途和结构。按照用途和结构，可以将结算账户分为债权结算账户、债务结算账户和债权债务结算账户三类。

债权结算账户亦称资产结算账户，是用来反映和监督企业同各单位或个人之间债权结算业务的账户。这类账户的结构是：借方登记债权的增加额，贷方登记债权的减少额，期末余额一般是在借方，表示期末尚未收回债权的实存额。债权结算账户的结构如下。

借方	债权结算账户	贷方
期初余额：债权的期初实存数 发生额：债权的本期增加数		发生额：债权的本期减少额
期末余额：债权的期末实存数		

属于这类账户的有"应收账款"、"预付账款"、"应收股利"、"应收利息"、"其他应收款"等账户。

债务结算账户亦称负债结算账户，是用来核算和监督企业同其他单位和个人之间的债务结算业务的账户。这类账户的结构是：贷方登记债务的增加额，借方登记债务的减少额，期末余额一般在贷方，表示期末尚未偿还的债务的实存款。债务结算账户的结构如下。

借方	债权权结算账户	贷方
发生额：债务的本期减少额		期初余额：债务的期初实存额 发生额：债务的本期增加额
期末余额：债务的期末实存额		

属于这类账户的有"短期借款"、"应付账款"、"预收账款"、"应付职工薪酬"、"应交税费"、"应付利息"、"其他应付款"、"长期借款"、"应付债券"、"长期应付款"等账户。

债权债务结算账户亦称资产负债结算账户或往来结算账户。这类账户既反映债权结算业务，又反映债务结算业务，是双重性质的结算账户。这类账户的使用主要是基于以下情况：在实际工作中，企业在与经常发生业务往来的单位之间，有时处于债权人的位置，有时处于债务人的位置。比如，企业向某单位销售产品，如果是先发货后收款，发生应收而尚未收到的款项就构成了企业的债权；如果合同规定购买方先预付货款，预收的款项就构成了企业的债务。企业在向该单位销售产品时，可能使用了不同的销售方式。为集中反映企业与同一单位发生的债权和债务的往来结算情况，减少会计科目的使用，简化核算手续，可设置和运用这类债权债务双重性质的结算账户，反映对该单位债权债务的增减变化及其结余情况。

这类账户的结构是：借方登记债权（应收款项和预付款项）的增加额和债务（应付款项和预收款项）的减少额，贷方登记债务的增加额和债权的减少额，期末账户余额可能在借方，也可能在贷方。期末账户余额如在借方，表示尚未收回的债权净额，即尚未收回的债权大于尚未偿付的债务的差额；如在贷方，表示尚未偿付的债务净额，即尚未偿付的债务大于尚未收回的债权的差额。债权债务结算账户的结构如下。

借方	债权债务结算账户	贷方
期初余额：债权大于债务的期初差额 发生余额：（1）本期债权增加额 　　　　　（2）本期债务减少额		期初余额：债务大于债权的期初差额 发生额：（1）本期债权减少额 　　　　　（2）本期债务增加额
期末余额：债权大于债务的期末差额		期末余额：债务大于债权的期末差额

按照平行登记的要求，该账户所属明细账的借方余额之和与贷方余额之和的差额，应当与总账的余额相等。但需要注意的是，由于总账账户具有债权债务的双重性质，所以总账余额只表明债权和债务的差额，无法清晰反映企业债权和债务的实际情况。因此，在填列资产负债表债权和债务具体项目时，不能根据债权债务双重性质的总账账户余额填列，必须根据该账户所属明细账数额的方向在分析债权或债务的性质后填写。

例如，企业将"其他应收款"账户和"其他应付款"账户合并设置为其他往来账户，其结构特点如下。

借方　　　　　　　　其他往来账户　　　　　　　　贷方	
期初余额：其他应收款大于其他应付款的期初差额 发生余额：（1）其他应收款增加额 　　　　　（2）其他应付款减少额	期初余额：其他应付款大于其他应收款的期初差额 发生余额：（1）其他应收款减少额 　　　　　（2）其他应付款增加额
期末余额：其他应收款大于其他应付款的期末差额	期初余额：其他应付款大于其他应收款的期末差额

此外，如果企业预收款项的业务不多，可以不单设"预收账款"账户，而用"应收账款"账户同时反映企业应收款项和预收款项的增减变动及其变动结果，此时的"应收账款"账户就是一个债权债务结算账户；如果企业预付款项的业务不多，可以不单设"预付账款"账户，而用"应付账款"账户同时反映企业应付款项和预付款项的增减变动及其变动结果，此时的"应付账款"账户也是一个债权债务结算账户。这样做虽然可以节约会计科目的使用，但当企业用"应收账款"账户反映预收款项业务时，就会出现账户名称与其反映的业务内容不相一致的情况，不便于对账户的理解和运用。因此，在设置和运用这类账户时须注意其双重性质的特点。

例 1 - 1

企业本月与 A、B 公司发生的债权、债务业务登记结果如下。

借方　　　　　　　应收账款（总账）　　　　　　贷方	
期初余额：0 （1）应收 A 公司销货款　　　30 000	（2）预收 B 公司购货款　　　5 000
期末余额：应收款大于预收款的期末差额　25 000	

借方　　　　　应收账款（明细账）——A 公司　　　贷方	
期初余额：0 （1）应收销货款　　　30 000	
期末余额：应收款的期末余额　　　30 000	

借方　　　　　应收账款（明细账）——B 公司　　　贷方	
期初余额：0	预收购货款　　　5 000
	期末余额：预收款的期末余额 5 000

通过例 1 - 1 应明确：月末，企业从 A 公司应收款项 30 000 元，从 B 公司预收款项 5 000 元；两个明细账方向相抵的余额之和借方 25 000 元（30 000 - 5 000）与总账相同；总账借方 25 000 元只表示债权大于债务的差额，不是单纯的债权数额。

需要注意的是，在借贷记账法下，一些结算账户的余额方向是不确定的，如"应交税费"、"应付职工薪酬"等。当预交税费时，作为资产的增加，应记入"应交税费"账户的借方；月末计算出应交纳金额时，作为负债的增加，应记入"应交税费"账户的贷方。如果预交金额大于应交金额，账户出现借方余额，则"应交税费"为债权（资产）；如果预交金额小于应交金额，账户出现贷方余额，则"应交税费"为债务（负债）；如果预交金额与应交金额相等，则账户没有余额。

总之，结算账户的特点是：按照结算业务的对方单位和个人来设置明细账户，详细反映债权和债务的实际情况；结算账户只提供金额指标，所以可设置三栏式明细账格式；结算账户的余额方向决定了账户的性质，余额在借方时属于资产，在贷方时属于负债。

（3）资本账户

资本账户是用来反映和监督企业所获取的所有者投入资本及资本在运用中的增减变动和结存情况的账户。这类账户的结构是：贷方登记资本的增加额，借方登记资本的减少额，余额在贷方，表示期末所有者权益的实存额。该账户的结构如下。

借方	资本账户	贷方
发生额：所有者权益的本期减少额		期初余额：所有者权益期初的实存额 发生额：所有者权益的本期增加额
		期末余额：所有者权益的期末实存额

属于这类账户的有"实收资本"、"资本公积"、"盈余公积"等账户。资本公积是投入资本发生溢价或者通过其他来源直接增加所有者权益形成的；盈余公积属于企业的留存收益，是投入资本形成的增值，其最终所有权属于企业的所有者。两者都反映所有者对企业拥有权益的增加，因而将其归入资本账户。

资本账户的特点是：根据反映不同具体内容的需求，分别设置明细账记录企业所有者投资的实际情况，如"实收资本"可按投资者进行明细核算，"资本公积"可按"资本溢价"、"其他资本公积"进行明细核算，"盈余公积"可按"法定盈余公积"、"任意盈余公积"进行明细核算；资本账户只提供金额指标，可以设置三栏式明细账格式。

（4）集合分配账户

集合分配账户是用来归集和分配企业生产过程中所发生的各种间接费用，核算和监督与生产产品密切相关的间接费用计划执行情况及分配情况的账户。这类账户的结构是：借方登记各种间接费用的发生额，贷方登记按照一定标准分配计入各个成本计算对象的费用分配额，一般情况下，期末时归集在这类账户借方的费用会全部从贷方分配出去，所以通常没有余额。该类账户的结构如下。

借方	集合分配账户	贷方
发生额：汇集生产过程中各种间接费用的本期发生额		发生额：将各种间接费用计入各个成本计算对象的本期分配额

属于这类账户的有"制造费用"账户。集合分配账户的特点如下。

①通常，期末将汇集的间接费用分配出去后无余额，具有明显的过渡性质。

②虽然只提供间接费用的金额指标，但为了详细反映间接费用的组成，可以设置多栏式明细账。

（5）跨期摊提账户

跨期摊提账户是用来反映和监督应由几个会计期间共同负担的费用，并将这些费用在各个会计期间进行分摊和预提的账户。企业为了及时获取经营活动的信息，应进行会计分期。将会计分期运用到现实中经常出现费用并不是当期支付当期收益的情况，而是当期支付、跨期收益，或者当期收益、以后支付。为了正确计算各个会计期间的损益，企业必须按照权责发生制的要求，依据收益的原则严格划分费用的归属期。对于当期支付、跨期收益或当期收益、以后支付的费用，需要设置跨期摊提账户来实现权责发生制的要求。这类账户的结构是：借方登记费用的实际支付额，贷方登记某个会计期间收益而应负担的费用摊配额或预提额，期末如为借方余额，表示已支付尚未摊配的待摊费用，如为贷方余额，则表示已预提而尚未支付的当。该账户的结构如下。

借方	跨期摊提账户	贷方
期初余额：已支付而尚未摊配的待摊费用额 发生额：待摊费用或预提费用的本期支付额		期初余额：已预提而尚未支付的预提费用额 发生额：待摊费用的本期摊配额或预提费用的本期预提额
期末余额：已支付而尚未摊配的待摊费用额		期末余额：已预提尚未支付的预提费用额

属于这类账户的有"长期待摊费用"和"预计负债"账户。该类账户的特点如下。

① "长期待摊费用"和"预计负债"账户，虽然用途和结构相似，但它们的经济性质不同，"长期待摊费用"账户属于资产类账户，"预计负债"账户属于负债类账户。

② 这两个账户在结构上有所差别，"长期待摊费用"是先支付后摊配，因而是先登记借方后登记贷方，余额在借方，而不可能发生贷方余额；"预计负债"则是先预提后支付，因而是先登记贷方后登记借方，由于预计可能和实际之间存在差异，所以期末余额可能在贷方（为预计负债），也可能在借方（为长期待摊费用），这一特点和一些结算账户相似。

③ 只提供金额指标，可设置三栏式明细账。

（6）成本计算账户

成本计算账户是用来反映和监督企业生产经营过程中某一阶段所发生的、应计入成本计算对象的全部费用，并确定各个成本计算对象的实际成本的账户。这类账户的结构是：借方登记应计入成本计算对象的全部费用，包括计入各个成本计算对象的直接费用和按一定标准分配计入各个成本计算对象的间接费用；贷方登记转出的已完成某一过程的成本计算对象的实际成本，期末借方余额，表示按照成本计算对象尚未完成某一过程的实际成本。成本计算账户的结构如下。

借方	成本计算账户	贷方
期初余额：按照成本计算对象尚未完成某一过程的 期初实际成本 发生额：生产经营过程某一阶段发生的应计入成 本计算对象的费用		发生额：按照成本计算对象结转已完成某一 过程的实际成本
期末余额：按照成本计算对象尚未完成某一过程 的期末实际成本		

这类账户包括"在途物资"、"材料采购"、"生产成本"和"在建工程"等。成本计算账户的特点是：应按照成本计算对象和成本项目设置多栏式明细账；可以提供实物和金额指标，具有盘存账户的性质。

（7）损益结转账户

损益结转账户是用来核算和监督企业在一定时期内的收益和支出，并在期末将其结转，合理计算该期间损益的账户。按照经济内容，可以进一步划分为收入损益结转账户和费用损益结转账户。

收入损益结转账户用来核算和监督企业在一定时期内所取得的、应计入当期损益的各种经济利益流入的账户。这里的收入概念是广义的。这类账户的结构是：贷方登记本期收入的增加额，借方登记本期收入的减少额和期末转入"本年利润"账户的收入额，结转后该类账户应无余额。该账户的结构如下。

借方 收入损益结转账户	贷方
发生额：（1）本期收入的减少额 （2）期末转入"本年利润"账户的收入额	发生额：本期收入的增加额

属于这类账户的有"主营业务收入"、"其他业务收入"、"投资收益"、"营业外收入"等账户。

费用损益结转账户是用来核算和监督企业在一定时期内所发生的、应计入当期损益的各种经济利益流出的账户。这里的费用概念只包括应计入当期损益的广义费用，并不包括和产品生产密切相关的生产费用（计入资产）。这类账户的结构是：借方登记本期费用的增加额，贷方登记本期费用的减少额和期末转入"本年利润"账户的费用额，结转后无余额。该账户的结构如下。

借方 费用损益结转账户	贷方
发生额：本期费用的增加额	发生额：（1）本期费用的减少额 （2）期末转入"本年利润"账户的费用额

属于这类账户的有"主营业务成本"、"营业税金及附加"、"其他业务成本"、"销售费用"、"管理费用"、"账务费用"、"资产减值损失"、"营业外支出"、"所得税费用"等账户。

总之，损益结转账户的特点是：为恰当地计算本期损益，期末会等额地从减少额方向结转至"本年利润"，结转后没有余额，其过渡的性质和集合分配账户有相似之处；只提供金额指标，但为了详细反映具体内容，可以按照业务类别、支出项目设置多栏式明细账。

（8）账务成果账户

账务成果账户是用来核算和监督企业在一定时期内全部生产经营活动最终成果的账户，是在损益结转账户的基础上综合反映企业经营业绩。这类账户的结构是：贷方登记期末从各收入损益结转账户转来的本期发生额，借方登记期末从各费用损益结转账户转来的本期发生额。中期期末（1~11月）如有贷方余额，为企业本期累计实现的净利润；若有借方余额，则为企业本期累计发生的亏损。年末，本年实现的净利润或发生的亏损都要结转至"利润分配"账户，结转后无余额。该账户的结构如下。

借方 账务成果账户	贷方
发生额：应计入本期损益的各项费用	发生额：应计入本期损益的各项收入
期末余额：（1~11月）发生的累计亏损额	期末余额：（1~11月）实现的累计利润额，年末无余额

属于这类账户的有"本年利润"账户。账务成果账户的特点如下。

① 在年度中间，余额一直保留在账户内，目的是提供截至本期累计实现的净利润或发生的亏损，余额可能在贷方，也可能在借方；年终结算时，要将账户余额转入"利润分配"账户，结转之后账户无余额，与损益结转账户类似。

② 只提供金额指标，可以按照具体项目设置多栏式明细账。

（9）调整账户

调整账户是依附于被调整账户，为求得被调整账户的实际余额而设置的账户。在会计核算中，由于管理上的需要或其他方面的原因，对于某些会计要素，需要获取不同方面的信息。在这种情况下，就有必要设置两个账户，一个用来反映其原始数字，另一个用来反映对原始数字的调整数字，将原始数字和调整数字相加或相减，即可求得调整后的实际数字。

调整账户按其调整方式的不同，可以分为备抵账户、附加账户和备抵附加账户三类。

备抵账户亦称抵减账户，是用来抵减被调整账户余额，以求得被调整账户实际余额的账户。被调整账户的余额与备抵账户的余额一定存在相反的方向；如果被调整账户的余额在借方，则备抵账户的余额一定在贷方；反之亦然。其调整方式，可用公式表示为

$$被调整账户余额 - 调整账户余额 = 被调整账户的实际余额$$

例如，"累计折旧"账户就是"固定资产"的备抵调整账户。因为对于固定资产，从管理角度考虑，既需要掌握固定资产的原始价值，也应掌握固定资产由于使用发生损耗后的实际价值，因此固定资产价值的减少就不能直接记入"固定资产"账户的贷方，冲减其原始价值，而应另外开设"累计折旧"账户。由"固定资产"账户记录原始价值，"累计折旧"账户记录磨损价值，两者的结构显然是相反的，所以提取的折旧应记入"累计折旧"账户的贷方。将"固定资产"账户的借方余额减去"累计折旧"账户的贷方余额，其差额表示现有固定资产的账面价值。两个账户之间的关系如下。

借方	固定资产	贷方
期末余额：固定资产原始价值 500 000		

借方	累计折旧	贷方
		期末余额：固定资产累计折旧 30 000

固定资产的原始价值	500 000
减：固定资产的累计折旧	30 000
固定资产账面价值	470 000

"利润分配"账户则是"本年利润"的备抵调整账户。由于信息使用者既想得到有关利润形成的资料，还希望了解利润分配的情况，如果直接在"本年利润"中核算利润分配的内容，就无法完整表达利润形成和分配这两方面的信息，所以需要另外设置"利润分配"

账户。利润的形成和分配性质是完全相反的，因此"本年利润"账户的贷方余额反映已实现的累计净利润，"利润分配"账户的借方余额反映已分配的利润，用"本年利润"账户的贷方余额减去"利润分配"账户的借方余额，其差额表示企业期末尚未分配的利润额。两个账户之间的关系如下。

借方	本年利润	贷方		借方	利润分配	贷方
	期末余额：400 000			期末余额：250 000		

本期已实现的利润额	400 000
减：本期已分配的利润额	250 000
期末未分配的利润额	150 000

属于备抵账户的还有"累计摊销"、"坏账准备"等账户。

附加账户是用来增加被调整账户的余额，以求得被调整账户的实际余额的账户。其调整方式可用公式表示为

$$被调整账户余额 + 附加账户余额 = 被调整账户的实际余额$$

因此，被调整账户的余额与附加账户的余额一定是在同一方向（借方或贷方）。在实际工作中，很少运用纯粹的附加账户。

备抵附加账户是指根据调整账户不同的余额方向，既可以用来抵减，又可以用来附加被调整账户的余额，以求得被调整账户实际的账户。当调整账户的余额与被调整账户的余额方向相反时，发挥备抵账户的功能；当调整账户的余额与被调整账户的余额方向相同时，发挥附加账户的功能。当然，在特定时刻只能发挥一种功能。

企业采用计划成本法进行材料的日常核算时，需要同时获得原材料的计划成本和实际成本方面的信息，因此在设置"原材料"（按计划成本核算）账户之外，另设"材料成本差异"账户。"材料成本差异"账户借方余额表示库存材料实际成本大于计划成本的超支额，贷方余额表示库存材料实际成本小于计划成本的节约额。当"材料成本差异"账户为借方余额时，原材料的实际成本为"原材料"账户的借方余额（计划成本）加上"材料成本差异"账户借方余额（超支额）；当"材料成本差异"账户为贷方余额时，原材料的实际成本为"原材料"账户的借方余额（计划成本）减去"材料成本差异"账户贷方余额（节约额）。可见，"材料成本差异"账户是"原材料"的备抵附加调整账户。

借方	原材料（明细账）——甲材料	贷方		借方	原材料（明细账）——乙材料	贷方
期末余额：60 000				期末余额：30 000		

借方　材料成本差异——甲材料　贷方	借方　材料成本差异——乙材料　贷方
期末余额：3 000	期末余额：1 000

甲材料的实际成本＝60 000（计划成本）－3 000（节约差）＝57 000

乙材料的实际成本＝30 000（计划成本）＋1 000（超支差）＝31 000

综上所述，调整账户的特点是：调整账户与被调整账户反映的经济内容相同，但用途和结构不同；被调整账户反映会计要素的原始数字，而调整账户反映的是同一要素的调整数字，调整账户不能脱离被调整账户而独立存在；调整方式是相加还是相减取决于被调整账户与调整账户的余额是在相同方向（附加）还是相反方向（备抵）。

（10）计价对比账户

计价对比账户是用来对经济业务按照两种不同的标准进行计价、对比，确定其业务成果的账户。在企业的生产经营过程中，为了加强经济管理，对某项经济业务可以按照两种不同的标准计价，并将两种不同的计价标准进行对比，从而确定其业务成果。这类账户的结构是：借方核算业务的第一种计价标准发生额，贷方核算业务的第二种计价标准发生额，在该业务完成时需要从借方将贷差（第二种计价大于第一种计价的差额）转入差异账户，从贷方将借差（第一种计价大于第二种计价的差额）转入差异账户。该账户的结构如下。

借方	计价对比账户	贷方
发生额：（1）核算业务的第一种计价标准 （2）将贷差转入差异账户的贷方		发生额：（1）核算业务的第二种计价标准 （2）将借差转入差异账户的借方

按计划成本进行材料日常核算的企业所设置的"材料采购"账户属于计划对比账户。"材料采购"账户结构是：借方登记材料的实际采购成本（第一种计划），贷方登记验收入库。

材料的计划成本（第二种计价），将借贷双方两种计价对比，可以确定材料采购的业务成果，即以实际采购成本与计划对比，确定超支（材料采购的借差）或节约额（材料采购的贷差），并将超支差和节约差在材料验收入库、结转采购成本时记入"材料成本差异"账户。按照计划成本进行库存商品核算的企业所设置的"生产成本"账户，也是计价对比账户。

按用途和结构对生产企业主要的账户进行分类的情况如图1－9所示。

4）账户按其他标准分类

设置账户是会计核算的一种专门方法。账户的开设应与会计科目的设置相适应，会计科目分为总账科目、二级明细科目和三级明细科目，账户也应相应地分为总分类账（一级账户）和明细分类账（二、三级账户），总分类账户所属的各明细分类账户余额总计应与总分类账户余额相等。总分类账户与明细分类账户之间的关系如图1－10所示。

所以总分类账是明细分类账的统驭账户，它对明细分类账起着控制作用，明细分类账则是总分类账的从属账户，它对总分类账起着辅助和补充作用，两者结合起来就能概括而详细地反映同一经济业务的核算内容。

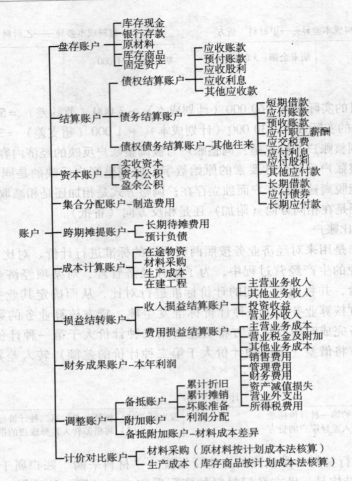

图 1-9 账户按用途和结构分类图

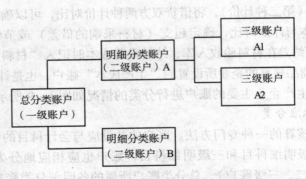

图 1-10 总分类账户与明细分类账户的关系

4. 会计账户与会计科目的联系和区别

（1）两者的联系

会计科目和账户都是对会计对象具体内容的科学分类，两者口径一致，性质相同。会计科目是账户的名称，也是设置账户的依据；账户是会计科目的具体运用。没有会计科目，账户便失去了设置的依据；没有账户，就无法发挥会计科目的作用。

（2）两者的区别

会计科目仅仅是账户的名称，不存在结构，因为会计科目只能界定经济业务发生变化所涉及的会计要素具体内容的项目，但不能对其加以记录；而账户则具有一定的格式和结构，因为账户是用来记录经济业务发生变化及其结果的载体。

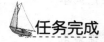

任务完成

三友服饰公司 2009 年 9 月 30 日的财务会计账户见课程导入部分（表0－2）。

复习思考题

1. 简述会计要素及会计要素的内容。

2. 会计要素的计量属性有哪些？

3. 会计科目的定义是什么？会计科目如何进行分类？

4. 什么是会计账户？会计账户的结构怎样？

5. 会计账户与会计科目关系怎样？

6. 总分类账户与明细分类账户的相互关系如何？

综合练习

一、单项选择题

1. 下列各项中不属于资产要素的是（　　　）。

　　A. 应收账款　　　　B. 预付账款　　　　C. 预收账款　　　　D. 累计折旧

2. （　　　）是对会计对象的具体内容进行科学分类的项目。

　　A. 会计要素　　　　B. 会计科目　　　　C. 会计对象　　　　D. 会计账户

3. 债权人和投资人对企业资产都拥有要求权，这种要求权总称为（　　　）。

　　A. 负债　　　　　　B. 所有者权益　　　C. 权益　　　　　　D. 债权

4. 下列各项目属于流动资产的是（　　　）。

　　A. 无形资产　　　　B. 固定资产　　　　C. 存货　　　　　　D. 累计折旧

5. 下列各项中，不作为企业资产加以核算和反映的是（　　　）。

　　A. 准备出售的机器设备　　　　　　　　B. 委托加工物资

　　C. 经营租出的设备　　　　　　　　　　D. 待处理财产损溢

6. （　　　）不属于损益类的会计科目。

　　A. 管理费用　　　　B. 生产成本　　　　C. 主营业务成本　　D. 其他业务成本

7. "生产成本"科目属于（　　　）。

　　A. 资产类　　　　　B. 负债类　　　　　C. 成本类　　　　　D. 损益类

8. "累计折旧"账户按照会计要素分类属于（　　　）。

　　A. 资产类账户　　　B. 损益类账户　　　C. 负债类账户　　　D. 成本类

9. 总分类账户对明细分类账户起着（　　　）作用。

    A. 统驭和控制　　　　B. 补充和说明　　　　C. 指导　　　　D. 辅助

10. "制造费用"账户按照会计要素分类属于（　　　）。

    A. 资产类账户　　　B. 损益类账户　　　C. 负债类账户　　　D. 成本类账户

11. 下列属于资产类账户的有（　　　）。

    A. 预付账款　　　　B. 应付股利　　　　C. 营业外收入　　　D. 生产成本

12. 下列属于成本类账户的是（　　　）。

    A. 销售费用　　　　B. 期间费用　　　　C. 制造费用　　　　D. 管理费用

13. 在借贷记账法下，账户的哪一方记增加，哪一方记减少，取决于（　　　）。

    A. 账户的结构　　　B. 账户的性质　　　C. 账户的用途　　　D. 账户的格式

14. 账户分为左、右两方，当某一账户左方登记增加时，则该账户的右方（　　　）。

    A. 登记增加数　　　　　　　　　　　B. 登记减少数

    C. 登记增加数或减少数　　　　　　　D. 不登记任何数

15. 会计科目与账户的主要区别在于（　　　）。

    A. 二者反映的经济内容不同　　　　　B. 一个有结构而另一个没有

    C. 二者的核算方法不同　　　　　　　D. 二者的具体格式不同

16. 会计科目的实质是（　　　）。

    A. 反映会计对象的具体内容　　　　　B. 为设置账户奠定基础

    C. 记账的理论依据　　　　　　　　　D. 是会计要素的进一步分类

17. 账户按（　　　）不同，可以分为总分类账户和明细分类账户。

    A. 会计要素　　　　　　　　　　　　B. 用途和结构

    C. 核算的经济内容　　　　　　　　　D. 提供核算指标的详细程度

18. 会计账户四个金额要素是（　　　）。

    A. 期末余额、本期发生额、期初余额、本期余额

    B. 期初余额、本期增加发生额、本期减少发生额、期末余额

    C. 期初余额、期末余额、本期借方增加额、本期借方减少额

    D. 期初余额、本期增加发生额、本期减少发生额、本期发生额

19. 账户的"期末余额"一般在（　　　）。

    A. 账户的左方　　　B. 账户的右方　　　C. 增加方　　　　D. 减少方

20. 下列对会计账户的四个金额要素之间基本关系表述正确的是（　　　）。

    A. 期初余额 = 期末余额 + 本期增加发生额 - 本期减少发生额

    B. 期末余额 = 期初余额 + 本期增加发生额 - 本期减少发生额

    C. 期初余额 = 本期增加发生额 - 本期减少发生额 - 期末余额

    D. 期末余额 = 本期增加额 - 本期减少发生额 - 期初余额

21. 如果某一账户的左方登记增加，右方登记减少，期初余额在左方，而期末余额在右
    方，则表明（　　　）。

    A. 本期增加发生额低于本期减少发生额的差额小于期初余额

    B. 本期增加发生额低于本期减少发生额的差额大于期初余额

    C. 本期增加发生额超过本期减少发生额的差额小于期初余额

D. 本期增加发生额超过本期减少发生额的差额大于期初余额

二、多项选择题

1. 下列项目属于资产要素的有（　　　）。

    A. 原材料   B. 预付账款   C. 预收账款   D. 长期待摊费用

    E. 本年利润

2. 下列项目属于所有者权益要素的有（　　　）。

    A. 长期投资   B. 实收资本   C. 资本公积   D. 盈余公积

    E. 未分配利润

3. 企业留存收益包括（　　　）。

    A. 资本公积   B. 盈余公积   C. 本年利润   D. 未分配利润

    E. 实收资本

4. 下列账户属于成本类的账户有（　　　）。

    A. 生产成本   B. 制造费用   C. 主营业务成本   D. 管理费用

    E. 财务费用

5. 下列属于流动负债的科目有（　　　）。

    A. 其他应付款   B. 应付账款   C. 应付职工薪酬   D. 预付账款

    E. 预收账款

6. 下列项目中，属于资产类科目的有（　　　）。

    A. 库存现金   B. 长期待摊费用   C. 预计负债   D. 应收账款

7. 会计科目按其所提供信息的详细程度及其统驭的关系不同，可以分为（　　　）。

    A. 总分类科目   B. 明细分类科目   C. 权益类科目   D. 利润类科目

8. "固定资产——房屋建筑物"属于（　　）科目。

    A. 资产类   B. 所有者权益类   C. 总分类   D. 明细分类

9. 账户的基本结构一般应包括（　　）内容。

    A. 账户名称   B. 日期和摘要   C. 凭证种类和号数

    D. 增加、减少的金额及余额   E. 账户的性质

10. 下列等式中正确的有（　　　）。

    A. 期初余额 = 本期增加发生额 + 期末余额 − 本期减少发生额

    B. 期末余额 = 本期增加发生额 + 期初余额 − 本期减少发生额

    C. 期初余额 = 本期减少发生额 + 期末余额 − 本期增加发生额

    D. 期初余额 = 本期增加发生额 − 期末余额 − 本期减少发生额

三、判断题

1. 会计要素是对会计对象的基本分类。（　　）

2. 只要是企业拥有或控制的资源就可以确认为资产。（　　）

3. 资产是指由过去、现在、未来的事项和交易形成并由企业拥有或控制的经济资源，该资源预期会给企业带来经济利益。（　　）

4. 负债是指由过去的交易、事项形成的现时义务，履行该义务预期会导致经济利益流出。（　　）

5. 会计科目是对会计要素的具体内容进行分类核算的项目。（　　）

6. 任何总分类科目都必须设置明细分类科目。 （　　）

7. 所有会计科目都必须由国家财政部统一设置，单位不得自行设置。 （　　）

8. 各单位所使用的会计科目都是完全一样的。 （　　）

9. 会计科目是进行会计记录和提供会计信息的基础。 （　　）

10. 所有的账户都是依据会计科目开设的。 （　　）

11. 会计科目具有一定的结构，通常划分为左、右两方。 （　　）

12. 根据总分类科目设置的账户称为总分类账户，根据明细分类科目设置的账户称为明细分类账户。 （　　）

13. 各类账户的期末余额方向与记录增加额的方向一般是一致的。 （　　）

14. 账户分为左、右两方，左方登记增加，右方登记减少。 （　　）

模块二

借贷记账

任务1　掌握借贷记账原理

【知识学习目标】
- 理解经济业务的发生对会计等式的影响；
- 掌握借贷记账法的记账规则及试算平衡；
- 熟悉各类会计科目（账户）的基本结构；
- 掌握会计分录的含义、分类和编制方法。

【能力培养目标】
- 正确分析经济业务发生对会计等式的影响；
- 根据经济业务编制会计分录，并进行试算平衡。

【任务要求】
　①根据三友服饰公司2009年9月30日的财务状况资料，分别计算资产、负债和所有者权益总额，并分析会计要素之间的数量关系。
　②根据三友服饰公司2009年10月份的业务编制会计分录，并进行试算平衡。

 **任务准备**

1. 会计等式

1）会计等式的含义及形式

（1）资产＝负债＋所有者权益

一个企业要进行生产经营活动，首先必须拥有一定数额的资产。资产以库存现金、银行存款、原材料、厂房设备等各种各样的形式存在着。但无论什么形式的资产，其来源有两个方面：一是所有者的资本投入，形成企业的所有者权益；二是债权人的资金投入，形成企业的债权人权益（负债）。所有者和债权人向企业投入经济资源不可能是无偿的，其代价就是对企业的资产享有一定的要求权，会计上称之为"权益"。由此可见，资产和权益是对同一事物从两个方面进行观察的结果，资产与权益之间存在着相互依存的关系，前者是对资产本身进行的观察，资产表明企业拥有什么经济资源和拥有多少经济资源；后者是对形成资产时所使用的资金来源渠道的观察，权益则表明谁提供了这些经济资源，就对这些经济资源拥有要求权。从数量上看，有一定数额的资产，就必然有相应数额的权益；反之，有一定数额的权益，也必然有相应数额的资产，任何企业在某一时点上所拥有的资产与其权益的数额必然相等。可用公式表示为

$$资产 = 权益$$

不同的经济资源提供者对企业资产的要求权是不同的，会计上将债权人对企业资产的要求权称之为负债（债权人权益），所有者对企业资产的要求权称之为所有者权益。所以，某一时点上资产与权益的数量关系可用公式表示为

$$资产 = 负债 + 所有者权益$$

上述等式称为会计恒等式。由于该等式是会计等式中最通用和最一般的形式，故也称为会计基本等式或第一会计等式。它直接反映出资产负债表中资产、负债及所有者权益三要素之间的内在联系和数量关系，高度概括了企业在一定时点上的财务状况。资产与权益的恒等关系是复式记账法的理论基础，也是企业会计中设置账户、试算平衡和编制资产负债表的理论依据。

（2）收入－费用＝利润

企业拥有资产进行生产经营活动，通过销售产品和提供劳务以取得收入（当然企业还有其他方面的收入），在取得收入的同时发生资产的耗费即费用，收入和费用是可以比较的，当收入大于费用时，企业获得了利润，反之则为亏损。这三个要素在一定期间的数量关系可用公式表示为

$$收入 － 费用 = 利润$$

以上等式称为第二会计等式，是资金运动的动态表现，体现了企业一定时期内的经营成果，是编制利润表的基础。

（3）六大会计要素之间的关系

在会计期初，资金运动处于相对静止状态，企业既没有取得收入，也没有发生费用，因此会计等式就表现为

$$资产 = 负债 + 所有者权益$$

随着企业经营活动的进行，在会计期间内企业一方面取得收入，并因此而引起资产的增加或负债的减少；另一方面企业要发生各种费用，引起资产的减少或负债的增加。因此，在会计期间，会计等式就转化为下列形式

$$资产 = 负债 + 所有者权益 + （收入 － 费用）$$

到了会计期末，企业将收入和费用相配比，计算出利润。此时会计等式又转化为

$$资产 = 负债 + 所有者权益 + 利润$$

企业的利润按规定的程序进行分配，一部分按照比例分配给投资者，使企业的资产减少或负债增加；另一部分形成企业的盈余公积和未分配利润，归入所有者权益。这样，在会计期末结账之后的会计等式又恢复到会计期初的形式

$$资产 = 负债 + 所有者权益$$

可以看出，六大会计要素之间的等式关系全面、综合地反映了企业资金运动的内在规律。企业的资金总是采用动静结合的方法持续不断地运动。从某一具体时点上观察，可以看出资金的静态规律；从某一时期观察，又可以总结出资金的动态规律。

2）经济业务的发生对会计等式的影响

经济业务是指能引起会计要素增减变化的一切交易或事项。企业在生产经营中每天都会发生经济业务，并都会对会计要素产生一定的影响。一项会计要素发生增减变化，其他有关要素也必然随之发生等额变动，或者是在同一会计要素中一项具体项目发生增减变动，其他相关项目也会随之等额变动。但不管如何增减变动，都不会破坏会计等式中各要素的平衡关系，其资产总额与负债及所有者权益总额总是相等的。经济业务的发生，对"资产 = 权益"等式的影响归纳起来有四种类型：资产与负债及所有者权益双方同时等额增加；资产与负债及所有者权益双方同时等额减少；资产内部有增有减，增减金额相等；负债及所有者权益内部有增有减，增减金额相等。

由于权益由负债和所有者权益两个会计要素构成，上述四种类型的经济业务进一步扩展为以下九种情形：资产与负债同时增加，增加金额相等；资产与所有者权益同时增加，增加金额相等；资产与负债同时减少，减少金额相等；资产与所有者权益同时减少，减少金额相等；一项资产增加，一项资产减少，增减金额相等；一项负债增加，一项负债减少，增减金额相等；一项所有者权益增加，一项所有者权益减少，增减金额相等；一项负债增加，一项所有者权益减少，增减金额相等；一项所有者权益增加，一项负债减少，增减金额相等。这四种类型九种情形如表2-1所示。

表2-1　经济业务类型

经济业务类型	经济业务情形	资产	负债	所有者权益
第一种类型	第一种情形	增加	增加	
	第二种情形	增加		增加
第二种类型	第三种情形	减少	减少	
	第四种情形	减少		减少
第三种类型	第五种情形	增加　减少		
第四种类型	第六种情形		增加　减少	
	第七种情形			增加　减少
	第八种情形		增加	减少
	第九种情形		减少	增加

以上无论哪种经济业务引起资产、负债和所有者权益发生怎样的增减变化，都不会破坏会计等式的平衡关系，以下列经济业务为例。

① 向银行取得一笔流动资金借款 500 000 元，款项存入银行。该项经济业务发生后，使资产中的银行存款增加 50 0000 元，同时负债中的短期借款也增加了 500 000 元。由于资产与负债以相等的金额同时增加，因此资产与权益的平衡关系仍然成立。

② 收到投资者投入资本 200 000 元，款项已存入银行。该项经济业务发生后，使资产中的银行存款增加了 200 000 元，同时所有者权益中的实收资本也增加了 200 000 元。由于资产与所有者权益以相等的金额同时增加，因此资产与权益的平衡关系仍然成立。

③ 签发转账支票，支付前欠英瑞公司货款 300 000 元。该项经济业务发生后，使资产中的银行存款减少了 300 000 元，同时负债中的应付账款减少了 300 000 元。由于资产与负债以相等的金额同时减少，因此资产与权益的平衡关系仍然成立。

④ 按照减资程序以银行存款退资 150 000 元给投资者甲。该项经济业务发生后，使资产中的银行存款减少了 150 000 元，同时所有者权益中的实收资本也减少了 150 000 元。由于资产与所有者权益以相等的金额同时减少，因此资产与权益的平衡关系仍然成立。

⑤ 接到某银行收账通知，收到华为公司还来货款 30 000 元。该项经济业务发生后，使资产中的银行存款增加了 30 000 元，同时资产中的应收账款减少了 30 000 元。由于是资产内部两个项目以相等的金额此增彼减，资产总额不变，因此资产与权益的平衡关系仍然成立。

⑥ 开出面额为 80 000 元的商业承兑汇票一张，用于抵偿前欠大华公司货款 80 000 元。该项经济业务发生后，使负债中的应付票据增加了 80 000 元，同时负债中的应付账款减少了 80 000 元。由于是负债内部两个项目以相等的金额此增彼减，负债总额不变，因此资产与权益的平衡关系仍然成立。

⑦ 经批准将资本公积 50 000 元用于转增资本。该项经济业务发生后，使所有者权益中的资本公积减少了 50 000 元，同时所有者权益中的实收资本增加了 50 000 元。由于是所有者权益内部两个项目以相等的金额此增彼减，所有者权益总额不变，因此资产与权益的平衡关系仍然成立。

⑧ 经研究决定，年终向投资者分配利润 50 000 元。该项经济业务发生后，使负债中的应付利润增加了 50 000 元，同时所有者权益中的未分配利润减少了 50 000 元。由于负债增加的同时，所有者权益以相等的金额减少，权益总额不变，因此资产与权益的平衡关系仍然成立。

⑨ 经与银行协商并经有关部门批准，将原五年期借款 3 000 000 元转为银行对企业的投资。该项经济业务发生后，使负债中的长期借款减少了 3 000 000 元，同时所有者权益中的实收资本增加了 3 000 000 元。由于负债减少的同时，所有者权益以相等的金额增加，权益总额不变，因此资产与权益的平衡关系仍然成立。

可以通过以下例子来理解会计恒等式。

个体户小张自筹资金 100 000 元，并向银行取得三个月期限的借款 50 000 元，开办了一个商店。这样，该商店经营资金总额共计 150 000 元，即资产总额为 150 000 元；权益总额也是 150 000 元，其中负债 50 000 元，所有者权益 100 000 元。该店于 2010 年 5 月 1 日正式开张营业，则开业前的资金静态状况如图 2 - 1 所示。

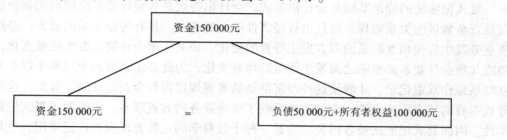

图 2 - 1　小张开业前的资金静态状况

通过以上举例可以看出，凡是发生只涉及资产或权益一方内部项目之间增减变动的经济业务，不但不会影响双方总额的平衡，而且原来的总额也不会发生变动；凡是发生涉及资产和权益双方项目同增或同减的经济业务，都会使双方原来的总额发生同增或同减的变动，但双方的总额仍然相等。

由此可见，任何一项经济业务的发生，无论资产和权益发生怎样的增减变动，都不会破坏会计等式的平衡关系。企业在任何时点上所有的资产总额都等于负债和所有者权益总额。

2. 复式记账法

记账方法就是根据一定的原理、记账符号，采用一定的计量单位，利用文字和数字将经济业务发生所引起的各会计要素的增减变动在有关账户中进行记录的方法。在会计发展过程中，有两种记账方法：一种是单式记账法，另一种是复式记账法。

单式记账法是指对发生的交易或事项，只在一个账户中进行记录的记账方法。例如，用银行存款 100 000 元购买原材料的经济业务发生后，只在"银行存款"账户中记录一笔银行存款减少了 100 000 元，而不在"原材料"账户中记录原材料增加了 100 000 元。记账时，重点考虑的是现金、银行存款及债权、债务等方面发生的交易或事项。由此可见，它是一种比较简单但不完整的记账方法，它不能全面、完整、系统地反映交易或事项的来龙去脉，也不便于检查、核对账户记录的正确性。

复式记账是以资产与权益的平衡关系为基础，对每一项经济业务都要以相等的金额在两个或两个以上相互联系的账户中进行登记，系统地反映资金运动变化结果的一种记账方法。

例如，三友服饰公司采购面料，以银行存款 100 000 元支付货款。这项经济业务的发生，一方面使企业的原材料增加了 100 000 元，另一方面使企业的银行存款减少了 100 000元，因此这项经济业务涉及"原材料"和"银行存款"两个账户。根据复式记账方法，这项经济业务应以相等的金额在"原材料"和"银行存款"两个账户上相互联系地进行登记，这是一笔引起资产要素中两个不同项目一增一减的经济业务。原材料的增加是资产的增加，应在"原材料"账户上登记增加 100 000 元；银行存款的减少是资产的减少，应在"银行存款"账户上登记减少 100 000 元。可见采用复式记账法，由于对每项经济业务都应在相互联系的账户中作双重记录，这不仅可以了解每一项经济业务的来龙去脉，而且在把全部的经济业务都相互联系地登记入账以后，可以通过账户记录完整、系统地反映经济活动的过程和结果。同时，由于对每项经济业务都以相等的金额在有关账户中进行记录，因而可以使用试算平衡来检查账户记录是否正确。目前，我国企业、行政事业单位和其他组织均采用复式记账法。

复式记账法的理论基础是会计恒等式。会计恒等式是各会计要素之间的关系表达式，不仅是资金数量的关系表现，而且也有经济性质上的说明。具有等量关系的双方，必然要求经济业务发生后使相互联系的双方发生等量的变化。如某一项会计要素发生增减变化，其他一项或几项会计要素必然随之而发生等量的增减变化，为此必须通过两个或两个以上的账户相互联系地作双重记录，才能使这种经济活动的客观规律得到全面的反映。显然，这是会计恒等式本身的特点所决定的。它如实地反映了经济业务的客观联系，也说明了复式记账法的科学性。因而复式记账法被各国公认为是一种十分科学的记账方法而被广泛采用，也是世界通行的"会计语言"。

复式记账法分为收付记账法、借贷记账法、增减记账法三种。我国规定企业一律采用借贷记账法。

3. 借贷记账法

1）借贷记账法的概念

借贷记账法是以"借"、"贷"作为记账符号，对任何一笔经济业务都必须用借、贷相等的金额在两个或两个以上的有关账户中相互联系地进行登记的一种记账方法。

"借"、"贷"两个字的原始含义最初是从借贷资本家的角度来解释的，分别表示债权（应收款）和债务（应付款）的增减变动。借贷资本家对收进的存款记在贷主的名下，表示债务，对付出的放款记在借主的名下，表示债权，这时候"借"、"贷"两字表示债权、债务的变化。随着社会经济的发展，经济活动的内容日益复杂，记录的经济业务已不再局限于货币资金的借贷业务，而逐渐扩展到财产物资、经营损益等。为了求得账户记录的统一，对非货币资金借贷业务，也以"借"、"贷"两字记录其增减变动情况。这样"借"、"贷"两字就逐渐失去了原来的含义，而转化为纯粹的记账符号。

现在讲的"借"、"贷"已失去原有的字面含义，只作为记账符号使用，用以标明记账的方向。在借贷记账法下，它只是两个抽象的符号，而且在不同性质的账户中"借"、"贷"反映的经济业务的内容是不同的。一个账户中究竟是借方记录表示增加还是贷方记录表示增加，则由账户的性质来决定，后者取决于会计要素的性质。

2）借贷记账法的记账符号

借贷记账法以"借"、"贷"作为记账符号，分别作为账户的左方和右方。账户的一般格式可用"T"形账户的形式表示，具体如下。

借	账户名称（会计科目）	贷

在借贷记账法下，账户的借方和贷方分别用来反映各会计要素金额的增加或减少，至于哪一方登记增加金额，哪一方登记减少金额，则取决于账户的性质，而不是所有账户的增加或减少的金额都登记在一个方向上。

记账符号与会计要素之间的关系如图2-2所示。

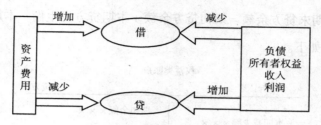

图2-2 记账符号与会计要素之间的关系

3）借贷记账法的账户结构

在借贷记账法下，资产类账户的借方登记增加数，贷方登记减少数；权益类账户的贷方登记增加数，借方登记减少数。收入类账户结构与所有者权益类账户基本一致，费用类账户结构与资产类账户基本一致。

（1）资产、费用类账户的结构

资产的增加额记入账户的借方，减少额记入账户的贷方，账户若有期末余额，一般为借方余额，表示期末资产结存额。资产类账户的发生额及余额之间的关系，可用公式表示为

资产类账户的期末借方余额 = 期初借方余额 + 本期借方发生额 - 本期贷方发生额

其"T"形账户结构如下。

资产类账户

借方	贷方
期初余额×××	
本期增加额×××	本期减少额×××
本期发生额×××	本期发生额×××
期末余额×××	

费用类账户结构与资产类账户结构基本相同，即费用的增加额记入账户的借方，减少额及期末结转入"本年利润"账户的数额记入账户的贷方，期末结转后该类账户无余额。其"T"形账户结构如下。

费用类账户

借方	贷方
费用增加额×××	费用减少或转销额×××
本期发生额×××	本期发生额×××

（2）权益、收入类账户的结构

权益类账户包括负债类账户和所有者权益类账户。权益的增加额记入账户的贷方，减少额记入账户的借方，账户若有期末余额，一般为贷方余额，表示期末权益结存额。权益类账户的发生额及余额之间的关系可用公式表示为

权益类账户的期末贷方余额 = 期初贷方余额 + 本期贷方发生额 − 本期借方发生额

其"T"形账户结构如下。

权益类账户

借方	贷方
	期初余额×××
本期减少额×××	本期增加额×××
本期发生额×××	本期发生额×××
	期末余额×××

收入类账户结构与权益类账户结构基本相同，即收入的增加额记入账户的贷方，减少额及期末结转入"本年利润"账户的数额记入账户的借方，期末结转后该类账户一般无余额。其"T"形账户结构如下。

收入类账户

借方	贷方
收入减少额或转销额×××	收入增加额×××
本期发生额×××	本期发生额×××

对以上各类账户结构的说明如下。

① 将账户借方和贷方所记录的经济内容加以归纳，如表 2−2 所示。

表 2−2　各类账户结构

账户类别	借方	贷方	余　　额
资产类账户	增加	减少	一般在借方
负债、所有者权益类账户	减少	增加	一般在贷方
收入类账户	减少	增加	期末一般无余额
费用类账户	增加	减少	期末一般无余额；如有，一般在借方

可见，资产费用类账户和权益收入类账户的结构是相反的。

② 在借贷记账法下，账户余额的方向表示账户的性质，即借方余额说明账户属于资产类；贷方余额说明账户属于权益类，这是借贷记账法的一个特点。

4）借贷记账法的记账规则

借贷记账法的记账规则：有借必有贷，借贷必相等。即对于每一笔经济业务都要在两个或两个以上相互联系的会计科目中以借方和贷方相等的金额进行登记。

具体地说，运用借贷记账法记账，要求对发生的每一笔经济业务都应在一个会计科目的借方，同时记入另一个或几个会计科目的贷方，或在一个会计科目的贷方，同时记入另一个或几个会计科目的借方，同时登记几个会计科目的贷方，并且记入借方的金额必须等于记入贷方的金额。

运用借贷记账法，首先应根据经济业务的内容，确定它所涉及的是资产还是权益，是增加还是减少；然后，确定应记入有关账户的借方或贷方。

下面以三友服饰公司 2009 年 5 月份部分经济业务为例说明借贷记账法的记账规则。

① 收到股东甲投入的价值 300 000 元的一套机床设备。这项经济业务的发生，一方面使公司的固定资产这一资产项目增加了 300 000 元，另一方面使公司的实收资本这一所有者权益项目也增加了 300 000 元。因此，这项经济业务涉及"固定资产"和"实收资本"两个会计科目。资产的增加记在"固定资产"科目的借方，所有者权益的增加记在"实收资本"科目的贷方。这项经济业务记账的结果如下。

② 向银行存入现金 20 000 元。这项经济业务的发生，一方面使公司的银行存款这一资产项目增加了 20 000 元，另一方面使公司的库存现金这一资产项目减少了 20 000 元。因此，这项经济业务涉及"银行存款"和"库存现金"两个会计科目。资产的增加记在"银行存款"科目的借方，资产的减少记在"库存现金"科目的贷方。这项经济业务记账的结果如下。

③ 购入 5 000 元的面料，面料已入库，货款未支付。这项经济业务的发生，一方面使公司的原材料这一资产项目增加了 5 000 元，另一方面使公司的应付账款这一负债项目增加了 5 000 元。因此，这项经济业务涉及"原材料"和"应付账款"两个会计科目。资产的增加记在"原材料"科目的借方，负债的增加记在"应付账款"科目的贷方。这项经济业务记账的结果如下。

采用借贷记账法，根据"有借必有贷，借贷必相等"的记账规则登记每项经济业务时，在有关会计科目之间就发生了应借、应贷的相互关系。会计科目之间的这种相互关系，叫做会计科目的对应关系。存在对应关系的会计科目，叫做对应科目。

需要指出的是，会计科目对应关系是相对于某项具体的经济业务而言的，并非指某个会计科目与某个会计科目是固定的对应会计科目。例如，收到股东投资 500 000 元，已存入银行。对这项经济业务，应记入"银行存款"会计科目借方 500 000 元和"实收资本"会计科目贷方 500 000 元。这项经济业务使"银行存款"和"实收资本"这两个会计科目发生了应借、应贷的相互关系，这两个会计科目就叫作对应会计科目。又如，以银行存款 6 000 元偿还前欠外单位货款。对这项经济业务，应记入"应付账款"科目借方 6 000 元和"银行存款"科目贷方 6 000 元。这项经济业务使"应付账款"科目与"银行存款"科目发生了应借、应贷的相互关系，"银行存款"账户与"应付账款"会计科目又成为对应会计科目。

会计科目对应关系有以下两个作用。第一，通过会计科目的对应关系，可以了解经济业务的内容。例如，记入"主营业务收入"科目贷方 8 000 元和"应收账款"科目借方 8 000 元。通过这两个会计科目的对应关系，可以了解到应收账款（资产项目）的增加是由于主营业务收入（收入项目）的增加，也就是由于赊销使应收账款增加了 8 000 元，主营业务收入增加了 8 000 元。第二，通过会计科目的对应关系，可以发现对经济业务的处理是否符合有关经济法规和财务会计制度。例如，记入"应付账款"科目借方 8 000 元和"库存现金"科目贷方 8 000 元。这两个会计科目的对应关系表明是以库存现金 8 000 元偿还前欠外单位货款。对这项经济业务所作的账务处理并无错误，但这项经济业务却违反了现金管理制度的规定，因为偿付大额的货款，必须通过银行转账结算，不得直接以现金支付。

5）借贷记账法的试算平衡

试算平衡是指根据资产和权益之间的平衡关系和借贷记账法的记账规则，通过对所有会计科目的记录进行汇总和计算，来检查所有会计科目的记录是否正确的方法。试算平衡包括发生额试算平衡和余额试算平衡。在实际工作中，发生额平衡和余额平衡一般是通过编制试算平衡表来进行的。试算平衡表分两种：一种是将本期发生额和期末余额分别列表编制，如表2-3、表2-5所示；另一种是将本期发生额和期末余额合并在一张表上进行计算，即编制"总分类账户本期发生额及余额试算平衡表"来进行，如表2-4所示。

表2-3 总分类账户本期发生额试算平衡表

年 月 日   单位：元

会计科目	借方发生额	贷方发生额
库存现金		
⋮		
合　计		

表2-4 总分类账户本期发生额及余额试算平衡表

××年××月   单位：元

会计科目	期初余额		本期发生额		期末余额	
	借　方	贷　方	借　方	贷　方	借　方	贷　方
库存现金	1500		20 000		1 500	
银行存款	19 000			15 000	24 000	
其他应收款	1 600		5 000		1 600	
在途物资	70 900				75 900	

续表

会计科目	期初余额		本期发生额		期末余额	
	借　方	贷　方	借　方	贷　方	借　方	贷　方
固定资产	60 000		10 000		60 000	
短期借款		33 000				23 000
应付票据			1 000	1 000		1 000
其他应付款		10 000				9 000
实收资本		110 000		20 000		130 000
合　　计	153 000	153 000	36 000	36000	163 000	163 000

（1）发生额试算平衡

发生额试算平衡是通过计算全部会计科目的借、贷发生额合计是否相等来检验本期会计科目记录是否正确的方法。其计算公式为

　　　　全部会计科目本期借方发生额合计＝全部会计科目本期贷方发生额合计

发生额试算平衡的理论依据是"有借必有贷，借贷必相等"的记账规则，使得根据每一项经济业务所记录的借贷两方的发生额必然是相等的。将一定时期内（如1个月）全部经济业务都记入有关会计科目后，所有会计科目的借方本期发生额合计数与贷方本期发生额合计数也必然是相等的。如果出现不相等，必然是在记账过程中出现了差错，应及时查找并更正。

（2）余额试算平衡

余额试算平衡是通过计算全部会计科目的借方期末余额合计和贷方期末余额合计是否相等来检验本期会计科目记录是否正确的方法。其计算公式为

　　　　全部会计科目期初借方余额合计＝全部会计科目期初贷方余额合计
　　　　全部会计科目期末借方余额合计＝全部会计科目期末贷方余额合计

余额试算平衡是依据"资产＝负债＋所有者权益"的平衡关系推导出来的。因为资产类会计科目的期末余额一般都在借方（成本费用类账户若有余额也在借方，视做资产），所有会计科目的借方余额合计就是资产总额；负债及所有者权益类会计科目的期末余额一般都在贷方，所有会计科目的贷方余额合计就是负债及所有者权益总额，所以在一定时点上全部会计科目的借方期末余额合计和贷方期末余额合计必然相等。如果不等，说明会计科目记录有错误，应查找原因并更正。

试算平衡可以通过编制试算平衡表进行，试算平衡表格式如表2-5所示。

表2-5　总分类账户余额试算平衡表

年　　　月　　　日
单位：元

会计科目	借方余额	贷方余额
库存现金		
⋮		
合　　计		

在编制试算平衡表时，还应注意以下几点。首先，必须保证所有会计科目的余额均已计入试算平衡表。因为会计等式是对六项会计要素整体而言的，缺少任何一个会计科目的余额，都会造成期初或期末借方余额合计与贷方余额合计不相等。其次，如果试算平衡表借贷不相等，会计科目记录肯定有错误，应认真查找，直到实现平衡为止。最后，即便实现了有关三栏的平衡关系，并不能说明会计科目记录绝对正确，因为有些错误并不会影响借贷双方的平衡关系，如漏记、重记某项经济业务，借贷方向颠倒或记错有关会计科目等，试算依然是平衡的。

4. 会计分录

1）会计分录的概念

会计分录是指对某项经济业务事项标明其应借应贷账户及其金额的记录，简称分录。会计分录是由应借应贷方向、对应账户（科目）名称及应记金额三要素构成的。在实际工作中，会计分录习惯通过编制记账凭证进行。

2）会计分录的分类

按照所涉及账户的多少，会计分录分为简单会计分录和复合会计分录。

（1）简单会计分录

简单会计分录是指只涉及一个会计科目借方和另一个会计科目贷方的会计分录，即一借一贷的会计分录。以下是三友服饰公司某月的三笔业务。

① 收到股东甲投入的价值 300 000 元的一套设备。

② 向银行存入现金 20 000 元。

③ 购入 5 000 元的面料，货款未支付，面料已入库。

这三笔业务应分别编制会计分录如下。

借：固定资产   300 000
   贷：实收资本   300 000
借：银行存款   20 000
   贷：库存现金   20 000
借：原材料   5 000
   贷：应付账款   5 000

（2）复合会计分录

复合会计分录是指由两个以上（不含两个）对应会计科目所组成的会计分录，即一借多贷、一贷多借或多借多贷的会计分录。一般来讲，复合会计分录可以分解为若干简单会计分录。又如三友服饰公司某月的业务如下。

① 行政部门领用一般耗用材料 4 000 元，车间生产产品领用原材料 30 000 元。

② 购入原材料，价值 100 000 元，通过银行转账支付了 80 000 元，其余款项暂欠，材料已验收入库。

这两笔业务应分别编制会计分录如下。

借：生产成本   30 000
   管理费用   4 000
   贷：原材料   34 000

借：原材料 100 000
贷：银行存款 80 000
应付账款 20 000

3）会计分录的编制步骤

① 分析经济业务事项涉及的是资产（费用、成本），还是权益（收入）。

② 确定涉及哪些会计科目，是增加还是减少。

③ 确定记入哪个（或哪些）会计科目的借方，哪个（或哪些）会计科目的贷方。

④ 确定应借应贷会计科目是否正确，借贷方金额是否相等。

编制会计分录的书面格式，习惯上采用先借方，后贷方，每一个会计科目占一行，借方与贷方应错位表示，金额也要错开写，以便醒目、清晰。

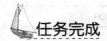

任务完成

① 三友服饰公司 2009 年 9 月 30 日各会计要素之间的数量关系如表 2-6 所示。

表 2-6 会计要素数量关系

2009 年 9 月 30 日 单位：元

资产	金额	负债及所有者权益	金额
库存现金	1 925.63	短期借款	150 000.00
银行存款	268 288.95	应付票据	102 000.00
交易性金融资产	100 000.00	应付账款	65 000.00
应收票据	130 000.00	预收货款	80 000.00
应收账款	366 840.00	应付职工薪酬	13 570.00
其他应收款	4 500.00	应付股利	90 000.00
在途物资	32 000.00	应交税费	28 050.00
原材料	169 000.00	其他应付款	3 000.00
周转材料	3 000.00	实收资本	2 500 000.00
生产成本	26 810.00	盈余公积	81 046.00
库存商品	50 000.00	未分配利润	529 698.58
长期股权投资	30 000.00		
固定资产	2 460 000		
合　　计	3 373 364.58	合　　计	3 373 364.58

② 三友服饰公司 2009 年 10 月份第 1～3 笔业务的会计分录编制如下。

借：管理费用 1 100
贷：库存现金 1 100
借：银行存款 90 000
贷：应收账款 90 000

借：管理费用   1 980
    库存现金   1 020
  贷：其他应收款   3 000

发生额试算平衡如表 2-7 所示。

表 2-7 发生额试算平衡表

会计科目	本期发生额	
	借方	贷方
库存现金	1 020	1 100
银行存款	90 000	
应收账款		90 000
其他应收款		3 000
管理费用	3 080	
合　计	94 100	94 100

任务 2　熟悉生产企业生产经营过程核算

【知识学习目标】
- 掌握生产企业过程核算中需要设置的主要账户及其设置要求、核算要点；
- 熟悉生产企业生产经营过程各阶段的主要经济业务核算方法。

【能力培养目标】
- 熟练运用复式记账法对生产企业生产经营过程各阶段的经济业务编制会计分录；
- 根据中小生产企业一个会计期间（月、季、年）的综合经济业务进行核算。

【任务要求】
根据三友服饰公司 2009 年 10 月份的经济业务编制会计分录。

 任务准备

生产企业的生产经营活动主要包括资金筹集阶段、生产供应阶段、产品生产阶段和产品销售阶段、利润形成及利润分配阶段。下面分阶段学习生产企业经营过程各阶段的主要经济业务的核算方法。

1. 筹集资金阶段主要经济业务的核算

资金筹集阶段是生产企业为了生产经营活动的需要，而筹集一定数量的资金。其主要来源包括投资人投入和向债权人举债。投资者投入的资金可以是库存现金、银行存款，也可以是固定资产、无形资产等；举债筹资可以是向金融机构借入短期借款或长期借款，也可以发行债券等。

1）主要账户设置

（1）"实收资本"账户

该账户属于所有者权益类账户，用来核算企业实际收到的投资者投入的资本。其借方登记企业按法定程序报经批准减少的注册资本数额；贷方登记企业实际收到的投资者投入的资本数额；期末贷方余额表示企业接受投入资本的实有数额。该账户可以按照投资者进行明细分类核算。股份有限公司应设置"股本"账户。

（2）"资本公积"账户

该账户属于所有者权益账户，用来核算企业收到投资者出资额超出其在注册资本或股本中所占份额的部分。直接计入所有者权益的利得和损失也通过本账户核算。其借方登记依法减少的资本公积；贷方登记增加的资本公积；期末贷方余额，反映企业资本公积的累积数。该账户应当分别按"资本（股本）溢价"、"其他资本公积"进行明细分类核算。

（3）"库存现金"账户

该账户属于资产类账户，用来核算企业的库存现金。其借方登记企业收到现金；贷方登记企业支出现金；期末借方余额，反映企业持有的库存现金。

（4）"银行存款"账户

该账户属于资产类账户，核算企业存入银行或其他金融机构的各种款项。其借方登记银行存款的增加额；贷方登记银行存款的减少额；期末借方余额，反映企业存在银行或其他金融机构的各种款项。该账户应按开户银行和其他金融机构及存款的种类分别设置银行存款日记账。

（5）"固定资产"账户

该账户属于资产类账户，用来核算企业持有固定资产的原始价值（原价）的增减变动和结存情况。固定资产的成本也称为原始价值，简称原价或原值。外购固定资产的成本，包括购买价款、相关税费、使固定资产达到预定可使用状态前所发生的可归属于该项资产的运输费、装卸费、安装费和专业人员服务费等。账户的借方登记企业购入、接受投资等原因增加的固定资产的原始价值；贷方登记企业因出售、报废、毁损及投资转出等原因减少的固定资产的原始价值；期末借方余额，反映企业期末固定资产的原始价值。该账户应当按照固定资产类别或项目设置明细分类账，进行明细分类核算。

（6）"无形资产"账户

该账户属于资产类账户，用来核算企业持有的无形资产成本，包括专利权、非专利技术、商标权、著作权、土地使用权等。其借方登记无形资产的增加额，贷方登记无形资产的减少额。期末借方余额，反映企业无形资产的成本。该账户应按无形资产项目设置明细分类账，进行明细分类核算。

（7）"短期借款"账户

该账户属于负债类账户，用来核算企业向银行或其他金融机构等借入的期限在一年以下

（含一年）的各种借款。其借方登记归还的借款数额；贷方登记企业借入的各种短期借款数额；期末贷方余额表示期末尚未归还的短期借款的本金。该账户可按照借款种类、贷款人和币种进行明细分类核算。

（8）"长期借款"账户

该账户属于负债类账户，用来核算企业向银行或其他金融机构等借入的期限在一年以上（不含一年）的各种借款。其借方登记已偿还的借款本金和利息；贷方登记企业借入的各种长期借款本金和应付未付的利息；期末贷方余额表示企业尚未归还的长期借款本金和利息数。该账户可按贷款种类和贷款单位进行明细分类核算。

（9）"财务费用"账户

该账户属于损益类账户，用来核算企业为筹集生产经营所需资金而发生的费用，包括利息支出及相关的手续费等。该账户借方登记发生的各项财务费用；贷方登记期末结转入"本年利润"的财务费用；结转后无余额。该账户应按费用项目进行明细分类核算。

（10）"应付利息"账户

该账户属于负债类账户，用来核算企业按照合同约定应支付的利息。资产负债表日，企业按合同利率计算确定的应付未付利息，记入本账户的贷方；企业实际支付利息时，记入本账户的借方；期末贷方余额，反映企业应付未付的利息。该账户可按债权人进行明细分类核算。

2）主要经济业务核算

（1）主要业务会计分录

① 投入资本核算。企业接受投资者（股东）投入的资本时，

借：银行存款

　　固定资产

　　无形资产等

　　贷：实收资本——某甲

　　　　实收资本——某乙

　　　　资本公积

按法定程序报经批准减少注册资本时，作方向相反的分录。

② 借入资金核算。企业取得短期借款时，

借：银行存款

　　贷：短期借款——××银行

企业取得长期借款时

借：银行存款

　　贷：长期借款——×××银行

归还借款时，作相反的分录。

企业支付借款利息时

借：财务费用

　　贷：银行存款

当借款利息费用的归属期（每月）与支付期（季度、年度、一次性）不一致时，按照权责发生制，可以按月计提利息费用，借款的利息通过"应付利息"、"长期借款"账户

核算。

  借：财务费用

   贷：应付利息

  （2）业务举例

  ① 企业取得罗莱家纺公司投资 200 000 元，款项已经存入交通银行。这笔经济业务的发生，一方面使企业的银行存款增加了 200 000 元，应记入"银行存款"账户的借方；另一方面又使企业的资本增加了 200 000 元，应记入"实收资本"账户的贷方。编制会计分录如下。

  借：银行存款——交通银行   200 000

   贷：实收资本——罗莱家纺公司   200 000

  ② 企业收到申通公司投入的机器设备 2 台，其价值为 300 000 元；某专利使用权（无形资产），作价为 60 000 元。这笔经济业务的发生，一方面使企业的固定资产、无形资产分别增加了 300 000 元和 60 000 元，应记入"固定资产"账户和"无形资产"账户的借方；另一方面又使企业的资本增加了 360 000 元，应记入"实收资本"账户的贷方。编制会计分录如下。

  借：固定资产   300 000

   无形资产——某专利使用权   60 000

   贷：实收资本——申通公司   360 000

  ③ 企业由于经营资金临时短缺，从中国农业银行借入期限为 6 个月、年利率为 9% 的借款 240 000 元，款项已经划入账户。这笔经济业务的发生，一方面使企业的银行存款增加了 240 000 元，应记入"银行存款"账户的借方；另一方面又使企业的短期借款增加了 240 000 元，应记入"短期借款"账户的贷方。编制会计分录如下。

  借：银行存款   240 000

   贷：短期借款   240 000

  ④ 企业从中国银行借入期限为 3 年、年利率为 12% 的借款 3 000 000 元，款项已经存入银行。这笔经济业务的发生，一方面使企业的银行存款增加了 3 000 000 元，应记入"银行存款"账户的借方；另一方面又使企业的长期借款增加了 3000 000 元，应记入"长期借款"账户的贷方。编制会计分录如下。

  借：银行存款   3 000 000

   贷：长期借款   3000 000

  ⑤ 企业以银行存款支付应由当月负担的借款利息 1 500 元。这笔经济业务的发生，一方面使企业的财务费用增加了 1 500 元，应记入"财务费用"账户的借方；另一方面又使企业的银行存款减少了 1 500 元，应记入"银行存款"账户的贷方。编制会计分录如下。

  借：财务费用   1 500

   贷：银行存款   1 500

  2. 生产供应阶段主要经济业务的核算

  生产供应阶段是生产企业以货币资金通过市场购买各种劳动对象，为进行生产而储备必要的资产，是生产企业生产经营活动的准备阶段，主要是购置包括厂房、生产设备、原材物料等。可以分成购建固定资产过程和采购材料过程两个部分。购建固定资产过程的主要任务就是购置需要安装和不需要安装的生产设备投入使用、自行建造固定资产等，采购材料过程的主要任务就是采购生产经营所需的各种原材料，形成材料储备。

1）主要账户设置

（1）"在途物资"账户

该账户属于资产类账户，用来核算企业采用实际成本进行材料日常核算时，材料已采购但尚未到达或验收入库的材料采购成本。企业外购材料的采购成本，包括购买价款、相关税费、运输费、装卸费、保险费及其他可归属于材料采购成本的费用。其借方登记购入材料的采购成本；贷方登记验收入库材料的采购成本；期末借方余额，表示企业在途物资的采购成本。该账户按供应单位和物资品种进行明细分类核算。

（2）"原材料"账户

该账户属于资产类账户，用来核算企业库存原材料的收入、发出、结存情况。其借方登记验收入库材料的成本；贷方登记发出材料的成本；期末借方余额，表示库存材料的成本。该账户可以按材料的类别、品种、规格进行明细分类核算。

（3）"应付账款"账户

该账户属于负债类账户，用来核算企业因购买材料、商品和接受劳务供应而应付给供应单位的款项。其借方登记应付账款的偿还数；贷方登记企业购买材料、商品和接受劳务等而发生的应付未付的款项；期末贷方余额，表示企业尚未支付的应付款项。该账户应按供应单位进行明细分类核算。

（4）"应付票据"账户

该账户属于负债类账户，用来核算企业因购买材料、商品和接受劳务供应等而开出的商业汇票，包括银行承兑汇票和商业承兑汇票。其借方登记应付票据的已偿付金额；贷方登记企业开出的应付票据的金额；期末贷方余额，表示尚未偿付的应付票据款。该账户按供应单位进行明细分类核算。

（5）"预付账款"账户

该账户属于资产类账户，用来核算企业按照购货合同的规定预付给供应单位的款项。其借方登记预付的款项和补付的款项；贷方登记收到采购货物时按发票金额冲销的预付账款金额和因预付货款多余而退回的款项；期末借方余额，表示企业实际已付、预付的款项；期末贷方余额，表示企业尚未补付的款项。该账户应按供应单位进行明细分类核算。

（6）"应交税费"账户

该账户属于负债类账户，用来核算企业应交纳的各种税费，包括增值税、消费税、营业税、所得税、城市维护建设税、房产税、教育费附加等。其借方登记实际交纳的各种税费；贷方登记应交纳的各种税费；期末借方余额，表示企业多交或尚未抵扣的税费；期末贷方余额，表示企业尚未交纳的税费。

该账户按税种设置明细分类账。增值税一般纳税人"应交税费——应交增值税"账户核算企业应交和实交增值税的结算情况。借方登记增值税的进项税额；贷方登记增值税的销项税额。一般纳税人从销项税额中抵减进项税额后向税务部门交纳增值税。期末借方余额，表示企业多上交或尚未抵扣的增值税；期末贷方余额，表示企业尚未交纳的增值税。

2）主要经济业务核算

（1）主要业务会计分录

① 企业（增值税一般纳税人）购入材料、物资尚未入库时，

借：在途物资

应交税费——应交增值税（进项税额）

贷：银行存款（应付账款、应付票据等）

企业（非增值税一般纳税人）购入材料、物资尚未入库时，

借：在途物资

贷：银行存款（应付账款、应付票据等）

② 企业支付前欠的货款时，

借：应付账款

贷：银行存款

③ 企业因购货而预付款项时，

借：预付账款

贷：银行存款

企业（增值税一般纳税人）以预付货款采购材料时，

借：在途物资

应交税费——应交增值税（进项税额）

贷：预付账款

企业（非增值税一般纳税人）以预付货款采购材料时，

借：在途物资

贷：预付账款

④ 企业所购材料、物资到达验收入库时，

借：原材料

贷：在途物资

⑤ 企业（增值税一般纳税人）购入不需要安装的固定资产时，

借：固定资产

应交税费——应交增值税（进项税额）

贷：银行存款（应付账款等）

企业（非增值税一般纳税人）购入不需要安装的固定资产时，

借：固定资产

贷：银行存款（应付账款等）

购入需要安装的固定资产，先记入"在建工程"账户，安装完毕交付使用时再转入本账户。

（2）材料采购成本的计算

生产企业在采购材料过程中发生的采购成本，按照材料的品种或类别加以归集，以便计算材料物资的总成本和单位成本。通过物资采购成本的计算，可以正确地确定物资的成本及评价采购业务的成果。

外购物资采购成本是由买价和采购费用构成的。其中，买价是销售单位（供货单位）开出的发票价格；采购费用包括以下几种。

① 运杂费。即从销货单位运达企业仓库前所发生的包装、运输、装卸搬运、保险及仓储等费用。

② 运输途中的合理损耗。

③ 入库前整理挑选费用。包括整理挑选过程中发生的人工费及其他费用等支出。

④ 支付的各种税金。即按规定应由买方支付的税金。例如，消费税一般应计入采购成本；增值税要视企业纳税人的情况来分别核算，如为小规模纳税人，则计入材料采购成本，如为一般纳税人，则应视其用途计入增值税（进项税额）专栏。

⑤ 与采购材料有关的其他费用。

需要注意的是，对于企业采购部门所发生的采购人员的差旅费及市内零星运杂费等则不计入材料采购成本，而应当直接计入管理费用。

在采购过程中，往往在同一批次采购多种物资时，就必须分清哪些费用可直接计入各种物资的采购成本，哪些费用不可以直接计入。一般来说，可按下列程序确定：对于买价，可直接计入各种物资的采购成本；对于其他各种费用，凡是能分清归属的，可以直接计入各种物资的采购成本，不能分清的，可根据实际受益情况采用一定的方法分配计入各种物资的采购成本，通常是按各种物资的某种标准（如重量、体积或买价等）比例进行分配。

采购成本的计算公式为

$$费用分配率 = 采购费用 \div 各种采购材料的分配标准之和$$
$$某种采购材料应负担的采购费用 = 该材料的标准 \times 费用分配率$$
$$某种材料采购成本 = 该材料的买价 + 该材料应负担的采购费用$$

例如，大江公司 2011 年 1 月 10 日购入 A、B 原材料，其中 A 材料 600 千克，单价 50 元；B 材料 200 千克，单价 20 元。在采购过程中共发生了运杂费 10 200 元。如按两种材料的买价比例分配负担运杂费，则有

$$运杂费分配率 = 10\ 200 \div (30\ 000 + 4\ 000) = 0.3$$
$$A 材料应负担运杂费 = 0.3 \times 600 \times 50 = 9\ 000 （元）$$
$$B 材料应负担运杂费 = 0.3 \times 200 \times 20 = 1\ 200 （元）$$

采购法则为

$$A 材料的采购成本 = 9\ 000 + 30\ 000 = 39\ 000 （元）$$
$$B 材料的采购成本 = 1\ 200 + 4\ 000 = 5\ 200 （元）$$

（3）业务举例

① 企业从大宇公司购入 A、B 两种材料。A 材料 5 000 千克，单价 10 元，计 50 000 元；B 材料 4 000 千克，单价 5 元，计 20 000 元。买价共计 70 000 元，增值税进项税额 11 900 元（70 000 × 17%）。上述款项已用银行存款支付，材料尚未到达。这笔经济业务的发生，一方面使企业的材料采购成本增加 70 000 元，即材料买价 70 000 元，增值税进项税额增加 11 900 元；另一方面也使企业的银行存款减少 819 00 元。因此，这笔经济业务应涉及"在途物资"、"应交税费——应交增值税（进项税额）"和"银行存款"三个账户。材料的买价应记入"在途物资"账户的借方，增值税进项税额的增加应记入"应交税费——应交增值税（进项税额）"账户的借方，银行存款的减少应记入"银行存款"账户的贷方。编制会计分录如下。

借：在途物资——A 材料		50 000
——B 材料		20 000
应交税费——应交增值税（进项税额）		11 900
贷：银行存款		81 900

② 企业从大宇公司购入的甲、乙材料同时验收入库。这笔经济业务的发生，一方面使企业库存原材料增加了 70 000 元，另一方面也使在途的材料减少了 70 000 元，因此这笔经济业务涉及"原材料"和"在途物资"两个账户。编制会计分录如下。

借：原材料——A 材料		50 000
——B 材料		20 000
贷：在途物资——A 材料		50 000
——B 材料		20 000

③ 企业以银行存款 80 000 元向吉利公司预付购买乙材料的货款。这笔经济业务的发生，一方面使企业的银行存款减少了 80 000 元；另一方面也使企业预付账款增加了 80 000 元，因此这笔经济业务的发生涉及"银行存款"和"预付账款"两个账户，其中预付账款的增加是企业资产的增加，应记入"预付账款"账户的借方。编制会计分录如下。

借：预付账款——吉利公司		80 000
贷：银行存款		80 000

④ 企业收到吉利公司发运来的乙材料 5 000 千克，单价 10 元，计 50 000 元，增值税进项税额 8 500 元（50 000×17%），除冲销原预付账款 80 000 元外，余款 21 500 元以银行存款退回。甲材料经检验合格入库。这笔经济业务的发生，一方面使企业材料采购成本增加了 50 000 元，增值税进项税额增加了 8 500 元；另一方面也使企业的预付账款减少了 58 500 元，银行存款增加了 21 500 元。因此，这笔经济业务涉及"在途物资"、"应交税费——应交增值税（进项税额）"、"预付账款"和"银行存款"四个账户，其中预付账款的减少是资产的减少，应记入"预付账款"账户的贷方。编制会计分录如下。

借：在途物资——乙材料		50 000
应交税费——应交增值税（进项税额）		8 500
银行存款		21 500
贷：预付账款——吉利公司		80 000
借：原材料——乙材料		50 000
贷：在途物资——乙材料		50 000

⑤ 企业从好一佳公司购入甲材料 3 000 千克，单价 9 元，计 27 000 元，增值税进项税额 4 590 元（27 000×17%）；乙材料 4000 千克，单价 5 元，计 20 000 元，增值税进项税额 3 400 元（20 000×17%），途中共发生运费 1 400 元，款项尚未支付，材料尚未验收入库。运费按照材料的重量比例进行分配。这笔经济业务的发生，一方面使企业的材料买价成本增加了 47 000 元，增值税进项税额增加了 7 990 元；另一方面也使企业的应付账款增加了 57 090 元；同时，在运输途中还发生了运费，由于购买的是甲、乙两种材料，所以运费应当分配计入。运费可以按照重量比例进行分配，分配后的费用应当计入材料采购费用。因此，这笔经济业务应涉及"在途物资"、"应交税费——应交增值税（进项税额）"、"库存现金"和"银行存款"四个账户。编制会计分录如下。

$$甲、乙两种材料重量之和 = 3\ 000 + 4\ 000 = 7\ 000 （千克）$$
$$运费的分配率 = 2\ 100 \div 7\ 000 = 0.3$$
$$甲材料应当承担的运费 = 0.3 \times 3\ 000 = 900 （元）$$
$$乙材料应当承担的运费 = 0.3 \times 4\ 000 = 1\ 200 （元）$$
$$甲材料的采购成本 = 27\ 000 + 900 = 27\ 900 （元）$$
$$乙材料的采购成本 = 20\ 000 + 1\ 200 = 21\ 200 （元）$$

借：在途物资——甲材料 　　　　　　　　　　　　　　27 900
　　　　　　——乙材料 　　　　　　　　　　　　　　21 200
　　应交税费——应交增值税（进项税额）　　　　　　　 7 990
　　贷：应付账款——好一佳公司 　　　　　　　　　　　　　57 090

⑥ 企业（增值税一般纳税人）购入一台不需要安装的机器设备，取得的增值税专用发票注明的设备款 300 000 元，增值税额 51 000 元，上述款项已通过银行转账支付。这笔经济业务的发生，一方面使企业固定资产增加了 351 000 元，另一方面也使企业的银行存款减少了 351 000 元。因此，这笔经济业务涉及"固定资产"和"银行存款"两个账户。编制会计分录如下。

借：固定资产 　　　　　　　　　　　　　　　　　　　300 000
　　应交税费——应交增值税（进项税额）　　　　　　　51 000
　　贷：银行存款 　　　　　　　　　　　　　　　　　　　351 000

⑦ 企业向好一佳公司偿还货款 60 000 元。这笔经济业务的发生，一方面使企业的应付未付的账款减少了 60 000 元，另一方面也使企业的银行存款减少了 60 000 元，因此这笔经济业务涉及"应付账款"和"银行存款"两个账户。编制会计分录如下。

借：应付账款——好一佳公司 　　　　　　　　　　　　60 000
　　贷：银行存款 　　　　　　　　　　　　　　　　　　　60 000

3. 产品生产阶段主要经济业务核算

产品生产阶段是生产企业生产经营的主要阶段，是生产企业经营活动的中心环节，是从投入原材料等要素，经过工人生产加工，到产品完工验收入库的全过程。在此阶段，企业要发生各种生产费用，这些费用构成了产品的生产成本。生产过程业务核算的主要内容是：生产费用的发生、归集和分配，以及产品生产成本的计算。

1）主要账户设置

（1）"生产成本"账户

该账户属于成本类账户，同时按照其经济内容它又属于资产类账户，用来归集产品生产过程中所发生的应计入产品成本的各项费用，并据以计算产品生产成本。其借方登记应计入产品成本的各项费用，包括平时登记应直接计入产品成本的直接材料费和直接人工费，以及月末登记应计入产品成本经分配转入的生产费用；其贷方登记已完工验收入库转入"库存商品"账户借方的产品生产成本转出额；期末借方余额，表示尚未完工的在产品的成本。该账户可按产品的品种设置明细分类账，进行明细分类核算。

（2）"制造费用"账户

该账户属于成本类账户，同时按其经济内容又属于资产类账户，用来归集和分配企业生产部门为组织和管理产品的生产所发生的不便于直接记入"生产成本"账户的各项间接费用。其借方登记企业在生产过程中发生的各项间接费用；其贷方登记月末经分配后转入"生产成本"账户借方的生产费用转出额；该账户月末经分配结转后应无余额。该账户可按不同车间、部门和费用项目进行明细分类核算。

虽然"生产成本"账户和"制造费用"账户同属成本类账户，但还应注意区别：凡在发生时能分清为哪种产品耗用，在发生时应直接计入"生产成本"账户；凡在发生时不能分清为哪种产品耗用，在发生时应先记入"制造费用"账户，月末按一定分配方法和分配标准在各成本核算对象之间进行分配时，再转入"生产成本"账户。

（3）"应付职工薪酬"账户

该账户属于负债类账户，用来核算企业根据有关规定应付给职工的各种薪酬。其借方登记本期实际支付的薪酬；贷方登记本期结算的应付职工薪酬；期末贷方余额，表示应付而未付给职工的薪酬。同时，对应付的职工薪酬，应作为人工费用，按其经济用途分配记入有关的成本、费用账户。一般情况下，车间生产人员的薪酬记入"生产成本"账户；车间管理人员的薪酬记入"制造费用"账户；企业行政管理人员的薪酬记入"管理费用"账户，销售人员的薪酬记入"销售费用"账户。

该账户可按工资、职工福利、社会保险费、住房公积金、工会经费、职工教育经费、非货币性福利、辞退福利、股份支付等进行明细分类核算。

（4）"累计折旧"账户

该账户属于资产类账户，是"固定资产"账户的一个调整账户，用来核算企业固定资产发生的累计折旧额。其中，借方登记固定资产因出售、毁损、报废等原因减少时应注销的该项固定资产累计提取的折旧额；贷方登记固定资产计提的折旧额；期末贷方余额，表示现有固定资产已提的累计折旧额。该账户可按固定资产的类别或项目进行明细分类核算。

需要注意的是，用"固定资产"账户的借方余额减去"累计折旧"账户的贷方余额，就可以计算该项固定资产的净值。

（5）"库存商品"账户

该账户属于资产类账户，用来核算企业入库的产品的实际成本。其借方登记生产完工并验收入库的产成品的成本；贷方登记发出产成品的成本；期末借方余额，表示库存产成品的成本。该账户应按产成品的种类、品种和规格进行明细分类核算。

（6）"管理费用"账户

该账户属于损益类账户，用来核算企业为组织和管理企业生产经营所发生的管理费用，包括企业在筹建期间发生的开办费、董事会和行政管理部门在企业的经营管理中发生的或者应由企业统一负担的公司经费（包括行政管理部门职工薪酬、修理费、物料消耗、低值易耗品摊销、办公费和差旅费等）、工会经费、董事会费（包括董事会成员津贴、会议费和差旅费等）、聘请中介机构费、咨询费（含顾问费）、诉讼费、业务招待费、房产税、车船使用税、土地使用税、印花税、技术转让费、矿产资源补偿费、研究费用、排污费等。其借方登记企业发生的各项管理费用；贷方登记期末结转入"本年利润"账户的金额；结转后无余额。该账户应按管理费用的费用项目进行明细分类核算。

2）主要经济业务核算

（1）主要业务会计分录

① 企业因生产产品而领用材料、生产车间发生物料消耗、管理部门领用材料时。

借：生产成本

制造费用

管理费用

贷：原材料

② 结算应付生产工人、生产车间管理人员、行政管理部门人员、销售人员的工资等职工薪酬时。

借：生产成本

制造费用

管理费用

销售费用

贷：应付职工薪酬

③ 生产车间、行政管理部门、专设销售机构计提固定资产折旧时。

借：制造费用

管理费用

销售费用

贷：累计折旧

④ 企业管理部门或车间发生办公费、水电费、业务招待费等时。

借：管理费用

制造费用

贷：银行存款

⑤ 将制造费用分配计入有关成本核算对象时。

借：生产成本——A 产品

生产成本——B 产品

贷：制造费用

⑥ 企业向职工支付工资、奖金、津贴、福利费时，从应付职工薪酬中扣还的各种款项（代垫的个人负担款项、个人所得税等）等。

借：应付职工薪酬

贷：银行存款（库存现金）

其他应收款——××

应交税费——应交个人所得税

⑦ 产成品生产完工验收入库时。

借：库存商品——A 产品

库存商品——B 产品

贷：生产成本——A 产品

生产成本——B 产品

（2）业务举例

① 企业为生产 A、B 产品和其他用途从仓库领用各种材料，其汇总资料如表 2 - 8 所示。

表2-8 材料耗用汇总表

用　途	甲材料		乙材料		辅助材料	
生产产品用	数量	金额	数量	金额	数量	金额
A产品	1 000	10 000	4 000	24 000		
B产品	400	4 000			600	6 000
小　计	2 400	24 000	4 000	24 000	600	6 000
车间一般耗用	200	2 000				
行政管理部门耗用					100	1 000
合　计	1 600	16 000	4 000	24 000	700	7 000

　　生产部门领用原材料时应填制领料单，向仓库办理领料手续。仓库根据领料单发料后，应将领料凭证递交会计部门，据以作为入账的依据。会计部门一般在月末编制汇总领料凭证，据以编制记账凭证。在该项经济业务中，生产产品直接耗用的材料，记入"生产成本"账户；车间一般性耗用的材料，记入"制造费用"账户；行政管理部门耗用的材料，记入"管理费用"账户。

　　这笔经济业务的发生，一方面使成本费用增加；另一方面使原材料减少。发生的成本费用增加记入相应账户的借方；原材料的减少，应记入"原材料"账户的贷方。编制会计分录如下。

　　借：生产成本——A产品　　　　　　　　　　　　　　　　　　　　　　34 000
　　　　　　　　　——B产品　　　　　　　　　　　　　　　　　　　　　　10 000
　　　　制造费用　　　　　　　　　　　　　　　　　　　　　　　　　　　 2 000
　　　　管理费用　　　　　　　　　　　　　　　　　　　　　　　　　　　 1 000
　　　　贷：原材料——甲材料　　　　　　　　　　　　　　　　　　　　　 16 000
　　　　　　　　　——乙材料　　　　　　　　　　　　　　　　　　　　　 24 000
　　　　　　　　　——辅助材料　　　　　　　　　　　　　　　　　　　　　7 000

　　② 企业根据考勤记录和产量记录计算工资如下：生产工人工资40 000元（其中生产A产品工人工资30 000元，生产B产品工人工资10 000元）；车间管理人员工资8 000元；企业行政管理人员工资6 000元。

　　凡直接生产某种产品的工人工资等薪酬，应直接记入"生产成本"账户；车间管理人员的工资等薪酬，记入"制造费用"账户；厂部管理人员的工资等薪酬，记入"管理费用"账户；计算应支付的工资等薪酬，应记入"应付职工薪酬"账户的贷方。编制会计分录如下。

　　借：生产成本——A产品　　　　　　　　　　　　　　　　　　　　　　30 000
　　　　　　　　　——B产品　　　　　　　　　　　　　　　　　　　　　　10 000
　　　　制造费用　　　　　　　　　　　　　　　　　　　　　　　　　　　 8 000
　　　　管理费用　　　　　　　　　　　　　　　　　　　　　　　　　　　 6 000
　　　　贷：应付职工薪酬——工资　　　　　　　　　　　　　　　　　　　 54 000

　　③ 按照上述工资的14%提取职工福利费。按照规定，企业必须提取职工福利费。凡直

接生产某种产品的工人福利费，应直接记入"生产成本"账户；车间管理人员的福利费，记入"制造费用"账户；厂部管理人员的福利费，记入"管理费用"账户；计算提取的职工福利费，就记入"应付职工薪酬"账户的贷方。编制会计分录如下。

借：生产成本——A 产品 4 200
    ——B 产品 1 400
 制造费用 1 120
 管理费用 1 020
 贷：应付职工薪酬——福利费 7 740

④ 为了提升产品档次，增强竞争力，企业就一项新产品的设计向相关专家进行咨询，并以现金支付咨询费 5 000 元。这笔经济业务的发生，一方面支付的管理费用应记入"管理费用"账户的借方；另一方面以现金支付应记入"库存现金"账户的贷方。编制会计分录如下。

借：管理费用 5 000
 贷：库存现金 5 000

⑤ 企业提取现金 56 000 元以备发放职工工资。这笔经济业务的发生，一方面使企业现金增加了 56 000 元；另一方面使银行存款减少了 56 000 元。"库存现金"和"银行存款"均属于资产类账户，其增加记入借方，减少记入贷方。编制会计分录如下。

借：库存现金 56 000
 贷：银行存款 56 000

⑥ 企业以现金发放职工工资 54 000 元。这笔经济业务的发生，一方面使库存现金减少了 54 000 元；另一方面使应付工资减少了 54 000 元。由于"库存现金"属于资产类账户，减少记入该账户贷方；"应付职工薪酬"属于负债类账户，其减少记入该账户借方。编制会计分录如下。

借：应付职工薪酬 54 000
 贷：库存现金 54 000

⑦ 企业生产车间进行设备的日常检修，以现金支付修理费用 4 200 元。这笔经济业务的发生，一方面增加了车间生产费用，应记入"制造费用"账户的借方；另一方面支付现金应记入"库存现金"账户的贷方。编制会计分录如下。

借：制造费用 4 200
 贷：库存现金 4 200

⑧ 企业以现金支付生产车间职工王荣报销的差旅费 540 元。这笔经济业务的发生，一方面增加了车间生产管理的费用，应记入"制造费用"账户的借方；另一方面支付库存现金应记入"库存现金"账户的贷方。编制会计分录如下。

借：制造费用 540
 贷：库存现金 540

⑨ 企业生产车间共发生水电费 6 000 元，以银行存款支付。这笔经济业务的发生，一方面增加了车间生产的费用，应记入"制造费用"账户的借方；另一方面支付银行存款应记入"银行存款"账户的贷方。编制会计分录如下。

借：制造费用 6 000
 贷：银行存款 6 000

⑩ 企业根据规定的固定资产折旧率计提本月固定资产折旧43 140 元，其中生产车间提取固定资产折旧费38 140 元，厂部办公楼计提折旧费5 000 元。这笔经济业务的发生，一方面计提的固定资产折旧的增加应记入"累计折旧"账户的贷方；另一方面本月生产车间负担的费用应记入"制造费用"账户的借方，行政管理部门负担的费用应记入"管理费用"账户的借方。编制会计分录如下。

借：制造费用	38 140
管理费用	5 000
贷：累计折旧	43 140

⑪ 企业以生产工人工资为分配标准来分配制造费用。根据以上经济业务可知，本月共发生和归集的制造费用为60 000 元（2 000＋8 000＋1 120＋4 200＋540＋6 000＋38 140），以生产工人工资为标准来分配计入 A、B 两种产品的生产成本。A、B 产品应当分配的制造费用为

$$制造费用分配率 = 60\ 000 \div (3\ 000 + 10\ 000) = 1.5$$
$$A\ 产品应当承担的制造费用 = 1.5 \times 30\ 000 = 45\ 000\ (元)$$
$$B\ 产品应当承担的制造费用 = 1.5 \times 11\ 000 = 15\ 000\ (元)$$

这笔经济业务的发生，一方面使生产成本增加，应记入"生产成本"账户的借方；另一方面制造费用因转销而减少，应记入"制造费用"账户的贷方。编制会计分录如下。

借：生产成本——A 产品	45 000
——B 产品	15 000
贷：制造费用	60 000

⑫ 企业生产的 A 产品200 件全部生产完工，并已验收入库；B 产品全部未完工。这笔经济业务的发生，一方面使生产成本减少，应记入"生产成本"账户的贷方；另一方面使库存商品增加，应记入"库存商品"账户的借方。编制会计分录如下。

借：库存商品——A 产品	72 700
贷：生产成本——A 产品	72 700

4. 产品销售阶段主要经济业务核算

产品销售阶段是产品价值实现的阶段，通过销售，取得销售收入，是生产企业基本经济活动的最后一个阶段。在销售过程中，已销售产品的生产成本就是销售成本；企业为了销售产品还会发生各种销售费用，包括包装费、运输费、装卸费、广告费及销售人员的工资等薪酬；企业还应当按照税法的相关规定，计算并缴纳税金及费用。

生产企业销售业务核算的主要内容是：确认业务收入的实现，办理与购买单位的货款结算，结转业务成本，支付销售费用，核算销售税金。

1) 主要账户设置

（1）"主营业务收入"账户

该账户属于损益类账户，用来核算企业在销售商品、提供劳务及让渡资产使用权等日常活动中所产生的收入。其贷方登记企业销售产品或提供劳务等时实现的销售收入；借方登记发生销售退回或者销售折让时应冲减的销售收入及期末转入"本年利润"账户的转出数；期末结转后应无余额。该账户可按主营业务的种类进行明细核算。

（2）"主营业务成本"账户

该账户属于损益类账户，用来核算企业因销售商品、提供劳务或让渡资产使用权等日常活动而发生的实际成本。其借方登记因销售商品、提供劳务或让渡资产使用权等日常活动而发生的实际成本；贷方登记期末转入"本年利润"账户的本期已销商品生产成本的转出数；期末结转后无余额。该账户可按主营业务的种类进行明细核算。

（3）"营业税金及附加"账户

该账户属于损益类账户，用来核算企业经营活动发生的营业税、消费税、城市维护建设税、资源税和教育费附加等相关税费。其借方登记依法计算出的本期应负担的各种税金及附加；贷方登记期末转入"本年利润"账户的各种税金及附加转出数；期末结转后无余额。

（4）"应收账款"账户

该账户属于资产类账户，用来核算企业因销售商品、产品、提供劳务等经营活动应向购货单位或接受劳务单位收取的款项。其借方登记由于销售产品或提供劳务而发生的应收款项；贷方登记已经收回的款项；期末借方余额，表示企业尚未收回的应收账款；期末贷方余额，反映企业预收的账款。该账户应按债务人进行明细核算。

（5）"应收票据"账户

该账户属于资产类账户，用来核算企业因销售商品、产品、提供劳务等而收到的商业汇票，包括银行承兑汇票和商业承兑汇票。其借方登记应收票据的增加；贷方登记到期收回的票据应收款；期末借方余额，表示尚未到期的票据应收款项。该账户可按债务人进行明细核算。

（6）"预收账款"账户

该账户属于负债类账户，用来核算企业按照合同规定向购货单位预收的款项。其贷方登记企业收到的预收款项；借方登记销售实现时与购货单位结算的款项；期末贷方余额，反映企业向购货单位预收的款项；期末借方余额，反映企业应由购货单位补付的款项。该账户应按购货单位进行明细核算。

（7）"销售费用"账户

该账户属于损益类账户，用来核算企业销售商品和材料、提供劳务的过程中发生的各种费用，包括保险费、包装费、展览费和广告费、商品维修费、预计产品质量保证损失、运输费、装卸费等以及为销售本企业商品而专设的销售机构（含销售网点、售后服务网点等）的职工薪酬、业务费、折旧费等经营费用。其借方登记企业所发生的各种销售费用；贷方登记企业期末账户的数额；期末结转后无余额。该账户可按费用项目进行明细分类核算。

（8）"其他业务收入"账户

该账户属于损益类账户，用来核算企业根据收入准则确认的除主营业务以外的其他经营活动实现的收入，包括出租固定资产、出租无形资产、出租包装物和商品、销售材料等实现的收入。其贷方登记企业实现的其他业务收入；借方登记期末转入"本年利润"账户的其他业务收入转出数；在期末结转后应无余额。该账户可以按照其他业务收入的种类进行明细分类核算。

（9）"其他业务成本"账户

该账户属于损益类账户，用来核算企业除主营业务活动以外的其他经营活动所发生的支出，包括销售材料的成本、出租固定资产的累计折旧、出租无形资产的累计摊销、出租包装物的成本或摊销额等。其借方登记企业发生的其他业务成本；贷方登记期末转入"本年利润"账户的其他业务成本转出数；在期末结转后应无余额。该账户应当按照其他业务成本的种类进行明细分类核算。

（10）"其他应收款"账户

该账户属于资产类账户，用来核算企业除应收账款、应收票据、预付账款、应收股利、应收利息、长期应收款等以外的其他各种应收及暂付款项。其借方登记企业发生的其他各种应收款；贷方登记已收回的其他各种应收款项；期末借方余额，表示尚未收回的其他应收款项。

2）主要经济业务核算

（1）主要业务会计分录

① 企业销售商品或提供劳务实现销售收入时。

借：银行存款（应收账款、应收票据等）

　　贷：主营业务收入

　　　　应交税费——应交增值税（销项税额）

② 企业向购货单位预收款项时。

借：银行存款

　　贷：预收账款

③ 企业发生为销售本企业商品而专设的销售机构的职工薪酬、固定资产折旧等经营费用时。

借：销售费用

　　贷：应付职工薪酬（累计折旧等）

④ 企业按规定计算确定与经营活动相关的税费时。

借：营业税金及附加

　　贷：应交税费

⑤ 企业支付销售过程中的各项费用时。

借：销售费用

　　贷：银行存款（库存现金）

⑥ 企业计算并结转销售商品或提供劳务的成本时。

借：主营业务成本——A产品

　　主营业务成本——B产品

　　贷：库存商品——A产品

　　　　库存商品——B产品

⑦ 企业发生销售材料等其他业务取得收入时。

借：银行存款（应收账款、应收票据等）

　　贷：其他业务收入——××材料

　　　　应交税费——应交增值税（销项税额）

⑧ 企业计算并结转销售材料等其他业务成本时。

借：其他业务成本——××材料

贷：原材料——××材料

（2）业务举例

① 企业向长江公司销售 A 产品 200 件，单价 1 000 元，增值税专用发票上注明价款200 000 元，增值税额 34 000 元。产品已经发出，款项已通过银行转账收讫。这笔经济业务的发生，一方面使企业的银行存款增加了 234 000 元；另一方面也使企业实现 A 产品销售收入 160 000 元，增值税销项税额增加了 34 000 元。因此，这笔业务涉及"银行存款"、"主营业务收入"和"应交税费——应交增值税（销项税额）"三个账户。银行存款的增加应记入"银行存款"账户的借方；产品销售收入的实现应记入"主营业务收入"账户的贷方，销项税额的增加应记入"应交税费——应交增值税（销项税额）"账户的贷方。编制会计分录如下。

借：银行存款   234 000
 贷：主营业务收入——A 产品   200 000
  应交税费——应交增值税（销项税额）   34 000

② 企业向三源公司销售 A 产品 500 件，单价 800 元，增值税专用发票上注明价款400 000 元，增值税额 68 000 元；同时还销售 B 产品 200 件，单价 150 元，增值税专用发票上注明价款 30 000 元，增值税额 5 100 元。货已发出，三源公司尚未支付货款。这笔经济业务的发生，一方面使企业实现产品销售收入 430 000 元，增值税（销项税额）增加 73 100元；另一方面也使企业的应收账款增加了 503 100 元。因此，该业务涉及"应收账款"、"主营业务收入"和"应交税费——应交增值税（销项税额）"三个账户。编制会计分录如下。

借：应收账款——三源公司   503 100
 贷：主营业务收入——A 产品   400 000
      ——B 产品   30 000
  应交税费——应交增值税（销项税额）   73 100

③ 企业以银行存款支付广告费 6 000 元。这笔经济业务的发生，一方面使企业的销售费用增加了 6 000 元，应借记"销售费用"账户；另一方面也使企业的银行存款减少了 6 000元，应贷记"银行存款"账户。编制会计分录如下。

借：销售费用   6 000
 贷：银行存款   6 000

④ 企业按本月销售额计算企业应交消费税 2 500 元。这笔经济业务的发生，一方面使企业的营业税金及附加增加了 2 500 元；另一方面也使企业的应交消费税增加了 2 500 元。因此，该业务涉及"营业税金及附加"和"应交税费——应交消费税"两个账户，其中营业税金及附加是费用的增加，应记入"营业税金及附加"账户的借方，应交的消费税是负债的增加，应记入"应交税费——应交消费税"账户的贷方。编制会计分录如下。

借：营业税金及附加   2 500
 贷：应交税费——应交消费税   2 500

⑤ 企业结转本月已经销售的 A 产品的销售成本共计 350 000 元（700 件×500），B 产品的销售成本为 20 000 元（200 件×100）。这笔经济业务的发生，一方面因为销售导致了企业库存商品减少；另一方面涉及已经销售商品的生产成本的结转。所以，该业务涉及"库存商品"和"主营业务成本"两个账户。编制会计分录如下。

借：主营业务成本	370 000
贷：库存商品——A产品	350 000
——B产品	20 000

⑥ 企业对外出售甲材料160千克，单价125元，增值税专用发票上注明价款20 000元，增值税额3 400元，计23 400元。款项已通过银行收讫。这笔经济业务的发生，一方面使企业实现出售材料的销售收入20 000元，增值税销项税额增加1 700元；另一方面也使企业的银行存款增加23 400元。因此，该业务涉及"其他业务收入"、"应交税费——应交增值税（销项税额）"和"银行存款"三个账户。编制会计分录如下。

借：银行存款	23 400
贷：其他业务收入——甲材料	20 000
应交税费——应交增值税（销项税额）	3 400

⑦ 企业结转本月已经销售的甲材料的销售成本共计16 000元（160千克×100）。这笔经济业务的发生，一方面因为销售甲材料导致了企业库存原材料减少了16 000元；另一方面涉及已经销售的原材料成本的结转。所以，该业务涉及"原材料"和"其他业务成本"两个账户。编制计分录如下。

借：其他业务成本	16 000
贷：原材料——甲材料	16 000

⑧ 企业计算当月销售部门人员的工资及提成共计20 000元。这笔经济业务的发生，一方面销售机构的职工薪酬使销售费用增加了20 000元；另一方面使应付职工薪酬增加了20 000元。所以，该业务涉及"销售费用"和"应付职工薪酬"两个账户。编制计分录如下。

借：销售费用	20 000
贷：应付职工薪酬	20 000

5. 利润形成及利润分配阶段的核算

企业在产品销售过程中所取得的营业利润，还不能算是最终的利润，因为企业在生产经营活动中，由于种种原因还会发生一些其他业务收入、其他业务成本、期间费用、营业外收支，这些也是企业利润的组成部分。利润形成及利润分配阶段需要将当期的收入与费用相互配比，以计算确定企业在该会计期间的经营成果。企业取得经营成果后，还需要计算所得税和向投资者分配利润。

营业利润＝营业收入－营业成本－营业税金及附加－销售费用－管理费用－

财务费用＋投资收益

其中

营业收入＝主营业务收入＋其他业务收入

营业成本＝主营业务成本＋其他业务成本

利润总额＝营业利润＋营业外收入－营业外支出

净利润＝利润总额－所得税费用

1）主要账户设置

（1）"营业外收入"账户

该账户属于损益类账户，用来核算企业发生的与其经营活动无直接关系的各项收入，主要包括处置非流动资产利得、非货币性资产交换利得、债务重组利得、罚没利得、政府补助利得、确实无法支付而按规定程序经批准后转作营业外收入的应付款项、盘盈利得、捐赠利得等。其贷方登记企业发生的各项营业外收入；借方登记期末转入"本年利润"账户贷方的营业外收入转出数；期末结转后无余额。该账户应当按照营业外收入项目进行明细核算。

（2）"营业外支出"账户

该账户属于损益类账户，用来核算企业发生的与其经营活动无直接关系的各项支出，包括处置非流动资产损失、非货币性资产交换损失、债务重组损失、罚款支出、公益性捐赠支出、非常损失、盘亏盘盈等。其借方登记发生的各项营业外支出；贷方登记期末转入"本年利润"账户借方的营业外支出转出数；期末结转后无余额。该账户应按营业外支出项目进行明细分类核算。

（3）"投资收益"账户

该账户属于损益类账户，用来核算企业确认的对外投资收益或损失。其贷方登记取得的投资收益或期末投资净损失的转出数；借方登记发生的投资损失或期末投资净收益的转出数；期末结转后无余额。该账户可以按照投资项目进行明细分类核算。

（4）"本年利润"账户

该账户属于所有者权益类账户，用来核算企业当年实现的净利润（或发生的净亏损）。其贷方登记期末从各损益收入类账户转入的本期取得的各项收入；借方登记期末从各损益费用类账户转入的本期发生的各项费用；当收入总额与费用总额相抵后，若收入总额大于费用总额，即为贷方余额，表示本期实现的利润金额；若收入总额小于费用总额，则为借方余额，表示企业本期发生的亏损金额。在本年度内，余额保留在本账户，不予结转，表示到本月止本年累计已实现的利润或发生的亏损。年末，应将该账户余额转入到"利润分配——未分配利润"账户，年末结转后无余额。

（5）"所得税费用"账户

该账户属于损益类账户，用来核算企业应从当期利润总额中扣除的所得税费用。其借方登记企业当期应当交纳的所得税费用；贷方登记期末转入"本年利润"账户的数额；期末结转后无余额。

（6）"利润分配"账户

该账户属于所有者权益类账户，用来核算企业利润的分配（或亏损的弥补）和历年分配（或弥补）后的积存余额。其贷方登记企业将本年实现的税后净利润转入的金额；借方登记转入的全年亏损金额或按照规定实际分配的利润金额；期末余额若在借方，表示企业未弥补亏损金额；若在贷方，表示尚未分配的利润金额。该账户应当分别"提取法定盈余公积"、"提取任意盈余公积"、"应付现金股利或利润"、"转作股本的股利"、"盈余公积补亏"和"未分配利润"等进行明细分类核算。年度终了，企业应将全年实现的净利润，自"本年利润"账户转入本账户；同时将"利润分配"账户所属其他明细账户的余额转入本账户的"未分配利润"明细账户。结转后，本账户除"未分配利润"明细账户外，其他明细账户应无余额。

（7）"盈余公积"账户

该账户属于所有者权益类账户，用来核算企业从净利润中提取的盈余公积。其贷方登记提取的盈余公积；借方登记盈余公积因使用而减少的数额，如弥补亏损、转增资本等；期末贷方余额，表示企业提取的盈余公积结存金额。该账户应当分"法定盈余公积"、"任意盈余公积"进行明细分类核算。

（8）"应付股利"账户

该账户属于负债类账户，用来核算企业向投资者分配的现金股利或利润。其贷方登记按照通过的股利分配政策应当支付的利润或者现金股利；借方登记实际支付时的金额；期末贷方余额，表示企业应当支付而实际还没有支付的金额。该账户可以按照投资者进行明细分类核算。企业分配的股票股利，不通过本账户核算。

2）主要经济业务核算

（1）主要业务会计分录

① 期末计算并结转利润时，将损益类账户余额转入"本年利润"账户。

借：主营业务收入
　　其他业务收入
　　营业外收入
　　投资收益
　　贷：本年利润

同时

借：本年利润
　　贷：主营业务成本
　　　　其他业务成本
　　　　销售费用
　　　　管理费用
　　　　财务费用
　　　　营业外支出
　　　　资产减值损失

② 企业按照税法规定计算确定当期应交所得税时。

借：所得税费用
　　贷：应交税费——应交所得税

将"所得税费用"账户余额转入"本年利润"账户：

借：本年利润
　　贷：所得税费用

③ 年度终了，企业应将全年实现的净利润，自"本年利润"账户转入"利润分配"账户时。

借：本年利润
　　贷：利润分配——未分配利润

如为净亏损，作相反的会计分录。

④ 企业按规定提取盈余公积时。

借：利润分配——提取法定盈余公积
　　　　　　　——提取任意盈余公积

贷：盈余公积——法定盈余公积

　　　　　　——任意盈余公积

⑤ 企业经股东大会或类似机构决议向投资者分配利润时。

借：利润分配——应付现金股利或利润

　　贷：应付股利

⑥ 企业使用盈余公积弥补亏损时。

借：利润分配——盈余公积补亏

　　贷：盈余公积

⑦ 年度终了，将"利润分配"科目所属其他明细科目的余额转入本账户的"未分配利润"明细账户。

借：利润分配——未分配利润

　　贷：利润分配——提取法定盈余公积

　　　　　　　　——提取任意盈余公积

　　　　　　　　——应付现金股利或利润

　　　　　　　　——盈余公积补亏

（2）业务举例

① 因职工王某违反公司制度，企业按照规定对其处以 200 元的罚款，现金已交公司出纳。这笔经济业务的发生，一方面使企业的库存现金增加 200 元；另一方面也使企业的收入增加 300 元，因此涉及"库存现金"扣"营业外收入"两个账户。编制会计分录如下。

借：库存现金　　　　　　　　　　　　　　　　　　　　　　　　200

　　贷：营业外收入　　　　　　　　　　　　　　　　　　　　　　200

② 企业以银行存款 5 000 元捐赠玉树地震灾区。这笔经济业务的发生，一方面使企业的银行存款减少了 5 000 元；另一方面也使企业的支出增加了 5 000 元，因此涉及"营业外支出"和"银行存款"两个账户。编制会计分录如下。

借：营业外支出　　　　　　　　　　　　　　　　　　　　　　5 000

　　贷：银行存款　　　　　　　　　　　　　　　　　　　　　5 000

③ 企业收到被投资单位分来的现金股利 30 000 元，款项已经存入银行。这笔经济业务的发生，一方面使企业的银行存款增加了 30 000 元；另一方面也使企业投资收益增加了 30 000 元，因此涉及"投资收益"和"银行存款"两个账户。编制会计分录如下。

借：银行存款　　　　　　　　　　　　　　　　　　　　　　30 000

　　贷：投资收益　　　　　　　　　　　　　　　　　　　　30 000

④ 企业计算并结转本期利润总额，各损益类账户结转前余额如下：主营业务收入 630 000 元；其他业务收入 20 000 元；营业外收入 200 元；投资收益 30 000 元；主营业务成本 370 000 元；其他业务成本 16 000 元；营业税金及附加 2 500 元；营业外支出 5 000 元；财务费用 1 500 元；管理费用 180 200 元；销售费用 26 000 元。

首先，将本月发生的各项收益即损益类账户的贷方余额从其借方转销，转入"本年利润"账户的贷方。编制会计分录如下。

借：主营业务收入　　　　　　　　　　　　　　　　　　　　630 000

其他业务收入	20 000
营业外收入	200
投资收益	30 000

  贷：本年利润   680 200

  其次，将本月发生的各项费用即损益类账户的借方余额从其贷方转销，转入"本年利润"账户的借方。编制会计分录如下。

  借：本年利润   439 020

贷：主营业务成本	370 000
其他业务成本	16 000
营业税金及附加	2 500
营业外支出	5 000
财务费用	1 500
管理费用	18 020
销售费用	26 000

企业本期利润总额 = 680 200 - 439 020 = 241 180（元）

  ⑤ 企业计算并结转所得税费用。按照税法规定，企业应按照法律规定交纳所得税，企业应交所得税等于应纳税所得额乘以所得税税率。假设企业本期的利润总额与应纳税所得额一致，适用的所得税税率为 25%，则

本期应纳税所得额 = 241 180（元）
应交所得税 = 241 180 × 25% = 60 295（元）

  这笔经济业务的发生，一方面使企业的所得税费用增加 60 295 元；另一方面也使企业的应交所得税增加 60 295，因此涉及"所得税费用"和"应交税费——应交所得税"两个账户。编制会计分录如下。

  借：所得税费用   60 295

   贷：应交税费——应交所得税   60 295

  同时，将"所得税费用"账户的借方余额从其贷方转入"本年利润"账户的借方。编制会计分录如下。

  借：本年利润   60 295

   贷：所得税费用   60 295

  根据以上资料，可以计算出企业本期实现的净利润为 180 885 元（241 180 - 60 295）。

  ⑥ 结转全年累计实现的净利润 180 885 元。这笔经济业务的发生，一方面使本年利润减少了 180 885 元；另一方面使利润分配增加了 180 885 元。编制会计分录如下。

  借：本年利润   180 885

   贷：利润分配——未分配利润   180 885

  ⑦ 企业按照有关规定，按全年净利润的 10%，计算提取法定盈余公积 18 088.5 元。这笔经济业务的发生，一方面使企业利润分配增加了 18 088.5 元，应借记"利润分配"账户；另一方面也使企业盈余公积增加了 18 088.5 元，应贷记"盈余公积"账户。其会计分录如下。

　　借：利润分配——提取法定盈余公积　　　　　　　　　18 088.5

　　　　贷：盈余公积——法定盈余公积　　　　　　　　　　　18 088.5

⑧ 经股东大会决定，企业向投资者分配现金股利 80 000 元。这笔经济业务的发生，一方面使企业的所有者权益减少了 80 000 元；另一方面使企业的负债增加了 80 000 元，因此涉及"利润分配"和"应付股利"两个账户。编制会计分录如下。

　　借：利润分配——应付现金股利　　　　　　　　　　　80 000

　　　　贷：应付股利　　　　　　　　　　　　　　　　　　　80 000

⑨ 年终，将"利润分配"账户所属明细账户（除"未分配利润"）余额从其贷方转销，转入"利润分配——未分配利润"账户的借方。编制会计分录如下。

　　借：利润分配——未分配利润　　　　　　　　　　　　98 088.5

　　　　贷：利润分配——提取法定盈余公积　　　　　　　　　18 088.5

　　　　　　　　　　——应付现金股利　　　　　　　　　　　80 000

6. 资金退出企业的核算

随着企业资金的投入，经过采购、生产和销售等一系列的经济活动，企业的资金完成了一个完整的周转和循环，这样就有一部分资金退出企业参与其他社会经济活动。资金退出企业的业务有很多，包括支付给投资者利润、归还银行借款本息、上交国家税金等。

（1）支付股利

经企业权力机构决定，企业应向投资者分配一定的股利。支付股利时，就必然有一部分资金流出企业。例如，企业以银行存款支付给投资者股利 80 000 元。这笔经济业务的发生，一方面使企业的资产减少了 80 000 元；另一方面也使企业的负债减少了 80 000 元，因此涉及"银行存款"和"应付股利"两个账户。编制会计分录如下。

　　借：应付股利　　　　　　　　　　　　　　　　　　　80 000

　　　　贷：银行存款　　　　　　　　　　　　　　　　　　　80 000

（2）交纳税费

税收是国家的主要财政收入来源。按照国家有关法律规定，交纳税金是每个企业的应尽义务。在实际交纳税金时，会引起企业一部分资金的退出。

例如，企业以银行存款支付消费税 2 500 元，增值税 72 420 元，所得税 48 285 元。这笔经济业务的发生，一方面使企业的应交税费减少了 123 205 元；另一方面也使银行存款减少了 123 205 元，因此涉及"银行存款"、"应交税费"两个账户。编制会计分录如下。

　　借：应交税费——应交消费税　　　　　　　　　　　　2 500

　　　　　　应交税费——应交增值税　　　　　　　　　　　72 420

　　　　　　应交税费——应交所得税　　　　　　　　　　　48 285

　　　　贷：银行存款　　　　　　　　　　　　　　　　　　123 205

（3）偿还借款

企业在经营过程中，有时需要从外部筹集资金，当借款到期时企业就需要偿还借款本金和利息。

例如，因借款到期，企业以银行存款偿还短期借款本金 150 000 元。这笔经济业务的发生，一方面使企业的资产减少了 150 000 元；另一方面也使企业的负债减少了 150 000 元，因此涉及"银行存款"、"短期借款"两个账户。编制会计分录如下。

借：短期借款   150 000

  贷：银行存款   150 000

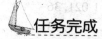
任务完成

根据三友服饰公司 2009 年 10 月份的经济业务分别编制会计分录如下。

① 2 日，办公室报销办公费用 1 100 元，以现金支付。

借：管理费用   1 100

  贷：库存现金   1 100

② 3 日，接交通银通收账通知，收富丽公司还来货款 90 000 元。

借：银行存款   90 000

  贷：应收账款——富丽公司   90 000

③ 4 日，采购员周建芬报销差旅费 1 980 元，余款交回。

借：管理费用   1 980

  库存现金   1 020

  贷：其他应收款——周建芬   3 000

④ 4 日，向大东公司采购面料 A 用于西服生产，价值 200 000 元，外加 17% 的增值税，签发 9 月期商业承兑汇票支付全部款项。材料已到，验收入库。

借：原材料——面料 A   200 000

  贷：在途物资   200 000

⑤ 4 日，8 月份采购的生产童装的 B 面料（价值 32 000 元）到货，验收入库。

借：原材料——面料 B   32 000

  贷：在途物资   32 000

⑥ 5 日，以银行存款支付借款利息 6 000 元。

借：财务费用   6 000

  贷：银行存款   6 000

⑦ 6 日，向北京中央商场售西服 100 件，总价款 120 000 元，外加 17% 的增值税，扣除预付款后余款收到 1 月期商业承兑汇票，结转销售成本 70 011.95 元。

借：应收票据   100 000

  预收账款   40 400

  贷：主营业务收入   120 000

    应交税费——应交增值税   20 400

借：主营业务成本   70 011.95

  贷：库存商品——西服   70 011.95

⑧ 6 日，业务部陈健预借差旅费 1 500 元，签发现金支票支付。

借：其他应收款——陈健   1 500

  贷：银行存款   1 500

⑨ 7 日，交纳上月增值税 14 590.91 元，城建税 1 021.36 元，教育费附加 437.73 元，所得税 12 000 元。

借：应交税费——应交增值税　　　　　　　　14 590.91
　　　　　——应交城市维护建设税　　　　　　1 021.36
　　　　　——应交教育费附加　　　　　　　　　437.73
　　　　　——应交所得税　　　　　　　　　　12 000
　　贷：银行存款　　　　　　　　　　　　　　28 050

⑩ 7 日，向沈阳五爱公司销售童装 2 000 件，总价款 100 000 元（不含税），外加 17% 的增值税，已收到 90 000 元存入交通银行，结转销售成本 29 993.32 元。

借：银行存款　　　　　　　　　　　　　　　90 000
　　应收账款　　　　　　　　　　　　　　　27 000
　　贷：主营业务收入　　　　　　　　　　　100 000
　　　　应交税费——应交增值税　　　　　　17 000
借：主营业务成本　　　　　　　　　　　　　29 993.32
　　贷：库存商品　　　　　　　　　　　　　29 993.32

⑪ 8 日，开出交通银行现金支票，提取现金 120 000 元，备发工资，其中生产工人工资 80 000 元，车间管理人员工资 30 000 元，行政管理人员工资 10 000 元，并计提 4% 的福利费。

借：库存现金　　　　　　　　　　　　　　　120 000
　　贷：银行存款　　　　　　　　　　　　　120 000
借：应付职工薪酬　　　　　　　　　　　　　120 000
　　贷：库存现金　　　　　　　　　　　　　120 000
借：生产成本　　　　　　　　　　　　　　　91 200
　　制造费用　　　　　　　　　　　　　　　34 200
　　管理费用　　　　　　　　　　　　　　　11 400
　　贷：应付职工薪酬——工资　　　　　　　121 228.07
　　　　　　　　　　——福利费　　　　　　16 971.93

⑫ 2 日，生产车间领用 A 面料 50 米，20 000 元，投入西服生产；领用 B 面料 410 米，13 120 元，投入童装生产。

借：生产成本——西服　　　　　　　　　　　20 000
　　生产成本——童装　　　　　　　　　　　13 120
　　贷：原材料——A　　　　　　　　　　　　20 000
　　　　原材料——B　　　　　　　　　　　　13 120

⑬ 10 日，接到银行收账通知，受托向中央商场收取的汇票款 100 000 元到账。

借：银行存款　　　　　　　　　　　　　　　100 000
　　贷：应收票据　　　　　　　　　　　　　100 000

⑭ 11 日，接到银行付款通知，汇付宇宙公司公司汇票款 102 000 元。

借：应付票据　　　　　　　　　　　　　　　102 000
　　贷：银行存款　　　　　　　　　　　　　102 000

⑮ 12 日，从红华公司购入辅助材料一批，价值 1 200 元，外加 17% 的增值税，转账支付，材料未收。

借：在途物资   1 200
     应交税费——应交增值税   204
   贷：银行存款   1 404

⑯ 14 日，签发转账支票，支付前欠三利公司货款 20 000 元。

借：应付账款   20 000
   贷：银行存款   20 000

⑰ 15 日，开出交行转账支票支付当月成衣车间设备修理费 3 000 元。

借：制造费用   3 000
   贷：银行存款   3 000

⑱ 16 日，以银行存款支付电视广告费 8 000 元。

借：销售费用   8 000
   贷：银行存款   8 000

⑲ 17 日，采购员陈健报销差旅费 1 970 元，余款现金付讫。

借：管理费用   1 970
   贷：其他应收款   1 500
     库存现金   470

⑳ 18 日，职工管晓娟送来医药费单据 730 元，经审核按 70% 报销。

借：应付职工薪酬   511
   贷：库存现金   511

㉑ 19 日，财务部购入计算机一台，价值 5 000 元（含税），交行转账支付。

借：固定资产   5 000
   贷：银行存款   5 000

㉒ 20 日，销售废次包装物一批，价值 2 000 元，外加 17% 的增值税，货款已收，存入交通银行。包装物成本价 1 500 元。

借：银行存款   2 340
   贷：其他业务收入   2 000
     应交税费——应交增值税   340
借：其他业务成本   1 500
   贷：周转材料   1 500

㉓ 22 日，以交通银行存款分别支付投资者 E 公司、F 公司各利润 30 000 元。

借：应付股利——E 公司   30 000
        ——F 公司   30 000
   贷：银行存款   60 000

㉔ 25 日，本月 12 日从红华公司购入的辅助材料到货，验收入库。

借：原材料   1 200
   贷：在途物资   1 200

㉕ 26 日，以交通银行存款支付当月电费 9 200 元（车间 8 000 元，管理部门 1 200 元）；支付水费 3 300 元（车间 2 600 元，管理部门 700 元）。

借：制造费用 10 600
　　管理费用 1 900
　　贷：银行存款 12 500

㉖ 28 日，以交通银行存款支付当月电话费 1 600 元。

借：管理费用 1 600
　　贷：银行存款 1 600

㉗ 30 日，计提固定资产折旧（其中生产部门 25 140 元，管理部门 13 060 元）。

借：制造费用 25 140
　　管理费用 13 060
　　贷：累计折旧 38 200

㉘ 30 日，按生产西服、童装工人工资比例分配结转制造费用。

借：生产成本——西服 63 822.5
　　　　　　——童装 9 117.5
　　贷：制造费用 72 940

㉙ 30 日，本月计划生产西服 272 件已完工 100 件；童装 2 243 件已完工 2 000 件，结转已完工产品生产成本。

借：库存商品——西服 70 011.95
　　　　　　——童装 29 993.32
　　贷：生产成本——西服 70 011.95
　　　　　　　　——童装 29 993.32

㉚ 31 日，本月应交纳增值税 3 536 元，分别按 7% 和 3% 计算应缴纳的城市维护建设税和教育费附加。

借：营业税金及附加 353.6
　　贷：应交税费 353.6

㉛ 31 日，结转本月损益。

借：主营业务收入 220 000
　　其他业务收入 2 000
　　贷：本年利润 222 000

同时

借：本年利润 150 268.87
　　贷：主营业务成本 100 005.27
　　　　其他业务成本 1 500
　　　　销售费用 8 000
　　　　管理费用 34 410
　　　　财务费用 6 000
　　　　营业税金及附加 353.6

㉜ 31 日，按利润总额（假设其为应纳税所得额）的 25% 计算应交所得税，并结转所得税费用。

借：所得税费用   17 932.78

    贷：应交税费——应交所得税   17 932.78

同时，

借：本年利润   17 932.78

    贷：所得税费用   17 932.78

㉝ 31 日，结转本月净利润 53 798.35 元。

借：本年利润   53 798.35

    贷：利润分配——未分配利润   53 798.35

㉞ 31 日，按净利润的 10% 提取盈余公积金。

借：利润分配——提取盈余公积   5 739.84

    贷：盈余公积   5 739.84

㉟ 31 日，按净利润的 30% 向投资者分配利润。

借：利润分配——应付现金股利   16 139.51

    贷：应付股利——E   6 455.8

        应付股利——F   9 683.71

复习思考题

1. 会计等式具体有哪些？
2. 简述经济业务的发生对会计等式影响的四种类型及九种情形。
3. 什么是复式记账法？其优点是什么？
4. 简述借贷记账法的记账规则。借贷记账法的试算平衡是如何进行的？
5. 什么是会计分录？会计分录有哪几种形式？如何编制？
6. 会计科目（账户）的基本结构是怎样的？
7. 生产企业生产经营过程核算中设置的主要账户有哪些？
8. 采购材料成本由哪些成本项目构成？
9. 财务成果核算的主要内容是什么？利润是如何计算的？
10. 简述利润分配的顺序。

综合练习

一、单项选择题

1. 假如企业某资产账户期初余额为 5 600 元，期末余额为 5 700 元，本期贷方发生额为 800 元，则本期借方发生额为（   ）。

    A. 900 元   B. 10 500 元   C. 700 元   D. 12 100 元

2. 假如企业某所有者权益账户本期贷方发生额为 1 200 万元，本期借方发生额为 1 500

万元，期末余额为 1 300 万元，则期初余额为（　　）万元。

    A. 4 000   B. 1 600   C. 1 200   D. 1 000

3. 某企业月初资产总额为 1000 万元，负债总额为 200 万元，本月发生以下业务：向银行借款 100 万元存入银行；用银行存款偿还应付账款 50 万元，则月末所有者权益总额为（　　）万元。

    A. 900   B. 800   C. 850   D. 115

4. 某企业期初负债总额为 80 000 元，所有者权益总额为 100 000 元。现收回外单位前欠货款 20 000 元，此时企业资产总额为（　　）元。

    A. 2 000 000   B. 40 000   C. 180 000   D. 160 000

5. 在借贷记账法下，资产类账户的期末余额计算公式是（　　）。

    A. 期末余额＝期初余额＋本期借方发生额－本期贷方发生额

    B. 期末余额＝期初余额＋本期贷方发生额－本期借方发生额

    C. 期末余额＝期初余额＋本期增方发生额－本期减方发生额

    D. 期末余额＝期初余额＋本期减方发生额－本期增方发生额

6. 在复式记账法下，对每项经济业务都可以以相等的金额，在（　　）。

    A. 一个或一个以上账户中登记   B. 两个账户中登记

    C. 任意两个或两个以上账户中登记   D. 相互关联的两个或两个以上账户中登记

7. 一项资产增加，不可能引起（　　）。

    A. 另一项资产的减少   B. 一项负债的增加

    C. 一项所有者权益的增加   D. 一项负债的减少

8. 企业以银行存款支付应付账款，表现为（　　）。

    A. 一项资产增加，另一项资产减少   B. 一项资产减少，一项负债增加

    C. 一项资产减少，一项负债减少   D. 一项负债减少，另一项负债增加

9. 复合会计分录是指（　　）。

    A. 涉及四个账户的会计分录

    B. 涉及两个或两个以上账户的会计分录

    C. 涉及三个或三个以上账户的会计记录

    D. 涉及四个或四个以上账户的会计记录

10. 简单会计分录是指（　　）。

    A. 一借一贷的会计分录   B. 一借多贷的会计分录

    C. 一贷多借的会计分录   D. 多借多贷的会计分录

11. 在借贷记账法下，余额试算平衡法的平衡公式是（　　）。

    A. 全部总分类账户的借方发生额合计＝全部总分类账户的贷方发生额合计

    B. 全部总分类账户借方期初余额合计＝全部总分类账户借方期末余额合计

    C. 全部总分类账户贷方期初余额合计＝全部总分类账户贷方期末余额合计

    D. 全部总分类账户借方期末余额合计＝全部总分类账户贷方期末余额合计

12. 某企业 5 月份资产总额为 100 万元，收回应收账款 10 万元后，该企业资产总额为（　　）。

    A. 100 万元   B. 110 万元   C. 90 万元   D. 120 万元

13. 某权益类账户记录如下所示，则括号里应填列（　　）。

	期初余额	30 000
90 000		80 000
		（　　）
	期末余额	40 000

    A. 80 000   B. 60 000   C. 20 000   D. 0

14. 若会计分录为借记银行存款，贷记短期借款，则其反映的经济业务的内容是（　　）。

    A. 以银行存款偿还短期借款   B. 收到某企业前欠货款

    C. 取得短期借款存入银行   D. 收到银行投入的货币资金

二、多项选择题

1. 某会计培训学员小王、小张、小李、小孙一起讨论有关账户借贷方登记的问题，下列说法正确的是（　　）。

    A. 小张说：借方登记增加，贷方登记减少

    B. 小孙说：借方登记成本、费用的增加，收入减少，贷方相反

    C. 小王说：借方登记资产、负债、所有者权益的增加，贷方登记收入、费用增加

    D. 小李说：借方登记资产的增加，贷方登记负债、所有者权益的增加

2. 借贷记账法的试算平衡法包括（　　）。

    A. 借贷平衡法   B. 发生额平衡法   C. 余额平衡法   D. 差额平衡法

3. 下列对账户余额的表述，正确的是（　　）。

    A. 资产类账户的期末余额＝期初余额＋本期借方发生额（本期贷方发生额）

    B. 资产类账户的期末余额＝期初余额＋本期贷方发生额（本期借方发生额）

    C. 权益类账户的期末余额＝期初余额＋本期借方发生额（本期贷方发生额）

    D. 权益类账户的期末余额＝期初余额＋本期贷方发生额（本期借方发生额）

4. 构成会计分录的基本内容是（　　）。

    A. 应记账户的名称   B. 应记账户的方向

    C. 应记金额   D. 记账时间

5. 以下会计分录中，属于复合会计分录的有（　　）。

    A. 借：原材料   5 000   B. 借：银行存款   1 000

       贷：银行存款   5 000   贷：库存现金   1 000

    C. 借：生产成本   5 000   D. 借：生产成本   7 200

         制造费用   1 500   制造费用   1 200

       贷：原材料   6 500   贷：累计折旧   8 400

6. 下列属于制造费用的有（　　）。

    A. 车间管理人员工资   B. 车间生产工人工资   C. 车间水电费

    D. 车间固定资产折旧   E. 车间办公费

7. "营业税金及附加"账户中核算的税金不包括（　　）。

    A. 消费税   B. 增值税   C. 所得税

    D. 城建税   E. 教育费附加

8. 下列账户的期末余额，不能结转到"本年利润"账户的有（　　　）。

    A. 应交税费　　　　　　　　B. 制造费用　　　　　　　　C. 管理费用

    D. 销售费用　　　　　　　　E. 财务费用

9. 下列账户中，年末结转后无余额的有（　　　）。

    A. 销售费用　　　　　　　　B. 本年利润　　　　　　　　C. 制造费用

    D. 生产成本　　　　　　　　E. 利润分配

10. "销售费用"的内容包括（　　　）。

    A. 销售过程中的保险费　　　　　　　　B. 销售广告费

    C. 销售网点人员工资　　　　　　　　D. 销售网点人员福利费

11. 企业实现的净利润可进行下列分配（　　　）。

    A. 计算缴纳所得税　　　　　　　　B. 提取法定盈余公积

    C. 提取任意盈余公积　　　　　　　　D. 向投资者分配股利

三、判断题

1. 在会计处理中，只能编制一借一贷、一借多贷、一贷多借的会计分录，而不能编制多借多贷的会计分录，以避免对应关系混乱。（　　　）

2. 企业所有者权益增加，必然表现为企业资产的增加。（　　　）

3. 在借贷记账法下，"借"、"贷"只作为记账符号使用，用以表明记账方向。（　　　）

4. 借贷记账法中的记账规则，概括地说就是："有借必有贷，借贷必相等。"（　　　）

5. 如果试算平衡表是平衡的，则说明账户记录是正确的。（　　　）

6. "营业外收入"账户是用来核算企业发生的与企业生产经营无直接关系的各项收入的账户。（　　　）

7. 期末，结转完工入库产品的生产成本以后，"生产成本"总账及所属明细分类账户应均无余额。（　　　）

8. 企业计算所得税费用时应以净利润为基础，加上或减去各项调整因素。（　　　）

9. 平行登记是指经济业务发生后，根据会计凭证，一方面要登记有关的总分类账户，另一方面要登记该总分类账户所属的各有关明细分类账户。（　　　）

10. 资本公积和盈余公积均可以用来转增资本，都是从税后利润中提取的有专门用途的资金。（　　　）

11. 某企业年初未分配利润200万元。本年实现净利润1 000万元，提取法定盈余公积150万元，提取任意盈余公积50万元，则该企业年末可供投资者分配利润为1 000万元。（　　　）

12. 企业已完成销售手续但购买方在月末尚未提取的商品，仍应作为企业的库存商品核算。（　　　）

13. 预收账款不多的企业，可不设置"预收账款"账户，将预收的货款直接记入"应付账款"科目的贷方。（　　　）

四、实务训练

1. 分析下列经济业务会引起哪些会计要素发生变化及如何变化。

① 用银行存款购入材料6 000元。

② 用银行存款偿还前欠的购货款7 500元。

③ 收到投资人投入的专利权，价值 100 000 元。

④ 用银行存款 20 000 元支付应交的增值税。

⑤ 从银行借入半年期借款 150 000 元用于偿还前欠的货款。

⑥ 将盈余公积 80 000 元转增资本。

⑦ 用银行存款购入股票，价值 50 000 元。

⑧ 购入机床一台，价值 250 000 元，款未付。

⑨ 从银行提取现金 100 000 元准备发工资。

2. 某企业某年 3 月初资产为 500 000 元，负债为 240 000 元，所有者权益为 260 000 元。该企业 3 月份发生下列经济业务。

① 接受新华集团公司的追加投资 200 万元，款项已存入银行。

② 从银行取得短期借款 120 万元，银行通知款项已划入银行存款账户。

③ 购入新设备 10 台，共计 38 万元，已安装完毕，价款已开支票付讫。

④ 购入原材料一批，材料款 12 000 元，款未付。

⑤ 向银行短期借款 41 000 元直接偿还应付款。

⑥ 销售产品取得一批，款项 220 000 元，尚未收到。

⑦ 接到银行通知，已用企业存款支付车间水电费 2 800 元。

⑧ 开出现金支票提取现金 6 000 元。

要求：分析以上业务变动会引起哪些要素发生变化，并计算该企业 3 月末的资产、负债和所有者权益总额。

3. W 公司 2009 年 4 月总分类账户的余额如表 2-9 所示。

表 2-9 总分类账户余额表

2009 年 4 月 30 日 单位：元

账户名称	借方余额	账户名称	贷方余额
库存现金	1 600	短期借款	120 000
银行存款	240 000	应付账款	53 800
应收账款	15 000	实收资本	412 800
原材料	80 000		
固定资产	300 000		

该公司 5 月份发生下列经济业务。

① 接受新华集团公司的追加投资 200 万元，款项已存入银行。

② 从银行取得短期借款 120 万元，银行通知款项已划入银行存款户。

③ 购入新设备 10 台，共计 38 万元，已安装完毕，价款已开支票付讫。

④ 购入原材料 35 000 元，增值税 5 950 元，款未付。

⑤ 向银行短期借款 41 000 元直接偿还应付款。

⑥ 销售产品取得销售收入 95 000 元，增值税 16 150 元，款项未收到。

⑦ 接到银行通知，已用企业存款支付车间水电费 2 800 元。

⑧ 开出现金支票提取现金 6 000 元。

⑨ 按规定计提应缴纳城市维护建设税 5 900 元。

⑩用银行存款支付广告费6 000元。

要求：（1）根据以上经济业务编制会计分录；

（2）编制W公司试算平衡表。

4．某企业20××年10月1日的有关账户期初余额如表2-10所示。

表2-10　有关账户期初余额

单位：元

账户名称	借方余额	贷方余额
固定资产	100 000	
原材料	42 000	
短期借款		6 000
长期借款		45 000
银行存款	26 000	
库存现金	600	
应收账款	35 000	
实收资本		160 100
应付账款		2 000
库存商品	9 500	
合　计	213 100	213 100

10月份发生的经济业务如下。

①10月2日，从小规模纳税人购入原材料一批，货款2 000元，以银行存款支付。

②10月5日，仓库发出材料一批，价值8 400元，其中用于产品生产5 000元，车间一般耗用3 400元。

③10月10日，企业购入一批材料，不含税价值为16 800元，进项税额为2 856元，以银行存款支付16 000元，余款暂欠。

④10月14日，对外销售产品一批，不含税货款为6 000元，销项税额为1 020元，款项尚未收到。

⑤10月20日，以银行存款支付销售费用1 500元。

⑥10月31日，结转本月已售产品的实际成本3 200元。

要求：

（1）开设有关"T"形账户并登记期初余额；

（2）运用借贷记账法编制会计分录；

（3）根据会计分录登记"T"形账户；

（4）月末，计算出每个账户的本期发生额和期末余额；

（5）编制试算平衡表检查账户记录的正确性；

模块三

填制和审核会计凭证

任务1 填制和审核原始凭证

【知识学习目标】
- 了解会计凭证的概念、意义、种类及基本内容；
- 掌握原始凭证的填制方法及其审核内容。

【能力培养目标】
熟练填制各种原始凭证。

【任务要求】
根据三友服饰公司2009年10月份的经济业务填制相关原始凭证。

 **任务准备**

1. 会计凭证的概念、意义和种类

会计凭证是会计信息的载体之一。任何单位在会计核算工作中，所有会计记录都要有真凭实据，即能够证明经济业务发生和完成情况的书面证明文件。例如，在实际工作中，购买材料、物品要由销售方开具发票，支出款项要由收款单位开具收据，收到材料物资要有收料单、入库单，销售商品要有发货单、销售发票。这些书面文件必须由经办业务的有关部门和个人取得或填制，并及时送交会计部门进行核算。这里所说的书面文件在会计上称为会计凭证，填制和审核会计凭证是会计循环全过程中的初始阶段和最基本的环节，这个环节的工作正确与否，直接关系到会计循环中其他内容的正确性。

1）会计凭证的概念

会计凭证是记录经济业务事项发生或完成情况的书面证明，也是登记账簿的依据。

填制和审核会计凭证是会计核算的专门方法之一，也是会计核算工作的起点。任何单位在处理任何经济业务时，都必须由执行和完成该项经济业务的有关人员从外单位取得或自行填制有关凭证，以书面形式记录和证明所发生经济业务的性质、内容、数量、金额等，并在凭证上签名或盖章，以对经济业务的合法性和凭证的真实性、完整性负责。

一切会计凭证都必须经过有关人员的审核，只有经过审核无误的会计凭证才能作为登记账簿的依据。

2）会计凭证的意义

会计凭证的填制和审核是会计核算的基本方法之一，它对于真实反映经济业务及有效监督其合理性和合法性、发挥会计在经济管理中的作用，具有重要意义。具体可概括为以下几点。

① 记录经济业务，提供记账依据。会计凭证是登记账簿的依据，没有凭证就不能记账。通过填制会计凭证，可以及时正确地反映各项经济业务的发生和完成情况，保证会计信息的真实、可靠和及时。

② 明确经济责任，强化内部控制。任何会计凭证除记录有关经济业务的基本内容外，还必须由有关部门和人员签章，对会计凭证所记录经济业务的真实性、正确性、合法性、合理性负责，以防止舞弊行为，强化内部控制。

③ 监督经济活动，控制经济运行。通过会计凭证的审核，可以查明每一项经济业务是否符合国家有关法律、法规、制度的规定，是否符合计划、预算进度，是否有违法乱纪行为等。对于查出的问题，应积极采取措施予以纠正，实现对经济活动的事中控制，保证经济活动的健康运行。

3）会计凭证的种类

各单位的经济活动复杂多样，因而用来反映经济活动的会计凭证也多种多样，按其填制的程序和用途不同，会计凭证可以分为原始凭证和记账凭证两种。

（1）原始凭证

原始凭证又称单据，是在经济业务发生或完成时取得或填制的，用以记录或证明经济业务的发生或完成情况的文字凭据。任何企业和单位进行每一项经济活动或财务收支，都应当取得或填制原始凭证。它是经济业务发生过程中直接产生的，是经济业务的最初证明。如购货发票等，都是原始凭证。原始凭证可以按照不同的标志进行分类。

① 原始凭证按其来源不同，可分为自制原始凭证和外来原始凭证。自制原始凭证是指由本单位内部经办业务的部门或人员，在办理经济业务时填制的原始凭证。如材料验收入库时由仓库保管员填制的收料单，车间从仓库领用材料时由领料人填制的领料单，产品完工入库时填制入库单，销售产品时业务部门开出的提货单，仓库保管员填制的发货单，会计人员开具的发票、收款收据、付款单，支付职工工资时填制的工资单等。外来原始凭证是指由业务经办人员在业务发生或者完成时从其他单位和个人取得的原始凭证。如购入材料和商品时由供货单位开具的发票、供电公司开具的电费发票、支付款项给其他单位和个人取得的收款方的收款收据、银行转来的收款通知、付款通知和其他结算凭证、乘坐交通工具时取得的车船票等。

② 原始凭证按其填制手续及内容不同，可以分为一次凭证、累计凭证、汇总凭证。一次凭证是指一次填制完成、只记录一笔经济业务的原始凭证。所有的外来原始凭证和大部分的自制原始凭证都属于一次凭证，如收料单、领料单、发票、收据、借款单、银行结算凭证等。累计凭证是指在一定时期内多次记录发生的同类经济业务的原始凭证。这种凭证是把经常发生的同类业务连续登记在一张凭证上，填制手续不是一次完成的，其特点是可以随时计算发生额累计数，便于同定额、计划和预算进行比较，达到控制费用支出的目的，如限额领

料单。汇总凭证是指将一定时期内反映同类经济业务的若干张同类原始凭证加以汇总，编制成的原始凭证。例如根据一定期间有关账户记录汇总整理而成的工资结算汇总表等，根据一定期间反映同类经济业务的许多原始凭证，按照一定的管理要求，汇总编制的收入材料或发出材料汇总表。

（2）记账凭证

记账凭证又称记账凭单，是会计人员根据审核无误的原始凭证编制的，用来记载经济业务的简要内容，确定会计分录并登记账簿的依据。记账凭证可按不同标志进行分类。

① 记账凭证按其使用范围不同，可分为专用记账凭证和通用记账凭证。专用记账凭证按其所反映的经济内容是否涉及货币资金收付业务，又分为收款凭证、付款凭证和转账凭证三种。收款凭证是指专门用于记录库存现金和银行存款收款业务的记账凭证，包括库存现金收款凭证和银行存款收款凭证，它们分别根据有关现金和银行存款收入业务的原始凭证填制，是登记库存现金日记账、银行存款日记账及有关明细账和总账等账簿的依据，也是出纳人员收讫款项的依据。付款凭证是指专门用于记录库存现金和银行存款付款业务的记账凭证，包括库存现金付款凭证和银行存款付款凭证，它们分别根据有关库存现金和银行存款支付业务的原始凭证填制，是登记库存现金日记账、银行存款日记账及有关明细账和总账等账簿的依据，也是出纳人员支付款项的依据。对于库存现金和银行存款之间相互划转的收付款业务，为了避免重复记账，只填制付款凭证不填制收款凭证。转账凭证是指专门用于记录不涉及存现金和银行存款收付业务的转账业务的记账凭证。转账凭证根据有关转账业务的原始凭证填制，是登记有关明细账和总账等账簿的依据。通用记账凭证是指各类经济业务共同使用、具有统一格式的记账凭证，亦称标准凭证。此类记账凭证适用于业务比较单纯、业务量也较少的单位。

② 记账凭证按其填制方法不同，可分为复式记账凭证、单式记账凭证。复式记账凭证是指将一项经济业务所涉及的会计科目都集中列在一张记账凭证上的记账凭证。单式记账凭证是指按一项经济业务所涉及的每个会计科目分别填制的记账凭证。

（3）原始凭证和记账凭证的关系

原始凭证和记账凭证既有联系又有区别。二者都是会计凭证，记账凭证是根据原始凭证编制的，没有原始凭证一般不能编制记账凭证。二者的主要区别表现在：原始凭证是由经办人员填制的，而记账凭证是由会计人员编制的；原始凭证能证明经济业务已经发生或已经完成，而记账凭证不具有证明功能，是一种会计核算方法。

4）会计凭证的传递和保管

（1）会计凭证的传递

会计凭证的传递是指会计凭证从填制或取得起，经过审核、记账、装订到归档为止，在单位内部有关部门和人员之间传递。

（2）会计凭证的保管

会计凭证的保管是指会计凭证记账后的整理、装订、归档和存查工作。

2. 原始凭证的基本内容和填制要求

1）原始凭证的基本内容

由于经济业务内容和经济管理要求的不同，各种原始凭证的名称、格式和内容不完全一样。无论哪一种原始凭证都必须详细反映有关经济业务的执行或完成情况，明确经办单位和经办人员的经济责任。因此，各种原始凭证应该具备以下基本内容：原始凭证的名称；填制原始凭证的日期；接受原始凭证的单位名称；经济业务内容（含数量、单价、金额等）；填制单位签章；有关人员签章；凭证附件。

2）原始凭证的填制要求

一个单位的会计工作是从取得或填制原始凭证开始的。原始凭证填制的正确与否，直接影响整个会计核算的质量。因此，各种原始凭证不论是由业务经办人员填制，还是由会计人员填制，都应该符合规定的要求。

（1）填制原始凭证的基本要求

填制原始凭证应符合以下基本要求。

① 记录要真实。原始凭证上填写经济业务发生的日期、内容、数量和金额等必须与实际情况完全相符，不能填写估算数或匡算数。

② 内容要完整。原始凭证中的所有项目必须填列齐全，不得遗漏和省略。

③ 书写要清楚规范。在填制原始凭证时，书写文字说明和数字要整齐、清晰可辨，不能使用未经国务院公布的简化汉字，大小写金额要相同，数量、单价、金额的计算应准确无误。如果填写过程中出现文字或数字错误，不得任意涂改、刮擦或挖补，应按规范的更正方法予以更正。原始凭证的填制，除需要复写的外，必须使用钢笔或碳素笔书写，属于套写的凭证应一次套写清楚，做到不串格、不串行。使用印有编号的原始凭证，应按编号连续使用。有关经办人员都要在原始凭证上签名或盖章，表示对该项经济业务的真实性和正确性负责，原始凭证上的签章应清晰可辨。

（2）填制原始凭证的技术要求

填制原始凭证除符合上述基本要求外，还要遵守一些技术上的要求。

① 阿拉伯数字的填写要求。阿拉伯数字应当一个一个准确、清晰地书写，不得连笔书写。10个阿拉伯数字要有严格区别，不得相互混淆，易于混淆的数字如1与7、3与5、5与8、0与6等。所有以元为单位（其他货币种类为货币基本单位，下同）的阿拉伯数字，除表示单价等情况外，一律在元位小数点后填写到角分，无角分的，角、分位可写"00"或符号"--"；有角无分的，分位应写"0"，不得用符号"—"代替。

② 货币符号的书写要求。阿拉伯金额数字前面应当书写货币币种符号或者货币名称简写。币种符号与阿拉伯金额数字之间不得留有空白。凡阿拉伯数字前写有币种符号的，数字后面不再写货币单位。

③ 汉字大写数字的书写要求。汉字大写数字金额，如零、壹、贰、叁、肆、伍、陆、柒、捌、玖、拾、佰、仟、万、亿等，一律用正楷或者行书体书写，不得用〇、一、二、三、四、五、六、七、八、九、十等简化字代替，不得任意自造简化字。大写金额数字到元或角为止的，在"元"或"角"之后应写"整"或"正"字；大写金额数字有分的，分字后面不写"整"字。大写金额数字前未印有货币名称的，应当加填货币名称（如"人民币"三字），货币名称与金额数字之间不得留有空白。例如，￥42 680.00，大写金额应为"人民币肆万贰仟陆佰捌拾元整"；又如，￥361.90，大写金额应为"人民币叁佰陆拾壹元玖角整"；再如，￥4 509.77，大写金额应为"人民币肆仟伍佰零玖元柒角柒分"。

阿拉伯金额数字中间有"0"时，大写金额要写"零"字，如￥101.50，汉字大写金额应写成"人民币壹佰零壹元伍角整"。阿拉伯金额数字中间连续有几个"0"时，汉字大写金额中可以只写一个"零"字，如￥90 005.65，汉字大写金额应写成"人民币玖万零伍元陆角伍分"。阿拉伯金额数字元位为"0"或数字中间连续有几个"0"，元位也是"0"，但角位不是"0"时，汉字大写金额可只写一个"零"字，也可不写"零"字，如￥1 680.32，汉字大写应写成"人民币壹仟陆佰捌拾元叁角贰分"。又如￥1 600.32，汉字大写应写成"人民币壹仟陆佰元叁角贰分"或"人民币壹仟陆佰元零叁角贰分"。

3. 原始凭证的填制方法

1）支票的填写

常见支票分为现金支票、转账支票，在支票正面上方有明确标注，转账支票只能用于转账（限同城内）。支票的填写要注意以下几点。

① 出票日期（大写）的填写。数字必须大写，大写数字写法为：零、壹、贰、叁、肆、伍、陆、柒、捌、玖、拾。例如，2009 年 8 月 5 日，应写为"贰零零玖年零捌月零伍日"，"捌月"前"零"字可写也可不写，"伍日"前"零"字必写；又如，2009 年 2 月 13 日，应写为"贰零零玖年零贰月壹拾叁日"。

"壹月、贰月"前"零"字必写，"叁月"至"玖月"前"零"字可写可不写。"拾月"至"拾贰月"必须写成"壹拾月"、"壹拾壹月"、"壹拾贰月"（前面多写了"零"字也认可，如"零壹拾"月）。

"壹日"至"玖日"前"零"字必写，"拾日"至"拾玖日"必须写成"壹拾日"及"壹拾×日"，"贰拾日"至"贰拾玖日"必须写成"贰拾日"及"贰拾×日"，"叁拾日"及"叁拾壹日"必须写成"叁拾日"及"叁拾壹日"。

② 收款人的填写。现金支票收款人可写为本单位名称，此时现金支票背面被背书人栏内加盖本单位的财务专用章和法人章，之后收款人可凭现金支票直接到开户银行提取现金。现金支票收款人可写为收款人个人姓名，此时现金支票背面不盖任何章，收款人在现金支票背面填上身份证号码和发证机关名称，凭身份证和现金支票签字领款。转账支票收款人应填写对方单位名称，背面本单位不盖章。收款单位取得转账支票后，在支票背面背书栏内加盖收款单位财务专用章和法人章，填写好银行进账单后连同该支票交给收款单位的开户银行委托银行收款。

③ 付款行名称、出票人账号的填写。付款行名称、出票人账号即本单位开户银行名称及银行账号，如中国农业银行淮安支行 610502407891008088，账号小写。

④ 人民币大写金额的填写。数字大写方法参照以上内容。

⑤ 人民币小写的填写。最高金额的前一位空白格用"￥"字头打掉，数字填写要求完整清楚。

⑥ 用途的填写。现金支票使用有一定限制，一般填写"备用金"、"差旅费"、"工资"、"劳务费"等内容。转账支票使用没有具体规定，可填写如"货款"、"代理费"等内容。

⑦ 盖章。支票正面盖财务专用章和法人章，缺一不可，印泥为红色，印章必须清晰，若印章模糊只能将该张支票作废，换一张重新填写并重新盖章。

⑧ 常识。支票正面不能有涂改痕迹，否则该支票作废。受票人如果发现支票填写不全，

可以补记，但不能涂改。支票的有效期为 10 天，日期首尾算 1 天，节假日顺延。支票见票即付，不记名。因此，丢了支票尤其是现金支票可能就是丢了与票面金额数相同的钱，银行不承担责任。现金支票一般要求要素填写齐全，假如支票未被冒领，应到开户银行挂失。转账支票假如支票要素填写齐全，应到开户银行挂失；假如要素填写不全，应到票据交换中心挂失。

支票的金额、出票或者签发日期、收款人名称不得更改，更改的票据一律无效。支票金额以中文大写和阿拉伯数字同时书写，二者必须一致，否则票据无效，银行不予受理。一旦写错或漏写了数字，必须重新填写单据，不能在原票据上改写数字，以保证所提供数字真实、准确、及时、完整。出票单位现金支票背面印章盖模糊的，可把模糊印章打叉，重新再盖一次。支票样例如图 3 - 1 所示。

图 3 - 1　支票样例

2）发票的填制

当企业或单位从外单位购入材料物资或接受劳务时，或向外单位销售产品或提供劳务时，由销货单位开具发票，用以证明企业某项经济业务的完成情况。发票分为增值税专用发票和普通发票。

增值税专用发票是一般纳税人于销售货物时开具的销售发票，一式三联，记账联作为会计机构的记账凭证，发票联作为购货单位的结算凭证和记账凭证，抵扣联作为购货单位的税款抵扣凭证。购货单位向一般纳税人购货，应取得增值税专用发票，因为只有增值税专用发票税款抵扣联列示的进项税额才能在购货单位作为"进项税额"抵扣。增值税专用发票样例如表3 - 1所示。

表 3 - 1 增值税专用发票

开票日期：2009 年 10 月 5 日

南通 NQ 00266779

购货单位	名称	文峰购物大世界公司			纳税人登记号				320601672043660							
	地址、电话	南大街29号，电话：85237167			开户银行及账号				商业银行 15201120002313							

商品或劳务名称	计量单位	数量	单价	金额 百 十 万 千 百 十 元 角 分	税率 %	税额 百 十 万 千 百 十 元 角 分
童装	件	300	50	1 5 0 0 0 0 0	17	2 5 5 0 0 0

价税合计（大写）	×仟×佰×壹拾万柒仟伍佰伍拾零元零角零分	￥17 550.00

销货单位	名 称	英润服饰有限公司	纳税人登记号	320601666371991
	地址、电话	青年东路139号；电话：85875123	开户银行及账号	中国银行南通分行营业部 0184010128

备 注

第四联：记账联 销货方记账

3）收料单的填制

收料单也称材料入库单，是证明材料已验收入库的一种原始凭证，属于自制一次性凭证。当企业购进材料验收入库时，由仓库保管人员根据购入材料的实际验收情况，按实收材料的数量填制收料单。收料单一式三联，一联留仓库，据以登记材料物资明细账和材料卡片；一联随发票账单到会计处报账；一联交采购人员存查。收料单样例如表 3 - 2 所示。

表 3 - 2 入库单

供应单位：光明公司

凭证编号：

发 票 号：×××

收料仓库：三号仓库

材料类别	材料编号	材料名称	规 格	计量单位	金额 应收	金额 实收	单价	金额 总价 十 万 千 百 十 元 角 分								附注
		乙材料		米	1 200	1 200	80	9 6 0 0 0 0							
		面料A		只	40	40	20	8 0 0 0 0							
合 计								9 6 8 0 0 0 0							

会计主管：　记账：　仓库主管：　保管：戴敏　验收：潘红艳　采购：王丽菊

4）领料单的填制

领料单是据以办理材料领用和发出的一种原始凭证，属于自制一次性凭证。企业发生材料领用业务，由领用材料的部门及经办人和保管材料的部门及经办人共同填制，以反映和控制材料发出状况，明确经济责任。为了便于分类汇总，领料单要"一料一单"填制，即一种原材料填写一张单据。领料单一般一式三联，一联由领料单位留存或领料后由发料人退回领料单位；一联由仓库发出材料后，作为登记材料明细分类账的依据；另一联交财务部门作为编制材料领用凭证的依据。领料单样例如表 3 - 3 所示。

表 3-3 领料单

领料部门：一车间　　　　　　　　　　2010 年 10 月 12 日　　　　　　　　　　字第　号

材料			单位	数量		成本									材料账页
编号	名称	规格		请领	实发	单价	总价								
							万	千	百	十	元	角	分		
	面料A		米	200	200	80	1	6	0	0	0	0	0		
	线		只	10	10	20		2	0	0	0	0	0		

主管　　会计　　记账　　　保管：　　　发料：潘红艳　　　领料：陶培

5）限额领料单的填制

限额领料单是一种一次开设、多次使用的累计原始凭证，属于自制凭证，在有效期内只要领用材料不超过限额，就可以连续领发材料。它适用于经常领用并规定限额的领用材料业务。在每月开始前，由生产计划部门根据生产作业计划和材料消耗定额，按照每种材料，分用途编制限额领料单。通常一式两联，一联送交仓库据以发料；另一联送交领料部门据以领料。领发材料时，仓库应按单内所列材料品名、规格在限额内发放，同时把实发数量和限额结余数填写在仓库和领料单位持有的两份限额领料单内，并由领发料双方在两份限额领料单内签章。月末结出实物数量和金额，交由会计部门据以记账；如有结余材料，应办理退料手续。限额领料单格式如表 3-4 所示。

表 3-4 限额领料单

2010 年 11 月 1 日

领料部门：		生产车间		发料仓库：		二号库
材料编号：		01001		材料名称：		面料
计量单位：		米		领用限额：		500 米
日期	请领数量	实发数量	累计实发数量	限额结余	领料人签章	备注
3	50	50	50	450	陶培	
…	…	…	…	…	…	
18	100	100	300	200	陶培	
…	…	…	…	…	…	
合计						

6）完工产品入库单的填制

完工产品入库单是企业自制产成品完工验收合格进入成品库时填制的自制原始凭证。当产品完工后，生产车间应将产品验收后填制完工产品入库单，由各经办人员签名或盖章，一式数联，一联留存生产车间，一联留成品库用于登记保管账，一联交会计用于会计核算。完工产品入库单样例如表 3-5 所示。

表 3 - 5 完工产品入库单

生产车间：西服车间　　　　　　　　　2011 年 10 月 30 日　　　　　　　　　编号：02

产品类别	产品编号	产品名称及规格	计量单位	数量
西服	105#	休闲	件	100
备注：				

仓库保管员：丁佳　　　　　　车间负责人：王二　　　　　　经办人：陶培

7）收款收据的填制

收款收据是用于证明公司收到其他单位和个人的款项而出具的证明文件，由收款人（出纳）制作，一式三联，第一联留存，第二联交会计记账，第三联交付款人留存。收款收据样例如图 3 - 2 所示。

2011 年 10 月 27 日　　　　　　　　　　　　　　　　　NO. 48368329

今收到	王飞
交　来	风险抵押金
人民币（大写）	贰万元整　　　　　　¥ 20 000.00
收款人　李红梅	交款人　王飞

图 3 - 2 收款收据

8）计算凭单的编制

会计核算过程中，需要编制一些表格来进行相关计算，这些计算表格也属原始凭证，如固定资产折旧计算表、制造费用分配表、材料费用分配表、工资费用计算表、折旧费用分配表、废品损失计算表、辅助生产费用分配表、产品成本计算单等计算表格。产品成本计算单如表 3 - 6 所示。

表 3 - 6 产品成本计算单
2011 年 10 月

产品名称：童装　　　　　　　　　　　　　　　　完工产品数：2000

项　目	直接材料	直接人工	制造费用	合　计
期初在产品				10 000
本月发生额				30 000
合　计				40 000
完工产品成本				25 000
期末在产品成本				15 000
单位成本				12.5

此外，在会计核算中还会涉及许多种类的原始凭证，如借款单、差旅费报销单、银行进账单、委托收款凭证、税务申报单等，其格式不一，但填制要求和方法大致与上述单据相似，不再赘述。

4. 原始凭证的审核

为了如实反映经济业务的发生和完成情况，充分发挥会计的监督职能，保证会计信息的真实、正确和合法，会计部门和经办业务的有关部门必须对原始凭证进行严格认真的审核。

具体包括以下几个方面。

1）原始凭证的审核内容

① 审核原始凭证的真实性。原始凭证作为会计信息的基本信息源，其真实性对会计信息的质量具有至关重要的影响。其真实性的审核包括凭证日期是否真实、业务内容是否真实、数据是否真实等内容的审查。对外来原始凭证，必须有填制单位公章和填制人的签章；对自制原始凭证，必须有经办部门和经办人的签名或盖章。此外，对通用原始凭证，还应审核凭证本身的真实性，以防假冒。

② 审核原始凭证的合法性。审核原始凭证所记录经济业务是否有违反国家法律法规的情况，是否履行了规定的凭证传递和审核程序，是否有贪污腐败等行为。

③ 审核原始凭证的合理性。审核原始凭证所记录经济业务是否符合企业生产经营活动的需要、是否符合有关的计划和预算等。

④ 审核原始凭证的完整性。审核原始凭证各项基本要素是否齐全，是否有漏项情况，日期是否完整，数字是否清晰，文字是否工整，有关人员签章是否齐全，凭证联次是否正确等。

⑤ 审核原始凭证的正确性。审核原始凭证各项金额的计算及填写是否正确，包括：阿拉伯数字分位填写，不得连写；小写金额前要注明"￥"字样，中间不能留有空位；大写金额前要加"人民币"字样，大写金额与小写金额要相符；凭证中有书写错误的，应采用正确的方法更正，不能采用涂改、刮擦、挖补等不正确方法。

⑥ 审核原始凭证的及时性。原始凭证的及时性是保证会计信息及时性的基础。为此，要求在经济业务发生或完成时及时填制有关原始凭证，及时进行凭证的传递。审核时应注意审查凭证的填制日期，尤其是支票等时效性较强的原始凭证，更应仔细验证其签发日期。

2）原始凭证审核结果的处理

经审核的原始凭证应根据不同情况进行处理。

① 对于完全符合要求的原始凭证，应及时据以编制记账凭证入账。

② 对于真实、合法、合理，但内容不够完整、填写有错误的原始凭证，应退回给有关经办人员，由其负责将有关凭证补充完整、更正错误或重开后，再办理正式会计手续。

③ 对于不真实、不合法的原始凭证，会计机构和会计人员有权不予接受，并向单位负责人的报告。

所谓不真实的原始凭证，是指原始凭证表述的事项与实际经济业务不符，是一种虚假的凭证，如伪造、变造的发票就属于不真实的原始凭证；所谓不合法的原始凭证，是指原始凭证所表述的事项与经济业务是相符的，但经济业务本身不符合法律、法规、规章、制度的规定，如白条属于不合法的原始凭证。对不真实、不合法的原始凭证，会计人员有责任、有权不予受理。所谓不准确的原始凭证，是指原始凭证没有准确地表述经济活动真相或在文字上、数字记录上发生差错等。所谓不完整的原始凭证，是指凭证上的文字说明、有关数字没有按会计制度的要求填写齐全。如取得的发票上没有章，这种发票属于不完整的原始凭证。对于记载不准确、不完整的原始凭证只要求退回进行更正、补充，而不是不予受理。

3）具体要求

① 凡填有大写和小写金额的原始凭证，大写与小写金额必须相符。购买实物的原始凭证，必须有验收证明；支付款项的原始凭证，必须有收款单位和收款人的收款证明。

② 一式几联的原始凭证，应当注明各联的用途，只能以一联作为报销凭证。一式几联

的发票和收据，必须用双面复写纸（发票和收据本身具备复写纸功能的除外）套写，并连续编号。作废时应当加盖"作废"戳记，连同存根一起保存，不得撕毁。

③ 发生销货退回的，除填制退货发票外，还必须有退货验收证明；退款时，必须取得对方的收款收据或者汇款银行的凭证，不得以退货发票代替收据。

④ 职工公出借款凭证，必须附在记账凭证之后。收回借款时，应当另开收据或者退还借据副本，不得退还原借款收据。

⑤ 经上级有关部门批准的经济业务，应当将批准文件作为原始凭证附件；如果批准文件需要单独归档的，应当在凭证上注明批准机关名称、日期和文件字号。

4）原始凭证的错误更正

原始凭证记载的各项内容均不得涂改。原始凭证有错误的，应当由出具单位重开或者更正，更正处应当加盖出具单位印章。原始凭证金额有错误的，不得在原始凭证上更正，应当由出具单位重开。

① 原始凭证所记载的各项内容均不得涂改，随意涂改原始凭证即为无效凭证，不能以此来作为填制记账凭证或登记会计账簿的依据。

② 原始凭证记载的内容有错误的，应当由开具单位重开或更正，更正工作必须由原始凭证出具单位进行，并在更正处加盖出具单位印章；重新开具原始凭证当然也应由原始凭证开具单位进行。

③ 原始凭证金额出现错误的不得更正，只能由原始凭证开具单位重新开具。

④ 原始凭证开具单位应当依法开具准确无误的原始凭证，对于填制有误的原始凭证，负有更正和重新开具的法律义务，不得拒绝。

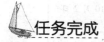 **任务完成**

三友服饰公司 2009 年 10 月份第 1～6 笔经济业务的原始凭证如下。

① 2 日，办公室报销办公费用 1 100 元，以现金支付，审核后的原始凭证如表 3-7 和表 3-8 所示。

表 3-7 饮食服务业统一发票

客户名称：三友服饰公司　　　　　　　2009 年 9 月 30 日

项　目	单　位	数　量	单　价	金　额						
				万	千	百	十	元	角	分
餐费		1	500			5	0	0	0	0
金额（大写）×万×仟伍佰零拾零元零角零分				¥		5	0	0	0	0

单位：×× 　　　　收款：×× 　　　　开票：××

表3-8 商业销售发票

客户名称：三友服饰公司　　　　　　　2009 年 9 月 30 日

货　号	品名及规格	单　位	数　量	单　价	金　额						
					万	千	百	十	元	角	分
	墨盒	只	1	200			2	0	0	0	0
	打印纸	令	4	400			4	0	0	0	0
金额（大写）×万×仟陆佰零拾零元零角零分					￥	6	0	0	0	0	

单位：××　　　　收款：××　　　　开票：××

第二联：发票招待客户

②3 日，接交通银行收账通知，收富丽公司还来货款 90 000 元。审核后的原始凭证附件如表 3-9 所示。

表3-9 银行转账支票（收账通知）　4

收款单位	全　称	三友服饰公司			付款单位	全　称	富丽公司									
	开户银行	交通银行	账号	37589326		开户银行	农行人办	账　号	5778432							
汇票金额	人民币（大写）　玖万元整							千	百	十	万	千	百	十	元	角	分
										￥	9	0	0	0	0	0	0
用　途	货　款	控制指标（大写）				预算科目										
付款单位开户行转账日期 2009 年 9 月 30 日					收款单位开户行转账日期 2009 年 10 月 2 日 复核员 记账员 （收款单位开户行盖章）										

③4 日，采购员周建芬报销差旅费 1 980 元，余款交回，审核后的原始凭证如表 3-10 和表 3-11 所示。

表3-10 差旅费报表单

2009 年 10 月 4 日

部门		业务部		出差人		周建芬				出差事由			联系业务	
起讫日期				地　点		车船费		住宿费		补助费		其他金额	结账记录	
月	日	时	月	日	时	讫	起	人数	金额	天数	金额	天数	伙补	住勤费
9	27		9	30		南通	北京	1	870	3	810	3	300	
合计														
总计报销金额（大写）人民币壹仟玖佰捌拾元整								￥1 980.00						

结账记录栏：
预借差旅费 3 000
共报销： 1 980
退回预借差旅费 1 020
补给差旅费
附件张数 2

xin bian ji chu kuai ji jiao cheng

表 3-11　收款收据

2009 年 10 月 4 日　　　　　　　　　　　　　　　　NO. 39506794

今收到　　周建芬

交来　　预借差旅费余款

人民币（大写）　　壹仟零贰拾元整　　　　　¥　1 020.00

收款单位（公章）：　　会计主管：　　　　　收款人：丁佳

④5 日，向大东公司采购面料 A 用于西服生产，价值 200 000 元，外加 17% 的增值税，签发九月期商业承兑汇票支付全部款项。材料已到，验收入库。审核后的原始凭证如表 3-12、表 3-13 所示。

表 3-12　增值税专用发票

南通 NQ：003859760

开票日期：2009 年 10 月 4 日

购货单位	名称	三友服饰公司			纳税人登记号							2300342							
	地址、电话	××市人民东路1号			开户银行及账号							交通银行37589326							

货物或应税劳务名称	计量单位	数量	单价	金　额								税率%	税　额							
				百	十	万	千	百	十	元	角	分		百	十	万	千	百	十	元	角	分
A 材料	米	500	400		2	0	0	0	0	0	0	0	17			3	4	0	0	0	0	0
合　计				¥	2	0	0	0	0	0	0	0				¥	3	4	0	0	0	0	0

价税合计（大写）	×仟×佰贰拾叁万肆仟零佰零拾零元零角零分　　¥234 000.00

销货单位	名称	大东公司	纳税人登记号	23850
	地址、电话	××市开发区上海路38 号 3574202	开户银行及账号	中行开发办850383

备注	

收款人：　　　　　　　　开票单位（未盖章无效）

表 3-13　商业承兑汇票

签发日期：2009 年 10 月 5 日　　　　　　　　　　　　　第 5 号

付款人	全　称	三友服饰公司			收款人	全　称	大东公司									
	账　号	37589326				账　号	850383									
	开户银行	交通银行	行号	5011		开户银行	中行	行号	4068	千	百	十	万	千	百	十	元	角	分

出票金额	贰拾叁万肆仟元整　　人民币（大写）											

汇票到期日	2010 年 2 月 5 日	交易合同号码	00314002

本汇票已经本单位承兑，到期日无条件支付票款

此　致

付款人盖章

经办：梅芳　2009 年 10 月 4 日

汇票经办人盖章

负责：张胜文　　经办：张晓

上购材料验收入库，审核后的原始凭证如表3-14所示。

表3-14　入　库　单

2009 年 10 月 5 日

类别	编号	名称	规格	单位	数量		价格										附注
					应收	实收	单价	总价									
								十	万	千	百	十	元	角	分	
面料		A		米	500	500	400	2	0	0	0	0	0	0	0	

会计主管：　　　仓库主管：　　　　保管：　　　　验收：张可　　　采购：陈静

⑤ 4 日，8 月份采购的生产童装的面料 B 到货，验收入库，审核后的原始凭证见表3-15。

表3-15　入　库　单

2009 年 10 月 4 日

类别	编号	名称	规格	单位	数量		价格										附注
					应收	实收	单价	总价									
								十	万	千	百	十	元	角	分	
面料		B		米	1 000	1 000	32		3	2	0	0	0	0	0	

会计主管：　　　仓库主管：　　　　保管：　　　　验收：张可　　　采购：陈静

⑥ 5 日，以银行存款支付借款利息6 000 元，审核后的原始凭证如表3-16所示。

表3-16　银行特种转账借方传票

总字第 227 号
字第 09 号

2009 年 10 月 5 日

付款单位	全　称	三友服饰公司			收款人	全　称	交　行											
	账　号	37589326				账　号	501										
	开户银行	交通银行	行号	5011		开户银行	本行	行号		5001							
金额	人民币（大写）陆仟元整							千	百	十	万	千	百	十	元	角	分
												¥	6	0	0	0	0	0
	原凭证金额		赔偿金			科目（借）		201									
	原凭证名称		号　码			对方科目（贷）		501									
转账原因	9月份利息		审批人			会计　　复核员　　制票											
	银行盖章																

任务 2　填制和审核记账凭证

> **【知识学习目标】**
> - 了解记账凭证的基本内容和填制要求；
> - 掌握记账凭证的填制方法及其审核内容。
>
> **【能力培养目标】**
> 　　能为中小企业熟练填制并能审核记账凭证。
>
> **【任务要求】**
> 　　根据三友服饰公司 2009 年 10 月份所发生的经济业务填制记账凭证。

 任务准备

1. 记账凭证的基本内容和填制要求

1）记账凭证的基本内容

为了概括地反映经济业务的基本内容，满足登记账簿的需要，记账凭证必须具备下列基本内容。

① 记账凭证名称。即收款凭证、付款凭证、转账凭证或记账凭证（通用凭证）。

② 记账凭证的填制日期。它与原始凭证的填制日期不一定相同，一般稍后于原始凭证的日期。

③ 记账凭证编号。在每一会计期间各类凭证应按编号规则连续编号。

④ 经济业务内容摘要。用几个字或一句话简明扼要地说明经济业务。

⑤ 会计分录。即应借记、贷记的会计科目的名称（包括总分类科目和明细分类科目）及其金额。这是记账凭证的核心内容。

⑥ 所附原始凭证的张数。原始凭证是编制记账凭证的依据，应附在记账凭证的后面。

⑦ 过账备注。在记账后，作"√"符号或填写记入账簿的页数。

⑧ 有关责任人的签名或盖章。凭证填制人员、审核人员、记账人员、会计机构负责人员、会计主管人员应签名或盖章。收付款的记账凭证还应由出纳人员签名或盖章。

2）记账凭证的填制要求

记账凭证填制的正确与否，直接关系到账簿记录的真实性和正确性。所有各种记账凭证的填制除必须做到记录真实、内容完整、填制及时、书写清楚外，还必须符合下列要求。

（1）以审核无误的原始凭证为依据填制记账凭证

填制记账凭证必须以审核无误的原始凭证为依据。记账凭证可以根据每一张原始凭证填制或者根据若干张同类原始凭证汇总填制，也可以根据原始凭证汇总表填制。但不同内容和类别的原始凭证不能汇总填列在一张记账凭证上。以自制的原始凭证或者原始凭证汇总表代替记账凭证使用的，也必须具备记账凭证所应有的内容。

（2）正确填写记账凭证的日期

由于发生的收付款业务要在当日记入日记账，所以填制收、付款凭证的日期应是收付货币资金的实际日期，但与原始凭证所记载的日期不一定相同；而转账凭证是以收到原始凭证的日期作为填制记账凭证的日期。

（3）正确填写摘要栏

摘要栏是对经济业务的简要说明，填写时既要简明又要全面、清楚，应以说明问题为主。对于收付款业务要写明收付款对象的名称、款项内容，使用银行支票的，还应填写支票号码；对于购买材料、商品业务，要写明供应单位名称和主要品种、数量；对于往来业务，应写明对方单位、业务经手人、业务发生时间等内容。遇有冲转业务，不应只写冲转，应写明冲转某年、某月、某日、某项经济业务和凭证号码，也不能只写对方账户。要求"摘要"能够正确、完整地反映经济活动和资金变化的来龙去脉，切忌含混不清。

（4）正确填制会计分录

为了明确经济业务的来龙去脉和账户对应关系，必须按照复式记账原理正确编制会计分录。在一张记账凭证上只能反映一项经济业务或者若干项同类型的经济业务，不能把不同类型的经济业务合并填制在一起，填写会计科目名称时应先借后贷，分录可以是一借一贷、一借多贷或一贷多借。如果某项经济业务本身需要编制一套多借多贷的会计分录，为了反映该项经济业务的全貌，可以采用多借多贷的会计分录，填制一张记账凭证，不必人为地将一项经济业务所涉及的会计科目分开，编制两张记账凭证。

（5）正确填写金额栏数字

记账凭证的金额必须与原始凭证的金额相等；金额的登记方向、大小写数字必须正确，符合数字书写规定。在填写金额数字时，阿拉伯数字书写要规范，应平行对准借贷栏次和科目栏次，防止错栏串行；金额的数字要填写到分位，如果角、分位没有数字要写"00"字样，如325.00元；如果角位有数字，分位没有数字，则要在分位上写"0"字样，如765.80元；角、分位与元位的位置应在同一水平线上，不得上下错开；每笔经济业务填入金额数字后，要在记账凭证的合计行填写合计金额，一笔经济业务因涉及会计科目较多需在一张记账凭证上填写多行或填写多张记账凭证的，一般在每张记账凭证的合计行填写合计金额，并应在合计数前面填写货币符号"￥"，不是合计数，则不填写货币符号。

（6）连续编号，以便查考

记账凭证如果采用通用记账凭证，则所有记账凭证进行连续编号。如果采用专用记账凭证，可以按现金收付、银行存款收付和转账业务三类分别编号，也可以按现金收入、现金支出、银行存款收入、银行存款支出和转账五类进行编号，或者将转账业务按照具体内容再分成几类编号。无论采用哪一种编号方法，都应该按月顺序编号，即每月都从1号编起，依次编至月末。如果一笔经济业务需要填制两张以上记账凭证的，可以采用分数编号法编号，如3号经济业务需要编制3张记账凭证，就可以编成 $3\frac{1}{3}$、$3\frac{2}{3}$、$3\frac{3}{3}$。

（7）按行次逐项填写

记账凭证应按行次逐项填写，不得跳行或留有空行，对记账凭证中的空行，应该划斜线或"S"形线填充。斜线应从金额栏最后一笔金额数字下的空行划到合计数行上面的空行，要注意斜线两端都不能划到金额数字的行次上。

（8）更正填写差错

如果在填制记账凭证时发生差错，应当重新填制。已经登记入账的记账凭证，当月结账后在当年内发现填写错误时，可以用红字填写一张与原内容相同的记账凭证，在摘要栏注明"注销某月某日某号凭证"字样，同时再用蓝字重新填制一张正确的记账凭证，在摘要栏注明"订正某月某日某号凭证"字样。如果会计科目没有错误，只是金额错误，也可以将正确数字与错误数字之间的差额，另编一张调整的记账凭证，调增金额用蓝字，调减金额用红字。发现以前年度记账凭证有错误的，应当用蓝字填制一张更正的记账凭证。

（9）所附原始凭证张数的正确计算和填写

除结账和更正错误的记账凭证可以不附原始凭证外，其他所有记账凭证都必须附有原始凭证，并注明所附原始凭证的张数。与记账凭证中的经济业务记录有关的每一张原始证据，都应当作为记账凭证的附件。记账凭证所附原始凭证张数的计算原则是：没有经过汇总的原始凭证按自然张数计算，有一张算一张；经过汇总的原始凭证，每一张汇总单或汇总表为一张。如报销差旅费的零散票单，可将它们粘贴在一张纸上，并填制"差旅费报销单"（起汇总作用）作为一张原始凭证。一张原始凭证如涉及几张记账凭证的，可以将该原始凭证附在一张主要的记账凭证后面，在其他记账凭证上注明附有该原始凭证的主要记账凭证的编号或者附原始凭证的复印件。

一张原始凭证所列的支出需要由两个以上的单位共同负担时，应当由保存该原始凭证的单位开给其他单位原始凭证分割单。原始凭证分割单必须具备原始凭证的基本内容，包括凭证的名称、填制凭证的日期、填制凭证单位的名称或填制人的姓名、经办人员的签名或盖章、接受凭证单位的名称、经济业务内容、数量、单价、金额和费用的分担情况等。

记账凭证可以根据每一张原始凭证填制或者根据若干张同类原始凭证汇总填制，也可以根据原始凭证汇总表填制。但不得将不同内容和类别的原始凭证汇总填制在一张记账凭证上。

（10）签章

记账凭证填制完成后，需要由有关会计人员签名或盖章，以便加强凭证的管理，分清会计人员之间的经济责任，使会计工作岗位之间相互制约、互相监督。

2. 记账凭证的填制方法

1）通用记账凭证的填制

通用记账凭证是一种适合各种经济业务的记账凭证。采用通用记账凭证的单位，不再根据经济业务的内容分别填制收款凭证、付款凭证和转账凭证。在借贷记账法下，将经济业务所涉及的会计科目全部填列在凭证内，借方在先，贷方在后，将各会计科目所记应借、应贷的金额填列在借方金额或贷方金额栏内，借、贷方金额合计数应相等。制单人应在填制凭证完毕后签名盖章，并填写所附原始凭证的张数。

例 3-1

三友服饰公司 10 月 5 日向大东公司采购面料 A 用于西服生产，价值 200 000 元，外加 17% 的增值税，签发九个月期商业承兑汇票支付全部款项。材料已到，验收入库。记账凭证见表 3-17。

表3-17　记账凭证

2009年10月5日　　　　　　　　　　　　　　　　　　编号4

摘要	一级科目	二级科目或明细科目	记账	借方金额										贷方金额										
				千	百	十	万	千	百	十	元	角	分	千	百	十	万	千	百	十	元	角	分
购面料	原材料	A面料				2	0	0	0	0	0	0	0										
	应交税费	应交增值税（进项）					3	4	0	0	0	0	0										
	应付票据	商业承兑汇票（大东）														2	3	4	0	0	0	0	0
合计					¥	2	3	4	0	0	0	0	0		¥	2	3	4	0	0	0	0	0

会计主管：　　　复核：　　　记账：　　　出纳：梅芳　　　制表：马辉仙

附件2张

例3-2

10月5日，以银行存款支付借款利息6 000元，见表3-18。

表3-18　记账凭证

2009年10月5日　　　　　　　　　　　　　　　　　　编号6

摘要	一级科目	二级科目或明细科目	记账	借方金额										贷方金额										
				千	百	十	万	千	百	十	元	角	分	千	百	十	万	千	百	十	元	角	分
付9月份	财务费用	利　息						6	0	0	0	0	0										
借款利息	银行存款	交　行																	6	0	0	0	0	0
合计							¥	6	0	0	0	0	0				¥	6	0	0	0	0	0

会计主管：　　　复核：　　　记账：　　　出纳：梅芳　　　制表：马辉仙

附件1张

例3-3

10月4日，8月份采购的生产童装的面料B到货，验收入库，记账凭证见表3-19。

表3-19　记账凭证

2009年10月4日　　　　　　　　　　　　　　　　　　编号5

摘要	一级科目	二级科目或明细科目	记账	借方金额										贷方金额										
				千	百	十	万	千	百	十	元	角	分	千	百	十	万	千	百	十	元	角	分
验收入库	原材料	B面料					3	2	0	0	0	0	0										
	在途物资	B面料															3	2	0	0	0	0	0
合计							¥	3	2	0	0	0	0	0			¥	3	2	0	0	0	0	0

会计主管：　　　复核：　　　记账：　　　出纳：梅芳　　　制表：马辉仙

附件1张

2）专用记账凭证的填制

（1）收款凭证的填制

收款凭证应根据库存现金和银行存款收入业务的原始凭证填制。它是出纳人员办理收款业务的依据，也是会计人员登记库存现金、银行存款日记账及其他相关账簿的依据。收款凭证的特点表现为表头所列科目为借方科目。在借贷记账法下，根据收入业务的经济性质，借方栏目内应填列"库存现金"、"银行存款"科目，而贷方栏目内应填列借方的对应科目，并将总账科目和明细科目逐一写清，填写金额数目；合计栏既表明贷方金额又表明借方金额；账页栏内标明所登记的账簿页数或注明"√"以示登记入账；收款凭证编号可按"收字××号"统一编号，也可以按现金收入业务以"现收字××号"顺序编号，银行存款收入业务以"银收字××号"顺序编号；附单据张数是指附在记账凭证后面的原始凭证件数；最后是有关人员的签字或盖章。

例 3 - 4

销售男式衬衫给金鹰国际购物公司，数量 100 件，售价 250 元/件，增值税税率为 17%，开出增值税发票，收到银行转来进账单收账通知（见表 3-20）。

表 3 - 20　收 账 凭 证

应借科目：银行存款　　　　　　　　　　2009 年 10 月 5 日　　　　　　　　　　编号 1

摘　要	应贷科目		记　账	金额								
	一级科目	二级科目或明细科目		千	百	十	万	千	百	十	元	角	分
销售	主营业务收入	男式衬衫					2	5	0	0	0	0	0
	应交税费	应交增值税						4	2	5	0	0	0
合　计						¥	2	9	2	5	0	0	0

附件 2 张

会计主管：　　　记账：　　　出纳：　　　复核：谢刑　　　制单：王端干

（2）付款凭证的填制

付款凭证应根据审核无误的有关库存现金和银行存款付出业务的原始凭证填制。在借贷记账法下，付款凭证的填制方法与收款凭证大致相同，其区别在于：付款凭证左上角表头反映的是贷方科目；表内栏中反映的是借方科目及其金额，其编号原则与收款凭证相同。

例 3 - 5

从南通帝人公司购进面料一批，面料已入库。其中：A 面料 200 米，单价 20 元，共计 4 000 元；B 面料 300 米，单价 10 元，共计 3 000 元，增值税税率为 17%，已开出转账支票支付以上款项（见表 3-21）。

表 3 – 21　付 账 凭 证

应贷科目：银行存款　　　　　　　　2009 年 10 月 8 日　　　　　　　　　　编号 1

摘　要	应借科目		记　账	金额									
	一级科目	二级科目或明细科目		千	百	十	万	千	百	十	元	角	分
购入	原材料	面料						7	0	0	0	0	0
	应交税费	应交增值税						1	1	9	0	0	0
合　计								¥	8	1	9	0	0	0

会计主管：　　　记账：　　　出纳：　　　复核：谢刑　　　制单：王端干

附件 2 张

需要注意的是，对于现金和银行存款之间相互划转的业务，如从银行提取现金或将现金存入银行，为了避免重复记账，只编制付款凭证，不编制收款凭证。当发生从银行提取现金业务时，只编制银行存款付款凭证；当发生将现金存入银行业务时，只编制现金付款凭证。

（3）转账凭证的填制

转账凭证应根据审核无误的有关转账业务的原始凭证填制。在转账凭证中，总账科目和明细科目下填列有关经济业务涉及的一级科目和所属明细科目，借方科目反映的金额记在与借方科目同行的借方金额栏内，贷方科目反映的金额记在与贷方科目同行的贷方金额栏内；在合计栏内，借方金额应该等于贷方金额。转账凭证的编号是按"转字第×号"编制的。

例 3 – 6

仓库发出下列材料用于生产，其中面料 A，50 米，单价 80 元，共计 4 000 元；面料 B，10 米，单价 20 元，共计 2 000 元。转账凭证如表 3 – 22 所示。

表 3 – 22　转 账 凭 证

2009 年 10 月 24 日　　　　　　　　　　编号 1

摘　要	一级科目	二级科目或明细科目	记　账	借方金额										贷方金额									
				千	百	十	万	千	百	十	元	角	分	千	百	十	万	千	百	十	元	角	分
领料	生产成本	男式衬衫						1	5	0	0	0	0										
	生产成本	女式衬衫						2	5	0	0	0	0										
	原材料	面料 A																2	0	0	0	0	0
	原材料	面料 B																2	0	0	0	0	0
合　计								¥	4	0	0	0	0					¥	4	0	0	0	0

会计主管：　　　复核：　　　记账：　　　复核：谢刑　　　制单：王端干

3. 记账凭证的审核

记账凭证在记账前必须经过审核。由于记账凭证是根据经审核的原始凭证填制的，所以记账凭证的审核是对此项经济业务原始凭证的复核及记账凭证的复查。

1）记账凭证的审核内容

① 内容是否真实。审核记账凭证是以原始凭证为依据，所附原始凭证的内容与记账凭证的内容是否一致，记账凭证汇总表的内容与其所依据的记账凭证的内容是否一致等。

② 项目是否齐全。审核记账凭证各项目的填写是否齐全，如日期、凭证编号、摘要、会计科目、金额、所附原始凭证张数及有关人员签章等。

③ 科目是否正确。审核记账凭证的应借、应贷科目是否正确，是否有明确的账户对应关系，所使用的会计科目是否符合有关会计制度的规定。

④ 金额是否正确。审核记账凭证所记录的金额与原始凭证的有关金额是否一致，记账凭证汇总表的金额与记账凭证的金额合计是否相符，原始凭证中的数量、单价、金额计算是否正确等。

⑤ 书写是否正确。审核记账凭证中的记录是否字迹工整、数字清晰，是否按规定使用蓝黑墨水，是否按规定进行更正等。

出纳人员在办理收款或付款业务后，应在凭证上加盖"收讫"或"付讫"戳记，以避免重收重付。

2）记账凭证审核结果的处理

在审核过程中，如果发现差错，应及时查明原因，按规定办法及时处理和更正，只有经过审核无误的记账凭证，才能据以登记账簿。如果发现尚未入账的错误记账凭证，应当重新填制。

3）会计凭证的保管要求

① 会计凭证应当及时传递，不得积压，以保证会计核算的及时和正常进行。

② 会计凭证登记完毕后，应当按照分类和编号顺利保管，特别是记账凭证应当连同所附的原始凭证等按照规定的要求装订、保管，不得散失。

③ 原始凭证不得外借，其他单位确需借用原始凭证时，经本单位负责人批准，可以复制。向外单位提供的原始凭证复印件，应当在专设的登记簿上登记，并由提供人员和收取人员共同签名或者盖章。

④ 原始凭证丢失的处理。从外单位取得的原始凭证如有遗失，应当取得原开出单位盖有公章的证明，并注明原来凭证的号码、金额和内容等，由经办单位会计机构负责人（会计主管人员）和单位负责人批准后，才能代作原始凭证。如果确实无法取得证明，如火车、轮船票等凭证，由当事人写出详细情况，由会计机构负责人（会计主管人员）和单位负责人批准后，代作原始凭证。

4）会计凭证的传递、整理、装订和保管

（1）会计凭证的传递

会计凭证的传递，是指会计凭证从填制或取得时起，经过审核、记账到整理装订归档为止，在有关部门之间按规定时间、路线传递和处理的过程。它主要包括三方面的内容：传递时间、传递路线和处理手续。会计凭证的传递是会计制度的一个重要组成部分，明确规定凭证传递的程序和时间，不仅可以及时地反映和监督经济业务的完成情况，而且可以促使经办业务的部门和有关人员及时正确地完成经济业务和办理凭证手续，提高管理效率。因此，各单位要根据本单位会计业务需要设计科学、合理的会计凭证传递制度，通常应考虑以下几个问题。图 3-3 是会计凭证传递含义的理解图示。

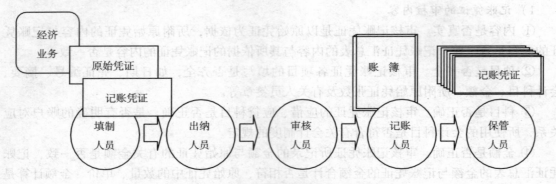

图 3-3　对会计凭证传递含义的理解图示

① 确定传递时间。根据各环节工作内容和工作量，以及在正常情况下完成工作所需的时间，明确规定各种凭证在每个部门和业务环节停留的最长时间，由专人负责按规定的时间和顺序监督凭证传递，保证凭证传递畅通无阻，及时提供会计信息。需要注意的是，一切会计凭证的传递和处理必须在报告期内完成，不允许跨期。

② 规定传递路线。根据经济业务特点及本单位经济管理的需要，本着既保证会计凭证经过必要的环节进行处理和审核，又尽量避免会计凭证经过不必要环节的原则，恰当地规定各种会计凭证的联数和所流经的必要环节，使各有关部门和人员既能按照规定手续进行业务处理，又能充分利用凭证资料掌握情况。

③ 建立凭证交接的签收制度。会计凭证的传递需要经过不同的业务部门，为了保证会计凭证的安全完整，在各个环节都应制定专人负责会计凭证的签收、交接手续，做到责任明确，手续完备。

（2）会计凭证的整理

装订的范围：原始凭证、记账凭证、科目汇总表、银行对账单等。科目汇总表的工作底稿也可以装订在内，作为科目汇总表的附件。使用计算机的企业，还应将转账凭证清单等装订在内。一般来说，企业每月装订一次，但装订前必须做好以下准备工作。

① 分类整理。摘除凭证内的金属物（如钉书针、大头针、回形针），分类整理，按顺序排列。会计工作中实际收到的原始凭证纸张往往会大小不一，整理时需要按照记账凭证的大小进行折叠或粘贴。通常，对面积大于记账凭证的原始凭证应采用折叠方法，按照记账凭证的面积尺寸，将原始凭证多余部分先自左向右折叠，再自下向上一次（或两次）折叠。折叠时应注意将凭证的左上角或左侧面空出，以便于装订后展开查阅，如图 3-4 和图 3-5 所示。

对于纸张面积过小无法进行装订的原始凭证，则采用粘贴的方法，可按一定的顺序和类别粘贴在"原始凭证粘贴单"上。粘贴时宜用胶水，将小票分别排列，尽量将同类、同金额的单据粘在一起，适当重叠，但要露出数字和编号。粘贴时要注意，如果是板状票证，可以将票面票底轻轻撕开，厚纸板弃之不用；粘贴完成后，应在白纸一旁注明原始凭证的张数、合计金额等内容。原始凭证粘贴单如图 3-6 所示。

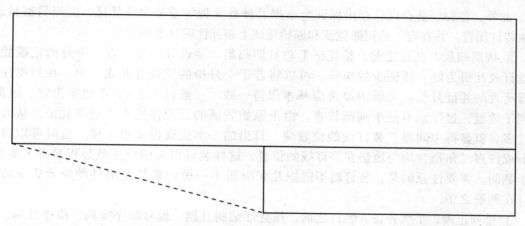

图 3－4　原始凭证折叠示意图（一）（将原始凭证记账面积大于记账凭证部分自左向右折叠）

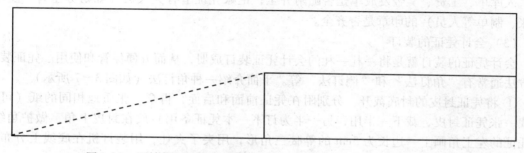

图 3－5　原始凭证折叠示意图（二）（再自下向上一次或两次折叠）

　　对于纸张面积略小于记账凭证的原始凭证，则可以用回形针或大头针别在记账凭证后面，待装订凭证时抽去回形针或大头针。

　　对于数量过多的原始凭证，如工资结算表、领料单等，可以单独装订保管，但应在封面上注明原始凭证的张数、金额，所属记账凭证的日期、编号、种类。封面应一式两份，一份作为原始凭证装订成册的封面，封面上注明"附件"字样；另一份附在记账凭证的后面，同时在记账凭证上注明"附件另定"，以备查考。

单据粘贴位置		
	单据张数	
	报销金额	
	会　　计	
	单位主管	
	报 账 人	

图 3－6　原始凭证粘贴单

此外，各种经济合同、存出保证金收据及涉外文件等重要原始凭证，应当另编目录，单独装订保管，并在有关的记账凭证和原始凭证上相互注明日期和编号。

② 按期归集。装订之前，按凭证汇总日期归集。要设计一下，看一个月的记账凭证究竟订成几册为好。凭证少的单位，可以将若干个月份的凭证合并成一册，在封皮注明本册所含的凭证月份。每册的厚薄应基本保持一致，一般以 1.5～2.0 厘米为宜。过薄，不利于放置；过厚，不便于翻阅核查。由于原始凭证的面积往往大于记账凭证，从而折叠过多，就显得中间厚、装订线的位置薄，订出的一本凭证像鱼形一样。这时可以将一些折成许多三角形，均匀地垫在装订线的位置，这样装订出来的凭证就显得整齐、美观，便于翻阅。需要注意的是，装订时不能把几张应属于一份记账凭证附件的原始凭证拆开装订在两册之中。

③ 排列正确，手续齐备。装订之前，按凭证编制日期、编号顺序排列，检查日期、编号是否齐全；如发现有缺号或颠倒，要查明原因后重新排列；再检查附件有否漏缺，领料单、入库单、工资、奖金发放单是否随附齐全；记账凭证上有关人员（如财务主管、复核、记账、制单等人员）的印章是否齐全。

（3）会计凭证的装订

会计凭证的装订就是将一札一札的会计凭证装订成册，从而方便保管和使用。凭证装订的方法通常有"角订法"和"侧订法"等。下面介绍一种角订法（如图 3－7 所示）。

① 将凭证封皮的封底裁开，分别附在凭证前面和后面，再拿一张质地相同的纸（可以再找一张凭证封皮，裁下一半用，另一半为订下一本凭证备用）放在封皮上角，做护角线。在凭证的左上角画上一边长为 5cm 的等腰三角形，用夹子夹住，用装订机在底线上分布均匀地打两个眼。

② 用大针引线绳穿过两个针眼，如果没有针，可以将回形针顺直，然后两端折向同一个方向，折向时将线绳夹紧，即可把线引过来，然后在凭证的背面打结。线绳最好把凭证两端也系上。

③ 将护角向左上侧折，并将一侧剪开至凭证的左上角，然后涂上胶水，向上折叠，将侧面和背面的线绳扣粘死。

④ 待晾干后，在凭证本的侧脊上面写上"某年某月第几册共几页"的字样。装订人在装订线封签处签名或者盖章，现金凭证、银行凭证和转账凭证最好依次顺序编号，一个月从头编一次号，如果单位的凭证少，可以全年顺序编号。

⑤ 装订人需要在包角封签位置上盖章，如图 3－8 所示。

目前，有的账簿商店有一种传票盒，将装订好的凭证装入盒中码放保管，显得整齐。

第二种方法是侧订法。记账凭证的整理要求与"角订法"相同，不同之处是采用左侧面装订。装订时在封面之上再加一张纸附在封面上，以底边和左侧边为准，对齐、夹紧；左侧打三个洞，把扎绳的中段从孔中引出，留扣，再把扎绳从两端孔引过，并套入中间的留扣中，用力拉紧系好，余绳剪掉。附的纸上涂上胶水，翻转后将左侧和底部粘牢。晾干后，在左侧标上"××年×月第×册"的字样备查，如图 3－9 所示。

（4）会计凭证的保管、借阅与销毁

① 会计凭证的保管。会计凭证保管从时间上分，包括装订成册以前的保管和装订成册以后的保管。记账凭证在装订成册以前，原始凭证一般是用大头针、曲别针固定在记账凭证

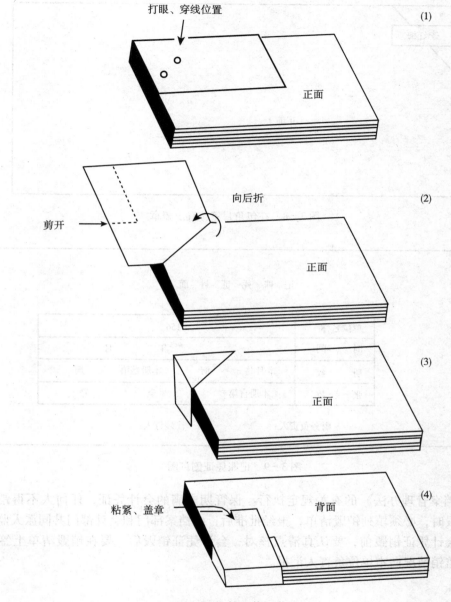

图 3 – 7 凭证装订方法

后面，在这段时间内凡是使用记账凭证的会计人员都有责任保管好原始凭证和记账凭证，防止其在传递过程中散失。装订成册的会计凭证，由会计部门指定专门人员负责保管。保管期满一年后，移交单位档案部门登记归档，统一保管。

　　② 会计凭证的借阅。会计凭证原则上不得外借，其他单位如因特殊原因需要使用原始凭证时，经本单位负责人批准，可以复制。向外单位提供的原始凭证复印件，应当在专设的登记账簿上登记，并由提供人员和收取人员共同签名或盖章。

　　③ 会计凭证的销毁。汇集凭证的保管期限一般为 15 年，具体保管期限和销毁要严格按

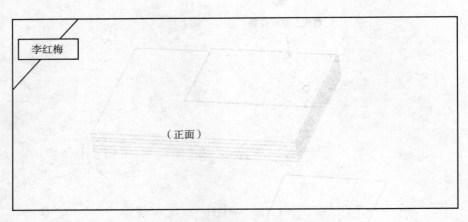

图 3-8　在包角封签位置上盖章

记 账 凭 证 封 面

单位名称	156	
时　　间	年　　　　月	
册　　数	本月共　　册	本册是第　　册
张　　数	本册自第　　号至	号

财务负责人：　　　　　　　　装订人：

图 3-9　记账凭证侧订图

照《会计档案管理办法》的有关规定执行。保管期未满的会计凭证，任何人不得销毁。保管期满销毁时，必须填列销毁清单，报经批准后，由档案部门和会计部门共同派人监销。监销人员在会计凭证销毁前，要认真清点核对；会计凭证销毁后，要在销毁清单上签名或盖章，并将监销情况向本单位负责人汇报。

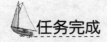任务完成

三友服饰公司 2009 年 10 月份第 7~12 笔经济业务的记账凭证如下。

① 6 日，向北京中央商场售西服 100 件，总价款 120 000 元，外加 17% 的增值税，扣除预付款后余款收到 1 月期商业承兑汇票，结转销售成本。记账凭证见表 3-23、表 3-24。

表 3-23　记 账 凭 证

2009 年 10 月 6 日

摘　要	一级科目	二级科目或明细科目	记账	借方金额 千	百	十	万	千	百	十	元	角	分	贷方金额 千	百	十	万	千	百	十	元	角	分
销售西服	应收票据	商业承兑汇票（中央商场）			1	0	0	0	0	0	0	0	0										
	预收账款	中央商场				4	0	4	0	0	0	0	0										
	主营业务收入	西服													1	2	0	0	0	0	0	0	0
	应交税费	应交增值税（销项税）														2	0	4	0	0	0	0	0
合　计				¥	1	4	0	4	0	0	0	0	0	¥	1	4	0	4	0	0	0	0	0

会计主管：　　　　　复核：　　　　记账：　　　　出纳：梅芳　　　制表：马辉仙

附件 2 张

表 3-24　记 账 凭 证

2009 年 10 月 6 日

摘　要	一级科目	二级科目或明细科目	记账	借方金额 千	百	十	万	千	百	十	元	角	分	贷方金额 千	百	十	万	千	百	十	元	角	分
结转已售成本	主营业务成本	西服					7	0	0	1	1	9	5										
	库存商品	西服															7	0	0	1	1	9	5
合　计						¥	7	0	0	1	1	9	5			¥	7	0	0	1	1	9	5

会计主管：　　　　　复核：　　　　记账：　　　　出纳：梅芳　　　制表：马辉仙

附件 1 张

审核后的原始凭证见表 3-25 和表 3-26。

表3-25 增值税专用发票

开票日期：2009 年 10 月 6 日　　　　　　　　　南通 NQ 000312

| 购货单位 | 名称 | 北京中央商场 | | | 纳税人登记号 | | | | | | | | | 4869 | | | | | | | | |
| 地址、电话 | 北京前门大街 1 号 62759 | | | | 开户银行及账号 | | | | | | | | | 建行前门营业部 6975 | | | | | | | | | |

货物或应税劳务名称	计量单位	数量	单价	全 额									税率(%)	税 额								
				百	十	万	千	百	十	元	角	分		百	十	万	千	百	十	元	角	分
西服	件	100	1 200		1	2	0	0	0	0	0	0	17			2	0	4	0	0	0	0
合　计					1	2	0	0	0	0	0	0				2	0	4	0	0	0	0

| 价税合计（大写） | ×仟×佰壹拾肆万零仟肆佰零拾零元零角零分　　　¥140 400.00 |

销货单位	名称	三友服饰公司	纳税人登记号	2300342
地址、电话	××市人民东路 1 号	开户银行及账号	交通银行 37589326
备注			

收款人：　　　　　　　　开票单位（未盖章无效）

第四联：销货方记账

表3-26 商业承兑汇票

签发日期：2009 年 2 月 6 日　　　　　　　　　第 22 号

付款人	全　称	北京中央商场			收款人	全　称	三友服饰公司											
	账　号	6975				账　号	37589326											
	开户银行	建行前门营业部	行号	3758		开户银行	交行	行号	5011									

| 汇票金额 | 人民币（大写）壹拾万元整 | 千 | 百 | 十 | 万 | 千 | 百 | 十 | 元 | 角 | 分 |
| | | | | ¥ | 1 | 0 | 0 | 0 | 0 | 0 | 0 | 0 |

| 汇票到期日 | 2009 年 11 月 6 日 | 交易合同号码 | 30597 |

本汇票已经本单位承兑，到期日无条件支付票款。

此　致

付款人盖章

经办　王佳　2009 年 2 月 6 日

汇票经办人盖章

负责　张开　　　经办　万军

审核后的原始凭证见表3-27。

表 3-27 出库通知单

2009 年 10 月 6 日

字 1 号

类别	编号	名称	规格	单位	数量		成本								附注
					应收	实收	成本价	总成本							
								十万	千	百	十	元	角	分	
西服				件	100	100	70 011.95	7	0	0	1	1	9	5	

附单据 1 张

会计主管：　　　　仓库主管：　　　　保管：　　　　经发：　　　　制单：

② 6 日，业务部陈健预借差旅费 1 500 元，签发现金支票支付。记账凭证见表 3-28。

表 3-28 记账凭证

2009 年 10 月 6 日

编号 8

摘要	一级科目	二级科目或明细科目	记账	借方金额										贷方金额									
				千	百	十	万	千	百	十	元	角	分	千	百	十	万	千	百	十	元	角	分
出差借款	其他应收款	陈　健					1	5	0	0	0	0						1	5	0	0	0	0
	银行存款	交　行																1	5	0	0	0	0
合　计						¥	1	5	0	0	0	0				¥	1	5	0	0	0	0

附件 2 张

会计主管：　　复核：　　　　记账：　　　出纳：梅芳　　　制表：马辉仙

审核后的原始凭证见表 3-29、表 3-30。

表 3-29 领款单

2009 年 10 月 6 日

第 9 号

单位或姓名	陈健
领款事由	预借差旅费
今领到人民币（大写）	壹仟伍佰元整
附注	签发现金支票

核准：张逸　　　会计：　　　出纳：梅芳　　　领款人：陈健

表 3-30 交行现金支票存根

支票号码　A　2015862

科　目

对方科目

签发日期　2009 年 10 月 6 日

收款人：陈健
金　额：1 500.00
用　途：出差借款
备　注：

单位主管　　　　　　会计

复核：　　　　　　　记账

③7日，交纳上月增值税 14 590.91 元，城建税 1 021.36 元，教育费附加 437.73 元，所得税 12 000 元。记账凭证见表 3-31。

表3-31 记 账 凭 证

2009 年 10 月 7 日   编号9

摘 要	一级科目	二级科目或明细科目	记 账	借方金额										贷方金额									
				千	百	十	万	千	百	十	元	角	分	千	百	十	万	千	百	十	元	角	分
交纳税款	应交税费	应交增值税				1	4	5	9	0	9	1											
	应交税费	城建税					1	0	2	1	3	6											
	应交税费	教育费附加						4	3	7	7	3											
	应交税费	应交所得税				1	2	0	0	0	0	0											
	银行存款	中 行													2	8	0	5	0	0	0	0
合计				¥	2	8	0	5	0	0	0	0		¥	2	8	0	5	0	0	0	0

会计主管：   复核：   记账：   出纳：梅芳   制表：马辉仙

附件2张

审核后的原始凭证见表 3-32、表 3-33。

表3-32 南通国家税务局通用缴款书

收款国库崇川区支库   税别增值税

填表日期：2009 年 10 月 7 日   (09) 通缴字第79号

经济（企业）类型

纳税单位全称	三友服饰公司	预算级次		中央与地方共享									
开户银行	中国银行	税款所属时间		2009.9.30									
账 号	302069	缴款限期		2009.10.7									
税目或类别名称	应缴税收入额或其他计税依据	税率或征收率	扣除数	应征税额（或其他收入）	扣除已交税额	减免或抵免税额	实缴税额（或其他收入）						
							千	百	十	万	千	百	十	元	角	分
增值税	85 828.88	17%		14 590.91					1	4	5	9	0	9	1

（续前表说明：此表另含滞纳金行与合计等）

滞纳金		逾期 天，每天按税款合计加收 %			
合计金额（大写）×仟×佰壹万肆仟伍佰玖拾元玖角壹分				¥ 1 4 5 9 0 9 1	
税务机关盖章 填发人	上列款项已妥并划转收款单位账户 国库（银行）盖章		备 注		

表3-33 税收通用完税税票

2009 年 10 月 7 日

税务登记代码	2300342	征收机关	南通市地税局
纳税人全称	三友服饰公司	收款银行	商业银行
税（费）种	税款所属时期		实缴金额
城建税	2009 年 9 月 1 日—2009 年 9 月 30 日		1 021.36
教育附加	2009 年 9 月 1 日—2009 年 9 月 30 日		437.73
所得税	2009 年 9 月 1 日—2009 年 9 月 30 日		12 000
合计金额	（大写）人民币壹万叁仟肆佰伍拾玖元零玖分		¥13 459.09
税务机关（盖章）	收款银行（盖章）	经手人：孙敏	

④7日，向沈阳五爱公司销售童装2 000件，总价款100 000元（不含税），外加17%的增值税，已收到90 000元存交通银行，记账凭证见表3－34。结转销售成本，记账凭证见表3－37。

表3－34 记账凭证

2009 年 10 月 7 日

摘要	一级科目	二级科目或明细科目	记账	借方金额 千百十万千百十元角分	贷方金额 千百十万千百十元角分	
童装	银行存款	交 行		9 0 0 0 0 0 0		附件2张
	应收账款	沈阳五爱公司		2 7 0 0 0 0 0		
	主营业务收入	童装			1 0 0 0 0 0 0 0	
	应交税费	应交增值税（销项）			1 7 0 0 0 0 0	
合 计				￥1 1 7 0 0 0 0 0	￥1 1 7 0 0 0 0 0	

会计主管：　复核：　记账：　出纳：梅芳　制表：马辉仙

审核后的原始凭证见表3－35、表3－36。

表3－35 增值税专用发票

开票日期：2009 年 10 月 7 日　　　　　　　　NO. 000313

购货单位	名称	沈阳五爱公司			纳税人登记号		38509607		
	地址、电话	五爱路1号496055			开户银行及账号		中国银行58697		
货物或应税劳务名称	计量单位	数量	单价		金额 百十万千百十元角分	税率（%）	税额 百十万千百十元角分		
童装	件	2 000	50		1 0 0 0 0 0 0 0	17	1 7 0 0 0 0		
合 计					￥1 0 0 0 0 0 0 0		￥1 7 0 0 0 0		
价税合计（大写）		人民币×仟×佰壹拾壹万柒仟整　　￥117 000.00							
销货单位	名 称	三友服饰公司			纳税人登记号		2300342		
	地址、电话	市人民东路1号			开户银行及账号		交通银行37589326		
备 注									

收款人：　　　　销货单位（未盖章无效）

第二联：购货方记账

表 3-36　进账单（第一联　回单）

填送日期 2009 年 10 月 7 日　　　　　　　　　　　　传票编号 843

账号 37589326

收款单位	三友服饰公司				开户银行			交　行								
合计金额	人民币（大写）玖万元整						千	百	十	万	千	百	十	元	角	分
								¥	9	0	0	0	0	0	0	0
款项来源	付款单位名称或账号	金　额		款项来源	付款单位名称或账号	金　额										
								（银行盖章）								
								年　月　日								

附注：1. 银行企业双方往来账务，仍以大写（即合计数）进行记载。

2. 大写金额以下各栏细数，除款项来源以外，是否填写，由单位自行决定。

3. 所填列的细数加起来，必须与合计数相符，请单位自行负责审查。

表 3-37　记账凭证

2009 年 10 月 7 日

摘要	一级科目	二级科目或明细科目	记账	借方金额										贷方金额									
				千	百	十	万	千	百	十	元	角	分	千	百	十	万	千	百	十	元	角	分
结转成本	主营业务成本	童装				2	9	9	9	3	3	2											
	库存商品	童装														2	9	9	9	3	3	2
合计					¥	2	9	9	9	3	3	2			¥	2	9	9	9	3	3	2

附件 1 张

会计主管：　　　复核：　　　记账：　　　出纳：梅芳　　　制表：马辉仙

审核后的原始凭证附件见表 3-38。

表 3-38　出库通知单

2009 年 10 月 7 日　　　　　　　　　　　　字 77 号

类别	编号	名称	规格	单位	数量		成本								附注
					应收	实收	成本价	总成本							
								十	万	千	百	十	元	角	分
童装				件	2 000	2 000	14.996 66		2	9	9	9	3	3	2

附单据 1 张

会计主管：　　　仓库主管：　　　保管：　　　经发：　　　制单：

⑤8日，开出交通银行现金支票，提取现金 120 000 元，备发工资，其中生产工人工资 80 000 元，车间管理人员工资 30 000 元，行政管理人员工资 10 000 元。记账凭证见表3－39。

表 3－39 记账凭证

2009 年 10 月 8 日

摘 要	一级科目	二级科目或明细科目	记 账	借方金额										贷方金额										
				千	百	十	万	千	百	十	元	角	分	千	百	十	万	千	百	十	元	角	分
提 现	库存现金					1	2	0	0	0	0	0	0										
2015862#	银行存款	交 行														1	2	0	0	0	0	0	0
合 计					¥	1	2	0	0	0	0	0	0		¥	1	2	0	0	0	0	0	0

附件1张

会计主管：　　复核：　　　　记账：　　　出纳：梅芳　　　制表：马辉仙

审核后的原始凭证见表 3－40。

表 3－40 现金支票存根

支票号码 A 2015862

科 目

对方科目

签发日期 2009 年 10 月 8 日

收款人：三友服饰公司

金 额：120 000.00

用 途：工资

备 注：

单位主管　　　　　会计
复核：　　　　　　记账

发放工资，记账凭证见表 3－41。

表3-41 记账凭证

2009 年 10 月 8 日

摘要	一级科目	二级科目或明细科目	记账	借方金额 千	百	十	万	千	百	十	元	角	分	贷方金额 千	百	十	万	千	百	十	元	角	分	
工资发放	应付职工薪酬	工资				1	2	0	0	0	0	0	0											附件1张
	库存现金															1	2	0	0	0	0	0	0	
合 计				¥	1	2	0	0	0	0	0	0	0	¥	1	2	0	0	0	0	0	0	0	

会计主管： 复核： 记账： 出纳：梅芳 制表：马辉仙

审核后的原始凭证见表3-42。

表3-42 工资结算汇总表

2009 年 10 月 8 日

车间部门	人员类别	应付工资 计时工资	计件工资	奖金	津贴	……	应付工资合计	代扣款项 房租	……	合计	实发工资
成衣生产车间	生产工人		70 000	10 000			80 000				80 000
	管理人员		25 000		5 000		30 000				30 000
管理部门			8 000	2 000			10 000				10 000
合 计							120 000				120 000

工资分配，记账凭证见表3-43。

表3-43 记账凭证

2009 年 10 月 8 日

摘要	一级科目	二级科目或明细科目	记账	借方金额 千	百	十	万	千	百	十	元	角	分	贷方金额 千	百	十	万	千	百	十	元	角	分	
工资分配	生产成本	西服					7	9	8	0	0	0	0											附件1张
（计提）	生产成本	童装					1	1	4	0	0	0	0											
	制造费用	生产车间						3	4	2	0	0	0											
	管理费用	工资						1	2	8	0	0	0											
	应付职工薪酬	工资														1	2	1	2	2	8	0	7	
	应付职工薪酬	福利费															1	6	9	7	1	0	3	
合 计				¥	1	3	8	2	0	0	0	0	0	¥	1	3	8	2	0	0	0	0	0	

会计主管： 复核： 记账： 出纳：梅芳 制表：马辉仙

审核后的原始凭证见表3-44。

表3-44　工资及福利费分配计算表

2009 年 10 月 8 日

科　目	批次/产品	分配工资金额	按工资14 % 计提福利费金额	合　计
生产成本	西服	70 000	9 800	79 800
生产成本	童装	10 000	1 400	11 400
制造费用		30 000	4 200	34 200
管理费用		11 228.87	1 571.93	12 800
合　计		121 228.87	16 971.93	138 200

⑥2 日，生产车间领用 A 面料，50 米，20 000 元，投入西服生产；领用 B 面料，410米，13 120 元，投入童装生产，记账凭证见表 3-45。

表3-45　记 账 凭 证

2009 年 10 月 2 日

摘　要	一级科目	二级科目或明细科目	记账	借方金额 千	百	十	万	千	百	十	元	角	分	贷方金额 千	百	十	万	千	百	十	元	角	分
生产领用	生产成本	西服					2	0	0	0	0	0	0										
	生产成本	童装					1	3	1	2	0	0	0										
	原材料	A 面料															2	0	0	0	0	0	0
	原材料	B 面料															1	3	1	2	0	0	0
合　计							¥3	3	1	2	0	0	0				¥3	3	1	2	0	0	0

会计主管：　　复核：　　　记账：　　出纳：梅芳　　制表：马辉仙

附件1张

审核后的原始凭证见表 3-46。

表3-46　领 料 单

领料部门　　　生产车间　　　2009 年 10 月 2 日　　　字第 1 号

材料 编号	名称	规格	单位	数量 请领	实发	成本 单价	总价 万	千	百	十	元	角	分	材料账页
	A 面料		米	50	50	400	2	0	0	0	0	0	0	
	B 面料		米	410	410	32	1	3	1	2	0	0	0	

主管：　　会计：　　记账：　　保管：李红梅　　发料：周徽　　领料：高丽

第一联：领料部门存查

复习思考题

1. 什么是会计凭证？会计凭证如何分类？
2. 简述原始凭证和记账凭证的分类、基本内容和填制要求。
3. 简述如何审核原始凭证和记账凭证。
4. 简述填制和审核记账凭证的基本要求。

综 合 练 习

一、单项选择题

1. 下列凭证中，（   ）属于外来原始凭证。

   A. 购货发票　　　　　B. 领料单　　　　　C. 销货发票　　　　　D. 工资结算单

2. 下列凭证中，（   ）属于自制原始凭证。

   A. 银行付款通知单　　B. 购货发票

   C. 销货发票　　　　　D. 上缴税金收据

3. "材料耗用汇总表"是一种（   ）。

   A. 一次凭证　　　　　B. 累计凭证　　　　C. 原始凭证汇总表　　D. 复式凭证

4. 下列业务，需要编制银行存款收款凭证的是（   ）。

   A. 以银行存款购入设备　　　　　　　　B. 接受投放一台设备

   C. 从银行借入款项　　　　　　　　　　D. 将资本公积转增资本

5. 记账凭证审核时，一般不包括（   ）。

   A. 记账凭证是否附有原始凭证，是否同所附原始凭证的内容相符合

   B. 记账凭证的时间是否与原始凭证的时间一致

   C. 根据原始凭证所作的会计科目和金额记录是否正确

   D. 规定的项目是否填列齐全，有关负责人是否签名或盖章

6. 原始凭证是在（   ）时取得的。

   A. 经济业务发生　　B. 填制记账凭证　　C. 登记总账　　　　D. 登记明细账

7. 会计核算工作的起点是（   ）。

   A. 复式记账　　　　　　　　　　　　　B. 登记账簿

   C. 填制和审核会计凭证　　　　　　　　D. 编制会计报表

8. （   ）是记录经济业务发生或完成情况的书面证明，也是登记账簿的依据。

   A. 记账凭证　　　　　B. 原始凭证　　　　C. 专用凭证　　　　　D. 会计凭证

9. 原始凭证金额有错误的，应当（   ）。

   A. 在原始凭证上更正　　　　　　　　　B. 由出具单位更正并且加盖公章

   C. 由经办人更正　　　　　　　　　　　D. 由出具单位重开，不得在原始凭证上更正

10. 出纳人员在办理收款或付款后，应在（   ）上加盖"收讫"或"付讫"的戳记，以避免重收重付。

   A. 记账凭证　　　　B. 原始凭证　　　　C. 收款凭证　　　　D. 付款凭证

11. 企业售产品一批，售价 5 000 元，收到一张转账支票送存银行。这笔业务应编制的记账凭证为（   ）。

    A. 收款凭证   B. 付款凭证   C. 转账凭证   D. 以上均对

12. 职工出差回来报销差旅费 800 元，出差前已预借 1 000 元，剩余款项交回现金。企业采用专用记账凭证方式，对于报销这项经济业务应填制的记账凭证是（   ）。

    A. 收款凭证   B. 付款凭证

    C. 收款凭证和转账凭证   D. 付款凭证和转账凭证

13. 下列业务中，应该填制现金收款凭证的是（   ）。

    A. 出售材料一批，款未收

    B. 从银行提取现金

    C. 出租设备，收到一张转账支票

    D. 报废一台计算机，出售残料收到现金

14. 某会计人员在审核记账凭证时，发现误将 1 000 元写成 100 元，尚未入账，一般应采用（   ）更正。

    A. 重新编制记账凭证   B. 红字更正法

    C. 补充登记法   D. 冲销法

15. 填制原始凭证时应做到大小写数字符合规范、填写正确，如大写金额为"叁仟零捌元肆角整"，其小写金额应为（   ）。

    A. 3 008.40 元   B. ￥3 008. 40 元   C. ￥3 008. 4   D. ￥3 008. 40

16. 8 月 15 日行政管理人员王某将标明日期为 7 月 20 日的发票到财务科报销，经审核后会计人员依据该发票编制记账凭证时，记账凭证的日期应为（   ）。

    A. 8 月 15 日   B. 8 月 1 日   C. 7 月 31 日   D. 7 月 20 日

17. 将会计凭证划分为原始凭证和记账凭证两大类的依据是（   ）。

    A. 凭证填制的时间   B. 凭证填制的程序和用途

    C. 凭证填制的方式   D. 凭证反映的经济内容

18. 发现原始凭证金额有错误时，应当（   ）。

    A. 由会计人员直接更正并签名

    B. 直接由业务经办人更正并签名

    C. 由出具单位更正并加盖公章

    D. 由出具单位重开，不得在原始凭证上更正凭证

二、多项选择题

1. 原始凭证应具备的基本内容有（   ）。

    A. 原始凭证的名称和填制日期   B. 接受凭证单位名称

    C. 经济业务的内容   D. 数量、单价和大小写金额

    E. 填制单位和有关人员的签章

2. 记账凭证必须具备的基本内容有（   ）。

    A. 记账凭证的名称   B. 填制日期和编号

    C. 经济业务的简要说明   D. 会计分录

    E. 有关人员的签名和盖章

3. 某企业外购材料一批，已验收入库，货款已付。根据这项经济业务所填制的会计凭证包括（　　）。

    A. 收款凭证　　　　　B. 收料单　　　　　C. 付款凭证　　　　　D. 累计凭证

4. 记账凭证必须根据审核无误的原始凭证填制，除（　　）的记账凭证可以不附原始凭证外，其他记账凭证必须附原始凭证。

    A. 收款　　　　　　　B. 转账　　　　　　C. 结账　　　　　　D. 更正错误

5. 张三出差归来，报销差旅费 1 000 元，原预借 1 500 元，交回现金 500 元，这笔业务应该（　　）。

    A. 只编制 500 元现金收款凭证　　　　B. 根据 500 元编制现金收款凭证

    C. 根据 1 000 元编制转账凭证　　　　D. 编制 1 500 元转账凭证

6. 记账凭证的填制除做到记录真实、内容完整、填制及时、书写清楚外，还必须符合（　　）等要求。

    A. 如有空行，应当在空行处划线注销

    B. 发生错误应该按规定的方法更正

    C. 必须连续编号

    D. 除另有规定外，应该有附件并注明附件张数

7. 记账凭证审核的主要内容包括（　　）。

    A. 内容是否真实

    B. 项目是否齐全

    C. 书写是否正确

    D. 应借、应贷的科目对应关系是否清晰正确、金额是否正确

8. 在填制记账凭证时，以下做法中正确的有（　　）。

    A. 将不同类型业务的原始凭证合并编制一份记账凭证

    B. 更正错账的记账凭证可以不附原始凭证

    C. 一个月内的记账凭证连续编号

    D. 从银行提取现金时只填制现金收款凭证

9. 下列记录中可以作为调整账面数字的原始凭证有（　　）

    A. 库存现金盘点报告表　　　　　B. 盘存单

    C. 银行存款余额调节表　　　　　D. 盘盈盘亏报告表

10. 下列单据中，经审核无误后可以作为编制记账凭证依据的有（　　）。

    A. 填制完毕的工资计算单　　　　B. 运费发票

    C. 银行转来的进账单　　　　　　D. 银行转来的对账单

三、判断题

1. 原始凭证的填制不得使用圆珠笔填写。　　　　　　　　　　　　　　　　　（　　）

2. 原始凭证和记账凭证都是具有法律效力的证明文件。　　　　　　　　　　　（　　）

3. 采用累计原始凭证可以减少凭证的数量和记账的次数。　　　　　　　　　　（　　）

4. 记账凭证的编制依据是审核无误的原始凭证。　　　　　　　　　　　　　　（　　）

5. 科目汇总表只能作为登记总账的依据。　　　　　　　　　　　　　　　　　（　　）

6. 会计凭证的保管期满以后，企业可自行进行处理。　　　　　　　　　　　　（　　）

7. 从外单位取得的原始凭证遗失时，必须取得原签发单位盖有公章的证明，并注明原始凭证的号码、金额、内容等，由经办单位会计机构负责人、会计主管人员审核签章后，才能代作原始凭证。（　　）

8. 经济业务存在多样性，原始凭证的形式大不相同，为了反映不同的经济业务，原始凭证的基本内容因此也各有不同。（　　）

9. 有关部门应对原始凭证认真审核并签章，对凭证的真实性、合法性负责。（　　）

10. 出纳人员在办理收、付款后，应在有关原始凭证上加盖"收讫"或"付讫"的戳记，以避免重收重付。（　　）

11. 记账凭证中必须列明会计科目名称、记账符号、记账金额等内容。（　　）

12. 记账凭证是否附有原始凭证及其所附原始凭证的张数是否相符，是审核记账凭证的一项重要内容。（　　）

13. 对于数量过多的原始凭证，可以单独装订保管，但应在记账凭证上注明"附件另订"。（　　）

14. 发现以前年度记账凭证有错误的，应当用红字填制一张更正的记账凭证。（　　）

15. 单位取得的原始凭证应盖有填制单位的公章，但有些特殊原始凭证除外。（　　）

16. 在会计凭证传递期间，凡经办记账凭证的人员都有责任保管好凭证，严防在传递中散失。（　　）

17. 所有的记账凭证必须附有原始凭证。（　　）

18. 外来原始凭证都是一次凭证，而自制原始凭证都是累计凭证或汇总原始凭证。其中，累计凭证是指记载一项经济业务或同时记载若干项同类经济业务，凭证填制手续是一次完成的自制原始凭证。（　　）

四、实务训练

1. 练习数字及金额的书写。

① 0.09 元　② 0.80 元　③ 3.07 元　④ 15.40 元　⑤ 46.00 元　⑥ 190.02 元
⑦ 20 008.43 元　⑧ 147 000.90 元　⑨ 103 705.60 元　⑩ 63 400.80 元

小写金额	小写金额									
	百	十	万	千	百	十	元	角	分	
¥_____										人民币（大写）：
¥_____										人民币（大写）：
¥_____										人民币（大写）：
¥_____										人民币（大写）：
¥_____										人民币（大写）：
¥_____										人民币（大写）：
¥_____										人民币（大写）：
¥_____										人民币（大写）：
¥_____										人民币（大写）：
合计 ¥_____										人民币（大写）：　　万　千　佰　拾　元　角　分

2. 2009 年 8 月份某公司业务员持一张购物普通发票前来报销，有关内容填写齐全，但金额是更正的，原为 2 800 元，改为 2 080 元，并有经办人员在旁边盖章证明，经会计复核数量和单价确实为 2 080 元。你认为该单据是否能够报销？为什么？

3. 英润服饰有限公司（法人代表：吴晓蓉，公司地址：青年东路 139 号；电话：85875123；纳税人登记号：320601666371991；开户银行及账号：中国银行南通分行营业部0184010128），2009 年 10 月发生下列经济业务。

① 5 日，销售童装给文峰购物大世界公司（文峰购物大世界公司地址：南大街 29 号；电话：85237167；纳税人登记号：320601672043660；开户银行及账号：商业银行 15201120002313），数量300 件，售价 50 元/件（不含税），增值税税率为 17%，开出增值税发票，收到银行转来进账单收账通知。填制增值税专用发票和银行进账单（附件 3－1 和附件 3－2）。

附件 3－1　增值税专用发票

开票日期：　　　　　年　　月　　日

购货单位	名　称				纳税人登记号																	
	地址、电话				开户银行及账号																	
货物或应税劳务名称	计量单位	数量	单价		金　额									税率%	税　额								
					百	十	万	千	百	十	元	角	分		百	十	万	千	百	十	元	角	分
价税合计（大写）		仟　佰　拾　万　仟　佰　拾　元　角　分											￥										
销货单位	名称				纳税人登记号																	
	地址、电话				开户银行及账号																	
备注																						

第四联：销货方记账

收款人：　　　　　　　　　　　　　　　　　　　开票单位（未盖章无效）

附件 3－2　进账单（第一联　回单）

账号　　　填送日期　年　月　日　　　　　　　　　　　　　　　　　传票编号

收款单位				开户银行											
合计金额	人民币（大写）				千	百	十	万	千	百	十	元	角	分	
款项来源	付款单位名称或账号	金　额		款项来源	付款单位名称或账号	金　额									（银行盖章）
															年　月　日

附注：1. 银行企业双方往来账务，仍以大写（即合计数）进行记载。

　　　2. 大写金额以下各栏细数，除款项来源以外，是否填写由单位自行决定。

　　　3. 所填列的细数加起来，必须与合计数相符，请单位自行负责审查。

② 2 日，以银行存款从光明公司购进 A 面料一批，已入三号仓库。其中：面料 A 1 200 米，单价 80 元，共计 96 000 元；线 40 个，单价 20 元，共计 800 元。填制入库单（附件3－3）。

附件3－3　入库单

供货单位：　　　　　　　　　　　　　　　　　　　　　　　　　　　　　　　凭证编号：

发票编号：　年　月　日　　　　　　　　　　　　　　　　　　　　　　　　　收料仓库：

材料类别	材料编号	材料名称	规格	计量单位	数量		金额			附注
					应收	实收	单价	总价		
								十万千百十元角分		
		合　计								

会计主管：　　　记账：　　　　仓库主管：　　　保管：　　　验收：　　　采购：

③ 8 日，开出转账支票一张，偿还应付四方公司货款 5 000 元。填制转账支票（附件3－4）。

附件3－4　转账支票

中国工商银行转账支票存根	转账支票
Ⅳ478931	中国工商银行
	Ⅳ478931
科　　目＿＿＿＿＿＿	出票日期（大写）　年　月　日　　付款行名称：
对方科目＿＿＿＿＿＿	收款人：　　　　　　　　　　　　出票人账号：
	人民币　　　　　　　千百十万千百十元角分
出票日期　年　月　日	（大写）
收款人：	用途＿＿＿＿＿　　　科目（借）＿＿＿＿＿
金额：	上列款项请从　　　对方科目（贷）＿＿＿＿＿
用途：	我账户内支付　　　转账日期　年　月　日
单位主管　　会计	出票人签章　　　复核　　　记账

（本支票付款期限十天）

④ 12 日，仓库发出下列材料用于一车间成衣生产，其中：面料 A，200 米，单价 80 元，共计 16 000 元；线 10 个，单价 20 元，共计 200 元。填制领料单（附件3－5）。

附件3－5　领　料　单

领料部门　　　　　　　　　　　　　　年　月　日　　　　　　　　　　字第　　号

材料			单位	数量		成本			材料账页	第一联：领料部门存查
编号	名称	规格		请领	实发	单价	总价			
							万千百十元角分			

主管：　　　会计：　　　记账：　　　保管：　　　发料：　　　领料：

⑤ 15 日，采购部李红出差石家庄，经批准向财务处借差旅费 3 500 元，财务人员审核无误后付现金。填制借款单（附件 3-6）。

附件 3-6　借　款　单

年　月　日

部　门		借款事由		
借款金额		金额（大写）		¥
批准金额		金额（大写）		¥
领导批示		财务主管		借款人

⑥ 18 日，开出现金支票提取现金 3 500 元备用。填制现金支票，如附件 3-7 所示。

附件 3-7　现金支票

中国银行现金支票存根	本支票付款期限十天	**转账支票**			
Ⅳ218465		中国工商银行			
		Ⅳ218465			
科　目＿＿＿＿＿		出票日期（大写）　年　月　日		付款行名称：	
对方科目＿＿＿＿＿		收款人：		出票人账号：	
		人民币		千百十万千百十元角分	
出票日期　年　月　日		（大写）			
收款人：		用途＿＿		科目（借）＿＿＿＿＿	
金　额：		上列款项请从		对方科目（贷）＿＿＿＿	
用　途：		我账户内支付		转账日期　年　月　日	
单位主管　　会计		出票人签章		复核　　记账	

⑦ 21 日，公司零售童装 3 件，单价 90 元，收到现金并开出零售发票。填制零售发票（附件 3-8）。

附件 3-8　江苏省南通市商业销售发票

购货单位：　　　　　　　　　　年　月　日　　　　　　　　　　NO. 0067895403

品　名	规　格	单　位	数　量	单　价	金　额								备　注
					十	万	千	百	十	元	角	分	
		合　计											
		合计金额（大写）			万 仟 佰 拾 元 角 分								

开票人：　　　　　　　　　收款人：　　　　　　　　　单位名称（盖章）：

⑧ 23 日，将现金 9 500 元存入银行，其中：100 元 70 张、50 元 40 张、10 元 25 张、5 元 50 张。填制现金缴款单（附件 3-9）。

附件 3-9　现金缴款单（回单）

年　月　日

NO. 9136421

款项来源			收款单位	全　称		
解款部门				账　号		
金额		人民币（大写）		十 万 千 百 十 元 角 分		
种类	张数	种类	张数	种类	张数	种类	张数

（表格续）

种类	张数	种类	张数	种类	张数	种类	张数	（银行盖章）
100 元		50 元		10 元		5 元		收款 复核：

⑨ 24 日，收到伟业公司转账支票一张，归还前欠货款 16 000 元。其开户银行为：交通银行；账号：西四分行 428799001。填制银行进账单将款项存入银行（附件 3-10）。

附件 3-10　银行进账单（收账通知）

年　月　日　　　　　　　　第　　号

进出票人	全　称		收款人	全　称		
	账　号			账　号		
	开户银行			开户银行		
金额	人民币（大写）			千 百 十 万 千 百 十 元 角 分		
票据种类						
票据张数				收款人开户行盖章		
单位主管	会计	复核	记账			

⑩ 24 日，电汇 18 000 元支付前欠佳佳公司货款。汇入地点：中国银行上海分行；账号：2596770031。填制电汇凭证（附件 3-11）。

附件 3-11　电汇凭证（回单）

委托日期 年　　月　　日

出票人	全　称		收款人	全　称		
	账　号			账　号		
	开户银行			开户银行		
金额	人民币（大写）			千 百 十 万 千 百 十 元 角 分		
汇款用途： 上款已根据委托办理，如查询，请持回单面洽。				汇出行盖章 年　月　日		

⑪ 25 日，委托银行向三江公司收取货款 24 000 元，该公司开户行：交通银行南通分行；账号：244496181。已到银行办妥委托收款手续，填制委托收款凭证（附件 3-12）。

附3-12　委托收款凭证（回单）

委托日期　　年　　月　　日

汇票人	全　称		收款人	全　称	
	账　号			账　号	
	开户行			开户行	

金额	人民币（大写）				千	百	十	万	千	百	十	元	角	分

内容		委托收款 凭证名称			附寄单 证张数	

备注：	款项收托日期 　　　年　月　日	收款人开户银行盖章 　　　年　月　日

⑫ 26 日，从上海三荣公司购入 B 面料 1 000 米，单价 200 元，增值税税率为 17%，签发一张为期三个月的银行承兑汇票（销货单位地址：四川路 101 号；纳税人登记号：984275192；开户银行及账号：交通上海银行 587594359；电话：8888899）。填制增值税专用发票和银行承兑汇票（附件 3-13、附件 3-14）。

附件 3-13　增值税专用发票

开票日期：　　年 月 日　　　　　　　　　　　　　　　　　上海 NO. 00322688

购货 单位	名　称		纳税人登记号		
	地址、电话		开户银行及账号		

货物或应税 劳务名称	计量 单位	数量	单价	金　额 百 十 万 千 百 十 元 角 分	税率 %	税　额 百 十 万 千 百 十 元 角 分
合　计						

价税合计（大写）	仟 佰 拾 万 仟 佰 拾 元 角 分　¥：

销货 单位	名称		纳税人登记号	
	地址、电话		开户银行及账号	

备　注			

收款人：　　　　　　　　　　　　　　　　开票单位（未盖章无效）

第四联：销货方记账

附件3-14　银行承兑汇票

签发日期　　年　月　日

承兑申请人	全　　称			收款人	全　　称											
	账　　号				账　　号											
	开户银行				开户银行											
金额	人民币（大写）						千	百	十	万	千	百	十	元	角	分
汇票到期日　　年　月　日			承兑协议编号													
备注：									收款人开户行盖章							

⑬ 26日，向银行提交"银行汇票申请书"，办理银行汇票300 000元，用于从三星公司购买材料。三星公司开户行：交通银行上海分行；账号：98346721。填制银行汇票申请书（附件3-15）。

附件3-15　中国银行汇票申请书

申请日期　　年　月　日

申请人		收款人											
账　　号		账　　号											
用　　途		代理付款行											
汇票金额（大写）			千	百	十	万	千	百	十	元	角	分	
备注：		科目_____											
		对方科目 _____											
		会计主管：　　　　　复核：　　　　　经办：											

⑭ 27日，收取职工王飞交来的风险抵押金20 000元。填制收据（附件3-16）。

附件3-16　收　　据

年　月　日　　　　　　　　　　　　　NO. 48368329

今收到 _____
交　来 _____
人民币（大写）_____¥_____
收款人_____　　　交款人_____

4. 某单位会计人员张某在对记账凭证进行审核时，发现其中一张所附的原始凭证为复印件，并且实际金额与记账凭证上金额不一致，经询问得知该原始凭证业务涉及的费用由该单位和另一单位共同承担，原始凭证原件保存在另一单位。请问该单位的做法是否正确？说明理由。

5. 某企业发生下列经济业务。

① 购进甲材料一批, 价值 40 000 元, 材料已验收入库, 增值税税率为 17%, 款项用银行存款支付。

② 财务科科长李某出差借支差旅费 1 000 元, 以现金支付。

③ 销售产品一批, 价款 30 000 元, 增值税税率为 17%, 款项已收存银行。

④ 用现金购进办公用品 150 元, 其中车间使用 50 元, 厂部行政管理部门使用 100 元。

⑤ 李某出差返回, 报销差旅费 870 元, 余款交回现金。

⑥ 发出甲材料 6 000 元, 其中生产产品领用 5 400 元, 车间一般耗用 600 元。

⑦ 收回某公司所欠账款 12 000 元, 存入银行。

⑧ 一批产品完工入库, 总成本 26 000 元。

要求: 根据以上业务判断应编制收款凭证、付款凭证还是转账凭证, 并编制相应的会计分录。

模块四

设置和登记会计账簿

任务1　设置会计账簿

【知识学习目标】
- 了解账簿的概念、种类、格式及其登记基本要求；
- 掌握建账的基本方法。

【能力培养目标】
能为中小企业建账。

【任务要求】
为三友服饰公司开设会计账簿。

 任务准备

1. 会计账簿的概念

会计凭证上所记载的信息具有单一性，彼此缺乏联系，无法完全满足管理上的需要，所以还有必要利用会计账簿对凭证上的原始数据作进一步的归类、加工和整理。会计账簿是继会计凭证之后，记录经济业务的又一重要载体。会计账簿是指由一定格式账面组成的，以经过审核的会计凭证为依据，全面、系统、连续地记录各项经济业务的簿籍。根据《会计法》的规定，各单位应当按照国家统一的会计制度的规定和会计业务的需要设置会计账簿。依法设置会计账簿，是单位进行会计核算的最基本的要求。

设置和登记账簿是会计核算的中心环节，是编制会计报表的基础，是连接会计凭证与会计报表的中间环节，在会计核算中具有十分重要的意义。

① 通过设置和登记账簿，可以记载、储存信息。

② 通过设置和登记账簿，可以为分类、汇总会计信息。

③ 通过设置和登记账簿，可以编报、输出信息。

需要注意的是，账簿和账户既有联系又有区别：账户存在于账簿之中，账簿中的每一账页就是账户的载体，没有账簿，账户就无法存在；账簿记录经济业务是在个别账户中完成

的；账簿是外在形式，账户是其真实内容。因此，设置账簿的依据也是会计科目。

2. 会计账簿的种类

会计账簿可以按下列标准进行分类。

（1）按用途分类

会计账簿按用途分类，可分为序时账、分类账和备查账。

① 序时账又称日记账，是指日记账按照经济业务发生的先后顺序，逐日逐笔登记的账簿。

② 分类账是指对各项经济业务进行分类登记的会计账簿。按反映内容详细程度的不同，分类账又分为总分类账和明细分类账。总分类账简称总账，是根据总分类账户开设的，总括分类记录全部经济业务的账簿；明细分类账简称明细账，是根据明细分类账户开设的，详细记录某一大类中某一小类经济业务增减变化及其结果的账簿。总账与明细账的关系十分密切，总账是所属明细账的概括，对明细账起着控制作用；明细账是总账的详细记录，对总账起着补充的作用。

③ 备查账又称辅助账，是指对某些在日记账和分类账中不能记录但又需要记录的事项进行补充登记的账簿。建立备查账可以对核算与管理提供必要的参考资料，如租入、租出固定资产登记簿、委托加工材料登记簿等。

（2）按外形特征分类

会计账簿按外形特征分类，可分为订本式账簿、活页式账簿和卡片式账簿。

① 订本式账簿是指在账簿启用前将账页固定装订成册的会计账簿。这种账簿可以防止账页的抽换，但不便于分工记账。一般具有统驭性和重要性的账簿，如总分类账、银行存款日记账和库存现金日记账等，都采用订本式账簿。

② 活页式账簿是指在启用和使用过程中，把一定数量的账页置于活页夹内，可根据记账内容多少的变化，随时增加或减少部分账页的会计账簿。这种账簿，有利于分工记账，但账页容易散失和被抽换，适用于各种明细分类账户的登记。

③ 卡片式账簿是指用硬纸印制的特定格式的账卡。这种账卡作为账页不加装订存放于卡片箱中保管，也同样发挥账簿的功能。卡片式账簿适用于财产物资的实物登记，并可以跨年度使用。固定资产登记卡片、低值易耗品登记卡片都属于此类账簿。

（3）按账页格式分类

会计账簿按账页格式分类，可分为两栏式账簿、三栏式账簿、多栏式账簿和数量金额式账簿。

① 两栏式账簿是指只有借方和贷方两个基本金额栏目的账簿。

② 三栏式账簿是指设有借方、贷方、余额三个基本栏目的账簿。这种账页格式适用于只需要进行金额核算的各种日记账、总分类账及资本、债权、债务明细账。三栏式账簿又可分为设对方科目和不设对方科目两种，区别是在摘要栏和借方科目栏之间是否有一栏"对方科目"。

③ 多栏式账簿是指在账户的两个基本栏目借方和贷方下按需要分设若干专栏的账簿。这种账页格式适用于收入、成本、费用等明细账。

④ 数量金额式账簿是指在账簿的借方、贷方、余额三大栏目内又分设数量、单价与金额三小栏的账簿。这种账页格式适用于需要进行财产物资的价值量和实物数量的原材料、库

存商品等明细账。

3. 会计账簿的格式

尽管账簿记录的经济业务不同，其格式也是多种多样，但它们一般都应具备以下基本内容。

① 封面。封面标明单位和账簿名称。

② 扉页。扉页填列账簿启用日期和截止日期，页数、册次，经管登记账簿人员一览表和签章，会计主管人员签章及账户目录等。

③ 账页。账页根据其反映经济业务的不同，具有多种格式，但基本应包括账户名称（一级账户、二级账户或明细账户）、日期栏、凭证种类和编号栏、摘要栏（对经济业务作简要说明）、金额栏（记录经济业务的增减变动和结果）、总页次和分页次等。

不同种类的账簿为了满足记录各种经济业务的要求，其结构内容也不一样。

1）日记账

目前，各单位基于加强对货币资金的管理要求，一般应设置库存现金日记账和银行存款日记账。

库存现金日记账和银行存款日记账是用来连续记录库存现金和银行存款收入来源、支出去向和每日结存金额的序时账簿，通常为三栏式订本式账簿，其账页格式如表 4-1 所示。

表 4-1　银行存款日记账

年		凭证		摘　要	对方科目	收　入							付　出							借或贷	结　余						
月	日	种类	号数			十	万	千	百	十	元	角	分	十	万	千	百	十	元	角	分		十	万	千	百	十	元	角	分

2）总分类账

总分类账简称总账，是按照总分类科目设置的，用于分类、连续地记录和反映企业经济活动总括情况的账簿。总账是编制会计报表的依据，通常为三栏式订本式账簿，其账页格式如表 4-2 所示。

表 4-2　应付账款总账

年		凭证		摘要	对方科目	借方							贷方							借或贷	余　额						
月	日	种类	号数			十	万	千	百	十	元	角	分	十	万	千	百	十	元	角	分		十	万	千	百	十	元	角	分

3）明细分类账

明细分类账简称明细账，是根据总账科目所属的二级科目或明细科目设置的，用于详细记录和反映企业经济活动具体情况的账簿。明细账是总账的明细记录，也是总账的辅助账。通过明细分类账的登记，可以详细地反映各会计要素的增减变化情况及其结果，这对于加强财产物资管理、债权债务的结算及资金使用的监督等起着重要作用。同时，明细分类账也是编制会计报表的重要依据。因此，任何单位都应该根据经营管理的需要，对于那些需要详细分类并逐笔反映其经济业务的财产物资、债权、债务、收入、费用及利润等有关总分类账户应设置各种明细分类账。

（1）三栏式明细分类账

三栏式明细分类账是设有借方、贷方和余额三个栏目，用于分类核算各项经济业务，提供详细核算资料的账簿。三栏式明细分类账适用于只进行金额核算的账户，如"应收账款"、"其他应收款"、"应付账款"、"短期借款"、"实收资本"等账户的明细分类核算，其格式如表4-3所示。

表4-3　应付账款明细账

二级明细科目：
三级明细科目：

年		凭证		摘　要	对方科目	借　方								贷　方								借或贷	余　额							
月	日	种类	号数			十	万	千	百	十	元	角	分	十	万	千	百	十	元	角	分		十	万	千	百	十	元	角	分

（2）多栏式明细分类账

多栏式明细分类账是将属于同一个总账科目的各个明细科目合并在一张账页上进行登记，适用于成本费用和收入类账户的明细核算，如"生产成本"、"制造费用"、"管理费用"、"财务费用"、"销售费用"、"营业外收入"等账户的明细分类核算，其账页格式如表4-4所示。

表4-4　生产成本明细账

产品种类：

年		凭证		摘　要	借　方																														合　计							
					直接材料								直接人工								制造费用																					
月	日	种类	号数		十	万	千	百	十	元	角	分	十	万	千	百	十	元	角	分	十	万	千	百	十	元	角	分	十	万	千	百	十	元	角	分

（3）数量金额式明细分类账

数量金额式明细分类账其借方（收入）、贷方（发出）和余额（结存）都分别设有数量、单价和金额三个专栏，适用于既要进行金额核算又要进行数量核算的账户，如"原材料"、"库存商品"等账户的明细分类核算，其账页格式如表4-5所示。

表4-5 库存商品明细账

类别_____ 编号_____ 规格_____ 单位_____ 最高存量_____ 最低存量_____ 存储地点_____

年		凭证		摘要	收入			发出			结存		
月	日	种类	号数		数量	单价	金额	数量	单价	金额	数量	单价	金额
							十万千百十元角分			十万千百十元角分			十万千百十元角分

4）备查账

备查账簿是在日记账、分类账登记范围之外，对企业某些经济业务进行补充登记的账簿。备查账簿的作用是对序时账簿和分类账簿进行补充说明。它与前面介绍的几种账簿的不同之处是：备查账簿不是根据记账凭证登记的；备查账簿的格式与前面介绍的几种账簿格式不同；备查账簿的登记方式是注重用文字记叙某项经济业务的发生情况，可根据各单位的具体情况和需要设置。其设计方式可以灵活机动、不拘一格。备查账簿的设计，主要包括下列情形。

① 所有权不属于本企业，但暂时由企业使用或代为保管的财产物资，应设计相应的备查账簿，如租入固定资产登记簿、受托加工材料登记簿、代销商品登记簿等。

② 对同一业务需要进行多方面登记的备查账簿，一般适用于大宗、贵重物资，如固定资产保管登记卡、固定资产使用登记卡等。

③ 对某些出于管理上的需要必须予以反映的事项应设置备查簿，如经济合同执行情况记录、贷款还款情况记录、重要空白凭证记录等。

备查账簿的设计如表4-6、表4-7、表4-8和表4-9所示。

表4-6 应收票据备查登记簿

种类	号数	出票日期	出票人	票面金额	到期日期	利率	付款人	承兑人	背书人	贴现			收回		注销	备注
										日期	贴现率	贴现额	日期	金额		

表 4 – 7　租入固定资产登记簿

注册名称	规格	合同号	租出单位	租入日期	租期	租金	使用地点	备注

表 4 – 8　租入固定资产登记簿

固定资产名称及规格	租约合同编号	租出单位名称	租入日期	租金	使用日记		归还日期	备注
					单位	日期		
XPR – 设备	3456 – 56	海河公司	2007 年 3 月 5 日	35 000	二车间	2007 年 3 月 10 日	2007 年 9 月 5 日	

表 4 – 9　委托加工材料登记簿

计量单位：

材料名称	规格	合同号	委托单位	接收数量	成品名称	消耗定额	预计成品量	接收日	加工日	完工日	完工量	交付日期	加工费用	备注

图 4 – 1 是账簿的分类。

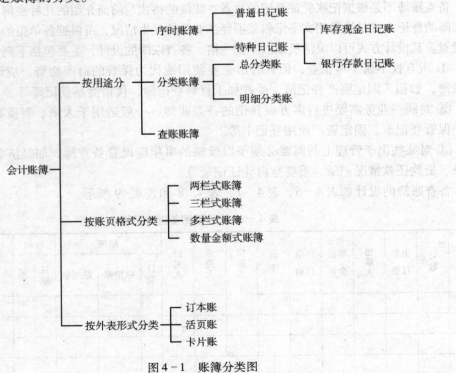

图 4 – 1　账簿分类图

4. 建账

建账就是把企业发生的经济业务按照会计科目所核算的经济内容进行分类，以会计科目为名称在账簿上安排一个位置，即涉及什么科目，就对应地建什么账。

1）建账需要考虑的因素

任何企业，在建账时都要首先考虑以下问题。

① 与企业相适应。企业规模与业务量是成正比的，规模大的企业，业务量大，分工也复杂，会计账簿需要的册数也多。企业规模小，业务量也小，有的企业，一个会计可以处理所有经济业务，设置账簿时就没有必要设置多本账，所有的明细账合成一两本就可以了。

② 依据企业管理需要。建立账簿是为了满足企业管理需要，为管理提供有用的会计信息，所以在建账时以满足管理需要为前提，避免重复设账、记账，也应当避免由于账簿不全而导致无法提供会计信息。

③ 依据账务处理程序。企业业务量大小不同，所采用的账务处理程序也不同。企业一旦选择了账务处理程序，也就选择了账簿的设置。

2）建账工作注意事宜

不同的企业在建账时所需要购置的账簿格式、数量是不相同的，要依照企业规模、经济业务的繁简程度、会计人员多少，采用的核算形式及电子化程度来确定。

会计建账时要做的准备工作一般包括：根据企业的实际情况购置各种账簿，包括总账、明细账、库存现金和银行存款日记账、明细账的封面和装订明细账用的账钉或线绳；还要选购记账凭证、记账凭证封面、装订线、装订工具及需要的办公用品。实行会计电算化的单位，要购置财务软件、计算机、打印机、专用纸张等。

3）以下几种情况需要建账

① 企业刚成立，会计工作从建账开始。建账是从启用账簿开始的。为了确保记录的合规和完整，明确记账责任，每本账簿启用时应在账簿的扉页上填制"账簿启用和经管人员一览表"，详细填明：单位名称、账簿名称、账簿编号、启用日期、账簿页数和会计机构负责人、会计主管人员的姓名，并加盖人名章和单位公章。账簿启用后，应按照税法规定粘贴印花税票。原则上，总账是根据《企业会计准则》规定的统一会计科目中的总分类科目设置的，明细账根据明细分类科目设置，备查账根据企业管理的要求设置。应当注意的是，建账必须结合会计对象的特点，必须符合经济管理的需要，必须坚持统一性和灵活性相结合。

② 在每个会计年度末，年度结账后应更换新账簿。一般情况下，企业的日记账和总分类账必须每年更换一次，大部分明细账也要每年更换新账，部分明细账如固定资产卡片、债权债务明细账等可以继续使用，不必每年更换新账。更换新账簿也是从启用账簿开始，方法同上。开设新账时，如果上下年度会计科目不变，可直接根据上年度账簿的余额，抄列到相应账簿第一行的余额栏中，并在摘要栏内注明"上年结转"字样。如果上下年度会计科目发生变动，则分以下两种情况处理：一是仅是科目名称变化，科目所核算的经济内容不变，则在新旧账簿的摘要栏内分别注明"自上年度××科目转入"和"过入下年度××科目"字样；二是如果科目核算的经济内容变化了，则应编制"新旧会计科目对照表"，然后根据表中分析后的数字开设新账，并将对照表与上年度会计账簿一

并归档保管。

③ 企业成立后相当长一段时间内已发生若干经济业务，但一直未建账核算，分两种情况处理：一是已发生的经济业务的所有票单证等原始凭证齐全，就按照启用账簿—填审凭证—登记账簿—计算损益—财产清查核对账实—编制报表的程序把旧业务集中核算完毕，新业务继续核算；二是票单证等原始凭证不齐全，无法依据原始凭证进行会计核算的，需要做以下工作：对财产物资、债权债务、股东投资进行清点，确定库存现金、银行存款、存货、固定资产、各种应收应付、实收资本等项目的实有数；依据会计恒等式，即资产＝负债＋所有者权益，对清点结果的数据做计算；对不相等的情况，如果能查明原因，可作出调整，对不明原因或不易处理的，暂时挂应收款或以前年度损益调整科目，待有结果了再处理；明确资产、负债，计算所有者权益，根据营业执照和验资报告记录实收资本，推算出"未分配利润"的余额。然后，就可以按各科目实际数据开始建账了。这种情况下最主要的是要把公司现在的各种情况都准确、清楚地记录出来，不能遗漏。

使用账务软件的单位，建账是通过对软件在正式投入使用之前所做的初始设置完成的。

5. 会计账簿的装订

各种会计账簿办理完年度结账后，除跨年使用的账簿外，其他均需整理，妥善保管。

（1）会计账簿装订前的准备工作

会计账簿装订前，首先按会计账簿启用表的使用页数核对各个账户是否相符，账页数是否齐全，序号排列是否连续；然后按会计账簿封面、会计账簿启用表、账户目录、该会计账簿按页数顺序排列的账页、会计账簿装订封底的顺序装订。应该注意的是，会计账簿内容应编好目录，建立索引，贴上相应数额的印花税票。

（2）活页账簿的装订

① 会计账簿在办理完年度结账后，在下一行的摘要栏填写"结转下年"字样，"结转下年"一行下还有空白行，应从右上角至左下角划一条斜线注销。

② 会计账簿在装订前，应按会计账簿启用表的使用页数，核对各个账户账面是否齐全，是否按顺序排列。

③ 活页账簿去空白页后，将本账面数项填写齐全，装订成册。不同规格的活页账不得装订在一起。

④ 会计账簿的装订叠放顺序：会计账簿封面；账簿启用表；账户目录；账簿账页；会计账簿封底。

⑤ 装订后的会计账簿应牢固、平整，不得有折角、掉页现象。

⑥ 会计账簿装订的封口处，应加盖装订人印章。

⑦ 装订后，会计账簿的脊背应平整，并注明所属年度及账簿名称和编号。

⑧ 会计账簿的编号为一年一编，编号顺序为总账、现金日记账、银行存款日记账、明细账、辅助账。会计账簿在使用过程中，应妥善保管。会计账簿的封面颜色，同一年度内力求统一，逐年更换颜色，便于区别年度。这样，在找账查账时就会比较方便。会计账簿内部，应编好账户目录，建立科目索引表。注意贴上相应数额的印花税票。活页账本可以用线绳系起来或活页栓拴起来。

⑨ 会计账簿在过次年后，应将会计账簿装订整齐，活页长要编好科目目录、页码，用线绳系好或用活页栓拴起来，在封面上写明会计账簿的种类、启用单位、启用时间。

在会计账簿的脊背上，同样要写明会计账簿种类、时间。会计业务量小的单位，会计账簿可以不贴口取纸；会计业务量大的单位，会计账簿上应该贴口取纸。可以按一级科目，依账面顺序由前向后、自上而下粘贴。当合起账簿时，全部口取纸应该整齐、均匀，并能够显露出科目名称。最好不要在会计账簿上下两侧贴口取纸，而应在右侧粘贴，以保证会计账簿的整齐、美观和大方。存档时可以戳立放置，以便抽取，如图4-2所示。

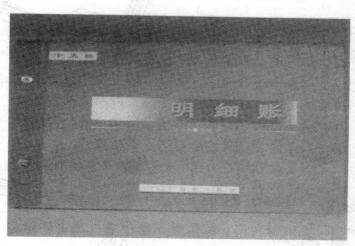

图4-2　会计账簿的装订

⑩ 账簿在使用过程中应妥善保管。

活页账本可以用线绳系起来也可以使用摇夹。下面介绍活页摇夹的使用方法（如图4-3所示）。

① 用摇手插入账簿侧面的孔中，向右旋转，开启摇夹。

② 旋去螺帽，取出簿盖。

③ 将账簿活页装入，可随意装用，最多可装300页。

④ 覆上簿盖，旋上螺帽，再用摇手向左旋转，锁紧摇夹。

以上方法的使用可见图4-3中①和②。活页摇夹的络链条长50 mm，账页在转入取出的过程中，摇手旋转链条时注意账页轧住链条节头，当账页被轧住时，摇手旋转不动，千万不要强旋，用手轻轻摇动链条节头，不使账页轧住，然后开启或锁紧摇夹。

摇夹使用的特点是比较安全，因为账簿摇紧后，其他人员如果没有专门工具，不容易随意抽取、更换账页，从而使账页不易散失；其缺点是成本相对较高。

账簿在过次年后，应装订整齐，活页账要编好科目目录、页码，用线绳系死，然后贴上封皮，在封皮上写明账簿的种类、单位、时间，在账单的脊背上也要写明账簿种类和时间。

实行会计电算化的单位，会计账簿的装订线类似于记账凭证的侧订线。

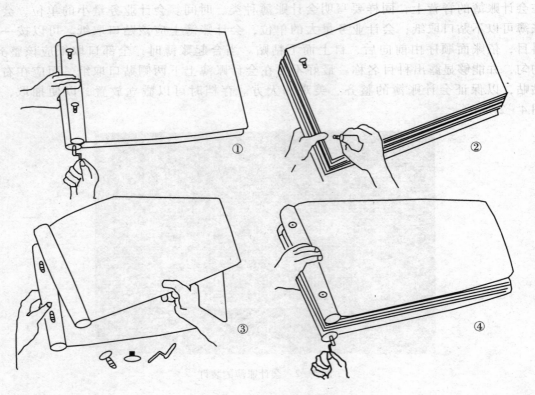

图4-3　活页摇夹使用方法

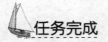 任务完成

　　根据三友服饰公司的基本情况，对2009年9月底的财务状况和10月份发生的经济业务情况，建账如下。

（1）设置日记账

设置库存现金日记账和银行存款日记账。

（2）设置总账

　　根据企业的业务内容和对应的会计科目设置总账。只要是企业涉及的会计科目就要有相应的总账账簿（账页）与之对应。在将总账分页使用时，假如总账账页从第1页到第10页登记库存现金业务，就在第一项注明"库存现金"账户名称，并在总账目录中写清楚P1－P10，若第11页到第20页为银行存款业务，就在第11页上注明"银行存款"账户名称，并在总账目录中写清楚P11－P20，以此类推，总账就建好了。三友服饰公司应设置的总账账户为：库存现金、银行存款、交易性金融资产、应收票据、应收账款、其他应收款、在途物资、原材料、周转材料、库存商品、生产成本、制造费用、固定资产、累计折旧、长期股权投资、短期借款、应付账款、预收账款、应付票据、应付职工薪酬、应付股利、应交税费、其他应付款、实收资本、盈余公积、本年利润、主营业务收入、主营业务成本、其他业务收入、其他业务成本、营业外支出、销售费用、管理费用、财务费用、所得税费用等。

（3）设置明细账

明细分类账是根据企业自身管理需要和外界各部门对企业信息资料的需要来设置的。三友服饰公司应设明细分类账的账户为：在途物资、原材料、周转材料、生产成本、制造费用、库存商品、应收票据、应收账款、其他应收款、固定资产、应付票据、应付账款、预收货款、应付职工薪酬、应交税费、其他应付款、实收资本、利润分配、销售费用、管理费用等。

企业总账的期末余额应与所属明细分类账的期末余额之和相等。

任务2　登记会计账簿

【知识学习目标】
- 熟悉账务处理程序及其登记会计账簿的要求；
- 掌握总账与明细账平行登记的方法和要点；
- 掌握各种账簿的登记方法及对账、结账的方法和要点。

【能力培养目标】
- 熟练登记库存现金日记账和银行存款明细账；
- 熟练登记中小企业总分类账及各种明细分类账。

【任务要求】

根据三友服饰公司2009年10月份发生的经济业务登记各种账簿并结账。

 **任务准备**

1. 登记会计账簿的要求和方法

1) 登记会计账簿的要求

登记账簿是会计核算工作的重要环节，也是会计核算的一项重要基础工作。会计人员应该严肃、认真地做好记账工作，在手工记账时必须遵守一定的规则进行登记。一般要符合以下要求。

① 为了保证账簿记录的正确性，记账必须以经过严格审核的记账凭证为依据。登记会计账簿时，应当将会计凭证日期、编号、业务内容摘要、金额和其他有关资料逐项记入账内，同时在记账凭证上注明所记账簿的页数或划"√"符号，表示已经登记入账，避免重

记、漏记。每笔经济业务登记完毕，记账人员要在记账凭证上签名或者盖章，以明确责任。

② 各种账簿要按页次顺序连续登记，不得跳行、隔页。如果发生隔页、跳行，不得随意涂改，应在空页、空行划红色对角线或注明"此页空白"或"此行空白"字样，并由记账人员签名或盖章。对订本式账簿，不得任意撕毁，对活页式账簿也不得任意抽换账页。

③ 正常记账使用蓝黑墨水。登记账簿要用蓝黑墨水或者碳素墨水书写，不得使用圆珠笔（银行的复写账簿除外）或者铅笔书写。特殊记账使用红墨水。依据财政部会计基础工作规范的规定，下列情况可以用红色墨水记账：按照红字冲账的记账凭证，冲销错误记录；在不设借贷等栏的多栏式账页中，登记减少数；在三栏式账户的余额栏前，如未印明余额方向的，在余额栏内登记负数余额；结账时划线；根据国家统一会计制度的规定可以用红字登记的其他会计记录。账簿中书写的文字和数字一般应占格距的1/2，以便留有改错的空间。

④ 记账凭证和账簿中的会计科目，必须使用全称，不得任意简化，不准使用科目编号代码。

⑤ 凡需结出余额的账户，应当定期结出余额，结出余额后应当在"借或贷"等栏内写明"借"或者"贷"等字样。没有余额的账户，应当在"借或贷"等栏内写"平"字，并在余额栏内用"0"表示。一般来说，对于没有余额的账户，在余额栏内标注的"0"应当放在"元"位。库存现金日记账和银行存款日记账必须每天结出余额。

⑥ 为了保持账簿记录的连续性和衔接性，每一账页登记完毕结转下页时，应当结出本页合计数和余额，写在本页最后一行和下页第一行有关栏内，并在摘要栏内注明"过次页"和"承前页"字样。对"过次页"的本页合计数的计算，一般分三种情况：需要结计本月发生额的账户，结计"过次页"的本页合计数应当为自本月初起至本页末止的发生额合计数；需要结计本年累计发生额的账户，结计"过次页"的本页合计数应当为自年初起至本页末止的累计数；既不需要结计本月发生额也不需要结计本年累计发生额的账户，可以只将每页末的余额结转次页。

⑦ 登记发生错误时，必须按规定方法更正，严禁刮、擦、挖、补或使用化学药物清除字迹。发现差错必须根据差错的具体情况采用划线更正、红字更正、补充登记等方法更正。

2）登记会计账簿的方法

各种会计账簿的结构内容和登记要求不尽一致，登记的方法也就有所不同。

（1）库存现金日记账的登记方法

库存现金日记账由出纳人员根据审核后的记录库存现金收付业务的凭证，按业务发生的时间先后逐日逐笔顺序登记。

① 日期栏。日期栏应根据记账凭证的日期登记。

② 凭证号栏。凭证号栏登记所依据的凭证的种类和编号。

③ 摘要栏。摘要栏说明登记入账的经济业务内容，文字要简明扼要，一般应依据凭证中的摘要登记。

④ 对方科目栏。对方科目栏是库存现金收入的来源科目或付出用途科目。其作用是了解库存现金的来龙去脉，应根据所依据凭证中的对方科目登记。

⑤ 借方栏。借方栏应根据凭证中所列的库存现金借方金额登记。

⑥ 贷方栏。贷方栏应根据凭证中所列的库存现金贷方金额登记。

每日终了库存现金收入和支出都要加计合计数，结出余额，并与实际每日终了库存现金收入和支出的合计数及余额相核对，做到日清日结。如账款不符，应查明原因。

（2）银行存款日记账的登记方法

银行存款日记账的登记方法与库存现金日记账基本相同。一般地，也是由出纳人员根据审核后的记录银行存款收付业务的凭证，逐日逐笔登记。

① 结算凭证栏。结算凭证栏分为种类和号数两个专栏，分别登记结算凭证种类和号码。例如，用转账支票购买材料，在种类栏登记转账支票；在号数栏登记转账支票号码。这样做的目的是便于和银行对账。

② 对方科目栏。对方科目栏登记银行存款收入的来源科目或支出的用途科目。该栏应根据凭证中所列的对方科目登记。

③ 借方、贷方栏。借方、贷方栏登记银行存款实际收、付金额。该栏应根据凭证中所列金额登记。

银行存款日记账和库存现金日记账一样，每日终了时要结出余额。账面记录要与银行定期转来的账单逐笔核对。

（3）总分类账的登记方法

总分类账可以直接根据各种记账凭证逐笔进行登记，也可以将各种记账凭证先汇总编制汇总记账凭证或科目汇总表，再据以登记总分类账。如何登记总分类账，往往取决于企业、单位所采用的账务处理程序。

（4）明细分类账的登记方法

明细分类账是总分类账的明细记录，也是总分类账的辅助账。明细账是根据记账凭证和有关原始凭证逐笔登记的。

2. 账务处理程序

1）账务处理程序概述

（1）账务处理程序的意义

账务处理程序也称会计核算形式、记账程序和会计核算组织程序，是指从经济业务发生、取得或填制原始凭证开始到根据有关账簿记录编制财务会计报告为止的一个会计循环过程中，会计科目、会计凭证、会计账簿、会计报表和账务处理程序相互结合的技术组织方式。不同的记账程序规定了填制会计凭证、登记会计账簿、编制会计报表的不同步骤和方法。但是总的来说，账务处理程序主要涉及凭证组织、账簿组织和记账程序三个方面。

凭证组织是指所运用的会计凭证的种类、格式及不同凭证之间的相互关系。账簿组织是指账簿的种类、格式及各种账簿之间的相互制约关系。凭证组织和账簿组织与记账方法、会计科目的设置有紧密的联系。记账程序是指从填制凭证到登记账簿，最终编制财务会计报告的顺序，它主要反映了凭证和账簿、账簿和财务会计报告之间的相互关系。

因此，账务处理程序的基本模式可以概括为：原始凭证—记账凭证—会计账簿—会计报表。前面所讲的会计科目和账户、会计凭证、会计账簿和财务会计报告等会计核算方法都是通过一定的账务处理程序体现出来的。所以，选择正确、合理的会计账务处理程序，对于实现会计工作的合理化、标准化和科学化，保证会计信息的质量，实现会计目标，提高会计工作的质量和效率，加强会计监督，为正确、及时地编制财务会计报告，提供全面、连续、系统、清晰的会计核算资料，满足企业内外会计信息使用者的需要，更好地完成会计的各项任务具有十分重要的作用。

（2）账务处理程序的要求

选择科学、合理的账务处理程序是组织会计工作、进行会计核算的前提。虽然在实际工作中有不同的账务处理程序，但是它们都应符合以下三个要求。

① 要适合本单位所属行业的特点，即在设计账务处理程序时，要考虑企业自身组织规模的大小、经济业务性质和简繁程度，同时还要有利于会计工作的分工协作和内部控制。

② 要能够正确、及时和完整地提供本单位的各方面会计信息，在保证会计信息质量的前提下，满足本单位各部门、人员和社会各相关行业的信息需要。

③ 账务处理程序还应当力求简化，减少不必要的环节，节约人力、物力和财力，不断地提高会计工作的效率。

（3）账务处理程序的分类

账务处理程序有多种形式，由各单位自主选用或设计。目前，我国各经济单位通常采用的主要账务处理程序有记账凭证账务处理程序、科目汇总表账务处理程序、汇总记账凭证账务处理程序等。上述几种账务处理程序有许多共同之处，也各有特点，这主要表现在登记总账的依据和方法上。

2）记账凭证账务处理程序

记账凭证账务处理程序是直接根据记账凭证登记总账的一种最基本的账务处理程序。其他各种类型的账务处理程序都是在该方法的基础上发展起来的。其主要特点是直接根据记账凭证逐笔登记总账。

在这种核算组织程序下，记账凭证一般采用收款凭证、付款凭证和转账凭证三种格式，也可以采用一种格式的通用记账凭证。账簿应设置库存现金日记账、银行存款日记账、总账和各种明细账。库存现金和银行存款日记账常用三栏式订本账，有外币业务的企业，外币现金和银行存款日记账常用复币式账页。总账一般是三栏式订本账。明细账可根据其重要程度和具体内容选择三栏式、数量金额式或多栏式，在形式上可采用订本式、活页式或卡片式。在报表设置上，对外报送的报表主要根据国家有关会计制度的规定设置资产负债表、利润表和现金流量表，内部报表可根据核算业务的具体内容和管理的要求设置，如成本表、主营业务收入明细表等。

记账凭证账务处理程序如下。

① 根据原始凭证、汇总原始凭证编制记账凭证。

② 根据收款凭证、付款凭证序时逐笔登记现金日记账和银行存款日记账。

③ 根据记账凭证和原始凭证逐笔登记明细分类账。

④ 根据记账凭证逐笔登记总分类账。

⑤ 月末，将各种日记账和明细账的期末余额分别与总分类账有关账户的期末余额相核对。

⑥ 月末，根据核对无误的账簿记录编制会计报表。

记账凭证账务处理的记账程序如图4-4所示。

记账凭证账务处理程序的账簿组织严密，记账程序简单明了，易于操作和掌握。另外，登记总账的直接依据是记账凭证，可以同时起到序时和分类的作用。同时，总分类账能详细反映各类经济业务的发生和完成情况，方便会计核对和查账。但是，由于总分类账是根据记账凭证逐项登记的，所以登记总账的工作量很大，期末对账也不方便。记账凭证账务处理程序一般适用于规模小、业务简单、记账凭证不多的小型企业、行政事业单位。

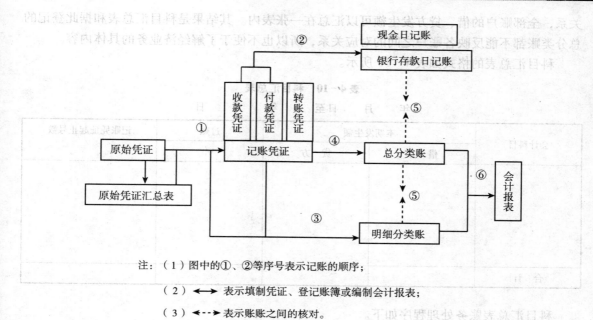

注：（1）图中的①、②等序号表示记账的顺序；

（2）◆──► 表示填制凭证、登记账簿或编制会计报表；

（3）◄--► 表示账账之间的核对。

图4-4　记账凭证账务处理程序的记账程序图

3）科目汇总表账务处理程序

科目汇总表账务处理程序是根据一定会计期间的全部记账凭证，按照其相同的会计科目归类汇总编制科目汇总表，以此登记总分类账的一种运用较为广泛的账务处理程序。其主要特点是：将记账凭证按照会计科目定期归类汇总，编制科目汇总表，然后根据科目汇总表登记总分类账。

在科目汇总表账务处理程序下，记账凭证、现金日记账、银行日记账、总账和各种明细账及报表的设置均与记账凭证账务处理程序相同，只是增加了根据记账凭证编制的科目汇总表。科目汇总表的种类应与记账凭证的种类相适应。总账的登记依据是科目汇总表，现金日记账和银行存款日记账及各种明细账的登记依据则是记账凭证和部分原始凭证。所以，在采用这种账务处理程序时，要特别注意加强各种账簿之间的核对工作，以免由于记账凭证的归类汇总而发生差错。

根据全部记账凭证定期汇总编制科目汇总表的方法是：首先将汇总的全部科目列于表内会计科目栏。为了便于记账，会计科目的排列顺序应尽可能与总账账户的设置顺序一致，然后将相同的会计科目定期汇总其借方发生额和贷方发生额，并填于表内相应科目的相应栏内，最后加总所有会计科目的借方和贷方发生额并计算平衡，计算无误后即可登记总账。

为了防止漏账和便于核对，记账后应将记入总账的页次记入会计科目汇总表的账页栏，或者打"√"作一标记。科目汇总表还应注明汇入记账凭证的种类及起讫号数。

在实际工作中，常以草稿形式，用"T"形账户汇总会计科目的借方发生额和贷方发生额。其具体做法是：先将一个汇总期内记账凭证上记录的各项经济业务，一笔笔过入按照会计科目设置的"T"形账户的借方和贷方，然后分别加计各科目的借方发生额和贷方发生额，同时加计全部账户的借方发生额和贷方发生额，经试算无误后，将各个科目的借方发生额和贷方发生额抄于科目汇总表相应科目的相应栏内。

科目汇总表可以每月汇总1次，编制1张，也可以5天或者10天汇总1次，每月编制1张。

科目汇总表是定期汇总计算每一账户的借方发生额和贷方发生额，并不考虑账户的对应关系，全部账户的借、贷方发生额可以汇总在一张表内。其结果是科目汇总表和据此登记的总分类账都不能反映各账户之间的对应关系，所以也不便于了解经济业务的具体内容。

科目汇总表的格式如表4-10所示。

表4-10 科目汇总表

年 月 日至 年 月 日

会计科目	本期发生额		过账	记账凭证起止号数
	借 方	贷 方	√	
合 计				

科目汇总表账务处理程序如下。

① 根据原始凭证、原始凭证汇总表编制记账凭证。

② 根据收款凭证、付款凭证登记现金日记账和银行存款日记账。

③ 根据原始凭证、原始凭证汇总表和记账凭证登记各种明细账。

④ 根据记账凭证汇总编制科目汇总表。

⑤ 根据科目汇总表定期登记总账。

⑥ 月末，将现金日记账、银行存款日记账和各种明细账与总分类账的期末余额进行核对。

⑦ 月末，根据总分类账和明细分类账编制会计报表。

科目汇总表账务处理程序的记账程序如图4-5和图4-6所示。

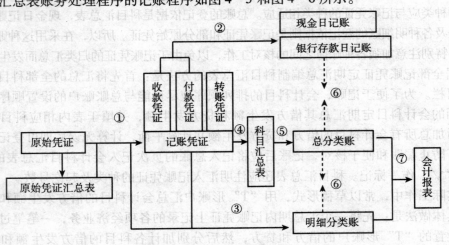

注：（1）图中的①、②等序号表示记账的顺序；

（2）——▶ 表示填制凭证、登记账簿或编制会计报表；

（3）◀--▶ 表示账账之间的核对。

图4-5 科目汇总表账务处理程序的记账程序图（一）

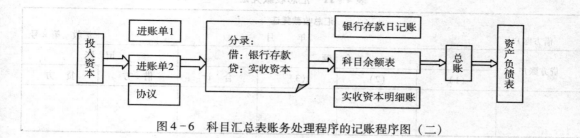

图 4-6　科目汇总表账务处理程序的记账程序图（二）

科目汇总表账务处理程序是根据科目汇总表登记总账的。因此，它和记账凭证账务处理程序相比，简化了总分类账的记账工作，大大减轻了登记总账的工作量。同时，编制科目汇总表还可以对会计科目的借方和贷方发生额进行试算平衡，从而保证了会计核算资料的准确性、可靠性和真实性。另外，科目汇总表的编制也比较简单，记账程序易于掌握。但是按照科目归类编制的科目汇总表只能反映科目的本期借方发生额和本期贷方发生额，不能反映各个科目的对应关系及经济业务的来龙去脉，因而不便于分析、检查经济活动情况，不便于对账。因此，科目汇总表账务处理程序一般适用于规模较大、经济业务量较多、记账凭证较多的企业或者单位。

4）汇总记账凭证账务处理程序

汇总记账凭证账务处理程序是定期将所有记账凭证汇总编制成汇总记账凭证，然后再根据汇总记账凭证登记总分类账的一种账务处理程序。汇总记账凭证核算组织程序与科目汇总表核算组织程序类似，是针对科目汇总表核算组织程序的缺点，加以改进而建立起来的一种核算组织程序。汇总记账凭证是定期以每一账户的借方（或贷方），分别按照与其相对应的贷方（或借方）账户汇总发生额。其结果是，汇总记账凭证和据此登记的总分类账都能反映各账户之间的对应关系，便于了解经济业务的具体内容。其主要特点是：根据各种记账凭证定期编制汇总记账凭证，再根据汇总记账凭证登记总账。

在汇总记账凭证核算组织程序下，一般要求设置收、付、转三种记账凭证，并相应编制汇总收款凭证、汇总付款凭证、汇总转账凭证。账簿和报表设置与记账凭证账务处理程序基本相同，只是总账在格式上一般要求在借方和贷方栏分别设置对方科目一栏，以便更好地反映交易和事项涉及的账户对应关系。

在汇总记账凭证账务处理程序下，汇总记账凭证是登记总账的直接依据。各种日记账和明细分类账则是根据记账凭证登记的，它们和总分类账的登记依据是有区别的。因此，在采用这种账务处理程序的情况下，必须加强日记账和总账、明细账和总账的核对，努力避免因汇总记账凭证而发生差错，导致账账不符的现象。

汇总收款凭证是按照"库存现金"、"银行存款"科目的借方设置，并按照其对应的贷方账户归类汇总，一般为 5 天或者 10 天汇总填制 1 次，每月编制 1 张。月末，结算出汇总收款凭证的合计数，与库存现金、银行存款日记账的本月借方合计数核对无误后，据以登记总账。表 4-11 是汇总收款凭证。

表4-11 汇总收款凭证

			汇总收款凭证				
借方账户:			年 月				汇收 第×号
贷方账户	金 额					记 账	
	(1)	(2)	(3)	合 计		借 方	贷 方

附注:(1) 自_____日至_____日 收款凭证共计_____张
　　　(2) 自_____日至_____日 收款凭证共计_____张
　　　(3) 自_____日至_____日 收款凭证共计_____张

汇总付款凭证按照"库存现金"、"银行存款"科目的贷方设置,并按照其对应的借方账户归类汇总,一般为5天或者10天汇总填制1次,每月编制1张。月末,结算出汇总付款凭证的合计数,与现金、银行存款日记账的本月借方合计数核对无误后,据以登记总账。表4-12是汇总付款凭证。

表4-12 汇总付款凭证

			汇总付款凭证				
贷方账户:			年 月				汇付 第×号
借方账户	金 额					记 账	
	(1)	(2)	(3)	合 计		借 方	贷 方

附注:(1) 自_____日至_____日 付款凭证共计_____张
　　　(2) 自_____日至_____日 付款凭证共计_____张
　　　(3) 自_____日至_____日 付款凭证共计_____张

汇总转账凭证通常是按每一科目的贷方设置,并按相对应的借方科目归类汇总,一般为5天或者10天汇总填制1次,每月编制1张。月末,结算出汇总转账凭证的合计数,登记总账。表4-13是汇总转账凭证。

表4-13 汇总转账凭证

			汇总转账凭证				
贷方账户:			年 月				汇转 第×号
借方账户	金 额					记 账	
	(1)	(2)	(3)	合 计		借 方	贷 方

附注:(1) 自_____日至_____日 转账凭证共计_____张
　　　(2) 自_____日至_____日 转账凭证共计_____张
　　　(3) 自_____日至_____日 转账凭证共计_____张

汇总记账凭证账务处理程序如下。

① 根据原始凭证、原始凭证汇总表编制收款凭证、付款凭证和转账凭证。

② 根据收款凭证、付款凭证登记现金日记账和银行存款日记账。

③ 根据原始凭证、原始凭证汇总表和各种记账凭证登记各种明细账。

④ 根据各种记账凭证编制汇总收款凭证、汇总付款凭证和汇总转账凭证。

⑤ 根据汇总记账凭证定期登记总账。

⑥ 月末，将现金日记账、银行存款日记账和各种明细账与总分类账的期末余额进行核对。

⑦ 月末，根据总分类账和明细分类账编制会计报表。

汇总记账凭证账务处理程序的记账程序如图4-7所示。

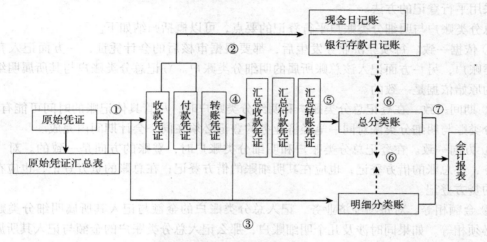

注：（1）图中的①、②等序号表示记账的顺序；

（2）←→表示填制凭证、登记账簿或编制会计报表；

（3）←--→表示账账之间的核对。

图4-7　汇总记账凭证账务处理程序的记账程序图

汇总记账凭证账务处理程序是在记账凭证账务处理程序的基础上发展起来的，是一种应用较为广泛的账务处理程序。由于在汇总记账凭证账务处理程序中，总分类账是根据汇总记账凭证于月终一次登记的，所以它与记账凭证账务处理程序相比，可以将日常发生的大量记账凭证分散在平时整理，通过汇总归类，月末一次计入总分类账，在一定程度上简化了总分类账的记账工作，为及时编制会计报表提供了方便。由于汇总记账凭证是按照科目的对应关系归类汇总编制的，所以能够明确地反映账户间的对应关系，便于经常分析检查经济活动的发生情况。但是，由于这种账务处理程序在编制汇总转账凭证时，汇总记账凭证按每一个贷方科目归类汇总，不考虑经济业务的性质，不利于会计核算工作的分工，而且编制汇总记账凭证的工作量也较大。因此，汇总记账凭证账务处理程序一般适用于业务量较大、记账凭证较多的企业或单位。

3. 总账和明细账的平行登记

所谓平行登记，是指经济业务发生后，根据会计凭证在登记总分类账的同时，也要登记总分类账户所属的有关明细分类账户，且二者的记账依据、期间、借贷方向和金额完全一致。

总分类账户和明细分类账户都是分类账户，但总分类账户是提供总括分类的核算资料的账户，明细分类账户是提供各种具体的、详细的分类核算资料的账户，因此总分类账户和明细分类账户所记录的经济业务内容是相同的，所不同的只是提供核算资料有详细程度的差别。可见，总分类账户与其所属的明细分类账户的关系是：总分类账户提供的总括核算资料对明细分类账户起着统驭作用，每一个总分类账户对其所属的明细分类账户进行综合和控制；而明细分类账户提供的详细核算资料，对总分类账户则起着补充说明的作用，每一个明细分类账户是对总账核算内容的必要补充。

根据总分类账户与其所属的明细分类账户之间的上述关系，在会计核算中，为了便于进行账户记录的核对，保证核算资料的完整性和正确性，总分类账户与其所属的明细分类账户必须采用平行登记的方法。

总分类账户与明细分类账户平行登记的要点，可以概括归纳如下。

① 依据一致。每项经济业务发生后，都要根据审核后的会计凭证，一方面记入有关的总分类账户，另一方面记入该总账所属的明细分类账户。登记总分类账户与其所属明细分类账户的原始依据是一致的。

② 期间一致。在登记总分类账户和明细分类账户时，尽管具体记账的时间可能有差别，但总分类账与明细分类账对同一笔经济业务的登记必须在同一会计期间内完成。

③ 方向一致。在登记总分类账户和明细分类账户时，登账的方向是一致的。对一项经济业务，在总账的借方登记，也应在其明细账的借方登记；在总账的贷方登记，也应在其明细账的贷方登记。

④ 金额相等。对每项经济业务，记入总分类账户的金额与记入其所属明细分类账户的金额必须相等。如果同时涉及几个明细账户，那么记入总分类账户的金额与记入其所属的几个明细分类账户的金额之和必须相等。

4. 对账

对账就是核对账簿记录，它是会计核算的一项重要内容。企业要建立定期的对账制度，在结账前和结账过程中，把账簿记录的数字核对清楚，做到账证相符、账账相符、账物相符和账款相符。

（1）账证核对

账证核对是指将账簿记录与原始凭证、记账凭证的时间、凭证字号、内容、金额相核对。

（2）账账核对

账账核对是指核对不同账簿之间有关数字应该核对相符，主要包括以下内容。

① 所有总账账户的借方余额合计数应与贷方余额合计数相符。

② 总分类账中"库存现金"、"银行存款"账户的余额数应同相对应的日记账余额数相符。

③ 所有总账账户的月末余额与所属明细分类账户月末余额之和核对相符。

④ 会计部门有关财产物资的明细分类账余额，与财产物资保管部门或使用部门相应的明细账核对相符。

（3）账实核对

账实核对包括账物核对、账款核对。账物核对是指各种财产物资明细账的结存量应定期同实存量核对相符。账款核对是指各种货币资金和结算款项的账面余额与实存数核对相符，主要包括：库存现金日记账的账面余额应同库存现金的实际库存数每日核对相符；银行存款日记账账面余额应同银行对账单核对相符，每月至少核对一次；各种应收、应付款项等明细账各账户的余额，应定期与有关单位或个人核对相符。上述账实（账物、账款）核对工作中，结算款项一般利用对账单的形式进行核对，各种财产物资一般通过财产清查进行核对。

5. 结账

结账就是把一定时期内发生的经济业务在全部登记入账的基础上，将各种账簿记录总结出"本期发生额"和"期末余额"，然后编制会计报表。为了总结某一会计期间（如月度和年度）的经营活动情况，必须定期进行结账。

结账的具体做法如下。

① 在结账前，应先检查本期所发生的各类经济业务是否都已填制会计凭证并登记入账。对已经发生的债权、债务、所有者权益、费用，已实现的收入，已完工的产品成本，已查明的财产物资的盘盈、盘亏等，都应在结账前全部登记入账。为了准确计算当期经营成果和成本，企业应当采取权责发生制原则进行处理，

② 按会计制度规定和成本计算要求，结转各收入、成果账户和费用、成本账户，计算本期的产品生产成本、成本和期间费用，并确定本期的财务成果及按国家税法和有关规定，结转本年利润及利润分配账户。

③ 经过上述账务处理后，分别结出各种日记账、总分类账、明细分类账的本期发生额和期末余额，并按规定在账簿上作出结账手续。

④ 月度结账时，在各账户的最后一笔数字下结出本月借、贷方发生额和期末余额，在摘要栏注明"本月发生额及期末余额"字样，并在数字的上端和下端各划一根红线。对需要逐月结转累计发生额的账户，在计算本月发生额及期末余额后应在下一行增加"本年累计发生额"，然后再在数字下端划一红线。年度结账时，应将全年发生额的合计数填制于12月份结账记录的下面，在摘要栏内注明"全年发生额及年末余额"字样，并在数字下端划双红线，表示"封账"。年度结账后，根据各账户的年末余额，过入新账簿，结转下年度，如表 4-14 和表 4-15 所示。

表 4-14　年结事例（1）

20××年		凭　证		摘　　要	对方科目	借　　方	贷　　方	借或贷	余　　额
月	日	字	号						
				本年累计		10 000	5 000	借	5 000
12	31			结转下年			5 000	平	0
									0

表 4-15　年结事例（2）

20××年		凭　证		摘　　要	对方科目	借　　方	贷　　方	借或贷	余　　额
月	日	字	号						
1	1			上年结转				借	5 000

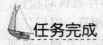

任务完成

假设三友服饰公司采用科目汇总表（见表4-16）账务核算程序，根据前述三友服饰公司已设置的账户，登记2009年10月初余额，根据10月份会计凭证登记各种账簿并结账，结果如表4-16至表4-54所示。

表4-16　科目汇总表

2009年10月1日至2009年10月31日

编号：科汇1号　凭证号数：第1号至第35号

会计科目	期初余额		本期发生额		期末余额	
	借方	贷方	借方	贷方	借方	贷方
库存现金	1 925.63		121 020	122 081	864.63	
银行存款	268 288.95		282 340	369 054	181 574.95	
交易性金融资产	100 000				100 000	
应收票据	130 000		100 000	100 000	130 000	
应收账款	366 840		27 000	90 000	303 840	
其他应收款	4 500		1 500	4 500	1 500	
在途物资	32 000		201 200	233 200	—	
原材料	169 000		233 200	33 120	369 080	
周转材料	3 000			1 500	1 500	
生产成本	26 810		197 260	100 005.27	124 064.73	
制造费用			72 940	72 940	—	
库存商品	50 000		10 0005.27	10 0005.27	50 000	
长期股权投资	30 000				30 000	
固定资产	2 580 000		5 000		2 585 000	
累计折旧		120 000		38 200		158 200
短期借款		150 000				150 000
应付票据		102 000	102 000	234 000		234 000
应付账款		65 000	20 000			45 000
预收账款		80 000	40 400			39 600
应付职工薪酬		13 570	120 511	138 200		31259
其他应付款		3 000				3000
应付股利		90 000	60 000	16 139.51		46 139.51
应交税费		28 050	62 254	56 026.38		21 822.38
实收资本		2 500 000				2 500 000
盈余公积		81 046		5 739.84		86 785.84
本年利润			222 000	222 000		
利润分配		529 698.58	21 879.35	53 798.35		561 617.58
主营业务收入			220 000	220 000		
主营业务成本			100 005.27	100 005.27		
其他业务收入			2 000	2 000		
其他业务成本			1 500	1 500		
营业税金及附加			353.60	353.60		
销售费用			8 000	8 000		
管理费用			34 410	34 410		
财务费用			6 000	6 000		
所得税费用			17 932.78	17 932.78		
合　　计	3 762 364.58	3 762 364.58	2 380 711.27	2 380 711.27	3 877 424.31	3 877 424.31

财会主管：　　　　记账：　　　　复核：　　　　制表：

表4-17 账簿启用及接交表

机构名称	三友服饰公司							印鉴		
账簿名称	总账　　　（第　　册）									
账簿编号										
账簿页数	本账簿共计36页（本账簿页数检点人签章）									
启用日期	公元2009年1月1日									

经管人员	负责人		主管会计		复核		记账	
	姓名	签章	姓名	签章	姓名	签章	姓名	签章
								张君

接交记录	经管人员		接管				交出			
	职别	姓名	年	月	日	签章	年	月	日	签章
备注										

表4-18 目　录

编号	账户	页码	编号	账户	页码	编号	账户	页码
	库存现金	1		其他应付款	21			
	银行存款	2		应付股利	22			
	交易性金融资产	3		应交税费	23			
	应收票据	4		实收资本	24			
	应收账款	5		盈余公积	25			
	其他应收账款	6		利润分配	26			
	在途物资	7		本年利润	27			
	原材料	8		主营业务收入	28			
	周转材料	9		主营业务成本	29			
	生产成本	10		其他业务收入	30			
	制造费用	11		其他业务成本	31			
	库存商品	12		营业税金及附加	32			
	长期股权投资	13		销售费用	33			
	固定资产	14		管理费用	34			
	累计折旧	15		财务费用	35			
	短期借款	16		所得税费用	36			
	应付票据	17						
	应付账款	18						
	预收账款	19						
	应付职工薪酬	20						

表 4-19　库存现金　　1

2009年 月	日	凭证 种类	号数	摘要	借方	贷方	借/贷	余额
1	1			年初余额			借	257 38
9	30			（1～9月）略			借	1925 63
10	31	科汇	1	本月1～35#汇总	121020 00	122081 00	借	864 63
				本月发生额合计	121020 00	122081 00		

表 4-20　银行存款　　2

2009年 月	日	凭证 种类	号数	摘要	借方	贷方	借/贷	余额
1	1			年初余额			借	110573 89
9	30			（1～9月）略			借	268288 95
10	31	科汇	1	本月1～35#汇总	282340 00	369054 00	借	181574 95
				本月发生额合计	282340 00	369054 00		

表 4-21　交易性金融资产　　3

2009年 月	日	凭证 种类	号数	摘要	借方	贷方	借/贷	余额
1	1			年初余额			借	100000 00
9	30			（1～9月）略			借	100000 00

表 4-22　应收票据　　4

2009年 月	日	凭证 种类	号数	摘要	借方	贷方	借/贷	余额
1	1			年初余额			借	130000 00
9	30			（1～9月）略			借	130000 00
10	31	科汇	1	本月1～35#汇总	100000 00	100000 00	借	130000 00
				本月发生额合计	100000 00	100000 00		

表 4-23　应收账款　　5

2009年 月	日	凭证 种类	号数	摘要	借方	贷方	借/贷	余额
1	1			年初余额			借	300000 00
9	30			（1～9月）略			借	366840 00
10	31	科汇	1	本月1～35#汇总	27000 00	90000 00	借	303840 00
				本月发生额合计	27000 00	90000 00		

表4-24 其他应收账款 6

2009年		凭证		摘要	借方											贷方											借/贷	余额										
月	日	种类	号数		千	百	十	万	千	百	十	元	角	分	√	千	百	十	万	千	百	十	元	角	分	√		千	百	十	万	千	百	十	元	角	分	√
1	1			年初余额																							平							–	0	–	–	
9	30			（1~9月）略																							借					4	5	0	0	0	0	
10	31	科汇	1	本月1~35#汇总					1	5	0	0	0	0						4	5	0	0	0	0		借					1	5	0	0	0	0	
				本月发生额合计					1	5	0	0	0	0						4	5	0	0	0	0													

表4-25 在途物资 7

2009年		凭证		摘要	借方											贷方											借/贷	余额										
月	日	种类	号数		千	百	十	万	千	百	十	元	角	分	√	千	百	十	万	千	百	十	元	角	分	√		千	百	十	万	千	百	十	元	角	分	√
1	1			年初余额																							平							–	0	–	–	
9	30			（1~9月）略																							借					3	2	0	0	0	0	
10	31	科汇	1	本月1~35#汇总			2	0	1	2	0	0	0	0				2	3	3	2	0	0	0	0	平							–	0	–	–	
				本月发生额合计			2	0	1	2	0	0	0	0				2	3	3	2	0	0	0	0												

表4-26 原材料 8

2009年		凭证		摘要	借方											贷方											借/贷	余额										
月	日	种类	号数		千	百	十	万	千	百	十	元	角	分	√	千	百	十	万	千	百	十	元	角	分	√		千	百	十	万	千	百	十	元	角	分	√
1	1			年初余额																							借				1	5	0	0	0	0	0	
9	30			（1~9月）略																							借			1	6	9	0	0	0	0	0	
10	31	科汇	1	本月1~35#汇总			2	3	3	2	0	0	0	0					3	3	1	2	0	0	0		借			3	6	9	0	8	0	0	0	
				本月发生额合计			2	3	3	2	0	0	0	0					3	3	1	2	0	0	0												

表4-27 周转材料 9

2009年		凭证		摘要	借方											贷方											借/贷	余额										
月	日	种类	号数		千	百	十	万	千	百	十	元	角	分	√	千	百	十	万	千	百	十	元	角	分	√		千	百	十	万	千	百	十	元	角	分	√
1	1			年初余额																							借					3	0	0	0	0	0	
9	30			（1~9月）略																							借					3	0	0	0	0	0	
10	31	科汇	1	本月1~35#汇总																1	5	0	0	0	0		借					1	5	0	0	0	0	
				本月发生额合计																1	5	0	0	0	0												

表4-28 生产成本 10

2009年		凭证		摘要	借方											贷方											借/贷	余额										
月	日	种类	号数		千	百	十	万	千	百	十	元	角	分	√	千	百	十	万	千	百	十	元	角	分	√		千	百	十	万	千	百	十	元	角	分	√
1	1			年初余额																							借					4	3	0	0	0	0	
9	30			（1~9月）略																							借				2	6	8	1	0	0	0	
10	31	科汇	1	本月1~35#汇总			1	9	7	2	6	0	0	0				1	0	0	0	0	5	2	7		借			1	2	4	0	6	4	7	3	
				本月发生额合计			1	9	7	2	6	0	0	0				1	0	0	0	0	5	2	7												

表4-29　制造费用　　11

月	日	种类	号数	摘要	借方 千	百	十	万	千	百	十	元	角	分	√	贷方 千	百	十	万	千	百	十	元	角	分	√	借/贷	余额 千	百	十	万	千	百	十	元	角	分	√
1	1			年初余额																							平							-	0	-	-	
9	30			(1~9月)略																							平							-	0	-	-	
10	31	科汇	1	本月1~35#汇总				7	2	9	4	0	0	0					7	2	9	4	0	0	0		平							-	0	-	-	
				本月发生额合计																																		

表4-30　库存商品　　12

月	日	种类	号数	摘要	借方 千	百	十	万	千	百	十	元	角	分	√	贷方 千	百	十	万	千	百	十	元	角	分	√	借/贷	余额 千	百	十	万	千	百	十	元	角	分	√
1	1			年初余额																							借				5	0	0	0	0	0	0	
9	30			(1~9月)略																							借				5	0	0	0	0	0	0	
10	31	科汇	1	本月1~35#汇总			1	0	0	0	0	5	2	7				1	0	0	0	0	5	2	7		借				5	0	0	0	0	0	0	
				本月发生额合计			1	0	0	0	0	5	2	7				1	0	0	0	0	5	2	7													

表4-31　长期股权投资　　13

月	日	种类	号数	摘要	借方 千	百	十	万	千	百	十	元	角	分	√	贷方 千	百	十	万	千	百	十	元	角	分	√	借/贷	余额 千	百	十	万	千	百	十	元	角	分	√
1	1			年初余额																							借				3	0	0	0	0	0	0	
9	30			(1~9月)略																							借				3	0	0	0	0	0	0	

表4-32　固定资产　　14

月	日	种类	号数	摘要	借方 千	百	十	万	千	百	十	元	角	分	√	贷方 千	百	十	万	千	百	十	元	角	分	√	借/贷	余额 千	百	十	万	千	百	十	元	角	分	√
1	1			年初余额																							借		2	5	8	0	0	0	0	0	0	
10	31	科汇	1	本月1~35#汇总					5	0	0	0	0	0													借		2	5	8	5	0	0	0	0	0	
				本月发生额合计					5	0	0	0	0	0																								

表4-33　累计折旧　　15

月	日	种类	号数	摘要	借方 千	百	十	万	千	百	十	元	角	分	√	贷方 千	百	十	万	千	百	十	元	角	分	√	借/贷	余额 千	百	十	万	千	百	十	元	角	分	√
1	1			年初余额																							贷				9	4	5	0	0	0	0	
9	30			(1~9月)略																							贷			1	2	0	0	0	0	0	0	
10	31	科汇	1	本月1~35#汇总															3	8	2	0	0	0	0		贷			1	5	8	2	0	0	0	0	
				本月发生额合计																3	8	2	0	0	0	0													

表 4-34　短期借款　　16

2009年 月	日	凭证 种类	号数	摘要	借方 千百十万千百十元角分√	贷方 千百十万千百十元角分√	借/贷	余额 千百十万千百十元角分√
1	1			年初余额			贷	1 5 0 0 0 0 0 0 0

表 4-35　应付票据　　17

2009年 月	日	凭证 种类	号数	摘要	借方 千百十万千百十元角分√	贷方 千百十万千百十元角分√	借/贷	余额 千百十万千百十元角分√
1	1			年初余额			贷	1 0 2 0 0 0 0 0 0
9	30			（1～9月）略			贷	1 0 2 0 0 0 0 0 0
10	31	科汇	1	本月1～35#汇总	1 0 2 0 0 0 0 0 0	2 3 4 0 0 0 0 0	贷	2 3 4 0 0 0 0 0
				本月发生额合计	1 0 2 0 0 0 0 0 0	2 3 4 0 0 0 0 0		

表 4-36　应付账款　　18

2009年 月	日	凭证 种类	号数	摘要	借方 千百十万千百十元角分√	贷方 千百十万千百十元角分√	借/贷	余额 千百十万千百十元角分√
1	1			年初余额			贷	6 7 0 0 0 0 0
9	30			（1～9月）略			贷	6 5 0 0 0 0 0
10	31	科汇	1	本月1～35#汇总	2 0 0 0 0 0 0		贷	4 5 0 0 0 0 0
				本月发生额合计	2 0 0 0 0 0 0			

表 4-37　预收账款　　19

2009年 月	日	凭证 种类	号数	摘要	借方 千百十万千百十元角分√	贷方 千百十万千百十元角分√	借/贷	余额 千百十万千百十元角分√
1	1			年初余额			贷	8 0 0 0 0 0 0
9	30			（1～9月）略			贷	8 0 0 0 0 0 0
10	31	科汇	1	本月1～35#汇总	4 0 4 0 0 0 0		贷	3 9 6 0 0 0 0
				本月发生额合计	4 0 4 0 0 0 0			

表 4-38　应付职工薪酬　　20

2009年 月	日	凭证 种类	号数	摘要	借方 千百十万千百十元角分√	贷方 千百十万千百十元角分√	借/贷	余额 千百十万千百十元角分√
1	1			年初余额			贷	8 7 0 0 0 0
9	30			（1～9月）略			贷	1 3 5 7 0 0 0
10	31	科汇	1	本月1～35#汇总	1 2 0 5 1 1 0 0	1 3 8 2 0 0 0 0	贷	3 1 2 5 9 0 0
				本月发生额合计	1 2 0 5 1 1 0 0	1 3 8 2 0 0 0 0		

表4-39　其他应付款　　21

借方 / 贷方 / 余额 各栏均为：千 百 十 万 千 百 十 元 角 分 √

月	日	种类	号数	摘要	千	百	十	万	千	百	十	元	角	分	√	千	百	十	万	千	百	十	元	角	分	√	借/贷	千	百	十	万	千	百	十	元	角	分	√
1	1			年初余额																							贷					3	0	0	0	0	0	

表4-40　应付股利　　22

借方 / 贷方 / 余额 各栏均为：千 百 十 万 千 百 十 元 角 分 √

月	日	种类	号数	摘要	千	百	十	万	千	百	十	元	角	分	√	千	百	十	万	千	百	十	元	角	分	√	借/贷	千	百	十	万	千	百	十	元	角	分	√
1	1			年初余额																							贷				2	9	0	0	0	0	0	
9	30			（1~9月）略																							贷				9	0	0	0	0	0	0	
10	31	科汇	1	本月1~35#汇总			6	0	0	0	0	0	0	0					1	6	1	3	9	5	1		贷				4	6	1	3	9	5	1	
				本月发生额合计			6	0	0	0	0	0	0	0					1	6	1	3	9	5	1													

表4-41　应交税费　　23

借方 / 贷方 / 余额 各栏均为：千 百 十 万 千 百 十 元 角 分 √

月	日	种类	号数	摘要	千	百	十	万	千	百	十	元	角	分	√	千	百	十	万	千	百	十	元	角	分	√	借/贷	千	百	十	万	千	百	十	元	角	分	√
1	1			年初余额																							贷					1	1	0	0	0	0	
9	30			（1~9月）略																							贷				2	8	0	5	0	0	0	
10	31	科汇	1	本月1~35#汇总				5	0	2	5	4	0	0					5	6	0	2	6	3	8		贷				2	1	8	2	2	3	8	
				本月发生额合计				5	0	2	5	4	0	0					5	6	0	2	6	3	8													

表4-42　实收资本　　24

借方 / 贷方 / 余额 各栏均为：千 百 十 万 千 百 十 元 角 分 √

月	日	种类	号数	摘要	千	百	十	万	千	百	十	元	角	分	√	千	百	十	万	千	百	十	元	角	分	√	借/贷	千	百	十	万	千	百	十	元	角	分	√
1	1			年初余额																							贷	2	5	0	0	0	0	0	0	0	0	

表4-43　盈余公积　　25

借方 / 贷方 / 余额 各栏均为：千 百 十 万 千 百 十 元 角 分 √

月	日	种类	号数	摘要	千	百	十	万	千	百	十	元	角	分	√	千	百	十	万	千	百	十	元	角	分	√	借/贷	千	百	十	万	千	百	十	元	角	分	√
1	1			年初余额																							贷				6	5	3	4	7	1	7	
9	30			（1~9月）略																							贷				8	1	0	4	6	0	0	
10	31	科汇	1	本月1~35#汇总																5	7	3	9	8	4		贷				8	6	7	8	5	8	4	
				本月发生额合计																	5	7	3	9	8	4													

表4－44　利润分配　26

2009年 月	日	凭证 种类	号数	摘要	借方 千	百	十	万	千	百	十	元	角	分	√	贷方 千	百	十	万	千	百	十	元	角	分	√	借/贷	余额 千	百	十	万	千	百	十	元	角	分	√
1	1			年初余额																							贷			2	6	4	5	8	4	1	0	
9	30			（1～9）略																							贷			5	2	9	6	9	8	5	8	
10	31	科汇	1	本月1～35#汇总					2	1	8	7	9	3	5					5	3	7	9	8	3	5	贷			5	6	1	6	1	7	5	8	
				本月发生额合计					2	1	8	7	9	3	5					5	3	7	9	8	3	5												

表4－45　本年利润　27

2009年 月	日	凭证 种类	号数	摘要	借方 千	百	十	万	千	百	十	元	角	分	√	贷方 千	百	十	万	千	百	十	元	角	分	√	借/贷	余额 千	百	十	万	千	百	十	元	角	分	√
1	1			年初余额																							平							−0−−				
9	30			（1～9月）略																							平							−0−−				
10	31	科汇	1	本月1～35#汇总			2	2	2	0	0	0	0	0	0			2	2	2	0	0	0	0	0	0	平							−0−−				
				本月发生额合计			2	2	2	0	0	0	0	0	0			2	2	2	0	0	0	0	0	0												

表4－46　主营业务收入　28

2009年 月	日	凭证 种类	号数	摘要	借方 千	百	十	万	千	百	十	元	角	分	√	贷方 千	百	十	万	千	百	十	元	角	分	√	借/贷	余额 千	百	十	万	千	百	十	元	角	分	√
1	1			年初余额																							平							−0−−				
9	30			（1～9月）略																							平							−0−−				
10	31	科汇	1	本月1～35#汇总			2	2	0	0	0	0	0	0	0			2	2	0	0	0	0	0	0	0	平							−0−−				
				本月发生额合计			2	2	0	0	0	0	0	0	0			2	2	0	0	0	0	0	0	0												

表4－47　主营业务成本　29

2009年 月	日	凭证 种类	号数	摘要	借方 千	百	十	万	千	百	十	元	角	分	√	贷方 千	百	十	万	千	百	十	元	角	分	√	借/贷	余额 千	百	十	万	千	百	十	元	角	分	√
1	1			年初余额																							平							−0−−				
9	30			（1～9月）略																							平							−0−−				
10	31	科汇	1	本月1～35#汇总			1	0	0	0	0	0	5	2	7			1	0	0	0	0	0	5	2	7	平							−0−				
				本月发生额合计			1	0	0	0	0	0	5	2	7			1	0	0	0	0	0	5	2	7												

表4－48　其他业务收入　30

2009年 月	日	凭证 种类	号数	摘要	借方 千	百	十	万	千	百	十	元	角	分	√	贷方 千	百	十	万	千	百	十	元	角	分	√	借/贷	余额 千	百	十	万	千	百	十	元	角	分	√
1	1			年初余额																							平							−0−−				
9	30			（1～9月）略																							平							−0−−				
10	31	科汇	1	本月1～35#汇总					2	0	0	0	0	0	0					2	0	0	0	0	0	0	平							−0−−				
				本月发生额合计					2	0	0	0	0	0	0					2	0	0	0	0	0	0												

表4-49　其他业务成本　　31

2009年		凭证		摘要	借方	贷方	借/贷	余额
月	日	种类	号数		千百十万千百十元角分√	千百十万千百十元角分√		千百十万千百十元角分√
1	1			年初余额			平	－0－－
9	30			（1～9月）略			平	－0－－
10	31	科汇	1	本月1～35#汇总	150000	150000	平	－0－－
				本月发生额合计	150000	150000		

表4-50　营业税金及附加　　32

2009年		凭证		摘要	借方	贷方	借/贷	余额
月	日	种类	号数		千百十万千百十元角分√	千百十万千百十元角分√		千百十万千百十元角分√
1	1			年初余额			平	－0－－
9	30			（1～9月）略			平	－0－－
10	31	科汇	1	本月1～35#汇总	35360	35360	平	－0－－
				本月发生额合计	35360	35360		

表4-51　销售费用　　33

2009年		凭证		摘要	借方	贷方	借/贷	余额
月	日	种类	号数		千百十万千百十元角分√	千百十万千百十元角分√		千百十万千百十元角分√
1	1			年初余额			平	－0－－
9	30			（1～9月）略			平	－0－－
10	31	科汇	1	本月1～35#汇总	800000	800000	平	－0－－
				本月发生额合计	800000	800000		

表4-52　管理费用　　34

2009年		凭证		摘要	借方	贷方	借/贷	余额
月	日	种类	号数		千百十万千百十元角分√	千百十万千百十元角分√		千百十万千百十元角分√
1	1			年初余额			平	－0－－
9	30			（1～9月）略			平	－0－－
10	31	科汇	1	本月1～35#汇总	344100	344100	平	－0－－
				本月发生额合计	344100	344100		

表4-53　财务费用　　35

2009年		凭证		摘要	借方	贷方	借/贷	余额
月	日	种类	号数		千百十万千百十元角分√	千百十万千百十元角分√		千百十万千百十元角分√
1	1			年初余额			平	－0－－
9	30			（1～9月）略			平	－0－－
10	31	科汇	1	本月1～35#汇总	600000	600000	平	－0－－
				本月发生额合计	600000	600000		

表4-54 所得税费用 36

2009年 月	日	凭证 种类	号数	摘要	借方 千百十万千百十元角分√	贷方 千百十万千百十元角分√	借/贷	余额 千百十万千百十元角分√
1	1			年初余额			平	-0--
9	30			(1~9月)略			平	-0--
10	31	科汇	1	本月1~35#汇总	1 7 9 3 2 7 8	1 7 9 3 2 7 8	平	-0--
				本月发生额合计	1 7 9 3 2 7 8	1 7 9 3 2 7 8		

日记账账户账页见表4-55~表4-57,明细账账户账页见表4-58~表4-127。

表4-55 库存现金日记账 1

2009年 月	日	凭证 种类	号数	摘要	对方科目	借方 百十万千百十元角分√	贷方 百十万千百十元角分√	借/贷	余额 百十万千百十元角分√
1	1			年初余额				借	2 5 7 3 8
9				(1~9月)略				借	1 9 2 5 6 3
10	2		1	报办公费	管理费用		1 1 0 0 0 0	借	8 1 5 6 3
10	4		3	周建芬出差结账	其他应收款	1 0 2 0 0 0		借	1 8 3 5 6 3
10	8	11	1/3	提现	银行存款	1 2 0 0 0 0 0 0		借	1 2 1 8 3 5 6 3
10	8	11	2/3	发工资	应付职工薪酬		1 2 0 0 0 0 0 0	借	1 8 3 5 6 3
10	10		17	陈健出差报账	管理费用		4 7 0 0 0	借	1 3 6 5 6 3
10	18		20	管晓娟报药费	应付职工薪酬		5 1 1 0 0	借	8 6 4 6 3
				本月发生额合计		1 2 1 0 2 0 0 0	1 2 2 0 8 1 0 0		

表4-56 银行存款日记账 中国银行

2009年 月	日	凭证 种类	号数	摘要	对方科目	借方 百十万千百十元角分√	贷方 百十万千百十元角分√	借/贷	余额 百十万千百十元角分√
1				年初余额				借	1 3 2 4 5 6 6
9				(1~9月)略				借	5 8 2 8 8 9 5
10	7		9	缴纳增值税	应交税费		1 4 5 9 0 9 1	借	3 0 2 3 8 9 5
10	7		9	缴纳城建税	应交税费		1 0 2 1 3 6		
10	7		9	缴纳教育费附加	应交税费		4 3 7 7 3		
10	7		9	缴纳所得税	应交税费		1 2 0 0 0 0 0		
				本月发生额合计			2 8 0 5 0 0 0		

表 4-57　银行存款日记账　　　　　　　　　　交通银行

月	日	凭证种类	号数	摘要	对方科目	借方	贷方	借/贷	余额
1				年初余额				借	7 9 3 2 8 2 3
9				（1～9月）略				借	2 1 0 0 0 0 0 0
10	3		2	收货款	应收账款	9 0 0 0 0 0 0		借	3 0 0 0 0 0 0 0
10	5		6	支付利息	财务费用		6 0 0 0 0 0	借	2 9 4 0 0 0 0 0
10	6		8	陈健出差借款	其他应收款		1 5 0 0 0 0	借	2 9 2 5 0 0 0 0
10	7		10	销售童装	主营业务收入	9 0 0 0 0 0 0		借	3 8 2 5 0 0 0 0
10	8		11	提现发工资	应付职工薪酬		1 2 0 0 0 0 0 0	借	2 6 2 5 0 0 0 0
10	10		13	收到北京中央商场汇票款	应收票据	1 0 0 0 0 0 0 0		借	3 6 2 5 0 0 0 0
10	11		14	支付宇宙公司汇票款	应付票据		1 0 2 0 0 0 0 0	借	2 6 0 5 0 0 0 0
10	12		15	采购辅料	在途物资		1 4 0 4 0 0	借	2 5 9 0 9 6 0 0
10	14		16	付三利公司欠款	应付账款		2 0 0 0 0 0 0	借	2 3 9 0 9 6 0 0
10	15		17	支付车间修理费	制造费用		3 0 0 0 0 0	借	2 3 6 0 9 6 0 0
10	16		18	支付电视广告费	销售费用		8 0 0 0 0 0	借	2 2 8 0 9 6 0 0
10	19		21	财务部购计算机	固定资产		5 0 0 0 0 0	借	2 2 3 0 9 6 0 0
10	20		22	销售废包装物	其他业务收入	2 3 4 0 0 0		借	2 3 5 4 3 6 0 0
10	22		23	支付股利	应付股利		6 0 0 0 0 0 0	借	1 6 5 4 3 6 0 0
10	26		25	支付电费	制造费用\管理费用		9 2 0 0 0 0	借	1 5 6 2 3 6 0 0
10	26		25	支付水费	制造费用\管理费用		3 3 0 0 0 0	借	1 5 2 9 3 6 0 0
10	28		26	支付电话费	管理费用		1 6 0 0 0 0	借	1 5 1 3 3 6 0 0
				本月发生额合计		2 8 2 3 4 0 0 0	3 4 1 0 0 4 0 0		

表 4-58　交易性金融资产明细账　　　分页＿＿＿　总页＿＿＿

二级明细科目：华能债券

三级明细科目

2009 年		凭证		摘要	对方科目	借方									贷方									借或贷	余额								
月	日	种类	号数			十	万	千	百	十	元	角	分	十	万	千	百	十	元	角	分		十	万	千	百	十	元	角	分
1	1			年初余额																		借	1	0	0	0	0	0	0	0

表 4-59　应收票据明细账　　　分页＿＿＿　总页＿＿＿

二级明细科目：银行承兑汇票

三级明细科目：上海天虹公司

2009 年		凭证		摘要	对方科目	借方									贷方									借或贷	余额								
月	日	种类	号数			十	万	千	百	十	元	角	分	十	万	千	百	十	元	角	分		十	万	千	百	十	元	角	分
1	1			年初余额																		借		5	0	0	0	0	0	0

表 4-60　应收票据明细账　　　分页＿＿＿　总页＿＿＿

二级明细科目：商业承兑汇票

三级明细科目：南京伟业公司

2009 年		凭证		摘要	对方科目	借方									贷方									借或贷	余额								
月	日	种类	号数			十	万	千	百	十	元	角	分	十	万	千	百	十	元	角	分		十	万	千	百	十	元	角	分
1	1			年初余额																		借		8	0	0	0	0	0	0

表 4-61　应收票据明细账　　　　分页____　总页____

二级明细科目：商业承兑汇票

三级明细科目：中央商场

2009年		凭证		摘要	对方科目	借方								贷方								借或贷	余额							
月	日	种类	号数			十	万	千	百	十	元	角	分	十	万	千	百	十	元	角	分		十	万	千	百	十	元	角	分
1	1			年初余额																		平					- 0 -		-	
10	6	7	1/2	销售西服100件	主营业务收入	1	0	0	0	0	0	0	0																	
10	10		14	收到汇票款项	银行存款									1	0	0	0	0	0	0	0	平					- 0 -		-	
				本月发生额合计		1	0	0	0	0	0	0	0	1	0	0	0	0	0	0	0									

表 4-62　应收账款明细账　　　　分页____　总页____

二级明细科目：富丽公司

三级明细科目

2009年		凭证		摘要	对方科目	借方								贷方								借或贷	余额							
月	日	种类	号数			十	万	千	百	十	元	角	分	十	万	千	百	十	元	角	分		十	万	千	百	十	元	角	分
1	1			年初余额																		借	3	0	0	0	0	0	0	0
9	30			(1~9月)略																		借	3	6	2	6	4	0	0	0
10	3		2	收回欠款	银行存款										9	0	0	0	0	0	0									
				本月发生额合计											9	0	0	0	0	0	0									

表 4-63　应收账款明细账　　　　分页____　总页____

二级明细科目：华兴公司

三级明细科目

2009年		凭证		摘要	对方科目	借方								贷方								借或贷	余额							
月	日	种类	号数			十	万	千	百	十	元	角	分	十	万	千	百	十	元	角	分		十	万	千	百	十	元	角	分
1	1			年初余额																		平					- 0 -		-	
9	30			(1~9月)略																		借			1	2	0	0	0	0

表 4-64　应收账款明细账　　分页＿＿＿总页＿＿＿

二级明细科目：合新公司

三级明细科目

2009 年		凭证		摘　要	对方科目	借　方										贷　方										借或贷	余　额									
月	日	种类	号数			十	万	千	百	十	元	角	分			十	万	千	百	十	元	角	分				十	万	千	百	十	元	角	分		
1	1			年初余额																						平					－	0	－	－		
9	30			(1~9 月)略																						借		5	0	0	0	0	0		

表 4-65　应收账款明细账　　分页＿＿＿总页＿＿＿

二级明细科目：光大公司

三级明细科目

2009 年		凭证		摘　要	对方科目	借　方										贷　方										借或贷	余　额									
月	日	种类	号数			十	万	千	百	十	元	角	分			十	万	千	百	十	元	角	分				十	万	千	百	十	元	角	分		
1	1			年初余额																						平					－	0	－	－		
9	30			(1~9 月)略																						贷		2	0	0	0	0	0		

表 4-66　应收账款明细账　　分页＿＿＿总页＿＿＿

二级明细科目：沈阳五爱公司

三级明细科目

2009 年		凭证		摘　要	对方科目	借　方										贷　方										借或贷	余　额									
月	日	种类	号数			十	万	千	百	十	元	角	分			十	万	千	百	十	元	角	分				十	万	千	百	十	元	角	分		
1	1			年初余额																						平					－	0	－	－		
10	7		10	销售童装(尾款)	主营业务收入		2	7	0	0	0	0	0													借		2	7	0	0	0	0	0		
				本月发生额合计			2	7	0	0	0	0	0																							

表4-67　其他应收款明细账　　　　　　　　分页____ 总页____

二级明细科目：周建芬

三级明细科目

2009年		凭证		摘要	对方科目	借方							贷方							借或贷	余额						
月	日	种类	号数			十万	千	百	十	元	角	分	十万	千	百	十	元	角	分		十万	千	百	十	元	角	分
1	1			年初余额																平					-0-	-	-
9	30			(1~9月)略																借		3	0	0	0	0	0
10	4		3	出差结账	库存现金\管理费用									3	0	0	0	0	0								
				本月发生额合计										3	0	0	0	0	0								

表4-68　其他应收款明细账　　　　　　　　分页____ 总页____

二级明细科目：陈健

三级明细科目

2009年		凭证		摘要	对方科目	借方							贷方							借或贷	余额						
月	日	种类	号数			十万	千	百	十	元	角	分	十万	千	百	十	元	角	分		十万	千	百	十	元	角	分
1	1			年初余额																平					-0-	-	-
10	6		8	出差借款	库存现金		1	5	0	0	0	0								借		1	5	0	0	0	0
10	17		19	陈健出差结清借款	库存现金\管理费用									1	5	0	0	0	0	平					-0-	-	-
				本月发生额合计			1	5	0	0	0	0		1	5	0	0	0	0								

表4-69　其他应收款明细账　　　　　　　　分页____ 总页____

二级明细科目：王玲

三级明细科目

2009年		凭证		摘要	对方科目	借方							贷方							借或贷	余额						
月	日	种类	号数			十万	千	百	十	元	角	分	十万	千	百	十	元	角	分		十万	千	百	十	元	角	分
1	1			年初余额																平					-0-	-	-
9	30			(1~9月)略																借		1	5	0	0	0	0

表4－70　在途物资明细账　　　　分页＿＿＿　总页＿＿＿

二级明细科目：面料B

三级明细科目：大东公司

材料名称或类别：面料

2009年 月	日	凭证号	摘要	借方金额 买价								采购费用								合计								贷方金额								结余金额							
				十万	万	千	百	十	元	角	分	十万	万	千	百	十	元	角	分	十万	万	千	百	十	元	角	分	十万	万	千	百	十	元	角	分	十万	万	千	百	十	元	角	分
1	1		年初余额																																		－	0	－	－
9	30		（1～9月）略																																		3	2	0	0	0	0	0
10	4	5	童装面料B入库																										3	2	0	0	0	0	0					－	0	－	－
			本月发生额合计																										3	2	0	0	0	0	0								

表4－71　在途物资明细账　　　　分页＿＿＿　总页＿＿＿

二级明细科目：面料A

三级明细科目：

材料名称或类别：面料

2009年 月	日	凭证号	摘要	借方金额 买价								采购费用								合计								贷方金额								结余金额							
				十万	万	千	百	十	元	角	分	十万	万	千	百	十	元	角	分	十万	万	千	百	十	元	角	分	十万	万	千	百	十	元	角	分	十万	万	千	百	十	元	角	分
1	1		年初余额																																		－	0	－	－
10	5	4 1/2	财购A面料	2	0	0	0	0	0	0	0																																
10	5	4 2/2	西服A面料入库																									2	0	0	0	0	0	0	0					－	0	－	－
			本月发生额合计	2	0	0	0	0	0	0	0																	2	0	0	0	0	0	0	0								

表4－72　在途物资明细账　　　　分页＿＿＿　总页＿＿＿

二级明细科目：红华公司

三级明细科目：

材料名称或类别：辅料

2009年 月	日	凭证号	摘要	借方金额 买价								采购费用								合计								贷方金额								结余金额							
				十万	万	千	百	十	元	角	分	十万	万	千	百	十	元	角	分	十万	万	千	百	十	元	角	分	十万	万	千	百	十	元	角	分	十万	万	千	百	十	元	角	分
1	1		年初余额																																		－	0	－	－
10	12	15	购辅料一批			1	2	0	0	0	0																																
10	25	24	辅料验收入库																											1	2	0	0	0	0					－	0	－	－
			本月发生额合计			1	2	0	0	0	0																			1	2	0	0	0	0								

表4-73 原材料明细账

分页＿＿＿ 总页＿＿＿

二级明细科目：面辅料

三级明细科目

月	日	种类	号数	摘要	对方科目	借方 十万	万	千	百	十	元	角	分	贷方 十万	万	千	百	十	元	角	分	借或贷	余额 十万	万	千	百	十	元	角	分
1	1			年初余额																		借		1	5	0	0	0	0	0
9	30			（1~9月）略																		借	1	6	9	0	0	0	0	0
10	5	4	2/2	购入的A面料入库	在途物资	2	0	0	0	0	0	0	0																	
10	4		5	购入的B面料入库	在途物资		3	2	0	0	0	0	0																	
10	2		12	生产领用A、B面料	生产成本										3	3	1	2	0	0	0										
10	25		24	购入的辅料入库	在途物资			1	2	0	0	0	0									借	3	6	9	0	8	0	0	0
				本月发生额合计		2	3	3	2	0	0	0	0		3	3	1	2	0	0	0									

表4-74 原材料明细账

分页＿＿＿ 总页＿＿＿

二级明细科目：面辅

三级明细科目：A

类别＿＿＿ 编号＿＿＿ 规格＿＿＿ 单位 米 最高存量＿＿＿ 最低存量＿＿＿ 存储地点＿＿＿

月	日	种类	号数	摘要	收入 数量	单价	金额 十万	万	千	百	十	元	角	分	发出 数量	单价	金额 十万	万	千	百	十	元	角	分	结存 数量	单价	金额 十万	万	千	百	十	元	角	分
1	1			上年结转																					37.50	400		1	5	0	0	0	0	0
9	30			（1~9月）略																					267.50	400	1	0	7	0	0	0	0	0
10	5	4	2/2	购入	500	400	2	0	0	0	0	0	0	0																				
10	2		12	生产领用											50	400		2	0	0	0	0	0	0	717.50	400		2	8	7	0	0	0	0	0
				本月发生额合计	500	400	2	0	0	0	0	0	0	0	50	400		2	0	0	0	0	0	0										

表4-75　原材料明细账　　分页＿＿＿　总页＿＿＿

二级明细科目：面辅
三级明细科目：B

类别＿＿＿　编号＿＿＿　规格＿＿＿　单位　米　最高存量＿＿＿　最低存量＿＿＿　存储地点＿＿＿

2009年		凭证		摘要	收入		金额(十万 万 千 百 十 元 角 分)	发出		金额(十万 万 千 百 十 元 角 分)	结存		金额(十万 万 千 百 十 元 角 分)
月	日	种类	号数		数量	单价	金额	数量	单价	金额	数量	单价	金额
1	1			上年结转							0		- 0 - 0
9	30			（1~9月）略							1 562.50	32	5 0 0 0 0 0 0 0
10	4		5	入库	1 000	32	3 2 0 0 0 0 0 0						
10	2		12	生产领用				410	32	1 3 1 2 0 0 0			
				本月发生额合计	1 000	32	3 2 0 0 0 0 0 0	410	32	1 3 1 2 0 0 0	2 152.50	32	6 8 8 8 0 0 0 0

表4-76　原材料明细账　　分页＿＿＿　总页＿＿＿

二级明细科目：辅料
三级明细科目：衬料

类别＿＿＿　编号＿＿＿　规格＿＿＿　单位　米　最高存量＿＿＿　最低存量＿＿＿　存储地点＿＿＿

2009年		凭证		摘要	收入		金额(十万 万 千 百 十 元 角 分)	发出		金额(十万 万 千 百 十 元 角 分)	结存		金额(十万 万 千 百 十 元 角 分)
月	日	种类	号数		数量	单价	金额	数量	单价	金额	数量	单价	金额
1	1			上年结转							0		- 0 - -
9	30			（1~9月）略							240	50	1 2 0 0 0 0 0
10	25		24	入库	20	50	1 0 0 0 0 0				260	50	1 3 0 0 0 0 0
				本月发生额合计	20	50	1 0 0 0 0 0						

表4-77 原材料明细账　　分页____ 总页____

二级明细科目：辅料

三级明细科目：线

类别____ 编号____ 规格____ 单位 只 最高存量____ 最低存量____ 存储地点____

2009年		凭证		摘要	收入		金额	发出		金额	结存		金额
月	日	种类	号数		数量	单价	十万千百十元角分	数量	单价	十万千百十元角分	数量	单价	十万千百十元角分
1	1			上年结转							0		— 0 — —
10	25		24	入库	10	20	2 0 0 0 0				10	20	2 0 0 0 0
				本月发生额合计	10	20	2 0 0 0 0						

表4-78 周转材料明细账　　分页____ 总页____

二级明细科目：包装物

三级明细科目：周转箱

类别____ 编号____ 规格____ 单位 只 最高存量____ 最低存量____ 存储地点____

2009年		凭证		摘要	收入		金额	发出		金额	结存		金额
月	日	种类	号数		数量	单价	十万千百十元角分	数量	单价	十万千百十元角分	数量	单价	十万千百十元角分
1	1			上年结转							20	150	3 0 0 0 0
10	20		22 2/2	出售				10	150	1 5 0 0 0 0	10	150	1 5 0 0 0 0
				本月发生额合计				10	150	1 5 0 0 0 0	10	150	1 5 0 0 0 0

表4-79 生产成本明细账　　分页____ 总页____

二级明细科目：

三级明细科目：

2009年		凭证		摘要	对方科目	借方	贷方	借或贷	余额
月	日	种类	号数			十万千百十元角分	十万千百十元角分		十万千百十元角分
1	1			年初余额				借	4 3 0 0 0 0
9	30			(1~9月)略				借	2 6 8 1 0 0 0
10	8		11	西服工人工资、福利费	应付职工薪酬	7 9 8 0 0 0 0			
10	8		11	童装工人工资、福利费	应付职工薪酬	1 1 4 0 0 0 0			
10	30		12	领用A材料	原材料	2 0 0 0 0 0 0			
10	30		12	领用B材料	原材料	1 3 1 2 0 0 0			
10	30		28	分配西服制造费用	制造费用	6 3 8 2 2 5 0			
10	30		28	分配童装制造费用	制造费用	9 1 1 7 5 0			
10	30		29	结转完工成本	库存商品		1 0 0 0 0 5 2 7	借	1 2 4 0 6 4 7 3
				本月发生额合计		1 9 7 2 6 0 0 0	1 0 0 0 0 5 2 7		

表 4-80　生产成本明细账

分页＿＿＿　总页＿＿＿

生产车间：西服

生产名称：西服

计划完成产量：272 件　　　　　完工数量：100 件　　　　　产品规格

2009年 月	日	凭证 种类	号数	摘　要	直接材料	直接人工	制造费用	借方发生额
1	1			月初余额	3 000 00	500 00	800 00	4 300 00
9	30			（1~8月）略	15 000 00	2 500 00	5 010 00	26 810 00
10	8	11 3/3		工人工资		70 000 00		96 810 00
10	8	11 3/3		工人福利费		9 800 00		106 610 00
10	2		12	领用A材料	20 000 00			126 610 00
10	30		28	分配制造费用			63 822 50	190 432 50
10	30		29	结转完工成本	*13 970 59*	*30 441 18*	*25 600 18*	120 420 55
				本月发生额合计	35 000 00	79 800 00	63 822 50	

注：结转数据为红字，本书以 粗斜体 表示。

表 4-81　生产成本明细账

分页＿＿＿　总页＿＿＿

生产车间：

生产名称：童装

完成产量：2 000 件　　　　　计划数量：2 243 件　　　　　产品规格

2009年 月	日	凭证 种类	号数	摘　要	直接材料	直接人工	制造费用	借方发生额
1	1			月初余额				-0-
10	8	11 3/3		工人工资		10 000 00		10 000 00
10	8	11 3/3		工人福利费		1 400 00		11 400 00
10	2		12	领用B材料	13 120 00			24 520 00
10	30		28	分配制造费用			9 117 50	33 637 50
10	30		29	结转完工成本	*11 698 62*	*10 164 96*	*8 129 74*	3 644 18
				本月发生额合计	13 120 00	11 400 00	9 117 50	

注：结转数据为红字，本书以 粗斜体 表示。

表 4-82 制造费用明细账 分页＿＿＿ 总页＿＿＿

二级明细科目：

三级明细科目：

2009年 月	日	凭证 种类	号数	摘要	合计 (十万千百十元角分)	修理费 (十万千百十元角分)	工资福利薪酬 (十万千百十元角分)	水电费 (十万千百十元角分)	其他 (十万千百十元角分)
1	1			月初余额	– 0 – –				
9	30			(1～9月)略					
10	8	11 3/3		计提分配	3 4 2 0 0 0 0		3 4 2 0 0 0 0		
10	15		17	车间修理费	3 7 2 0 0 0 0	3 0 0 0 0 0			
10	26		25	水电费	4 7 8 0 0 0 0			1 0 6 0 0 0 0	
10	30		27	计提折旧	7 2 9 4 0 0 0				2 5 1 4 0 0 0
10	30		28	结转	**7 2 9 4 0 0 0**	**3 0 0 0 0 0**	**3 4 2 0 0 0 0**	**1 0 6 0 0 0 0**	**2 5 1 4 0 0 0**
				本月发生额合计	7 2 9 4 0 0 0	3 0 0 0 0 0	3 4 2 0 0 0 0	1 0 6 0 0 0 0	2 5 1 4 0 0 0

注：结转数据为红字，本书以加 粗斜体 表示。

表 4-83 库存商品明细账 分页＿＿＿ 总页＿＿＿

二级明细科目：自产

三级明细科目：

类别＿＿＿ 编号＿＿＿ 品名 衬衫 规格＿＿＿ 单位 件 最高存量＿＿＿ 最低存量＿＿＿ 存储地点＿＿＿

2009年 月	日	凭证 种类	号数	摘要	收入 数量	单价	金额 (十万千百十元角分)	发出 数量	单价	金额 (十万千百十元角分)	结存 数量	单价	金额 (十万千百十元角分)
1	1			上年结转							200	200	4 0 0 0 0 0 0

表 4－84　库存商品明细账　　分页____总页____

二级明细科目：外购
三级明细科目：

类别　领带　　编号____　　规格____　　单位　条　　存储地点____

月	日	凭证种类	凭证号数	摘要	收入数量	收入单价	收入金额 十万	万	千	百	十	元	角	分	发出数量	发出单价	发出金额 十万	万	千	百	十	元	角	分	结存数量	结存单价	结存金额 十万	万	千	百	十	元	角	分
1	1			上年结转																					100	100	1	0	0	0	0	0	0	0

表 4－85　库存商品明细账　　分页____总页____

二级明细科目：自产
三级明细科目：西服

类别　西服　　编号____　　规格____　　单位　件　　存储地点____

月	日	凭证种类	凭证号数	摘要	收入数量	收入单价	收入金额 十万	万	千	百	十	元	角	分	发出数量	发出单价	发出金额 十万	万	千	百	十	元	角	分	结存数量	结存单价	结存金额 十万	万	千	百	十	元	角	分
1	1			上年结转																					0							－	0	－	－
9	30			(1~9月)略																															
10	6	7	2/2	销售											100	700.1195		7	0	0	1	1	9	5											
10	30		29	完工入库	100	700.1195		7	0	0	1	1	9	5											0							－	0	－	－
				本月发生额合计				7	0	0	1	1	9	5				7	0	0	1	1	9	5											

表4-86 库存商品明细账

二级明细科目：自产
三级明细科目：童装

类别 __童装__ 编号_____ 规格_____ 单位 __件__ 存储地点_____

2009年		凭证		摘要	收入		金额								发出		金额								结存		金额							
月	日	种类	号数		数量	单价	十万	千	百	十	元	角	分		数量	单价	十万	千	百	十	元	角	分		数量	单价	十万	千	百	十	元	角	分	
1	1			上年结转																					0						-	0	-	-
9	30			(1~9月)略																														
10	7	10	2/3	销售											2 000	14.9966	2	9	9	9	3	3	2											
10	30		29	完工入库	2 000	14.9966	2	9	9	9	3	3	2												0						-	0	-	-
				本月发生额合计			2	9	9	9	3	3	2				2	9	9	9	3	3	2											

表4-87 长期股权投资明细账

二级明细科目：东方股票
三级明细科目：

2009年		凭证		摘要	对方科目	借方								贷方								借或贷	余额							
月	日	种类	号数			十万	千	百	十	元	角	分		十万	千	百	十	元	角	分			十万	千	百	十	元	角	分	
1	1			年初余额																		借	3	0	0	0	0	0	0	

表4-88 固定资产明细账

二级明细科目：管理
三级明细科目：

2009年		凭证		摘要	对方科目	借方								贷方								借或贷	余额							
月	日	种类	号数			十万	千	百	十	元	角	分		十万	千	百	十	元	角	分			十万	千	百	十	元	角	分	
1	1			年初余额																		借	5	8	0	0	0	0	0	0
10	19		21	财务部购入电脑一台	银行存款		5	0	0	0	0	0										借	5	8	5	0	0	0	0	0
				本月发生额合计			5	0	0	0	0	0																		

表4-89　固定资产明细账

分页____ 总页____

二级明细科目：生产

三级明细科目：

2009年		凭证		摘要	对方科目	借方										贷方										借或贷	余额									
月	日	种类	号数			百	十	万	千	百	十	元	角	分	√	百	十	万	千	百	十	元	角	分	√		百	十	万	千	百	十	元	角	分	√
1	1			年初余额																						借	2	0	0	0	0	0	0	0	0	

表4-90　累计折旧明细账

分页____ 总页____

二级明细科目：

三级明细科目：

2009年		凭证		摘要	对方科目	借方								贷方								借或贷	余额							
月	日	种类	号数			十	万	千	百	十	元	角	分	十	万	千	百	十	元	角	分		十	万	千	百	十	元	角	分
1	1			年初余额																		贷		9	4	5	0	0	0	0
9	30			1~9月(略)																		贷	1	2	0	0	0	0	0	0
10	30		27	计提本月折旧	制造费用\管理费用											3	8	2	0	0	0	贷	1	5	8	2	0	0	0	0
				本月发生额合计												3	8	2	0	0	0									

表4-91　短期借款明细账

分页____ 总页____

二级明细科目：交通银行

三级明细科目：

2009年		凭证		摘要	对方科目	借方								贷方								借或贷	余额							
月	日	种类	号数			十	万	千	百	十	元	角	分	十	万	千	百	十	元	角	分		十	万	千	百	十	元	角	分
1	1			年初余额																		贷	1	5	0	0	0	0	0	0

表4－92　应付票据明细账

分页＿＿＿　总页＿＿＿

二级明细科目：银行承兑汇票

三级明细科目：宇宙公司

2009年		凭证		摘要	对方科目	借方	贷方	借或贷	余额
月	日	种类	号数			十万千百十元角分	十万千百十元角分		十万千百十元角分
1	1			年初余额				贷	1 0 2 0 0 0 0 0 0
10	11		14	承付	银行存款	1 0 2 0 0 0 0 0 0		平	－ 0 － －
				本月发生额合计		1 0 2 0 0 0 0 0 0			

表4－93　应付票据明细账

分页＿＿＿　总页＿＿＿

二级明细科目：商业承兑汇票

三级明细科目：大东公司

2009年		凭证		摘要	对方科目	借方	贷方	借或贷	余额
月	日	种类	号数			十万千百十元角分	十万千百十元角分		十万千百十元角分
1	1			年初余额				平	－ 0 － －
10	5		4 $\frac{1}{2}$	购A面料	在途物资		2 3 4 0 0 0 0 0	贷	2 3 4 0 0 0 0 0
				本月发生额合计			2 3 4 0 0 0 0 0		

表4－94　应付账款明细账

分页＿＿＿　总页＿＿＿

二级明细科目：安达公司

三级明细科目：

2009年		凭证		摘要	对方科目	借方	贷方	借或贷	余额
月	日	种类	号数			十万千百十元角分	十万千百十元角分		十万千百十元角分
1	1			年初余额				贷	1 0 0 0 0 0 0

表 4-95　应付账款明细账　　　　分页＿＿＿ 总页＿＿＿

二级明细科目：三利公司

三级明细科目：

2009年		凭证		摘要	对方科目	借方								贷方								借或贷	余额							
月	日	种类	号数			十万	万	千	百	十	元	角	分	十万	万	千	百	十	元	角	分		十万	万	千	百	十	元	角	分
1	1			年初余额																		贷		2	7	0	0	0	0	0
10	14		16	付欠款	银行存款		2	0	0	0	0	0	0									贷			7	0	0	0	0	0
				本月发生额合计			2	0	0	0	0	0	0																	

表 4-96　应付账款明细账　　　　分页＿＿＿ 总页＿＿＿

二级明细科目：英杰公司

三级明细科目：

2009年		凭证		摘要	对方科目	借方								贷方								借或贷	余额							
月	日	种类	号数			十万	万	千	百	十	元	角	分	十万	万	千	百	十	元	角	分		十万	万	千	百	十	元	角	分
1	1			年初余额																		贷		3	0	0	0	0	0	0

表 4-97　应付账款明细账　　　　分页＿＿＿ 总页＿＿＿

二级明细科目：大地公司

三级明细科目：

2009年		凭证		摘要	对方科目	借方								贷方								借或贷	余额							
月	日	种类	号数			十万	万	千	百	十	元	角	分	十万	万	千	百	十	元	角	分		十万	万	千	百	十	元	角	分
1	1			年初余额																		平					-	0	-	
9	30			(1~9月)略																		借			2	0	0	0	0	0

表4-98 预收账款明细账　　　分页＿＿＿ 总页＿＿＿

二级明细科目：华宏公司

三级明细科目：

2009年		凭证		摘要	对方科目	借方								贷方								借或贷	余额							
月	日	种类	号数			十	万	千	百	十	元	角	分	十	万	千	百	十	元	角	分		十	万	千	百	十	元	角	分
1	1			年初余额																		贷	1	0	0	0	0	0	0	0

表4-99 预收账款明细账　　　分页＿＿＿ 总页＿＿＿

二级明细科目：三兴公司

三级明细科目：

2009年		凭证		摘要	对方科目	借方								贷方								借或贷	余额							
月	日	种类	号数			十	万	千	百	十	元	角	分	十	万	千	百	十	元	角	分		十	万	千	百	十	元	角	分
1	1			年初余额																		贷	2	0	0	0	0	0	0	0

表4-100 预收账款明细账　　　分页＿＿＿ 总页＿＿＿

二级明细科目：中央商场

三级明细科目：

2009年		凭证		摘要	对方科目	借方								贷方								借或贷	余额							
月	日	种类	号数			十	万	千	百	十	元	角	分	十	万	千	百	十	元	角	分		十	万	千	百	十	元	角	分
1	1			年初余额																		贷	5	0	0	0	0	0	0	0
10	6	7	1/2	售西服	主营业务收入		4	0	4	0	0	0	0									贷		9	6	0	0	0	0
					本月发生额合计		4	0	4	0	0	0	0																	

表4-101　应付职工薪酬明细账　　　分页＿＿＿　总页＿＿＿

二级明细科目：工资

三级明细科目：

2009年		凭证		摘要	对方科目	借方								贷方								借或贷	余额							
月	日	种类	号数			十万	万	千	百	十	元	角	分	十万	万	千	百	十	元	角	分		十万	万	千	百	十	元	角	分
1	1			年初余额																		平						－ 0 － －		
10		8	11 2/3	计提本月工资	制造费用\管理费用									1	2	1	2	2	8	0	7									
10		8	11 2/3	发放	库存现金	1	2	0	0	0	0	0	0									贷			1	2	2	8	0	7
				本月发生额合计		1	2	0	0	0	0	0	0	1	2	1	2	2	8	0	7									

表4-102　应付职工薪酬明细账　　　分页＿＿＿　总页＿＿＿

二级明细科目：福利

三级明细科目：

2009年		凭证		摘要	对方科目	借方								贷方								借或贷	余额							
月	日	种类	号数			十万	万	千	百	十	元	角	分	十万	万	千	百	十	元	角	分		十万	万	千	百	十	元	角	分
1	1			年初余额																		贷			6	6	0	0	0	0
9	30			1~9月（略）																		贷		1	3	5	7	0	0	0
10	8		11 3/3	计提本月福利费	制造费用\管理费用										1	6	9	7	1	9	3									
10	20			管晓娟报药费	库存现金				5	1	1	0	0									贷		3	0	0	3	0	9	3
				本月发生额合计					5	1	1	0	0		1	6	9	7	1	9	3									

表4-103　其他应付款明细账　　　分页＿＿＿　总页＿＿＿

二级明细科目：出借包装物押金

三级明细科目：

2009年		凭证		摘要	对方科目	借方								贷方								借或贷	余额							
月	日	种类	号数			十万	万	千	百	十	元	角	分	十万	万	千	百	十	元	角	分		十万	万	千	百	十	元	角	分
1	1			年初余额																		贷			3	0	0	0	0	0

表 4 − 104　应付股利明细账　　分页＿＿＿　总页＿＿＿

二级明细科目：E公司（40%）

三级明细科目：

月	日	种类	号数	摘要	对方科目	借方	贷方	借或贷	余额
1	1			年初余额				贷	1160000
9	30			1～9月（略）				贷	4000000
10	22		23	支付	银行存款	3000000			
10	31		35	按税后净利润30%计提	利润分配		645580	贷	1645580
				本月发生额合计		3000000	645580		

表 4 − 105　应付股利明细账　　分页＿＿＿　总页＿＿＿

二级明细科目：F公司（60%）

三级明细科目：

月	日	种类	号数	摘要	对方科目	借方	贷方	借或贷	余额
1	1			年初余额				贷	1740000
9	30			1～9月（略）				贷	5000000
10	22		23	支付	银行存款	3000000			
10	31		35	按税后净利润30％计提	利润分配		968371	贷	2968371
				本月发生额合计		3000000	968371		

表 4 − 106　应交税费明细账　　分页＿＿＿　总页＿＿＿

二级明细科目：增值税

三级明细科目：

月	日	种类	号数	摘要	对方科目	借方	贷方	借或贷	余额
1	1			年初余额				贷	100000
9	30			1～9月（略）				贷	1459091
10	5		4½	购面料A（进项）	应付票据	3400000			
10	6		7½	销售西服（销项）	应收票据		2040000		
10	7		9	交上月增值税	银行存款	1459091			
10	7		10½	销售童装（销项）	银行存款		1700000		
10	12		15	购辅料（进项）	银行存款	20400			
10	20		22½	销售包装物（进项）	银行存款		34000	贷	353600
				本月发生额合计		4879491	3774000		

表4-107 应交税费明细账 分页____ 总页____

二级明细科目：城建税

三级明细科目：

2009年 月	日	凭证 种类	号数	摘要	对方科目	借方 十	万	千	百	十	元	角	分	贷方 十	万	千	百	十	元	角	分	借或贷	余额 十	万	千	百	十	元	角	分
1	1			年初余额																		贷					7	0	0	0
9	30			1~9（略）																		贷			1	0	2	1	3	6
10	7		9	交上月城建税	银行存款			1	0	2	1	3	6																	
10	31		30	计提本月应交	营业税金及附加												2	4	7	5	2	贷					2	4	7	5	2
				本月发生额合计				1	0	2	1	3	6				2	4	7	5	2									

表4-108 应交税费明细账 分页____ 总页____

二级明细科目：教育费附加

三级明细科目：

2009年 月	日	凭证 种类	号数	摘要	对方科目	借方 十	万	千	百	十	元	角	分	贷方 十	万	千	百	十	元	角	分	借或贷	余额 十	万	千	百	十	元	角	分
1	1			年初余额																		贷					3	0	0	0
9	30			1~9（略）																		贷				4	3	7	7	3
10	7		9	交上月教育费附加	银行存款				4	3	7	7	3																	
10	31		30	计提本月应交	营业税金及附加													1	0	6	0	8	贷					1	0	6	0	8
				本月发生额合计					4	3	7	7	3					1	0	6	0	8									

表4-109 应交税费明细账 分页____ 总页____

二级明细科目：所得税

三级明细科目：

2009年 月	日	凭证 种类	号数	摘要	对方科目	借方 十	万	千	百	十	元	角	分	贷方 十	万	千	百	十	元	角	分	借或贷	余额 十	万	千	百	十	元	角	分
1	1			年初余额																		平					—	0	—	—
9	30			1~9（略）																		贷		1	2	0	0	0	0	0
10	7		9	交上月教育费附加	银行存款		1	2	0	0	0	0	0																	
10	31		32$\frac{1}{2}$	计提本月应交	所得税费用										1	7	9	3	2	7	8	贷		1	7	9	3	2	7	8
				本月发生额合计			1	2	0	0	0	0	0		1	7	9	3	2	7	8									

表 4-110　实收资本明细账　　　　分页____　总页____

二级明细科目：E 公司（40%）

三级明细科目：

2009 年		凭证		摘要	对方科目	借方										贷方										借/贷	余额									
月	日	种类	号数			百	十	万	千	百	十	元	角	分	√	百	十	万	千	百	十	元	角	分	√		百	十	万	千	百	十	元	角	分	√
1	1			年初余额																						贷	1	0	0	0	0	0	0	0	0	

表 4-111　实收资本明细账　　　　分页____　总页____

二级明细科目：F 公司（60%）

三级明细科目：

2009 年		凭证		摘要	对方科目	借方										贷方										借/贷	余额									
月	日	种类	号数			百	十	万	千	百	十	元	角	分	√	百	十	万	千	百	十	元	角	分	√		百	十	万	千	百	十	元	角	分	√
1	1			年初余额																						贷	1	5	0	0	0	0	0	0	0	

表 4-112　盈余公积明细账　　　　分页____　总页____

二级明细科目：

三级明细科目：

2009 年		凭证		摘要	对方科目	借方									贷方									借或贷	余额								
月	日	种类	号数			十	万	千	百	十	元	角	分		十	万	千	百	十	元	角	分			十	万	千	百	十	元	角	分
1	1			年初余额																			贷		6	5	3	4	7	1	7	
9	30			1～9 月（略）																			贷		8	1	0	4	6	0	0	
10	31		34	按本月净利润10% 计提	利润分配											5	7	3	9	8	4		贷		8	6	7	8	5	8	4	
				本月发生额合计													5	7	3	9	8	4											

表 4-113 本年利润明细账

分页____ 总页____

二级明细科目:

三级明细科目:

2009年		凭证		摘要	对方科目	借方	贷方	借或贷	余额
月	日	种类	号数			十万千百十元角分	十万千百十元角分		十万千百十元角分
1	1			年初余额				平	-0--
9	30			1~9月(略)				平	-0--
10	31	31	1/2	结转本月收入	主营\其他业务收入		222000000		
10	31	31	2/2	结转本月成本、税金、费用	主营\其他业务成本	15026887			
10	31	32	2/2	结转所得税费用	所得税费用	1793278			
10	31	33		结转本月净利润	利润分配	5379835		平	-0--
				本月发生额合计		222000000	222000000		

表 4-114 利润分配明细账

分页____ 总页____

二级明细科目:提取盈余公积

三级明细科目:

2009年		凭证		摘要	对方科目	借方	贷方	借或贷	余额
月	日	种类	号数			十万千百十元角分	十万千百十元角分		十万千百十元角分
1	1			年初余额				平	-0--
9	30			1~9月(略)				借	1150000 00
10	31	34		按本月净利10%提取	盈余公积	537984		借	1207398 4
				本月发生额合计		537984			

表 4-115 利润分配明细账

分页____ 总页____

二级明细科目:应付股利

三级明细科目:

2009年		凭证		摘要	对方科目	借方	贷方	借或贷	余额
月	日	种类	号数			十万千百十元角分	十万千百十元角分		十万千百十元角分
1	1			年初余额				平	-0--
9	30			1~9月(略)				借	300000 00
10	31	35		按本月净利30%提取应付股利	应付股利	161395 1		借	461395 1
				本月发生额合计		161395 1			

表 4-116　利润分配明细账

分页＿＿＿　总页＿＿＿

二级明细科目：未分配利润

三级明细科目：

2009年		凭证		摘要	对方科目	借方								贷方								借或贷	余额							
月	日	种类	号数			十万	万	千	百	十	元	角	分	十万	万	千	百	十	元	角	分		十万	万	千	百	十	元	角	分
1	1			年初余额																		贷	2	6	4	5	8	4	1	0
9	30			1~9月(略)																		贷	6	7	4	6	9	8	5	8
10	31		33	结转本月净利润	本年利润										5	3	7	9	8	3	5	贷	7	2	8	4	9	6	9	3
				本月发生额合计											5	3	7	9	8	3	5									

表 4-117　主营业务收入明细账

分页＿＿＿　总页＿＿＿

二级明细科目：西服

三级明细科目：

2009年		凭证		摘要	对方科目	借方								贷方								借或贷	余额							
月	日	种类	号数			十万	万	千	百	十	元	角	分	十万	万	千	百	十	元	角	分		十万	万	千	百	十	元	角	分
1	1			年初余额																		平								
9	30			1~9月(略)																		平								
10	6		7½	向中央商场销售100件	应收票据									1	2	0	0	0	0	0	0									
10	31		31½	结转本月收入	本年利润	1	2	0	0	0	0	0	0									平								
				本月发生额合计		1	2	0	0	0	0	0	0	1	2	0	0	0	0	0	0									

表 4-118　主营业务收入明细账

分页＿＿＿　总页＿＿＿

二级明细科目：童装

三级明细科目：

2009年		凭证		摘要	对方科目	借方								贷方								借或贷	余额							
月	日	种类	号数			十万	万	千	百	十	元	角	分	十万	万	千	百	十	元	角	分		十万	万	千	百	十	元	角	分
1	1			年初余额																		平				—	0	—	—	
9	30			1~8月(略)																		平				—	0	—	—	
10	7		10½	向沈阳五爱公司销售2000件	银行存款									1	0	0	0	0	0	0	0									
10	31		31½	结转本月收入	本年利润	1	0	0	0	0	0	0	0									平				—	0	—	—	
				本月发生额合计		1	0	0	0	0	0	0	0	1	0	0	0	0	0	0	0									

表4-119　主营业务成本明细账

分页____　总页____

二级明细科目：西服

三级明细科目：

2009年		凭证		摘要	对方科目	借方							贷方							借或贷	余额						
月	日	种类	号数			十万	千	百	十	元	角	分	十万	千	百	十	元	角	分		十万	千	百	十	元	角	分
1	1			年初余额																平				-0	-		-
9	30			1~9月(略)																平				-0	-		-
10	6	7	2/2	向中央商场销售100件	库存商品	7	0	0	1	1	9	5															
10	31	31	2/2	结转本月成本	本年利润								7	0	0	1	1	9	5								
				本月发生额合计		7	0	0	1	1	9	5	7	0	0	1	1	9	5								

表4-120　主营业务成本明细账

分页____　总页____

二级明细科目：童装

三级明细科目：

2009年		凭证		摘要	对方科目	借方							贷方							借或贷	余额						
月	日	种类	号数			十万	千	百	十	元	角	分	十万	千	百	十	元	角	分		十万	千	百	十	元	角	分
1	1			年初余额																平				-0	-		-
9	30			1~9月(略)																平				-0	-		-
10	7	10	1/2	向沈阳五爱公司销售2 000件	库存商品	2	9	9	9	3	3	2															
10	31	31	1/2	结转本月成本	本年利润								2	9	9	9	3	3	2	平				-0	-		-
				本月发生额合计		2	9	9	9	3	3	2	2	9	9	9	3	3	2								

表4-121　其他业务收入明细账

分页____　总页____

二级明细科目：包装物

三级明细科目：

2009年		凭证		摘要	对方科目	借方							贷方							借或贷	余额						
月	日	种类	号数			十万	千	百	十	元	角	分	十万	千	百	十	元	角	分		十万	千	百	十	元	角	分
1	1			年初余额																平				-0	-		-
9	30			1~9月(略)																平				-0	-		-
10	20	22	1/2	销售废次包装物	银行存款									2	0	0	0	0	0								
10	31	31	1/2	结转本月收入	本年利润		2	0	0	0	0	0								平				-0	-		-
				本月发生额合计			2	0	0	0	0	0		2	0	0	0	0	0								

表 4 - 122　其他业务成本明细账

分页_____ 总页_____

二级明细科目：包装物

三级明细科目：

2009 年		凭证		摘　要	对方科目	借　方								贷　方								借或贷	余　额							
月	日	种类	号数			十	万	千	百	十	元	角	分	十	万	千	百	十	元	角	分		十	万	千	百	十	元	角	分
1	1			年初余额																		平					—	0	—	—
9	30			1~9月(略)																		平					—	0	—	—
10	20		22 2/2	销售废次包装物	周转材料		1	5	0	0	0	0																		
10	31		31 2/2	结转本月成本	本年利润										1	5	0	0	0	0			平					—	0	—	—
				本月发生额合计			1	5	0	0	0	0			1	5	0	0	0	0											

表 4 - 123　营业税金及附加明细账

分页_____ 总页_____

二级明细科目：

三级明细科目：

2009 年		凭证		摘　要	对方科目	借　方								贷　方								借或贷	余　额							
月	日	种类	号数			十	万	千	百	十	元	角	分	十	万	千	百	十	元	角	分		十	万	千	百	十	元	角	分
1	1			年初余额																		平					—	0	—	—
9	30			1~9月(略)																		平					—	0	—	—
10	1		30	计提税金及附加	应交税费			3	5	3	6	0																		
10	31		31 2/3	结转本月税金及附加	本年利润											3	5	3	6	0			平					—	0	—	—
				本月发生额合计				3	5	3	6	0				3	5	3	6	0											

表4-124　管理费用明细账

2009年 月	日	凭证 种类	号数	摘要	合计 十万千百十元角分	办公费 十万千百十元角分	工资薪酬 十万千百十元角分	水电费 十万千百十元角分	其他 十万千百十元角分
1	1			年初余额					
9	30			1~9月（略）	－0－－				
10	2		1	办公室报销	1 1 0 0 0 0	1 1 0 0 0 0			
10	4		3	周建芬出差报销	1 9 8 0 0 0	1 9 8 0 0 0			
10	8	11	$\frac{3}{3}$	分配计提工资福利费	1 2 8 0 0 0 0		1 2 8 0 0 0 0		
10	17		19	陈健出差报销	1 9 7 0 0 0	1 9 7 0 0 0			
10	26		25	支本月水电费	1 9 0 0 0 0			1 9 0 0 0 0	
10	28		26	支本月电话费	1 6 0 0 0 0	1 6 0 0 0 0			
10	30		27	计提本月折旧	1 3 0 6 0 0 0				1 3 0 6 0 0 0
10	31	31	$\frac{2}{2}$	结转	*3 4 4 1 0 0 0*	*6 6 5 0 0 0*	*1 2 8 0 0 0 0*	*1 9 0 0 0 0*	*1 3 0 6 0 0 0*
				本月发生额合计	3 4 4 1 0 0 0	6 6 5 0 0 0	1 2 8 0 0 0 0	1 9 0 0 0 0	1 3 0 6 0 0 0

注：结转数据为红字，本书以 粗斜体 表示。

表4-125　销售费用明细账

2009年 月	日	凭证 种类	号数	摘要	合计 十万千百十元角分	广告费 十万千百十元角分	工资薪酬 十万千百十元角分	招待费 十万千百十元角分	其他 十万千百十元角分
1	1			年初余额					
9	30			1~9月（略）	－0－－				
10	16		18	支电视广告费	8 0 0 0 0 0	8 0 0 0 0 0			
10	31	31	$\frac{2}{2}$	结转	*8 0 0 0 0 0*	*8 0 0 0 0 0*			
				本月发生额合计	8 0 0 0 0 0	8 0 0 0 0 0			

注：结转数据为红字，本书以 粗斜体 表示。

表 4-126　财务费用明细账　　　　　分页____ 总页____

二级明细科目：

三级明细科目：

2009年		凭证		摘要	合　计	利息支出	银行手续费	利息收入	其　他
月	日	种类	号数		十万千百十元角分	十万千百十元角分	十万千百十元角分	十万千百十元角分	十万千百十元角分
1	1			年初余额					
9	30			1~9月（略）	－0－－				
10	5		6	付9月份借款利息	6 0 0 0 0 0	6 0 0 0 0 0			
10	31	31	2/2	结转	*6 0 0 0 0 0*	*6 0 0 0 0 0*			
				本月发生额合计	6 0 0 0 0 0	6 0 0 0 0 0			

注：结转数据为红字，本书以 粗斜体 表示。

表 4-127　所得税费用明细账　　　　　分页____ 总页____

二级明细科目：

三级明细科目：

2009年		凭证		摘要	对方科目	借　方	贷　方	借或贷	余　额
月	日	种类	号数			十万千百十元角分	十万千百十元角分		十万千百十元角分
1	1			年初余额				平	－0－－
9	30			1~9月（略）				平	－0－－
10	31	32	1/2	计提所得税费用	应交税费	1 7 9 3 2 7 8			
10	31	32	2/2	结转本月所得税费用	本年利润		1 7 9 3 2 7 8	平	－0－－
				本月发生额合计		1 7 9 3 2 7 8	1 7 9 3 2 7 8		

任务3　更正错账

 任务准备

在账簿的登记过程中发现的账簿记录错误不得以刮擦、涂改、挖补、修正液修改等方法进行改正，而应以恰当的错账更正方法予以更正。

1. 划线更正法

记账以后，如果发现账簿记录中有数字或文字错误，而记账凭证没有错误，可用划线更正法进行更正。具体做法是：首先，在错误的数字或文字上划一条红线以示注销，要使划去的字迹仍清晰可辨，然后在红线上方空白处填写正确的数字或文字，并在更正处加盖更正人员的印章以示负责。应当注意的是，对于错误数字作为一个整体全部划掉，不能只划去需要更正的个别数位上的错误数字，对于文字错误可只划去错误的部分。

例如，记账凭证的金额是 2 589 元，账簿中误记为 2 598 元，正确的更正方法是

2 589

~~2 598~~　李三

应将整个数字全部用红线划去，然后在红线上面空白处用蓝字写 2 589。

2. 红字更正法

红字在记账中表示减少，起冲销的作用。红字更正法适用以下两种情况。

第一种是记账后发现记账凭证中的应借、应贷会计科目有错误，从而引起记账错误。更正方法是：记账凭证会计科目错误时，用红字填写一张与原记账凭证完全相同的记账凭证，以示注销原记账凭证，然后用蓝字填写一张正确的记账凭证，并据以记账。

例 4 — 1

三友服饰公司用银行存款支付展览费 5 000 元，在作会计分录时误写借方科目为"管理费用"，并已经登记入账。原错误的会计分录是

借：管理费用　　　　　　　　　　　　　　　　　　　　　　　5 000
　贷：银行存款　　　　　　　　　　　　　　　　　　　　　　　　5 000

企业在更正错账时，应先用红字填写一张与原记账凭证完全相同的记账凭证，在摘要栏注明"注销某月某日某号凭证"字样（以下分录中，□内数字表示红字），会计分录为

借：管理费用 ⬛5 000

　贷：银行存款 ⬛5 000

然后用蓝字重新填写一张正确的记账凭证，注明"订正某月某日某号凭证"字样，会计分录为

借：销售费用 5 000

　贷：银行存款 5 000

将以上更正错账的记账凭证登记入账后，错误记录得到更正，具体情况如图4-8所示。

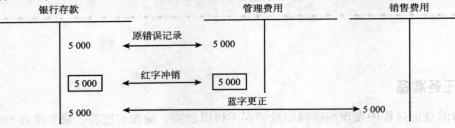

图4-8　红字更正法

第二种是记账后发现记账凭证中的应借、应贷会计科目无误而所记金额大于应记金额。更正方法是：按多记的金额用红字编制一张与原记账凭证应借、应贷科目完全相同的记账凭证，以冲销多记的金额，并据以记账。

例4-2

承例4-1，若会计科目选用无误，只是金额误记为50 000元，则企业按多记的45 000用红字编制一张与原记账凭证应借、应贷科目完全相同的记账凭证，注明"冲销某月某日某号凭证多记金额"字样，会计分录为

借：管理费用 ⬛45 000

　贷：银行存款 ⬛45 000

将更正错账的记账凭证登记入账后，错误记录就得到了更正，具体情况如图4-9所示。

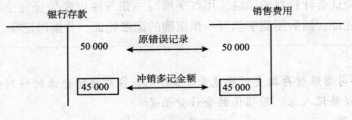

图4-9　红字更正法

3. 补充登记法

记账后发现记账凭证填写的会计科目无误，只是所记金额小于应记金额时，采用补充更正法。更正方法是：按少计的金额用蓝字编制一张与原记账凭证应借、应贷科目完全相同的记账凭证，以补充少计的金额，并据以记账。

例 4-3

承例 4-2，若会计科目选用无误，只是金额误记为 500 元，则企业按少记的 4 500 元用蓝字编制一张与原记账凭证应借、应贷科目完全相同的记账凭证，注明"补记某月某日某号凭证少计金额"字样，会计分录为

借：管理费用   4 500
 贷：银行存款   4 500

将更正错账的记账凭证登记入账后，使错误记录得到更正，具体情况如下所示。

银行存款		销售费用	银行存款		销售费用
50 000	原错误记录	50 000	500	原错误记录	500
45 000	冲销多记金额	45 000	4500	补充少记金额	4 500

以上三种错账更正方法的适用范围、更正方法、操作要领如表 4-128 所示。

表 4-128　三种错账更正方法比较

记账凭证			账簿	更正方法	操作要领
正确			错误	划线更正法	在账簿中将错误的文字或数字用红线划掉，在其上方用蓝字进行更正，并签名盖章
错误	科目用错		错误	红字更正法	用红字金额编制一张与原凭证科目、方向相同的记账凭证；再用蓝字金额编制一张正确的记账凭证，分别登记入账
	金额错误	多记	错误	红字更正法	将多记部分用红字金额编一张与原凭证科目、方向相同的记账凭证，登记入账
		少记	错误	补充登记法	将少记部分用蓝字金额编一张与原凭证科目、方向相同的记账凭证，登记入账

复习思考题

1. 什么是账簿？
2. 简述账簿按用途、账面格式和外表进行的分类，并说明各种账簿的作用。
3. 某公司为增值税一般纳税人，注册资金 80 万元，主要进行面辅料的加工与销售，企

业如何建账？

4. 什么是账务处理程序？有哪几种？各自有什么特点？

5. 如何进行总账和明细账的平行登记？

6. 对账包括哪些内容？

7. 如何进行结账？

8. 错账更正的方法有哪几种，各适用于什么条件？

综 合 练 习

一、单项选择题

1. 必须逐日逐笔登记的账簿是（　　）。

　　A. 明细账　　　B. 总账　　　　C. 日记账　　　　D. 备查账

2. 记账以后，发现记账凭证中科目正确，但所记金额小于应记的金额，应采用（　　）进行更正。

　　A. 红字更正法　　　　　　　B. 平行登记法

　　C. 补充登记法　　　　　　　D. 划线更正法

3. 下列账簿不能采用多栏式账页的有（　　）。

　　A. 总账　　　　　　　　　　B. 管理费用明细账

　　C. 现金日记账　　　　　　　D. 银行存款日记账

4. 不能作为银行存款日记账登记依据的是（　　）。

　　A. 现金收款凭证　　　　　　B. 部分现金付款凭证

　　C. 银行存款收款凭证　　　　D. 银行存款付款凭证

5. 库存商品明细账通常采用（　　）账簿。

　　A. 多栏式　　　B. 三栏式　　　C. 数量金额式　　D. 卡片式

6. 科目汇总表的主要缺点是不能反映出（　　）。

　　A. 借方发生额　　　　　　　B. 贷方发生额

　　C. 借方和贷方发生额　　　　D. 科目对应关系

7. 业务简单、使用会计科目很少的小型企业或其他单位使用（　　）。

　　A. 科目汇总表核算形式　　　B. 汇总记账凭证核算形式

　　C. 日记总账核算形式　　　　D. 记账凭证核算形式

8. （　　）不能反映各科目的对应关系，不便于分析和检查经济业务的来龙去脉，不便于查对账目。

　　A. 记账凭证账务处理程序　　B. 汇总记账凭证账务处理程序

　　C. 日记总账账务处理程序　　D. 科目汇总表账务处理程序

9. 编制科目汇总表的直接依据是（　　）。

　　A. 原始凭证　　　　　　　　B. 记账凭证

　　C. 原始凭证汇总表　　　　　D. 汇总记账凭证

10. 记账凭证核算形式的主要缺点是（　　）。

　　A. 登记总账的工作量较大　　B. 不便于会计合理分工

C. 不能体现账户的对应关系　　D. 方法不易掌握

11. 在结账之前，如果发现账簿记录有文字或数字错误，而记账凭证无错，可采用的更正方法是（　　）。

A. 划线更正法　B. 红字更正法　C. 补充登记法　D. 平行登记法

12. 记账以后，如发现账簿错误是由于记账凭证中会计科目运用错误引起的，可采用的更正方法是（　　）。

A. 划线更正法　B. 红字更正法　C. 补充登记法　D. 平行登记法

13. 采用补充登记法纠正错误的，应编制（　　）。

A. 红字记账凭证　　　　　　　B. 蓝字记账凭证

C. 一张红字及一张蓝字记账凭证　D. 不能确定

二、多项选择题

1. 明细分类账可以直接根据（　　）登记。

A. 记账凭证　B. 原始凭证　　C. 科目汇总表　D. 汇总原始凭证　E. 备查账

2. 下列账簿必须采用订本式账簿的是（　　）。

A. 明细账　　　　　　　　　B. 总账

C. 现金日记账　　　　　　　D. 银行存款日记账　　　E. 备查账

3. 下列各项，可以采用多栏式明细账簿的是（　　）。

A. 生产成本　B. 管理费用　　C. 原材料　　D. 应收账款　　E. 制造费用

4. 现金日记账的登记依据是（　　）。

A. 现金收款凭证　　　　　　B. 现金付款凭证

C. 转账凭证　　　　　　　　D. 银行存款收款凭证

E. 部分银行存款付款凭证

5. 明细分类账采用的格式有（　　）。

A. 三栏式　　B. 多栏式　　C. 数量金额式　D. 订本式

6. 汇总记账凭证一般分为（　　）。

A. 汇总收款凭证　　　　　　B. 汇总付款凭证

C. 原始凭证汇总表　　　　　D. 汇总转账凭证

7. 总账记账的依据可以是（　　）。

A. 记账凭证　B. 明细账　　C. 科目汇总表　D. 汇总记账凭证

8. 各种账务处理程序的相同之处表现为（　　）。

A. 登记现金、银行存款日记账的依据和方法相同

B. 登记明细账的依据和方法相同

C. 登记总账的依据和方法相同

D. 编制会计报表的依据和方法相同

9. 记账凭证账务处理程序适用于（　　）的企业。

A. 规模较大　B. 规模较小　　C. 凭证不多　　D. 所用会计科目较多

10. 各种会计核算组织程序下，登记明细账的依据可能有（　　）。

A. 原始凭证　B. 汇总原始凭证　C. 记账凭证　　D. 汇总记账凭证

11. 下列可以简化登记总账工作量的会计核算组织程序有（　　）

    A. 记账凭证核算组织程序　　　B. 日记总账核算组织程序

    C. 科目汇总表核算组织程序　　D. 汇总记账凭证核算组织程序

12. 错账更正的方法有（　　　　）。

    A. 划线更正法　B. 红字更正法　C. 补充登记法　　D. 平行登记法

13. 发生以下记账错误时，应选择红字更正法的有（　　　　）。

    A. 记账之后，发现记账凭证中的会计科目应用错误

    B. 记账之后，发现记账凭证所列金额大于正确金额

    C. 记账之后，发现记账凭证所列金额小于正确金额

    D. 结账之前，发现账簿记录有文字错误，而记账凭证正确

14. 对账即核对账目，其主要内容包括（　　　　）。

    A. 账证核对　B. 账账核对　　　C. 账实核对　　　　D. 账表核对

15. 账实核对是指账簿与财产物资实有数额是否相符，具体包括（　　　　）核对。

    A. 现金日记账余额与实际库存数

    B. 银行存款日记账余额与银行对账单余额

    C. 各种财物明细账余额与实存额

    D. 债权、债务明细账余额与对方单位或个人的记录（往来对账单）

三、判断题

1. 总分类账和明细分类账一律都是根据记账凭证登记的。（　　　）

2. 记账以后，发现所记金额小于应记金额，但记账凭证正确，应采用红字更正法进行更正。（　　　）

3. 备查账簿是对某些在日记账和分类账中未能记录的事项进行补充登记的账簿，因此各单位必须设置。（　　　）

4. 现金日记账和银行存款日记账必须采用订本式账簿，但企业可以用银行对账单代替日记账。（　　　）

5. 结账之前，如果发现账簿中所记的文字或数字错误，而记账凭证并没有错，应采用划线更正法进行更正。（　　　）

6. 无论何种会计核算形式，都需要将日记账、明细账分别与总账定期核对。（　　　）

7. 各种会计核算形式之间的主要区别在于编制会计报表的依据和方法不同。（　　　）

8. 账簿体系是指从审核、整理原始凭证开始，到记账凭证的填制，登记各种账簿，以及编制会计报表等一系列工作的顺序和方法。（　　　）

9. 记账凭证核算形式只适用于业务简单、数量较少的小型企业或其他单位。（　　　）

10. 凡需结出余额的账户，结出余额后应在"借或贷"栏内写明"借"或"贷"字样。没有余额的账户，只要在余额栏内用"0"表示即可。（　　　）

11. 账簿中的每一账页就是账户的存在形式和载体，没有账簿，账户就无法存在。（　　　）

12. 实行会计电算化的单位，发生收款和付款业务的，在输入收款凭证和付款凭证的当天必须打印现金日记账和银行存款日记账。（　　　）

13. 年度终了，应编制记账凭证把上年账户余额结平，并结转下年。（　　　）

四、实务题

1. 三荣公司是工贸一体化企业，为增值税一般纳税人，三荣公司 2010 年 7 月 1 日各总

分类账户期初余额如表 4 - 129 所示。

表 4 - 129　三荣公司总分类账户期初余额表

2010 年 7 月 1 日　　　　　　　　　　　　　　　　单位：元

账户名称	借方余额	贷方余额
库存现金	42 000	
银行存款	583 000	
应收账款	13 000	
应收票据	7 000	
原 材 料	470 000	
库存商品	420 000	
长期投资	80 600	
固定资产	3 52 000	
无形资产	82 000	
生产成本	5 000	
累计折旧		206 000
短期借款		56 500
应付票据		3 200
应付账款		64 900
实收资本		4 500 000
资本公积		192 000
盈余公积		160 000
利润分配		40 000
合　计	5 622 600	5 622 600

有关明细账户期初余额资料如下。

原材料——A 材料 10 吨，单价 1 000 元，共计 20 000 元；

　　　　——B 材料 40 吨，单价 5 000 元，共计 200 000 元；

　　　　——C 材料 50 吨，单价 5 000 元，共计 250 000 元；

库存商品——甲产品 40 件，单价 5 500 元，共计 220 000 元；

　　　　　——乙产品 50 件，单价 4 000 元，共计 200 000 元；

应收账款——王子公司 13 000 元；

应付账款——大华公司 41 000 元；

　　　　　——W 公司 23 900 元；

生产成本——甲产品 5 000 元。

要求：

（1）根据上述资料，三荣公司应建哪些账簿（账户）？

（2）各账簿分别采用什么样式？

2. 某企业 2009 年 3 月 1 日现金日记账余额为 8 500 元，银行存款日记账余额为 78 000元。本月发生下列经济业务。

① 1 日，职工陈某预借差旅费 2 000 元，以现金付讫。

② 2 日，签发现金支票 4 000 元，从银行提取现金，以备日常开支。

③ 4 日，用银行存款 23 000 元，交纳上月未交的税金。

④ 5 日，从银行取得短期借款 80 000 元，存入开户银行。

⑤ 5 日，签发现金支票 46 000 元，从银行提取现金，以备发工资。

⑥ 6 日，以现金 46 000 元发放本月职工工资。

⑦ 10 日，收到银行通知，某购货单位偿还上月所欠货款 79 000 元，已收妥入账。

⑧ 10 日，开出转账支票 8 800 元，支付本月生产车间机器的修理费。

⑨ 11 日，行政管理部门报销购买办公用品费用 180 元，以现金付讫。

⑩ 12 日，采购员王某报销差旅费 3 450 元，原借 4 000 元，余款退回现金。

⑪ 14 日，以现金 260 元支付本月电话费。

⑫ 15 日，签发转账支票 36 000 元，支付所欠某供应单位货款。

⑬ 23 日，签发转账支票 40 000 元，预付供应单位购料款。

⑭ 25 日，将超过库存限额的现金 4 000 元送存银行。

⑮ 31 日，用银行存款支付本月生产车间用电费 21 000 元。

⑯ 31 日，以银行存款支付销售产品的电视广告费 4 000 元。

要求：

(1) 根据以上业务编制会计分录；

(2) 开设并登记现金日记账和银行存款日记账（用"T"形账户格式）。

3. 某公司会计人员在结账前进行对账，发现以下错账。

① 用银行存款预付建造固定资产的工程价款 75 000 元，编制的会计分录为

借：在建工程   75 000

 贷：银行存款   75 000

在过账时，"在建工程"账户记录为 57 000 元。

② 用现金支付职工生活困难补助 600 元，编制的会计分录为

借：管理费用   600

 贷：库存现金   600

③ 计提车间生产用固定资产 4 600 元，编制的会计分录为

借：制造费用   46 000

 贷：累计折旧   46 000

④ 用现金支付工人工资 60 000 元，编制的会计分录为

借：应付职工薪酬   6 000

 贷：库存现金   6 000

要求：

(1) 指出对上述错账应采用何种更正方法。

(2) 编制错账更正的会计分录。

4. 新时代公司 2010 年 3 月 30 日结账前各账户余额如表 4-130 所示，但由于有错误，该表科目余额借、贷方合计不相等。2010 年 3 月 30 日，经查核有关账证，发现有下列错误。

① 银行存款支付管理部门水电费 2 540 元，过账时在管理费用上误记为 5 240 元。

② 银行存款购进仪器一台，买价为 8 000 元，过账时误记为库存商品。

③ 购进商品一批，计 4 000 元，误记入应收账款贷方。

④ 以银行存款 36 000 元购进设备一台，原会计分录为借记固定资产 3 600 元，贷记"银行存款" 3 600 元。

表 4 - 130　账户余额

单位：元

账户名称	借方余额	账户名称	贷方余额
银行存款	50 000	短期借款	89 000
应收账款	35 000	应付账款	10 600
库存商品	8 000	实收资本	250 000
固定资产	87 000	主营业务收入	109 100
主营业务成本	200 000	累计折旧	11 820
管理费用	89 000		
销售费用	12 000		
合　　计	481 000		470 520

要求：

（1）采用适当的错账更正方法更正错账；

（2）编制新时代公司更正错账后试算平衡表。

模块五

成本计算

任务1　生产企业产品成本计算

【知识学习目标】
- 了解产品成本核算的一般程序；
- 熟悉产品成本的项目及其构成内容；
- 熟悉产品成本的归集、分配核算。

【能力培养目标】
- 能进行中小企业产品成本的核算。

【任务要求】

　　为三友服饰公司 2009 年 10 月份核算生产完工的西服及童装的实际成本。

 任务准备

1. 产品成本计算一般程序概述

（1）确定成本计算对象

成本计算对象（生产品种）是指成品成本计算过程中，确定归集和分配生产费用的承担客体。确定成本计算对象就是明确到底需要算谁的成本，这是保证成本核算质量的关键环节。比如在生产过程中，为生产某种产品而发生的各种费用，就应以该产品为成本计算对象来加以归集。

（2）根据成本计算对象（生产品种）设置"生产成本"明细账

通过设置"生产成本"明细账来归集特定成本计算对象在生产过程中所发生的可以计入产品成本的全部费用。

（3）确定成本项目

所谓成本项目，是指费用按其经济用途所作的分类。企业成本项目的设置，应根据企业的生产特点和管理要求来确定，但通常情况下成本项目是由直接材料、直接人工和制造费用构成的。

（4）确定成本计算期

企业的成本计算期通常选择产品的生产周期，即在产品完工时进行成本计算。

（5）费用的归集与分配

这是整个成品成本计算过程中最重要的一个步骤，在这一步骤中应严格按照成本开支范围和权责发生制原则的要求，将所发生的费用按其归属对象分别记入各个受益者的生产成本明细账；对于无特定归属对象，不能直接记入某一受益者生产成本明细账的间接费用，应选择一定的分配标准，通过计算分配记入相关的成本明细账中。

（6）生产费用在完工产品和在产品之间的划分

在完成了生产费用的归集与分配以后，为了计算得到本期的完工产品成本，需要将所归集的全部生产费用在完工产品和在产品之间进行分配。若本期产品全部完工，则期初未完工产品成本（若有）和本期所发生的全部费用均为完工产品成本；若本期产品全部未完工，则本期发生的生产费用均为未完工产品成本；若本期生产的产品有的完工有的未完工，则生产费用要在完工产品与未完工产品之间进行分配。

2. 产品成本项目的内容

在制造成本计算法下，产品的成本通常由下列几个项目构成。

（1）直接材料

直接材料是指直接计入成本，构成产品实体或有助于产品形成或者便于进行生产而消耗的各种材料，如原料及主要材料、辅助材料、半成品、燃料和动力等。这些材料可以是自制的，也可以是外购的。

（2）直接人工

直接人工是指直接从事产品生产的工人的各种薪酬及提取的其他职工薪酬，包括工资、职工福利、社会保险费、住房公积金、工会经费、职工教育经费、非货币性福利、辞退福利、股份支付等。不直接从事产品生产的职工的薪酬不构成直接人工支出，而应根据具体情况归入制造费用和管理费用等项目。

（3）制造费用

制造费用是指企业内部各个生产车间为了组织和管理产品的生产活动而发生的各项间接费用，包括车间管理人员的工资等薪酬、车间用固定资产的折旧费、修理费、办公费、水电费、厂房租赁费、劳保费及机物料消耗费等。在生产多种产品的情况下，当制造费用无法明确归属于某一产品时，就不能直接计入产品成本，而需要按照一定的方法分配计入产品成本。

3. 产品成本的计算方法

（1）分配制造费用

产品成本的计算过程就是按不同的成本计算对象归集分配费用的过程。企业发生的生产费用，若只为生产某种产品而直接发生的，应当在费用发生时直接计入该种产品的成本；若为生产多种产品共同发生的材料及人工费，应在费用发生时通过一定的方法对费用进行分配，进而计算出各种产品应当承担的成本。需要注意的是，对于企业为生产产品而发生的制造费用，由于其属于间接费用，因此月末应采用适当的分配标准（如生产工人工资、生产工人工时、机器工时、耗用的原材料数量或者成本等）对其进行分配。制造费用的分配方法主要有按照实际分配率分配法和按照年度计划分配率分配法两种。下面简要介绍按照实际分配率分配制造费用的方法，其计算公式如下。

$$制造费用分配率 = 制造费用总额 \div 各种产品分配标准总数$$

$$某种产品应当承担的制造费用 = 该种产品的分配标准 \times 制造费用分配率$$

例如，某企业整机车间生产 A、B 两种产品，月末共发生制造费用 32 000 元，A、B 两种产品共耗用机器工时分别为 300 小时和 500 小时，该企业的机械化程度较高，其制造费用是按照机器工时进行分配，则 A、B 两种产品应当分配的制造费用计算如下。

$$制造费用分配率 = 32\ 000 \div (300 + 500) = 40$$

$$A\ 产品应当承担的制造费用 = 40 \times 300 = 12\ 000\ （元）$$

$$B\ 产品应当承担的制造费用 = 40 \times 500 = 20\ 000\ （元）$$

根据以上计算可以编制制造费用分配表，如表 5 - 1 所示。

表 5 - 1　制造费用分配表

车间：整机车间　　　　　　　　　2010 年 7 月 31 日　　　　　　　　　单位：元

借方科目		机器工时	分配率	分配金额
总账科目	明细科目			
生产成本	A 产品 B 产品	300 500	40	12 000 20 000
合　计		800	32 000	

根据制造费用分配表编制会计分录如下。

借：生产成本——A 产品　　　　　　　　　　　　　　　　　　　　　12 000

　　　　　　——B 产品　　　　　　　　　　　　　　　　　　　　　20 000

　　贷：制造费用　　　　　　　　　　　　　　　　　　　　　　　　　32 000

（2）登记生产成本明细账（见表 5 - 2）

表 5 - 2　生产成本明细账

产品种类：西服

年		凭证		摘要	借　方			合　计
月	日	种类	号数		直接材料 十 万 千 百 十 元 角 分	直接人工 十 万 千 百 十 元 角 分	制造费用 十 万 千 百 十 元 角 分	十 万 千 百 十 元 角 分

制造费用经过分配后结转到产品的"生产成本"账户中，然后根据资料分别登记各种产品的"生产成本"明细账，以确定本期各产品的生产成本。在期末没有在产品的情况下，"生产成本"账户归集的某产品的生产费用就是该产品本期完工产品的生产成本；在期末有在产品的情况下，即期末既有完工产品又有在产品的情形，需要采用一定的方法将本期归集的某产品的生产费用在该产品的完工产品和期末在产品之间分配，其基本计算公式如下。

完工产品成本 = 期初在产品成本 + 本月发生的生产费用 – 期末在产品成本

（3）编制产品成本计算表

产品成本计算表格式如表 5 – 3 所示。

表 5 – 3 产品成本计算表

年　月　日

成本项目	A 产品		B 产品	
	总成本	单位成本	总成本	单位成本
直接材料				
直接人工				
制造费用				
合　计				

（4）产品成本计算举例

仍以模块二中的资料为例，根据某企业生产过程中所发生的业务编制会计分录如下。

① 企业为生产 A、B 产品和其他用途从仓库领用各种材料，其汇总资料见表 5 – 4。

表 5 – 4 材料耗用汇总表

单位：元

用　途	甲材料		乙材料		辅助材料	
	数量	金额	数量	金额	数量	金额
生产产品用						
A 产品	1 800	18 000	4 000	24 000		
B 产品	500	5 000			700	7 000
小　计	2 300	23 000	4 000	24 000	700	7 000
车间一般耗用	300	3 000				
行政管理部门耗用					100	1 000
合　计	2 600	26 000	4 000	24 000	800	8 000

编制会计分录如下。

借：生产成本——A 产品 　　　　　　　　　　　　　　　　　　　42 000
　　　　　　——B 产品 　　　　　　　　　　　　　　　　　　　12 000
　　制造费用 　　　　　　　　　　　　　　　　　　　　　　　　3 000
　　管理费用 　　　　　　　　　　　　　　　　　　　　　　　　1 000
　　贷：原材料——甲材料 　　　　　　　　　　　　　　　　　　　26 000
　　　　　　　——乙材料 　　　　　　　　　　　　　　　　　　　24 000
　　　　　　　——辅助材料 　　　　　　　　　　　　　　　　　　8 000

② 企业根据考勤记录和产量记录计算工资如下：生产工人工资 50 000 元（其中生产 A 产品工人工资 30 000 元，生产 B 产品工人工资 20 000 元）；车间管理人员工资 10 000 元；企业行政管理人员工资 6 000 元。编制会计分录如下。

借：生产成本——A 产品 　　　　　　　　　　　　　　　　　　　30 000
　　　　　　——B 产品 　　　　　　　　　　　　　　　　　　　20 000
　　制造费用 　　　　　　　　　　　　　　　　　　　　　　　　10 000
　　管理费用 　　　　　　　　　　　　　　　　　　　　　　　　6 000

贷：应付职工薪酬——工资　　　　　　　　　　　　　　　　　　　66 000

③ 按照上述工资的 14% 提取职工福利费。编制会计分录如下。

借：生产成本——A 产品　　　　　　　　　　　　　　　　　　　4 200

　　　　　——B 产品　　　　　　　　　　　　　　　　　　　2 800

　制造费用　　　　　　　　　　　　　　　　　　　　　　　1 400

　管理费用　　　　　　　　　　　　　　　　　　　　　　　840

　　贷：应付职工薪酬——福利费　　　　　　　　　　　　　　　9 240

④ 为了提升产品档次，增强竞争力，企业就一项新产品的设计向相关专家进行咨询，并以银行存款支付咨询费 8 000 元。编制会计分录如下。

借：管理费用　　　　　　　　　　　　　　　　　　　　　　　8 000

　贷：银行存款　　　　　　　　　　　　　　　　　　　　　8 000

⑤ 企业提取现金 70 000 元以备发放职工工资。编制会计分录如下。

借：库存现金　　　　　　　　　　　　　　　　　　　　　　　70 000

　贷：银行存款　　　　　　　　　　　　　　　　　　　　　70 000

⑥ 企业以现金发放职工工资 66 000 元。编制会计分录如下。

借：应付职工薪酬　　　　　　　　　　　　　　　　　　　　　66 000

　贷：库存现金　　　　　　　　　　　　　　　　　　　　　66 000

⑦ 企业生产车间进行设备的日常检修，以现金支付修理费用 4 600 元。编制会计分录如下。

借：制造费用　　　　　　　　　　　　　　　　　　　　　　　4 600

　贷：库存现金　　　　　　　　　　　　　　　　　　　　　4 600

⑧ 企业以现金支付生产车间职工王荣报销的差旅费 1 000 元。编制会计分录如下。

借：制造费用　　　　　　　　　　　　　　　　　　　　　　　1 000

　贷：库存现金　　　　　　　　　　　　　　　　　　　　　1 000

⑨ 企业的生产车间共发生水电费 6 000 元，以银行存款支付。编制会计分录如下。

借：制造费用　　　　　　　　　　　　　　　　　　　　　　　6 000

　贷：银行存款　　　　　　　　　　　　　　　　　　　　　6 000

⑩ 企业根据规定的固定资产折旧率计提本月固定资产折旧 39 000 元，其中生产车间提取固定资产折旧费 34 000 元，厂部办公楼计提折旧费 5 000 元。编制会计分录如下。

借：制造费用　　　　　　　　　　　　　　　　　　　　　　　34 000

　管理费用　　　　　　　　　　　　　　　　　　　　　　　5 000

　贷：累计折旧　　　　　　　　　　　　　　　　　　　　　39 000

⑪ 企业以生产工人工资为分配标准来分配制造费用。

根据以上经济业务可知，本月共发生和归集的制造费用为 60 000 元（3 000 + 10 000 + 1 400 + 4 600 + 1 000 + 6 000 + 34 000），以生产工人工资为标准来分配计入 A、B 两种产品的生产成本。A、B 产品应当分配的制造费用计算如下。

$$制造费用分配率 = 60\ 000 \div（3\ 000 + 20\ 000）= 1.2$$

$$A\ 产品应当承担的制造费用 = 1.2 \times 30\ 000 = 36\ 000（元）$$

$$B\ 产品应当承担的制造费用 = 1.2 \times 20\ 000 = 30\ 000（元）$$

编制会计分录如下。

借：生产成本——A 产品 36 000
　　　　　　——B 产品 30 000
　贷：制造费用 66 000

⑫ 企业生产的 A 产品 200 件全部生产完工，并已验收入库；B 产品全部未完工。编制会计分录如下。

借：库存商品——A 产品 112 200
　贷：生产成本——A 产品 112 200

登记生产成本明细账见表 5-5 和表 5-6，编制的产品成本计算表见表 5-7。

表 5-5　生产成本明细账

产品种类：A 产品

2009年 月	日	种类	号数	摘要	直接材料	直接人工	制造费用	合计
×	1			期初余额				
		略	略	生产领用材料	42 000.00			42 000.00
				生产工人工资		30 000.00		72 000.00
				计提福利费		4 200.00		76 200.00
				分配制造费用			36 000.00	112 200.00
				本月合计	42 000.00	34 200.00	36 000.00	112 200.00
				结转完工成本	42 000.00	34 200.00	36 000.00	

表 5-6　生产成本明细账

产品种类：B 产品

2009年 月	日	种类	号数	摘要	直接材料	直接人工	制造费用	合计
×	1			期初余额				
		略	略	生产领用材料	12 000.00			12 000.00
				生产工人工资		20 000.00		32 000.00
				计提福利费		2 800.00		34 800.00
				分配制造费用			30 000.00	64 800.00
				本月合计	12 000.00	22 800.00	30 000.00	

表5-7 产品成本计算表

2009 年 × 月 × 日 单位：元

成本项目	A产品	
	总成本（200件）	单位成本
直接材料	42 000	210
直接人工	34 200	171
制造费用	36 000	180
合　计	112 200	561

借：库存商品——A产品　　112 200
　　贷：生产成本——A产品　　112 200

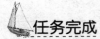

任务完成

　　三友服饰公司2009年10月份记账凭证登记的产品生产成本明细账如表5-8和表5-9所示，产品成本计算表如表5-10和表5-11所示。

表5-8　生产成本明细账

生产车间：西服
产品名称：西服

完成产量：272件　　　　计划数量：100件　　　　产品规格

年 月	日	种类	号数	摘要	直接材料	直接人工	制造费用	合计
1	1			月初余额	300000	50000	80000	430000
	略	略		（1～8月）略	1500000	250000	501000	2681000
9	30			工人工资		700000		6400000
10	8	11	3/3	领用A材料		980000		1061000
10	8	11	3/3	分配制造费用			638225	19043250
10	2		12	本月合计	3400000	3420000	4500000	11320000
10	30		28	结转完工成本	[1397059]	[3044118]	[2560018]	2042055
10	30		29	本月发生额合计	3500000	7980000	6382250	

表5-9 生产成本明细账

生产车间：童装
产品名称：童装

完成产量：2 000 件　　　　计划数量：2 243 件　　　　产品规格

年 月	年 日	凭证 种类	凭证 号数	摘要	借方 直接材料	借方 直接人工	借方 制造费用	合计
1	1			月初余额				-0-
10	8	11	3/3	工人工资		100 000.00		100 000.00
10	8	11	3/3	工人福利费		14 000.00		14 000.00
10	2		12	领用B材料	13 120.00			13 120.00
10	30		28	分配制造费用			9 117.50	9 117.50
10	30		29	结转完工成本	11 698.62	10 164.96	8 129.74	29 993.32
				本月发生额合计	13 120.00	114 000.00	9 117.50	

表5-10 西服产品成本计算表

2009 年 10 月 30 日　　　　　　　　　　　　　　　　单位：元

成本项目	西服 总成本（100件）	西服 单位成本
直接材料	13 970.59	139.71
直接人工	30 441.18	304.41
制造费用	25 600.18	256.60
合　计	70 011.95	700.12

表5-11 童装产品成本计算表

2009 年 10 月 30 日　　　　　　　　　　　　　　　　单位：元

成本项目	童装 总成本（2000件）	童装 单位成本
直接材料	11 698.62	5.85
直接人工	10 164.96	5.08
制造费用	8 129.74	4.06
合　计	29 993.32	14.99

任务 2　生产企业销售产品成本计算

【知识学习目标】
● 熟悉生产企业产品销售成本计算的方法
【能力培养目标】
● 能进行中小企业销售产品成本的核算。
【任务要求】
为三友服饰公司 2009 年 10 月份核算已售西服及童装的实际成本。

 任务准备

1. 产品销售成本的计算

在销售过程中，成本计算主要是主营业务成本的计算，即已经销售产品成本的确定。

在会计实际工作中，本月销售的产品中可能既有上一期生产的产品，又有本期生产的产品。由于各期生产产品的计价方法不同，因此它们的单位成本也可能不同。所以，在产品销售时，首先应当确定它们的单位产品成本，进而计算出产品的销售成本。产品的单位成本可以选择先进先出法、加权平均法等方法加以确认。主营业务成本计算公式为

已经销售产品的成本 = 产品的单位生产成本 × 已销产品的数量

（1）先进先出法

先进先出法是假定以先入库的产品先出库（销售或耗用）为前提来确定发出产品的一种以存货实物流动假设为前提的计价方法。

采用这种方法，先入库的产品成本在后入库产品成本之前转出，据此确定发出产品和期末产品的成本。具体方法是：收入产品时，逐笔登记收入产品数量、单价和金额；发出产品时，按照先进先出的原则逐笔登记产品的发出成本和结存金额。先进先出法可以随时结转产品成本，但较烦琐；如果产品收发业务较多，且产品单价不稳定时，其工作量较大。

采用先进先出法计价，企业不能随意通过调节产品的成本以调整当期的利润，并且使期末存货的账面余额接近于当前市价，但这种方法工作量较大，计算较烦琐，而且在物价上涨的情况下会高估企业的利润，在物价下降的情况下会低估企业的利润。

例 5 - 1

长江公司采用先进先出法计算发出产品和期末产品的成本。2010 年 9 月甲产品明细账如表 5 - 12 所示（金额单位：元）。

表 5 – 12　甲产品明细账

产品名称：甲产品　　　　　　　　　　　　　　　　　　　　　　　　　　　单位：件、元

2010 年		摘要	收　入			发　出			结　存		
月	日		数量	单价	金额	数量	单价	金额	数量	单价	金额
9	1	期初余额							3 000	4	12 000
	8	入库	2 000	4	8 800				3 000 2 000	4.0 4.4	12 000 8 800
	18	销售				3 000 1 000	4.0 4.4	12 000 4 400	1 000	4.4	4 400
	25	入库	3 000	4.5	13 800				1 000 3 000	4.4 4.6	4 400 4 600
	29	销售				1 000 1 000	4.4 4.6	4 400 4 600	2 000	4.6	9 200
	30	销售				500	4.6	2 300	1 500	4.6	6 900
	30	本月合计	5 000	—	22 600	6 500	—	27 700	1 500	4.6	6 900

（2）加权平均法

加权平均法又称"月末一次加权平均法"，是以本月全部入库产品的数量加月初库存产品的数量为权数，去除本月全部入库产品的总成本加月初产品的总成本之和，计算出库存产品的加权平均单价，从而确定售出及库存产品成本的一种计价方法。此方法的计算公式为

加权平均单位成本 =（月初库存产品的总成本 + 本月全部入库产品的总成本）÷
　　　　　　　　　　（月初库存产品的数量 + 本月入库产品的数量）

本月产品销售成本 = 加权平均单位成本 × 本月销售产品的数量

本月月末库存产品成本 = 月末库存产品数量 × 产品单位成本

（3）移动加权平均法

移动加权平均法，是指以每次进货的成本加上原有库存存货的成本，除以每次进货数量与原有库存存货的数量之和，据以计算加权平均单位成本，作为在下次进货前计算各次发出存货成本的依据。计算公式如下。

本次单位成本 =（原有库存产品的实际成本 + 本次入库产品的实际成本）÷
　　　　　　　　（原有库存产品数量 + 本次入库数量）

本次发出产品的成本 = 本次发出存货的数量 × 本次发出存货前存货单位成本

本月月末库存产品成本 = 月末库存产品数量 × 月末月末产品单位成本

例 5 - 2

承例 5 - 1 资料，假定长江公司采用月末一次加权平均法计算发出材料和期末材料的成本（金额单位：元）。具体计算如下：2010 年 9 月份 A 产品"库存商品"明细账如表 5 - 13 所示，则本月产品销售成本为

A 产品加权平均单位成本 = （12 000 + 8 800 + 13 800） ÷ （3 000 + 2 000 + 3 000）
= 4. 325（元）

本月 A 产品销售成本 = 6 500 × 4. 325 = 28 112. 5 （元）

本月月末库存 A 产品成本 = （12 000 + 8 800 + 13 800） - 28 112. 5 = 6 487. 5 （元）

表 5 - 13　甲产品明细账

产品名称：甲产品　　　　　　　　　　　　　　　　　　　　　　　　　单位：件、元

2010 年		摘　要	收　入			发　出			结　存		
月	日		数量	单价	金额	数量	单价	金额	数量	单价	金额
9	1	期初余额							3 000	4	12 000
	8	入库	2 000	4	8 800				5 000		
	18	销售				4 000			1 000		
	25	入库	3 000	4.5	13 800				4 000		
	29	销售				2 000			2 000		
	30	销售				500			1 500	4. 325	6 487. 5
	30	本月合计	5 000	—	22 600	6 500	4. 325	28 112. 5	1 500	4. 325	6 487. 5

例 5 - 3

承例 5 - 1 资料，假定长江公司采用移动加权平均法计算发出产品和期末产品的成本，具体计算如下。

第一批收货后的产品平均单位成本 = （12 000 + 8 800） ÷ （3 000 + 2 000） = 4. 16 （元）

第一批销售的产品成本 = 4 000 × 4. 16 = 16 640 （元）

当时结存的产品成本 = 1 000 × 4. 16 = 4 160 （元）

第二批收货后的产品平均单位成本 = （4 160 + 13 800） ÷ （1 000 + 3 000） = 4. 49 （元）

第二批销售产品的成本 = 2 000 × 4. 49 = 8 980 （元）

第三批销售产品的成本 = 500 × 4. 49 = 2 245 （元）

本月月末库存产品成本 = 1 500 × 4. 49 = 6 735 （元）

本月销售产品成本合计 = 16 640 + 8 980 + 2 245 = 27 865 （元）

长江公司采用移动加权平均法计算发出产品和期末产品的成本。2010 年 9 月甲产品明细账如表 5 - 14 所示（金额单位：元）。

表 5-14 甲产品明细账

产品名称：甲产品   单位：件、元

2010 年		摘　要	收　入			发　出			结　存		
月	日		数量	单价	金额	数量	单价	金额	数量	单价	金额
9	1	期初余额							3 000	4	12 000
	8	入库	2 000	4	8 800				5 000	4.16	20 830
	18	销售				4 000	4.16	4 160	1 000	4.16	4 160
	25	入库	3 000	4.5	13 800				4 000	4.49	17 760
	29	销售				2 000	4.49	8 980	2 000	4.49	17 760
	30	销售				500	4.49	2 245	1 500	4.49	6 735
		本月合计	5 000	—	22 600	6 500	—	27 865	1 500	4.49	6 735

（4）个别计价法

个别计价法亦称为个别认定法、具体辨认法，是假设存货具体项目的实物流转与成本流转一致，按照各种存货逐一辨认各批发出存货和期末存货所属的购进批别或生产批别，分别按其购入或生产时所确定的单位成本计算各批存货和期末存货成本的方法。在这种方法下，是把每一种存货的实际成本作为计算发出存货成本和期末存货成本的基础。个别计价法的成本计算准确，符合实际情况，但在存货收发频繁的情况下，其发出成本分辨的工作量较大。因此，这种方法适用于一般不能替代使用的存货、为特定项目专门购入或制造的存货等。

例 5-4

长江公司 2010 年 9 月乙产品的入库、销售单位成本如表 5-15 所示。

表 5-15　乙产品明细账

产品名称：乙产品   单位：件、元

2010 年		摘　要	收　入			发　出			结　存		
月	日		数量	单价	金额	数量	单价	金额	数量	单价	金额
9	1	期初余额							150	10	1 500
	5	入　库	100	12	1 200				250		
	11	销　售				200			50		
	16	入　库	200	14	2 800				250		
	20	销　售				100			150		
	23	入　库	100	15	1 500				250		
	27	销　售				100			150		
		本月合计	400	—	5 500	400	—				1 500

假设经过具体辨认，本期发出产品的单位成本如下：9月11日发出的200件产品中，100件是期初结存产品，单位成本为10元，100件为5日入库产品，单位成本为12元；9月20日销售的100件产品是16日入库，单位成本为14元；9月27日销售的100件产品中，50件为期初结存，单位成本为10元，50件为23日入库，单位成本为15元。则按照个别认定法长江公司2010年9月乙产品的入库、销售、结存单位成本如表5-16所示。

表5-16 乙产品明细账

产品名称：乙产品   单位：件、元

2010年		摘 要	收 入			发 出			结 存		
月	日		数量	单价	金额	数量	单价	金额	数量	单价	金额
9	1	期初余额							150	10	1 500
	5	入 库	100	12	1 200				250		
	11	销 售				100 100	10 12	1000 1200	50	10	500
	16	入 库	200	14	2 800				50 200	10 14	500 1 400
	20	销 售				100	14	1400	50 100	10 14	500 1 400
	23	入 库	100	15	1 500				50 100 100	10 14 15	500 1 400 1 500
	27	销 售				50 50	10 10	500 750	100 50	14 15	1 400 750
	30	本月合计	400	—	5 500	400	—		100 50	14 15	1 400 750

从表5-16中可知，长江公司销售产品成本及期末成本如下。

本期销售产品成本 $= 100 \times 10 + 100 \times 12 + 100 \times 14 + 50 \times 10 + 50 \times 15 = 4\ 850$（元）

期末结存产品成本 = 期初结存产品成本 + 本期入库产品成本 - 本期销售产品成本

$$= 150 \times 10 + 100 \times 12 + 200 \times 14 + 100 \times 15 - 4\ 850$$

$$= 2\ 150 （元）$$

实际工作中，企业发出产品成本的计价方法包括先进先出法、月末一次加权平均法、移动加权平均法和个别计价法等。企业应当根据各类存货的实物流转方式、企业管理要求、产品的性质等实际情况，合理地确定发出产品成本的计价方法。

2. 产品销售成本计算举例

仍以模块二中的资料为例，根据某企业生产过程中所发生的业务编制会计分录如下。

① 企业生产的A产品200件全部生产完工，并已验收入库；B产品全部未完工。编制会计分录如下。

借：库存商品——A产品   113 200

    贷：生产成本——A产品   113 200

② 企业向长江公司销售 A 产品 200 件，单价 1 000 元，增值税专用发票上注明价款200 000元，增值税额 34 000 元。产品已经发出，款项已通过银行转账收讫。编制会计分录如下。

借：银行存款 234 000

  贷：主营业务收入——A 产品 200 000

      应交税费——应交增值税（销项税额） 34 000

③ 企业向三源公司销售 A 产品 500 件，单价 800 元，增值税专用发票上注明价款 400 000元，增值税额 68 000 元；同时还销售 B 产品 200 件，单价 150 元，增值税专用发票上注明价款30 000元，增值税额 5 100 元。货已发出，南方公司尚未支付货款。编制会计分录如下。

借：应收账款——南方公司 503 100

  贷：主营业务收入——A 产品 400 000

           ——B 产品 30 000

      应交税费——应交增值税（销项税额） 73 100

④ 企业结转本月已经销售的 A 产品的销售成本共计 350 000 元（700 件×500），B 产品的销售成本为 20 000 元（200 件×100）。编制会计分录如下。

借：主营业务成本 370 000

  贷：库存商品——A 产品 350 000

          ——B 产品 20 000

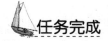

任务完成

三友服饰公司 2009 年 10 月份记账凭证登记的库存商品明细账如表5－17和表 5－18所示。

表 5－17　库存商品明细账

分页＿＿ 总页＿＿

二级明细科目：自产

三级明细科目：西服

类别　西服　　编号＿＿＿＿　规格＿＿＿＿　单位　件　　存储地点＿＿＿＿

2009年 月	日	凭证 种类	凭证 号数	摘要	收入 数量	收入 单价	收入 金额 十万千百十元角分	发出 数量	发出 单价	发出 金额 十万千百十元角分	结存 数量	结存 单价	结存 金额 十万千百十元角分
1	1			上年结转							0		－ 0 － －
9	30			(1～9)月 略									
10	6	7	2-2	销售				100	700.119 5	7 0 0 1 1 9 5			
10	30		29	完工入库	100	700.119 5	7 0 0 1 1 9 5				0		－ 0 － －
				本月发生 额合计			7 0 0 1 1 9 5			7 0 0 1 1 9 5			

表 5－18　库存商品明细账

二级明细科目：自产

三级明细科目：童装

类别　童装　　　编号　　　　规格　　　　单位　件　　　存储地点

2009 年		凭证		摘要	收入			发出			结存		
月	日	种类	号数		数量	单价	金额 十万千百十元角分	数量	单价	金额 十万千百十元角分	数量	单价	金额 十万千百十元角分
1	1			上年结转							0		－ 0 － －
9	30			(1～9月) 略									
10	6	10	2/2	销　售				2 000	14.996 6	2 9 9 9 3 3 2			
10	30		29	完工入库	2 000	14.996 6	2 9 9 9 3 3 2				0		－ 0 － －
				本月发生 额合计			2 9 9 9 3 3 2			2 9 9 9 3 3 2			

复习思考题

1. 简述产品成本计算的一般程序。
2. 生产企业产品成本的项目包括哪些?

综合练习

一、单项选择题

1. 对于计入产品成本的生产费用,按其用途分为若干项目,在会计上称为 (　　)。

   A. 成本项目　　　　　　　　B. 费用要素

   C. 成本对象　　　　　　　　D. 成本计算方法

2. 成本计算对象就是 (　　)。

   A. 成本项目　　　　　　　　B. 费用要素

   C. 费用的归集对象　　　　　D. 生产步骤

3. 以下工资支出中属于直接人工费用的项目是 (　　)。

   A. 生产工人工资　　　　　　B. 车间管理人员工资

   C. 销售人员工资　　　　　　D. 会计人员工资

4. 以下支出中属于制造费用的项目是 (　　)。

   A. 直接材料费用　　　　　　B. 直接人工费用

   C. 机器设备的折旧费　　　　D. 管理费用

5. 某企业只生产一种产品,2008 年 3 月 1 日期初在产品成本为 7 万元;3 月份发生如下费用：生产领用材料12万元，生产工人工资4万元，制造费用2万元，管理费用3万元，广告费用1.6万元；月末的产品成本为6万元。该企业3月份完工产品的生产成本为(   )万元。

A. 16.6　　　　　B. 18　　　　　　C. 19　　　　　　D. 23.6

二、多项选择题

1. "生产成本"账户的借方登记 (   )。

A. 直接材料费用　　　　　　B. 直接人工费用

C. 分配计入的制造费用　　　D. 购买固定资产的支出

E. 机物料消耗

2. 成本的计算基本方法，主要有 (   )。

A. 品种法　　B. 分批法　　C. 分步法　　　D. 制造成本法

E. 定额法

3. 以下支出中属于制造费用的项目是 (   )。

A. 机物料消耗　　　　　　B. 车间管理人员工资

C. 机器设备的折旧费　　　D. 管理费用

E. 生产设备的修理费

4. 以下支出中属于直接人工费用的项目是 (   )。

A. 生产工人工资　　　　　B. 车间管理人员工资

C. 销售人员工资　　　　　D. 生产工人福利费

E. 劳动保护费

5. 制造费用的分配，应以各种产品所共有的条件为标准，这些条件主要有 (   )。

A. 生产工人工资　　　　　B. 生产工人工时

C. 机器工时　　　　　　　D. 直接原材料成本

6. 产品的制造成本（生产成本）包括的内容有 (   )。

A. 为制造产品而发生的材料费用

B. 为制造产品而发生的人工费用

C. 为制造产品而发生的生产车间固定资产的折旧费用

D. 生产车间的固定资产维修费用

三、判断题

1. 成本计算期就是一个月。　　　　　　　　　　　　　　　　　　　　(   )

2. 工业企业在一定会计期间内发生的各种费用，应全部由本期的产品成本负担。
 (   )

3. 产品生产成本通常包括外购材料费用、直接人工费用和制造费用三个成本项目。
 (   )

4. 外购材料的采购成本由买价和采购费用组成。　　　　　　　　　　　(   )

5. 生产费用按产品的品种进行归集，就形成了各该种产品的生产成本。　(   )

四、实务训练

某企业2009年6月1日，"生产成本"账户期初余额为18 600元，其中"生产成本——A产品"明细账户余额为：直接材料15 100元，直接人工2 300元，制造费用1 200

元。6月份发生有关经济业务如下。

①6月3号，基本生产车间管理人员王群预借差旅费800元，以现金支付。

②6月15日，基本生产车间设备维修，以银行存款支付修理费1 560元。

③6月18日，以银行存款购入办公用品650元，直接领用，其中管理费用领用400元，其余由基本生产车间领用。

④6月20日，开出现金支票，提取现金35 000元，当日发放工资。

⑤6月30日，根据本月发料凭证汇总表，共领用材料66 000元，其中A产品用42 000元，B产品用14 000元，基本生产车间一般耗用4 000元，企业管理部门耗用6 000元。

⑥6月30日，王群回厂报销差旅费910元，补齐现金110元。

⑦6月30日，分配本月工资费用，其中生产A产品工人工资15 000元，B产品工人工资5 000元，基本生产车间管理人员工资8 000元，厂部管理人员工资7 000元。

⑧6月30日，计提本月折旧7 500元，其中基本生产车间折旧费6 000元，企业管理部门折旧费1 500元。

要求：根据资料完成下列任务：

(1) 根据上述业务编制会计分录；

(2) 按生产工人工资比例分配本月制造费用（列出计算过程）；

(3) 本月A产品全部完工，B产品尚未完工。结转完工A产品成本；

(4) 登记"生产成本——A产品"明细分类账户的期初余额和本期发生额，结出该账户期末余额。

产品名称：A产品

| 2009 年 | | 业务号 | 摘 要 | 成本项目 | | | |
月	日			直接材料	直接人工	制造费用	合 计

模块六

财产清查

任务1 清查财产

【知识学习目标】
- 能对中小企业进行财产清查；
- 能进行银行存款日记账的核对并编制银行存款余额调节表。

【能力培养目标】
- 了解财产清查的意义和种类；
- 熟悉财产物资的盘存制度；
- 熟悉财产清查的方法。

【任务要求】
对三友服饰公司 2009 年 10 月份银行存款日记账与银行对账单进行核对，确定未达账项，并编制银行存款余额调节表。

 任务准备

1. 财产清查概述

财产清查是指通过对货币现金、实物资产和往来款项的核对，查明各项财产物资、货币资金、往来款项的实有数和账面数是否相符的一种会专门方法。它对各种财产物资进行定期或不定期的核对或盘点，具有十分重要的意义。

① 保护各项财产的安全和完整。

② 确保会计信息真实可靠。

③ 加强资金使用，挖掘财产物资潜力。

④ 完善财产管理制度。

2. 财产清查的种类

财产清查可按下列标准进行分类，具体如图 6-1 所示。

1）按其清查范围分类

财产清查按其清查范围的不同，可分为全面清查、局部清查。

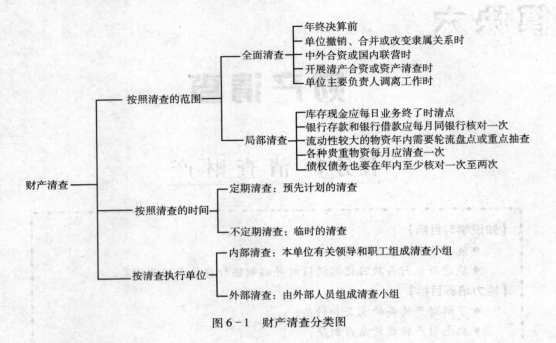

图 6-1　财产清查分类图

（1）全面清查

全面清查是指对所有的财产和资金进行全面盘点与核对，一般来说，在以下几种情况下，需要进行全面清查。

① 年终决算前，为了确保年终决算会计资料真实、正确时。

② 单位撤销、合并或改变隶属关系时。

③ 中外合资、国内联营时。

④ 开展清产核资时。

⑤ 单位主要负责人调离工作时。

（2）局部清查

局部清查是指根据需要只对财产中某些重点部分进行的清查，一般有以下几种情况。

① 对于现金应由出纳员在每日业务终了时点清，做到日清月结。

② 对于银行存款和银行借款，至少每月同银行核对一次。

③ 对于材料、在产品和产成品除年度清查外，应有计划地每月重点抽查，对于贵重的财产物资，应经常清查盘点。

④ 对于债权债务，应每年至少核对一次至两次。

2）按其清查时间分类

财产清查按其清查时间的不同，可分为定期清查和不定期清查两种。定期清查是指在规定的时间内所进行的财产清查，一般是在年末或月末结账时进行。不定期清查也称临时清查，是指根据实际需要临时进行的财产清查。一般有以下几种情况：更换出纳员、财产物资保管员时；发生非常灾害和意外损失时；上级主管部门、财政、税务、银行及审计部门进行临时检查时；临时性的清产核资、资产评估等。

3）按清查执行单位分类

财产清查按其清查执行单位的不同，可分为内部清查和外部清查两种。

内部清查是指由本单位有关人员组成清查小组，对本单位财产物资和往来款项进行的清查。

外部清查是指由企业外部的有关部门（如上级主管部门、审计部门、司法机关、会计师事务所等）组成清查小组，根据国家的有关规定和本单位的特殊需要对本单位所进行的清查。

3. 财产物资的盘存制度

财产物资的盘存制度有两种，即"永续盘存制"和"实地盘存制"。单位可根据经营管理的需要和财产物资品种的不同，分别采用不同的方法，以达到弄清账实、查明原因，提高经营管理水平的目的。

（1）永续盘存制

永续盘存制也称"账面盘存制"，是指对各项财产物资的增加或减少，都必须根据会计凭证逐笔或逐日在有关账簿中进行连续登记，并随时结算出该项物资的结存数的一种方法，即

账面期末数量 = 账面期初结存数量 + 本期账面增加合计数量 − 本期账面发出数量

采用永续盘存制，对各项财产物资平时在账簿中既登记增加数又登记减少数，并随时结出财产物资结存数量，因此可随时反映出财产物资的收入、发出和结余情况，从数量和金额上进行双重控制，加强了财产物资的管理，在实际工作中广泛应用该方法。其缺点是：在财产品种复杂、繁多的企业，其工作量较大。

采用这种制度，可能发生账实不符的情况，如变质、损坏、丢失等，所以需对各种财产物资进行清查盘点，以查明账实是否相符和账实不符的原因。

（2）实地盘存制

实地盘存制也称"定期盘存制"、"以存计销制"，是指通过对期末财产物资的实地盘点，确定期末财产物资数量的方法。在该方法下，对各项财产物资平时在账簿中只登记增加数，不登记减少数，月末根据实地盘存的结存数来倒推当月财产物资的减少数，再据以登记有关账簿，即

本期发出数量 = 账面期初结存数量 + 本期账面增加合计数 − 期末盘点实际结存数量

采用实地盘存制，期初数在账上，期末数靠盘点，发出数靠计算。该方法无须通过账面连续登记得出期末财产物资数量，并假定除期末库存以外的财产物资均已发出，从而倒轧出本月减少的财产物资数量。其优点是核算工作比较简单，不必逐笔登记存货减少的业务。其缺点是无法结算出日常的账面余额，不能及时了解和掌握日常财产物资的账面结存数和财产物资的溢缺情况，且手续不严密，不利于加强管理。

4. 财产清查的方法

1）库存现金的清查

库存现金的清查是通过实地盘点的方法进行的，首先确定库存现金的实存数，再与现金日记账的账面结存金额进行核对，以查明账实是否相符。

盘点时，出纳人员必须在场，如果发现长款、短款，必须当场会同出纳人员核实清楚。此外，还要注意库存现金是否超出现金管理制度所规定的现金限额，是否存在以"白条"抵充现金、有无挪用现金的现象等。

盘点后，应根据盘点的结果及与现金日记账核对的情况，填制"现金盘点报告表"。现金盘点报告表是重要的原始凭证，它既起盘存单的作用，又起实存账存对比表的作用，应严肃认真地填写，并由盘点人和出纳员共同签章方能生效。现金盘点报告表的一般格式如表6-1所示。

表6-1　库存现金盘点报告表

单位名称：		年　月　日		单位：元
实存金额	账存金额	差　异		备　注
		盘盈	盘亏	
8 437.74	9 437.74		短款1 000	员工陶培借条一张，金额1 000元

盘点人（签章）：　　　　　　　　　　　　　　　　　　出纳（签章）：

库存现金的盘点方法同样适用于国库券、金融债券、公司债券、股票、基金等有价证券的清查。

2）银行存款的清查

银行存款的清查是采用与开户银行核对账目的方法进行的，即将本单位的银行存款日记账与开户银行转来的对账单逐笔进行核对，以查明是否相符。实际工作中，银行存款日记账的余额和银行对账单的余额往往不相符。不相符的主要原因是存在未达账项或记账存在错误。

未达账项是指由于企业与银行之间对于同一项业务，由于取得凭证的时间不同，导致记账时间不一致，即发生的一方已取得结算凭证并已登记入账，而另一方由于尚未取得结算凭证尚未入账的款项。未达账项有以下四种。

① 企业已收，银行未收款。例如，企业销售产品收到转账支票，送存银行后即可根据银行盖章后退回的进账单回联登记银行存款的增加；而银行由于款项尚未收妥，不能立刻入账，则形成企业已收，银行未收款。

② 企业已付，银行未付款。例如，企业开出一张支票支付购料款，企业可根据支票存根、发货票及收料单等凭证，登记银行存款的减少；而此时由于银行尚未接到支付款项的凭证，并未办妥转账手续，则形成企业已付，银行未付。

③ 银行已收，企业未收款。例如，外地某单位给企业汇来款项，银行收到汇款单后，马上登记银行存款增加；而企业由于尚未收到汇款凭证从而没有登记银行存款增加，以及银行付给企业的存款利息等尚未入账，则形成了银行已收，企业未收款。

④ 银行已付，企业未付款。例如，银行收取企业借款利息，银行已从企业存款中收取并已登记银行存款减少；而企业尚未接到银行的计付利息通知单，尚未登记银行存款减少，则形成银行已付，企业未付款。

上述任何一种未达账项的存在，都会使企业银行存款日记账余额与银行转来的对账单的余额不符。因此，在与银行对账时，应首先查明有无未达账项，如果存在未达账项所造成的差异，应在查明原因后编制银行存款余额调节表，对未达账项调整后，再确定企业与银行双方记账是否一致、双方的账面余额是否相符。

银行存款余额调节表的编制方法：在企业银行存款账面余额和银行对账单余额的基础上，分别补记对方已记账而本单位尚未记账的账项金额，然后验证经调节后的双方余额是否相等，如果相等，表明双方记账正确；否则，就表明有记账错误，应进一步及时查明原因，予以更正。

为了更好地理解与运用这种方法，可记住以下四句通俗易懂、好记好用的口诀："银行未收银行加，银行未付银行减；企业未收企业加，企业未付企业减。"

例如，某企业 2010 年 8 月 30 日银行存款日记账的余额为 65 000 元，银行转来对账单的余额为 92 000 元，经过逐笔核对有如下未达账项。

① 企业收销货款 30 000 元，已记银行存款增加，银行尚未记增加。

② 企业付购料款 20 000 元，已记银行存款减少，银行尚未记减少。

③ 接到上海甲工厂汇来购货款 40 000 元，银行已登记增加，企业尚未记增加。

④ 银行代企业支付购料款 3 000 元，银行已登记减少，企业尚未记减少。

根据以上资料编制银行存款余额调节表，调整双方余额。银行存款余额调节表的格式如表 6 - 2 所示。

表 6 - 2　银行存款余额调节表

2010 年 8 月 30 日　　　　　　　　　　　　　　　　　　　　　　　　　　　单位：元

项　目	金　额	项　目	金　额
企业银行存款日记余额	65 000	银行对账单余额	92 000
加：银行已收企业未收款	40 000	加：企业已收银行未收款	30 000
减：银行已付企业未付款	3 000	减：企业已付银行未付款	20 000
调节后的存款余额	102 000	调节后的存款余额	102 000

编制方法是，企业与银行双方都在本身余额的基础上补记对方已记账、本身未记账的未达账项（包括增加额和减少额）。采用这种方法进行调节，双方调节后的余额相等，说明双方记账相符，否则说明记账有错误，应给予更正；采用这种方法进行调节，所得到的调节后余额是企业银行存款的真正实有数额，是企业实际可以动用的款项。需要注意的是，银行存款余额调节表只起到对账的作用，不能作为调节账面余额的凭证，由于未达账项不是错账、漏账，因此不需要作任何的账务处理，双方账面仍应保持原来的余额。待收到有关凭证之后（即未达账项变成已达账项），再与正常业务一样进行账务处理。

上述银行存款清查方法，也适用于银行借款的清查。

3）往来款项的清查方法

往来款项包括各种应收款、应付款、预收款和预付款，往来款项的清查是指本单位与其他单位或个人、与内部各部门及职工之间发生的往来款项的核对。

本单位与其他单位或个人的往来款项的清查与银行存款的清查类似，具体做法是：首先，检查核对本单位的往来款项的账面记录，保证准确无误；然后，编制对账单，对账单按明细账户逐笔摘抄，一式两份，一份留存，一份寄送对方单位进行核对，对方单位核对后，在上面注明相符或不相符的情况并盖章签字后寄回本单位，本单位以此作为清查结果或进一步核对的依据。

对于单位内部各部门的往来款项的清查，可以根据有关账簿记录直接进行核对；对于内部职工的往来款项的清查，可以采取定期张榜公布或直接与本人核对的方法进行核对。

清查往来款项，要填制往来款项登记表，并由清查人员和记账人员共同签名盖章。往来款项登记表的格式如表 6 - 3 和表 6 - 4 所示。

表 6 - 3　往来款项登记表

总账名称：　　　　　　　　　　　年　月　日

明　细　账		清查结果		核对不符的原因			备　注
名称	账面余额	核对相符金额	核对不符金额	未达账项金额	有争议款项金额	其他	

　　　　清查人员（签章）：　　　　　　　　　　　　　　　　记账人员（签章）：

表 6 - 4　结算款项核对登记表

结算性质	对方单位	应结金额	核对金额	备注
应收款项	1			
	2			
	3			
应付款项	1			
	2			
	3			

负责人：　　　　　　　　　　　　　　　　　　　　　　　　　　　　制表：

　　4）实物财产的清查方法

　　实物财产的清查在不同的盘存制度下有不同的作用。

　　实物财产包括存货和固定资产，其数量大，占用的资金多，是管理的重点，也是清查的重点。不同品种的财产物资，由于实物形态、体积、重量、堆放方式不同，而对其采用不同的清查方法，一般采用的有实地盘点和技术推算盘点两种。

　　（1）实地盘点

　　实地盘点是指在财产物资堆放现场进行逐一清点数量或用计量仪器确定实存数的一种方法。这种方法适用范围广、要求严格、数字准确可靠、清查质量高，但工作量大。如事先按财产物资的实物形态进行科学码放，如五五排列、三三制码放等，都有助于提高清查的效率。

　　（2）技术推算盘点

　　技术推算盘点是指利用技术方法，如量方计尺等，对财产物资的实存数进行推算的一种方法。这种方法适用于大量成堆，难以逐一清点的财产物资。

　　为了明确经济责任，进行财产物资的盘点时，有关财产物资的保管人员必须在场，并参加盘点工作。对各项财产物资的盘点结果，应逐一如实地登记在盘存单上，并由参加盘点的人员和实物保管人员同时签章。盘存单是记录各项财产物资实存数量盘点的书面证明，也是财产清查工作的原始凭证之一。盘存单的一般格式如表 6 - 5 所示。

　　盘点完毕，将盘存单中所记录的实存数额与账面结存额核对，发现某些财产物资账实不符时，填制实存账存对比表，确定财产物资盘盈或盘亏的数额。实存账存对比表是财产清查的重要报表，是调整账面记录的原始凭证，也是分析盈亏原因、明确经济责任的重要依据，应严肃认真地填报。实存账存对比表的一般格式如表 6 - 6 所示。

表6-5 盘存单

盘点时间：   编号：
财产类别：   存放地点：

编 号	名 称	规格型号	计量单位	数 量	单 价	金 额	备 注
121101	芯片	80C51	片	150	15	2 250	
121103	芯片	80C54	片	100	20	2 000	
121104	芯片	AD0809	片	38	75	2 850	
121105	芯片	AD0813	片	21	115	2 415	

盘点人（签章）：   实物保管人（签章）：

表6-6 实存账存对比表

单位名称：   年 月 日

名称	规格型号	计量单位	单价	实存		账存		实存与账存对比				备 注
								盘盈		盘亏		
				数量	金额	数量	金额	数量	金额	数量	金额	
芯片	AD0809	片	75	38	2 850	40	3 000			2	150	保管员责任，
	AD0813		115	21	2 300	20	2 300	1	115			计量误差
合 计								1	115	2	150	

盘点人：（签章）   会计：（签章）

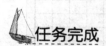
任务完成

    三友服饰公司2009年10月份收到银行对账单如表6-7所示，交通银行存款日记账如表6-8所示。

表6-7 银行对账单

2009年		凭证		摘 要	借 方	贷 方	余 额
月	日	种类	号数				
10	1			期初余额			210 000
	1	委收	2 503	代收货款		90 000	300 000
	4	特转	8 520	贷款利息	6 000		294 000
	8	现支	3 306	提差旅费	1500		292 500
	9	转支	8 203	存入货款		90 000	382 500
	9	委收	3 285	提现	120 000		262 500
	10	汇票	3 305	货款		100 000	362 500
	11	汇票	4 526	付货款	102 000		260 500

表6-8　银行存款日记账

明细：交通银行

2009年 月	日	凭证 种类	凭证 号数	摘要	对方科目	借方	贷方	借/贷	余额
1	9			年初余额(1～9月)略				借	79 328.23
10	3		2	收货款	应收账款	90 000.00		借	169 328.23
10	5		6	支付利息	财务费用		6 000.00	借	163 328.23
10	6		8	陈健出差借款	其他应收款		1 500.00	借	161 828.23
10	7		10	销售童装	主营业务收入	90 000.00		借	251 828.23
10	8		11	提现发工资	应付职工薪酬		100 000.00	借	151 828.23
10	10		13	收到北京中央商场汇票款	应收票据	100 000.00		借	251 828.23
10	10		14	支付宇宙公司汇票款	应付票据		102 000.00	借	149 828.23
10	11		15	采购辅料	在途物资		1 400.00	借	148 428.23
10	12		16	付三利公司欠款	应付账款		20 000.00	借	128 428.23
10	14		17	支付车间修理费	制造费用		3 000.00	借	125 428.23
10	15		18	支付电视广告费	销售费用		8 000.00	借	117 428.23
10	16		21	财务科购计算机	固定资产		5 000.00	借	112 428.23
10	19		22	销售废包装物	其他业务收入	2 340.00		借	114 768.23
10	20		23	支付股利	应付股利		60 000.00	借	54 768.23
10	22		25	支付电费	制造费用\管理费用		9 200.00	借	45 568.23
10	26		25	支付水费	制造费用\管理费用		3 300.00	借	42 268.23
10	28		26	支付电话费	管理费用		1 600.00	借	40 668.23
				本月发生额合计		282 340.00	321 000.00		

续表

2009 年		凭证		摘 要	借 方	贷 方	余 额
月	日	种类	号数				
	12	转支	3 464	付货款	1 404		259 096
	14	转支	3 463	付货款	20 000		239 096
	17	转支	3 467	付修理	3 000		236 096
	18	转支	3 466	付广告费	8 000		228 096
	19	转支	0 896	购电脑	5 000		223 096
	19	专托	6 523	付电话费	1 600		221 496
	24	专托	7 803	付电费	9 200		212 296
	24	专托	7 804	付水费	3 300		208 996
	25	委收	4 502	收货款		2 340	211 336
	30	特转	2 531	手续费	500		210 836
	30			月末余额			210 836

经核对账目，确定未达账项如下。

① 10 月 22 日，支付投资者利润 60 000 元，未到银行办理转账手续。

② 10 月 30 日，支付银行手续费 500 元，付款通知收到。

编制银行存款余额调节表如表 6 - 9 所示。

表 6 - 9　银行存款余额调节表

2009 年 10 月 30 日

单位：元

项 目	金 额	项 目	金 额
企业银行存款日记账余额	151 336	银行对账单余额	210 836
加：银行已收企业未收		加：企业已收银行未收	
减：银行已付企业未付	500	减：企业已付银行未付	60 000
调节后余额	150 836	调节后余额	150 836

任务 2　处理财产清查结果

【知识学习目标】

● 熟悉财产清查结果的处理工作。

【能力培养目标】

● 能进行中小企业财产清查结果的账务处理工作，并提出合理化建议。

【任务要求】

三友服饰公司 2009 年 10 月底进行了财产清查，对财产清查结果进行相应账务处理。

任务准备

1. 财产清查结果的处理工作

财产清查的结果通常有三种情况：账存数与实存数相符；账存数大于实存数，财产物资发生短缺，出现盘亏；账存数小于实存数，财产物资发生溢余，出现盘盈。除第一种结果即账实相符外，对财产清查中出现的盘盈、盘亏都必须以国家有关政策、法令和制度为依据，按照有关程序严肃认真地予以处理。

财产清查结果的处理工作，主要包括以下四个方面的内容。

（1）认真查明盘盈、盘亏的原因，确定处理办法

对于财产清查中所发现的固定资产和各种存货等实物财产的盘盈、盘亏，货币资金的溢缺等问题，必须通过调查研究，查明原因，分清责任，并根据企业的管理权限，经股东大会或董事会，或经理（厂长）会议或类似机构批准后，进行处理。因定额内或自然原因引起的盈、亏，应办理有关手续并及时转账；因企业经营管理不善造成的损失，应按规定程序报请有关领导批准后处理；因个人原因造成的损失，应由个人赔偿；因自然灾害引起的意外损失，如属投保财产，应向保险公司索赔，索赔未能补足部分经领导批准后再作账务处理。

（2）积极处理积压物资，认真清理长期不清的债权、债务

对于财产清查中发现的积压、多余物资，应查明原因区别不同情况处理。对属于盲目采购、盲目建设或生产任务变更等原因造成的积压，除设法内部利用、改制、代用外，还应积极组织推销；对于因品种不配套而造成的半成品积压，应当调整计划，组织均衡生产，消除其积压；对于利用率不高或闲置不用的固定资产，也应查明原因积极处理，做到物尽其用。对于长期不清或有争议的债权、债务，要指定专人负责查明原因，主动与对方协商解决，按照结算制度的要求进行处理。

（3）总结经验教训，提出改进意见，建立健全财产管理制度

财产清查不仅要查明财产物资的实有数，对盈、亏作出妥善处理，而且要促进单位内部改善财产物资的管理。对于财产清查中发现的各种问题，应在彻底查明问题性质和原因的基础上，认真总结财产管理的经验教训，制定改进工作的具体措施，建立健全财产物资管理制度，进一步落实财产管理责任制，以保护企业、单位财产的安全与完整。

（4）根据清查的结果，及时调整账簿记录，做到账实相符

对于财产清查中发现的盘盈、盘亏和毁损等账实不相符的情况，财会部门应认真核准数字并及时进行账务处理，在账簿中予以反映，以确保账实相符。在实际工作中，财产清查结果的账务处理可分为以下两步进行。

第一步，在报请有关部门领导审批前，应根据"实存账存对比表"中所确定的财产盘盈、盘亏和毁损数额，编制记账凭证，并据以登记有关账簿，使各项财产物资做到账实相符。

第二步，当有关领导部门对所呈报的财产清查结果提出处理意见后，应根据发生差异的原因和性质及审批意见，编制记账凭证，登记有关账簿。

为了正确反映和监督财产物资的盘盈、盘亏和处理情况，在会计上应设置和使用"待处理财产损溢"账户。"待处理财产损溢"账户是资产类账户，用以核算各种财产的盘盈、

盘亏和毁损及其处理情况。借方登记待处理财产物资的盘亏、毁损数和转销已批准处理的盘盈数，贷方登记待处理财产物资的盘盈数和转销已批准处理的盘亏和毁损数，如出现借方余额，表示尚待批准处理的财产净损失；如出现贷方余额，表示尚待批准处理的财产的净盈余。为分别反映和监督企业固定资产和流动资产的盈亏情况，应分别设置"待处理财产损溢——待处理固定资产损溢"和"待处理财产损溢——待处理流动资产损溢"两个二级明细分类账户进行核算。

2. 财产清查结果的账务处理

1）固定资产清查结果的账务处理

（1）固定资产盘盈的账务处理

企业在财产清查中盘盈的固定资产，作为前期差错处理。企业在财产清查中盘盈的固定资产，在按管理权限报经批准前应先通过"以前年度损益调整"账户核算。盘盈的固定资产，应按重置成本确认其入账价值。

例 6 - 1

企业在财产清查中，盘盈账外设备一台，估计价值 4 000 元，六成新。

在审批前，编制会计分录如下。

① 盘盈时。

借：固定资产 2 400

　　贷：以前年度损益调整 2 400

② 确定应交纳的所得税。

借：以前年度损益调整 600

　　贷：应交税费——应交所得税 600

③ 结转为留存收益。

借：以前年度损益调整 1 800

　　贷：盈余公积——法定盈余公积 180

　　　　利润分配——未分配利润 1 620

（2）固定资产盘亏的账务处理

在财产清查中，如发现固定资产盘亏，企业应及时办理固定资产注销手续，按盘亏固定资产净值，借记"待处理财产损溢"账户，按已提折旧额，借记"累计折旧"账户；按原值贷记"固定资产"账户。

例 6 - 2

企业在财产清查中发现盘亏管理部门的专用设备1台，原价5 000元，已提折旧2 000元。在报批前，作会计分录如下。

借：待处理财产损溢——待处理固定资产损溢 3 000

　　累计折旧 2 000

　　贷：固定资产 5 000

按规定程序报批后，应按盘亏固定资产的原值扣除累计折旧和过失人及保险公司赔款

后的差额，借记"营业外支出"账户，同时按过失人及保险公司的应赔偿款，借记"其他应收款"账户；按盘亏固定资产的净损失，贷记"待处理财产损溢"账户。

上述盘亏固定资产按规定程序报经批准后转销，作会计分录如下。

借：营业外支出 3 000
　　贷：待处理财产损溢——待处理固定资产损溢 3 000

如果经查明是由于过失人造成的毁损，应由过失人赔偿2 000元，作会计分录如下。

借：其他应收款 2 000
　　营业外支出 1 000
　　贷：待处理财产损溢——待处理固定资产损溢 3 000

2）存货清查结果的账务处理

（1）存货盘盈的账务处理

发生存货盘盈后，应查明发生的原因，及时办理盘盈存货的入账手续，调整存货账面记录，借记有关存货账户，贷记"待处理财产损溢"账户；经有关部门批准后，借记"待处理财产损溢"账户，贷记有关账户。

（2）存货盘亏和毁损的账务处理

存货发生盘亏和毁损后，在报批前应转入"待处理财产损溢"账户，待批准后根据不同情况，分别进行处理：属于定额内的自然损耗，按规定转作管理费用；属于超定额损耗及存货毁损，能确定过失人的，应由过失人赔偿；属于保险责任范围的，应由保险公司理赔，扣除过失人或保险公司赔偿和残值后，计入管理费用；属于自然灾害所造成的存货损失，扣除保险公司赔款和残值后，计入营业外支出。

3）货币资金清查结果的账务处理

货币资金主要包括库存现金和银行存款。前已说明，银行存款的清查主要是采用企业的银行存款日记账与银行送来的对账单核对的方法。通过核对，如果发现企业日记账有错账、漏账，应立即加以纠正；如果发现银行有错账、漏账，应及时通知银行查明更正。对于发现的未达账项，则通过编制银行存款余额调节表来调节，但无须对未达账项作账面调整，待结算凭证到达后再进行账务处理。所以，这里主要介绍对库存现金清查结果的处理。

例 6 – 3

企业在财产清查过程中盘盈一批A材料，价值900元；盘盈一批已加工完成的乙产品，价值2000元。

在批准前，根据实存账存对比表所载明的盘盈数，作会计分录如下。

借：原材料——A材料 900
　　库存商品——乙产品 2 000
　　贷：待处理财产损溢——待处理流动资产损溢 2 900

存货的盘盈一般都是由于计量上的差错引起的，对于这种盘盈一般应冲减当期的管理费用。在报经批准后，作会计分录如下。

借：待处理财产损溢——待处理流动资产损溢　　　　　　　　　　　　　2 900
　　贷：管理费用　　　　　　　　　　　　　　　　　　　　　　　　　　　　2 900

例 6 - 4

企业在财产清查中发现乙材料盘亏800元、丙材料盘亏9 000元。经查，乙材料盘亏中定额内损耗550元，管理人员过失造成的损耗250元；丙材料的毁损是由自然灾害造成的，经整理收回残料价值3 000元，已入库，可以从保险公司取得赔款4 000元。

在报批以前，根据实存账存对比表，作会计分录如下。

借：待处理财产损溢——待处理流动资产损溢　　　　　　　　　　　　　9 800
　　贷：原材料——乙材料　　　　　　　　　　　　　　　　　　　　　　　800
　　　　　——丙材料　　　　　　　　　　　　　　　　　　　　　　　9 000

根据盘亏、毁损的原因及审批意见，乙种材料的盘亏定额内部分记入"管理费用"账户；管理人员过失造成的损失应由相应的责任人赔偿，记入"其他应收款"账户；扣除残料价值和保险赔偿款后的净损失，记入"营业外支出"账户。作会计分录如下。

借：管理费用　　　　　　　　　　　　　　　　　　　　　　　　　　　250
　　其他应收款　　　　　　　　　　　　　　　　　　　　　　　　　　550
　　贷：待处理财产损溢——待处理流动资产损溢　　　　　　　　　　　　800
借：原材料　　　　　　　　　　　　　　　　　　　　　　　　　　　3 000
　　其他应收款——保险赔款　　　　　　　　　　　　　　　　　　　4 000
　　营业外支出　　　　　　　　　　　　　　　　　　　　　　　　　2 000
　　贷：待处理财产损溢——待处理流动资产损溢　　　　　　　　　　　9 000

对库存现金清查的结果，应分情况处理。如属于违反库存现金管理的有关规定，应及时予以纠正。如属于账实不相符，应查明原因，并将短款或长款先记入"待处理财产损溢"账户，待查明原因后分情况处理：属于记账差错的应及时予以更正；无法查明原因的长款应计入营业外收入；无法查明原因或由出纳人员失职造成的短款通常由出纳人员赔偿。

例 6 - 5

某企业某月份进行现金清查时，发现实际现金比现金日记账余额少100元。先作会计分录如下。

借：待处理财产损溢——待处理流动资产损溢　　　　　　　　　　　　　100
　　贷：库存现金　　　　　　　　　　　　　　　　　　　　　　　　　　100
经检查，属于出纳员责任，应由其赔偿，作会计分录如下。
借：其他应收款——××（出纳）　　　　　　　　　　　　　　　　　　100
　　贷：待处理财产损溢——待处理流动资产损溢　　　　　　　　　　　　100
当出纳员赔偿时，作会计分录如下。
借：库存现金　　　　　　　　　　　　　　　　　　　　　　　　　　　100
　　贷：其他应收款——××（出纳）　　　　　　　　　　　　　　　　　100

例6-6

某企业某月进行现金清查时，发现实际现金比现金日记账余额多200元，经查明，日记账无误。先作会计分录如下。

借：库存现金　　　　　　　　　　　　　　　　　　　　　　　　　　200
　　贷：待处理财产损溢——待处理流动资产损溢　　　　　　　　　　　　　200

经反复调查，未查明原因。经批准，作营业外收入处理，作会计分录如下。

借：待处理财产损溢——待处理流动资产损溢　　　　　　　　　　　　200
　　贷：营业外收入　　　　　　　　　　　　　　　　　　　　　　　　200

4）往来款项清查结果的账务处理

往来款项的清查，也是采用同对方单位核对账目的方法。清查单位应在检查本单位应收应付款项账目正确、完整的基础上，编制应收款对账单和应付款对账单，分送有关单位进行核对。对账单一式两联，对方单位核对相符后，应在其中一联对账单（即回单）上盖章后退回本单位；如有不符，应在对账单上（即回单）注明或另抄对账单退回本单位，作为进一步核对的依据。往来款项的清查大致有两种情形。

（1）无法收回的应收款项、其他应收款项

在财产清查中，查明确实无法收回的账款，经批准可作为坏账损失处理。坏账损失是指无法收回的应收账款而使企业遭受的损失。按制度规定，在会计核算中对坏账损失的处理采用备抵法，即按一定比例提取"坏账准备"计入当期管理费用，借记"管理费用"科目，贷记"坏账准备"科目。对于查明确实无法收回的应收账款，应按规定的手续审批后，作坏账损失处理，冲减"坏账准备"账户，借记"坏账准备"科目，贷记"应收账款"或"其他应收款"科目。

"坏账准备"账户是资产类账户，是"应收账款"账户的抵减账户。用来核算坏账准备的提取和转销情况，贷方登记提取数，借方登记冲销数，余额在贷方表示已提取尚未冲销的坏账。

（2）无法支付的应付款项、其他应付款项

应付购货款项，如确实无法交付，可按制度，经批准后直接转为营业外收入，在"营业外收入"账户核算，借记"应付账款"科目，贷记"营业外收入"科目。

任务完成

2009年10月底，三友服饰公司进行了财产清查，结果发现以下问题。

①A面料明细账结存717.5米，单价400元，清查的结果库存甲材料715.5吨。经查属于材料收发计量误差所致。

②辅料明细账结存260米，单价50元，清查结果250米。经查，其中7米属于计量误差所致，2米因为水渍导致的毁损，另外一米属保管员管理不善所致。

报经领导审核批准，分别作如下处理：盘盈的A面料冲减管理费用；盈亏的辅料中属于计量误差所致的，列入管理费用，雨水导致的毁损列作营业外支出，保管员责任造成的损失由保管员赔偿。以上财产清查结果应分以下两步处理。

第一步，对查实的账实不符进行账务处理，保证账实相符。

借：原材料——面料 800
 贷：待处理财产损溢——待处理流动资产损失 800
借：待处理财产损溢——待处理流动资产损失 500
 贷：原材料——辅料 500

第二步，根据领导审批结果作相应账务处理。

借：待处理财产损溢——待处理流动资产损失 800
 贷：管理费用 800
借：管理费用 350
 营业外支出 100
 其他应收款——××保管员 50
 贷：待处理财产损溢——待处理流动资产损失 500

复习思考题

1. 什么是财产清查？财产清查包括哪几类？
2. 永续盘存制与实地盘存制有何异同？各自具有什么特点？
3. 对实物财产清查结果怎样进行处理？

综合练习

一、单项选择题

1. 由于管理不善导致存货的盘亏一般应作为（ ）处理。
 A. 营业外支出 B. 管理费用 C. 财务费用 D. 其他应收款

2. 对存货、固定资产清查盘点（ ）。
 A. 出纳员不许在场 B. 会计和出纳必须在场
 C. 实物保管员必须在场 D. 实物保管员不必在场

3. 对固定资产盘亏，经批准后，一般应按其净值转账，记入（ ）。
 A. 管理费用 B. 其他应收款
 C. 营业外支出 D. 实收资本

4. 存货的盘亏或毁损，属定额范围内的自然损耗和非过失人造成的损失，报经批准后，一般记入（ ）。
 A. 管理费用 B. 营业外支出
 C. 其他应收款 D. 生产成本

5. 对于大量、成堆、难以逐一清点的财产物资的清查，一般采用（ ）方法进行清查。
 A. 实地盘点 B. 抽样检验

C. 询证核对 　　　　　　　　　　D. 技术推算盘点

6. 在记账无误的情况下，银行对账单与银行存款日记账账面余额不一致的原因是（　　）。

　　A. 暂收和暂付款 　　　　　　　B. 应收账款

　　C. 应付账款 　　　　　　　　　D. 未达账项

7. 单位在进行资产重组时，一般应进行（　　）。

　　A. 局部清查 　　B. 全面清查 　　C. 重点清查 　　　D. 抽查

8. 在财产清查中，填制的账存实存对比表是（　　）。

　　A. 登记总分类账的直接依据 　　　B. 调整账面记录的原始凭证

　　C. 调整账面记录的记账凭证 　　　D. 登记日记账的直接依据

9. 财产清查中盘盈存货一批，价值200元，批准处理后应转入（　　）。

　　A. 营业外收入 　　　　　　　　B. 其他业务收入

　　C. 管理费用 　　　　　　　　　D. 主营业务收入

10. 现金清查中，发现现金短缺500元，经研究决定由出纳人员赔偿300元，余款报损，则批准处理后的会计分录为（　　）。

　　A. 借：现金 　　　　　　　　　　　　　　　　　　　　　　500

　　　　　贷：待处理财产损溢 　　　　　　　　　　　　　　　　　500

　　B. 借：待处理财产损溢 　　　　　　　　　　　　　　　　　500

　　　　　贷：现金 　　　　　　　　　　　　　　　　　　　　　500

　　C. 借：其他应收款 　　　　　　　　　　　　　　　　　　　300

　　　　　　营业外支出 　　　　　　　　　　　　　　　　　　200

　　　　　贷：待处理财产损溢 　　　　　　　　　　　　　　　　500

　　D. 借：其他应收款 　　　　　　　　　　　　　　　　　　　300

　　　　　　管理费用 　　　　　　　　　　　　　　　　　　　200

　　　　　贷：待处理财产损溢 　　　　　　　　　　　　　　　　500

二、多项选择题

1. 使企业银行存款日记账账面余额大于银行对账单余额未达账项的有（　　）。

　　A. 企业已收，银行未收 　　　　B. 企业已付，银行未付

　　C. 银行已收，企业未收 　　　　D. 银行已付，企业未付

2. 不定期清查主要在下列特殊情况下进行（　　）。

　　A. 变更财产物资和现金保管人员时 　B. 发生非常灾害造成财产物资受损时

　　C. 年终结算时 　　　　　　　　　　D. 有关部门对企业进行审计时

　　E. 企业关、停、并、迁、改变隶属关系时

3. 永续盘存制与实地盘存制的区别有（　　）。

　　A. 财产物资在账簿中的记录方法不同

　　B. 永续盘存制不需要进行财产清查

　　C. 实地盘存制不需要登记账簿

　　D. 永续盘存制与实地盘存制适用范围不同

　　E. 设置的账簿不同

4. "待处理财产损溢"科目借方核算的内容有（　　　）。

　　A. 发生待处理财产的盘亏数或毁损数

　　B. 结转已批准处理财产的盘盈数

　　C. 发生待处理财产的盘盈数

　　D. 结转已批准处理的财产盘亏数或毁损数

5. 下列内容属于财产全面清查范围的是（　　　）。

　　A. 租入固定资产　　　　　　　　B. 应付账款

　　C. 在产品　　　　　　　　　　　D. 应收账款

　　E. 租出固定资产

6. 对银行存款的清查应根据（　　　）逐笔进行核对。

　　A. 银行存款实有数　　　　　　　B. "银行存款"总分类账户

　　C. 银行存款日记账　　　　　　　D. 银行对账单

　　E. 未达账项

7. 在编制"银行存款余额调节表"时，企业、银行存款日记账的余额应加减的项目是（　　　）的款项。

　　A. 银行已收，企业未收　　　　　B. 企业已收，银行未收

　　C. 企业已付，银行未付　　　　　D. 银行已付，企业未付

　　E. 企业已付，银行未收

8. 全面清查一般在年终进行，但在单位（　　　）时也要进行全面清查。

　　A. 撤销、合并　　　　　　　　　B. 单位主要负责人调离

　　C. 清产核资或资产重组　　　　　D. 改变隶属关系

9. 局部清查是对一个单位的部分财产物资进行清查，对（　　　）等财物，一般在年中应进行局部清查。

　　A. 产成品　　　　B. 贵重物品　　　　C. 现金　　　　D. 机器设备

10. 财产清查的对象包括（　　　）。

　　　A. 货币资金　　　B. 实物资产　　　C. 债权　　　D. 债务

11. 财产清查按其清查的范围可以分为（　　　）。

　　　A. 全面清查　　　B. 定期清查　　　C. 局部清查　　　D. 随机抽样清查

三、判断题

1. 财产管理和会计核算工作较好的单位可以不进行财产清查。　　　　　　　　（　　　）

2. 对于未达账项，应编制银行存款余额调节表，以检查企业与银行双方账面余额是否一致，并据以调整有关账簿的记录。　　　　　　　　　　　　　　　　　　　　（　　　）

3. 银行存款账实不符肯定是因为存在未达账项。　　　　　　　　　　　　　（　　　）

4. 实物清查和现金清查均应背对背进行，因此实物保管人员和出纳人员不能在场。
　　　　　　　　　　　　　　　　　　　　　　　　　　　　　　　　　（　　　）

5. 采用永续盘存制的企业，对财产物资一般不需要进行实地盘点。　　　　　（　　　）

6. 某企业仓库被盗，为查明损失决定立即进行盘点，按照财产清查的范围应属于局部清查，按照清查的时间应属于不定期清查。　　　　　　　　　　　　　　　（　　　）

7. 造成账实不符的原因很多，如财产物资的自然损耗、收发差错或计量误差、贪污盗

窃等，因此需要进行定期不定期的财产清查。 （　　）

8. 财产清查中的盘盈盘亏，在没有查清原因以前先不入账。 （　　）

9. 银行已收款入账，企业由于未收到相关凭证尚未入账的未达账项，会造成企业银行存款日记账的余额小于银行对账单的余额。 （　　）

10. 企业受其他单位委托保管的各项财产物资也属于财产清查的范围。 （　　）

11. 由过失人或保险公司赔偿的财产损失，报经批准后由"待处理财产损溢"账户转入"其他应收款"账户。 （　　）

四、实务训练

1. 中兴工厂2009年10月31日银行存款日记账的记录与开户银行送来的对账单核对时，双方本月下旬的有关数字记录如下（每旬核对一次）。

中兴工厂银行存款日记账账面记录：

① 21日开出转账支票#1 246，支付购料款37 670元。

② 23日开出转账支票#621，提取现金300元。

③ 25日开出转账支票#1 247，支付光明工厂账款22 786元。

④ 26日收到天宇工厂货款24 600元。

⑤ 29日收到转账支票#74 677，存入货款10 800元。

⑥ 30日开出转账支票#1 248，支付材料运费845元。

⑦ 31日结存余额117 830元。

银行对账单记录：

① 22日代收天宇工厂货款24 600元。

② 23日付现金支票#621，计300元。

③ 23日付转账支票#1 246，购料款37 670元。

④ 25日代交自来水公司水费2 085元。

⑤ 28日代收浙江东湖工厂货款33 600元。

⑥ 30日付转账支票#1 247，购料款22 786元。

⑦ 31日结存余额139 390元。

要求：将企业账面记录与银行对账单逐笔核对，查明未达账项，编制银行存款余额调节表（表6-10）。

表6-10　中兴工厂银行存款余额调节表

2009年10月31日　　　　　　　　　　　　　　　　　　　　单位：元

项　目	金　额	项　目	金　额
银行存款日记账余额		银行对账单余额	
加：银行已收、企业未收款项		加：企业已收、银行未收款项	
减：银行已付、企业未付款项		减：企业已付、银行未付款项	
调节后的银行存款余额		调节后的银行存款余额	

2. 某企业在进行财产清查时有下列业务。

① 产成品盘盈10件，单价500元，价值5 000元。在报经审批后，转销产成品盘盈。

② 发现账外设备一台，市场价格 20 000 元，根据其折旧程度估计已损耗 12 000 元。

③ 发现甲材料账面余额 455 千克，价值 19 110 元，盘点实际存量为 450 千克，经查明其中 2 千克为定额损耗，2 千克为日常计量差错，1 千克为保管员私自送人。

④ 盘亏水泵一台，原价 5 200 元，账面已提折旧 1 400 元。经审批，转作营业外支出。

⑤ 库存现金短少 100 元，属出纳小王的过失造成。

要求：编制以上业务的会计分录。

模块七

编制会计报表

任务1 编制资产负债表

【知识学习目标】
- 了解财务会计报告的意义和种类；
- 熟悉财务会计报告的编制要求；
- 了解资产负债表的结构和内容；
- 熟悉资产负债表的编制方法。

【能力培养目标】
- 能分析、计算、填列中型企业资产负债表中的有关项目；
- 能编制小企业资产负债表。

【任务要求】
根据三友服饰公司账簿资料，编制三友服饰公司 2009 年 10 月 31 日的资产负债表。

 任务准备

1. 财务会计报告概述

1）财务会计报告的意义

会计核算的最终环节是编制财务会计报告。财务会计报告是指单位根据经过审核的会计账簿记录和有关资料编制并对外提供的反映单位某一特定日期财务状况和某一会计期间的经营成果、现金流量的文件。财务会计报告是企业根据日常会计核算资料归集、加工和汇总后形成的，是企业会计核算的最终成果，也是会计核算工作的总结。

单位编制财务会计报告的主要目的是为投资者、债权人、政府及相关机构、单位管理人员、社会公众等财务会计报告的使用者进行决策提供会计信息。

财务会计报告包括财务会计报表和其他应当在财务报告中披露的相关信息和资料。财务会计报表至少应当包括：资产负债表、利润表、现金流量表、所有者权益变动表和附注。

财务会计报告是提供会计信息的重要载体，对于单位内部和外部的利益关系都具有重要意义。

2）财务会计报表的种类

财务会计报表是财务会计报告的核心，按不同标准，主要有以下几种分类，具体如图7-1所示。

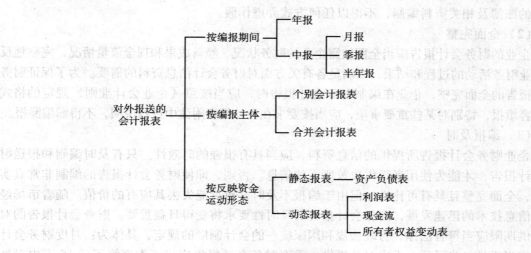

图7-1 会计报表分类图

（1）按反映的经济内容不同可以分为静态报表和动态报表

静态报表是指综合反映企业某一特定日期资产、负债和所有者权益状况的报表，如资产负债表；动态报告是指综合反映企业一定期间的经营情况或现金流量情况的报表，如利润表和现金流量表。

（2）按编报的时间不同可以分为中期财务会计报表和年度财务会计报表

中期财务会计报表是以短于一个完整会计年度的报告期为基础编制的财务会计报表，包括月报、季报、半年报等。月报要求简明扼要，反映及时；季报和半年报在会计信息的详细程度方面，介于月报和年度财务会计报表之间。年度财务会计报表要求揭示完整，反映全面。中期财务会计报表至少应当包括资产负债表、利润表、现金流量表和附注。其中，中期资产负债表、利润表和现金流量表应当是完整报表，其格式和内容应当与年度财务会计报表相一致，中期财务会计报表附注披露可适当简略，但至少应当年披露所有重大事项。

（3）按报送的对象不同可以分为内部报表和外部报表

内部报表是指为满足企业内部经营管理需要而编制的会计报表。外部报表是指企业向外提供的会计报表，主要供投资者、债权人、政府部门和社会公众等有关方面使用。

（4）按编制的单位不同可以分为个别报表和合并报表

个别报表是指由企业在自身会计核算基础上对账簿记录进行加工而编制的会计报表。合并报表是以母公司和子公司组成的企业集团为会计主体，根据母公司和所属子公司的会计报表，由母公司编制的综合反映企业集团财务状况、经营成果及现金流量的会计报表。

3）财务会计报告的编制要求

为了使财务会计报表能够最大限度地满足各有关方面的需要，实现编制财务会计报告的基本目的，充分发挥财务会计报告的作用，企业编制的财务会计报告应当真实可靠、相关可比、全面完整、编报及时、便于理解，符合国家统一的会计制度的有关规定。

（1）真实可靠

财务会计报告各项目的数据必须建立在真实可靠的基础之上，使企业财务会计报告能够如实地反映企业的财务状况、经营成果和现金流量情况。因此，财务会计报告必须根据审核无误的账簿及相关资料编制，不得以任何方式弄虚作假。

（2）全面完整

企业的财务会计报告应当全面披露企业的财务状况、经营成果和现金流量情况，完整地反映企业财务活动的过程和结果，以满足各有关方面对财务会计信息资料的需要。为了保证财务会计报告的全面完整，企业在编制财务会计报告时，应当按照《企业会计准则》规定的格式和内容填报，特别对某些重要事项，应当按要求在会计报表附注中进行说明，不得漏编漏报。

（3）编报及时

企业财务会计报告所提供的信息资料，应当具有很强的时效性。只有及时编制和报送财务会计报告，才能为使用者提供决策所需的信息。否则，即使财务会计报告的编制非常真实可靠，全面完整且具有可比性，但由于编报不及时，也可能失去其应有的价值。随着市场经济和信息技术的迅速发展，财务会计报告的及时性要求将变得日益重要。财务会计报告的对外提供期限应当符合法律、行政法规和国家统一的会计制度的规定，具体为：月度财务会计报告应当于月份终了后 6 天内对外提供；季度财务会计报告应当于季度终了后 15 天内对外提供；半年度财务会计报告应当于半年度终后 60 天内对外提供；年度财务会计报告应当于年度终了后 4 个月内对外提供。

（4）便于理解

便于理解是指财务会计报告提供的信息可以为使用者所理解。企业对外提供的财务会计报告是为广大报表作用者提供企业过去、现在和未来的有关会计资料，为企业目前或潜在的报资者和债权人提供决策所需的信息，因此编制的财务会计报告应当清晰明了。如果提供的财务会计报告晦涩难懂，不易理解，使用者就不能据以作出准确的判断，所提供的财务会计报告的作用也就大大减少。当然，这一要求是建立在财务会计报告使用者具有一定的财务会计报告阅读能力的基础上的。

2. 资产负债表的概念和意义

（1）资产负债表的概念

资产负债表是指反映企业某一特定日期（如月末、季末、年末）财务状况的会计报表。它是根据"资产＝负债＋所有者权益"这一会计等式，按照一定的分类标准和顺序，将企业在一定日期的全部资产、负债和所有者权益项目进行适当分类、汇总、排列后编制而成的。

（2）资产负债表的意义

① 通过编制资产负债表，可以反映企业资产的构成及其状况，分析企业在某一日期所拥有的经济资源及其分布情况。

② 通过编制资产负债表，可以反映企业某一日期的负债总额及其结构，分析企业目前与未来需要清偿的债务数额。

③ 通过编制资产负债表，可以反映所有者权益的情况，了解企业现有投资者在企业资产中所占有的份额。

④ 通过编制资产负债表，可以帮助报表使用者全面了解企业的财务状况，分析企业的债务偿还能力，从而为未来的经济决策提供参考信息。

3. 资产负债表的结构和内容

目前我国采用的资产负债表的结构是账户式，即将该表分为左、右两方，左方列示资产，右方列示负债和所有者权益，按"资产 = 负债 + 所有者权益"的原理排列。资产负债表左方的资产总额必须与右方的负债和所有者权益总额相等。如果不等，则说明在会计核算或报表编制过程中出现了问题。

（1）资产类

资产类各项目按照资产的流动性（或变现能力）排列，流动性强的资产排列在前。

① 流动资产。它包括的项目是：货币资金、交易性金融资产、应收票据、应收账款、预付账款、其他应收款、存货和其他流动资产等。

② 非流动资产。它包括的项目是：长期股权投资、固定资产、无形资产和其他非流动资产等。

（2）负债类

负债类各项目按照债务的偿还期限排列，偿还期限短的排列在前。

① 流动负债。它包括的项目是：短期借款、应付票据、应付账款、预收账款、应付职工薪酬、应交税费、应付股利和其他应付款等。

② 非流动负债。它包括的项目是：长期借款、应付债券和其他长期非流动负债。

（3）所有者权益类

所有者权益类各项目按照权益的永久性排列，单位拥有期限长的权益排列在先。在表内的具体排列顺序是：实收资本、资本公积、盈余公积和未分配利润。

账户式资产负债表的基本格式如表 7 – 1 所示。

表 7 – 1　资产负债表

编制单位：　　　　　　　　年　月　日　　　　　　　　　　　　单位：元

资　　产	期末余额	年初余额	负债和所有者权益	期末余额	年初余额
流动资产：			流动负债：		
货币资金			短期借款		
交易性金融资产			交易性金融负债		
应收票据			应付票据		
应收账款			应付账款		
预付账款			预收账款		
应收利息			应付职工薪酬		
应收股利			应交税费		
其他应收款			应付利息		
存货			应付股利		
一年内到期的非流动资产			其他应付款		
其他流动资产			一年内到期的长期负债		
流动资产合计			其他流动负债		

非流动资产：			流动负债合计		
可供出售金融资产			非流动负债：		
持有至到期投资			长期借款		
长期应收款			应付债券		
长期股权投资			长期应付款		
投资性房地产			专项应付款		
固定资产			预计负债		
在建工程			递延所得税负债		
工程物资			其他非流动负债		
固定资产清理			非流动负债合计		
生产性生物资产			负债合计		
油气资产			所有者权益：		
无形资产			实收资本		
开发支出			资本公积		
商誉			减：库存股		
长期待摊费用			盈余公积		
递延所得税资产			未分配利润		
其他非流动资产			所有者权益合计		
非流动资产合计					
资产总计			负债和所有者权益总计		

4. 资产负债表的编制方法

通常资产负债表的各项目均需填列"年初余额"和"期末余额"两栏。

"年初余额"栏内各项数字，应根据上年末（12 月 31 日）资产负债表的"期末余额"栏内数字填列。如果本年度资产负债表各项目的名称和内容与上年相比发生变动，应对上年年末资产负债表各项目的名称和数字按本年度的规定进行调整，按调整后的数字填入本表的"年初余额"栏内。

"期末余额"栏内各项数字则可为月末、季末或年末的数字，应根据会计账簿记录填列。其中大多数项目可以直接根据账户余额填列，少数项目则要根据账户余额进行分析、计算后才能填列。具体填列方法归纳起来主要有以下几种。

（1）根据某个总分类账户的期末余额直接填列

根据有关总账的期末余额直接填列的项目主要有："交易性金融资产"、"固定资产清理"、"短期借款"、"交易性金融负债"、"应付票据"、"应付利息"、"应付股利"、"应交税费"、"应付职工薪酬"、"其他应付款"、"实收资本"、"资本公积"、"盈余公积"等项目。一般情况下，资产类项目直接根据其总账的借方余额填列，负债类项目和所有者权益类项目直接根据其总账的贷方余额填列。

需要注意的是，某些项目，如"应交税费"、"应付职工薪酬"等项目，是根据其总账的贷方期末余额直接填列，但如果这些账户期末余额在借方，则以"－"号填列。

（2）根据若干个总分类账户的期末余额分析计算填列

根据若干个总账的期末余额分析计算填列的项目主要有："货币资金"、"存货"、"未分配利润"等。

①"货币资金"项目，应根据"库存现金"、"银行存款"、"其他货币资金"等账户的期末余额合计数填列。

②"存货"项目，应根据"材料采购（在途物资）"、"原材料"、"库存商品"、"生产成本"、"周转材料"、"委托加工物资"、"材料成本差异"、"发出商品"等账户期末余额合计减去"存货跌价准备"等账户期末余额后的金额填列。

③"未分配利润"项目，平时本项目应根据"本年利润"和"利润分配"账户的余额计算填列，未弥补的亏损，在本项目内以"－"号填列。"本年利润"和"利润分配"余额均在贷方的，用两者余额之和填列；余额均在借方的，将两者余额之和在本项目以"－"号填列；两者余额一个在借方一个在贷方的，用两者余额互相抵减后的差额填列，如为借差则在本项目内以"－"号填列。年度终了，该项目可以只根据"利润分配"账户的期末余额填列。余额在贷方的直接填列，余额在借方的在本项目内以"－"号填列。

例 7－1

某企业 2011 年 12 月 31 日结账后，"库存现金"账户余额为 10 000 元，"银行存款"账户余额为 4 500 000 元，"其他货币资金"账户余额为 2 000 000 元。

在资产负债表中，"货币资金"项目是根据"库存现金"、"银行存款"、"其他货币资金"三个总账账户的期末余额合计数计算填列。则该企业 2008 年 12 月 31 日的资产负债表中，"货币资金"项目的金额 = 10 000 + 4 500 000 + 2 000 000 = 6 510 000（元）

例 7－2

某企业对材料采用计划成本法核算，2011 年 12 月 31 日结账后，有关账户余额为："材料采购"账户余额为 151 000 元（借方），"原材料"账户余额为 2 700 000 元（借方），"周转材料"账户余额为 200 0000 元（借方），"库存商品"账户余额为 1 820 000 元（借方），"生产成本"账户余额为 700 000 元（借方），"材料成本差异"账户余额为 130 000 元（贷方），"存货跌价准备"账户余额为 300 000 元（贷方）。

在资产负债表中，"存货"项目是根据以上总账账户余额分析计算填列，则该企业 2011 年 12 月 31 日的资产负债表中，"存货"项目的金额 = 151 000 + 2 700 000 + 2 000 000 + 1 820 000 + 700 000 － 130 000 － 300 000 = 694 100（元）

（3）根据有关总账所属明细账的期末余额分析计算填列

根据有关总账所属明细账的期末余额分析计算填列的项目主要有"应收账款"、"预付账款"、"应付账款"、"预收账款"等。

①"应收账款"项目，应根据"应收账款"账户和"预收账款"账户所属明细账的期末借方余额合计数，减去"坏账准备"账户中有关应收账款计提的坏账准备期末余额后的金额填列。

②"预付账款"项目，应根据"预付账款"账户和"应付账款"账户所属明细账的期末借方余额合计数填列。

③"应付账款"项目，应根据"应付账款"账户和"预付账款"账户所属明细账的期末贷方余额合计数填列。

④"预收账款"项目，应根据"预收账款"账户和"应收账款"账户所属明细账的期末贷方余额合计数填列。

例 7-3

某企业 2010 年 12 月 31 日结账后，有关账户所属明细账余额如表 7-2 所示。

表 7-2　有关账户所属明细账余额

账户名称	借方余额	贷方余额
应收账款	200 000	
——甲公司	1 200 000	
——乙公司		100 000
预付账款	750 000	
——丙企业	900 000	
——丁企业		15 000
应付账款		1 000 000
——A 企业	200 000	
——B 企业		1 200 000
预收账款		400 000
——C 公司		900 000
——D 公司	500 000	

该企业 2010 年 12 月 31 日的资产负债表中，相关项目的金额为

"应收账款"项目金额 = 1 200 000 + 500 000 = 1 700 000（元）

"预付账款"项目金额 = 900 000 + 200 000 = 1 100 000（元）

"应付账款"项目金额 = 15 000 + 1 200 000 = 1 315 000（元）

"预收账款"项目金额 = 900 000 + 100 000 = 1 000 000（元）

（4）根据有关总账及其明细账的期末余额分析计算填列

根据有关总及其明细账的期末余额分析计算填列的项目有："长期应收款"、"长期待摊费用"、"长期借款"、"应付债券"、"长期应付款"等。如"长期借款"，应根据"长期借款"总账的期末余额扣除"长期借款"总账所属明细账中反映的将于 1 年内（含 1 年）到期的长期借款部分分析计算填列；"应付债券"，应根据"应付债券"总账余额扣除"应付债券"总账所属明细账中将于一年内到期的部分填列。

（5）根据有关资产类账户与其备抵账户抵消后的净额填列

根据在关资产类账户与其备抵账户抵消后的净额填列的项目有："应收账款"、"应收票据"、"其他应收款"、"存货"、"持有至到期投资"、"长期股权投资"、"固定资产"、"在建工程"、"无形资产"等项目。如"固定资产"项目，应根据"固定资产"账户余额减去"累计折旧"、"固定资产减值准备"等账户的期末余额后的金额填列；"无形资产"项目，应根据"无形资产"账户余额减去"累计摊销"、"无形资产减值准备"等账户的期末余额后的金额填列；"持有至到期投资"项目，应根据"持有至到期投资"账户余额减去"持有

至到期投资减值准备"账户余额后的金额填列。

例 7 - 4

某企业 2010 年 12 月 31 日结账后,"长期股权投资"账户余额为 150 000 元,"长期股权投资减值准备"账户余额为 10 000 元。

该企业 2010 年 12 月 31 日的资产负债表中,"长期股权投资"项目的金额 = 150 000 - 10 000 = 140 000(元)。

例 7 - 5

某企业 2010 年 12 月 31 日结账后,"固定资产"账户余额为 1300 000 元,"累计折旧"账户余额为 70 000 元,"固定资产减值准备"账户余额为 100 000 元。

在资产负债表中,"固定资产"项目应当以"固定资产"账户期末余额减去"累计折旧"、"固定资产减值准备"等账户余额后的金额填列,则该企业 2010 年 12 月 31 日的资产负债表中,"固定资产"项目的金额 = 1 300 000 - 70 000 - 100 000 = 1 130 000(元)。

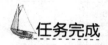

任务完成

三友服饰公司 2009 年 10 月 31 日各有关账户的期末余额见表 4 - 16。根据表 4 - 16 各账户的期末余额编制的资产负债表如表 7 - 3 所示。

表 7 - 3　资产负债表

编制单位:三友服饰公司　　　　　　　　　2009 年 10 月 31 日　　　　　　　　　单位:元

资　产	期末余额	年初余额	负债和所有者权益	期末余额	年初余额
流动资产:			流动负债:		
货币资金	182 439.58	92 831.27	短期借款	150 000	150 000
交易性金融资产	100 000	100 000	交易性金融负债		
应收票据	130 000	130 000	应付票据	234 000	102 000
应收账款	303 840	300 000	应付账款	45 000	67 000
预付账款	2 000		预收账款	41 600	80 000
应收利息			应付职工薪酬	31 259	6 600
应收股利			应交税费	21 822.38	1 100
其他应收款	1 500		应付利息		
存货	544 644.73	72 300	应付股利	46 139.51	29 000
一年内到期的非流动资产			其他应付款	3 000	3 000
其他流动资产			一年内到期的长期负债		
流动资产合计	1 264 424.31	695 131.27	其他流动负债		
非流动资产:			流动负债合计	572 820.89	380 700

资 产	期末余额	年初余额	负债和所有者权益	期末余额	年初余额
可供出售金融资产			非流动负债:		
持有至到期投资			长期借款		
长期应收款			应付债券		
长期股权投资	30 000	30 000	长期应付款		
投资性房地产			专项应付款		
固定资产	2 426 800	2 485 500	预计负债		
在建工程			递延所得税负债		
工程物资			其他非流动负债		
固定资产清理			非流动负债合计		
生产性生物资产			负债合计	572 820.89	380 700
油气资产			所有者权益:		
无形资产			实收资本	2 500 000	2 500 000
开发支出			资本公积		
商誉			减:库存股		
长期待摊费用			盈余公积	86 785.84	65 347.17
递延所得税资产			未分配利润	561 617.58	264 584.10
其他非流动资产			所有者权益合计	3 148 403.42	2 829 931.27
非流动资产合计	2 456 800	2 515 500			
资产总计	3 721 224.31	3 210 631.27	负债和所有者权益总计	3 721 224.31	3 210 631.27

任务2 编制利润表

【知识学习目标】
- 熟悉利润表的内容和格式;
- 掌握利润表的编制方法。

【能力目标】
- 能分析计算填列中小企业利润表中的有关项目并能编制利润表。

【任务要求】
根据三友服饰公司账簿资料,编制三友服饰公司 2009 年 10 月份的利润表。

 **任务准备**

1. 利润表的概念和意义

（1）利润表的概念

利润表是指反映企业一定会计期间经营成果的报表。它是以"收入－费用＝利润"这一会计等式作为编制依据的。

（2）利润表的意义

① 通过提供利润表，可以从总体上了解企业在一定会计期间收入、成本、费用及净利润（或亏损）的实现及构成情况等。

② 通过利润表提供的不同时期的数字比较（本期金额、上期金额），可以分析企业的获利能力及利润的未来趋势，了解投资者投入资本的保值增值情况等。

可见，利润既是企业经营业绩的综合体现，又是企业进行利润分配的主要依据，因此，利润有是会计报表中的一张主要报表。

2. 利润表的内容和格式

利润表由表头、基本部分和补充资料三部分组成。表首部分列示报表名称、编制单位名称、编表时间和货币单位等。基本部分反映企业在报告期的收入、费用和利润情况，包括利润表各项目的名称、各项目的本月数和本年累计数等内容，并按照"收入－费用＝利润"的顺序加以排列而成。补充资料则列示有关报表项目的必要补充资料，对基本部分起着补充说明作用。

我国企业的利润表采用多步式。多步式利润表的横向栏目分"本期金额"和"上期金额"两栏，纵向项目分为五个层次，各层次的关系及计算如下。

第一层次，营业收入。它是由主营业务收入和其他业务收入组成。其计算公式为

$$营业收入＝主营业务收入＋其他业务收入$$

第二层次，营业利润。它以营业收入为基础计算，计算公式为

$$营业利润＝营业收入－营业成本－营业税金及附加－销售费用－管理费用－$$
$$财务费用－资产减值损失＋公允价值变动收益＋投资收益$$

其中

$$营业成本＝主营业务成本＋其他业务成本$$

第三层次，利润总额。它以营业利润为基础计算，计算公式为

$$利润总额＝营业利润＋营业外收入－营业外支出$$

第四层次，净利润。它以利润总额为基础计算，计算公式为

$$净利润＝利润总额－所得税费用$$

第五层次，每股收益。它包括基本每股收益和稀释每股收益。

利润表内容及格式如表7－4所示。

表7-4　利润表

会企02表

编制单位：＿＿＿＿＿＿年＿＿＿＿月　　　　　　　　　　　　　　　　单位：元

项　目	本月金额	上期金额
一、营业收入		
减：营业成本		
营业税金及附加		
销售费用		
管理费用		
财务费用		
资产减值损失		
加：公允价值变动收益（损失以"-"填列）		
投资收益（亏损以"-"号填列）		
其中：对联营企业和合营企业的投资收益		
二、营业利润（亏损以"-"号填列）		
加：营业外收入		
减：营业外支出		
其中：非流动资产处置损失		
三、利润总额（亏损总额以"-"号填列）		
减：所得税费用		
四、净利润（净亏损以"-"号填列）		
五、每股收益		
（一）基本每股收益		
（二）稀释每股收益		

3. 利润表的编制方法

利润表一般应根据期末结转前各损益类账户本期发生额分析计算填列，具体填列方法归纳起来有以下几种。

（1）收入类项目的填列

收入类项目大多是根据收入类账户期末结转前贷方发生额减去借方发生额后的差额填列，若差额为负数，以"-"号填列，如"公允价值变动收益"、"投资收益"、"营业外收入"等。但"营业收入"项目，应根据"主营业务收入"账户加上"其他业务收入"账户借贷发生额的差额之和填列。

（2）费用类项目的填列

费用类项目大多是根据费用类账户期末结转前借方发生额减去贷方发生额后的差额填列，若差额为负数，以"-"号填列。如"营业税金及附加"、"销售费用"、"管理费用"、"财务费用"、"资产减值损失"、"营业外支出"、"所得税费用"等。但"营业成本"，应根据"主营业务成本"账户加上"其他业务成本"账户借贷发生额的差额之和填列。

（3）自然计算项目的填列

利润表中有些项目，应通达表中有关项目自然计算后的金额填列。如"营业利润"、"利润总额"、"净利润"等项目。需要指出的是"利润总额"如为亏损，以"-"号填列；"净利润"项目如为净亏损，也以"-"号填列。

（4）特殊项目的填列

利润表中的"基本每股收益"项目，仅仅考虑当期实际发行在外的普通股股份，应按照归属于普通股股东的当期净利润除以当期实际发行在外的普通股的加权平均数计算确定；"稀释每股收益"项目，在存在稀释性潜在普通股时，应根据其影响分别调整归属于普通股股东的当期净利润以及发行在外普通股的加权平均数计算。

月度利润表与年度利润表的编制方法有所不同。

月度利润表的"本期金额"栏，反映各项目的本月实际发生数；年度利润表的"本期金额"栏，反映各项目自年初起至本月末止的累计发生数。

 **任务完成**

三友服饰公司 2009 年 10 月份各损益类账户结转前的发生额如表4 – 16所示。根据汇总表资料编制三友服饰公司 2009 年 10 月份的利润表如表 7 – 5 所示。

表 7 – 5　利润表

会企 02 表

编制单位：三友服饰公司　　　　　　2009　年　10　月　　　　　　　　单位：元

项　　目	本期金额	上期金额
一、营业收入	222 000	
减：营业成本	101 505.27	
营业税金及附加	353.60	
销售费用	8 000	
管理费用	34 410	
财务费用	6 000	
资产减值损失		
加：公允价值变动收益（损失以"－"填列）		
投资收益（亏损以"－"号填列）		
其中：对联营企业和合营企业的投资收益		
二、营业利润（亏损以"－"号填列）	71 731.13	
加：营业外收入		
减：营业外支出		
其中：非流动资产处置损失		
三、利润总额（亏损总额以"－"号填列）	71 731.13	
减：所得税费用	17 932.78	
四、净利润（净亏损以"－"号填列）	53 798.35	
五、每股收益		
（一）基本每股收益		
（二）稀释每股收益		

复习思考题

1. 财务会计报告的概念是什么？一套完整的财务会计报告由哪些部分构成？
2. 简述资产负债表的结构和内容及编制要求。
3. 简述利润表的结构和内容如何。

综 合 练 习

一、单项选择题

1. 某企业"应付账款"账户月末贷方余额 40 000 元，其中应付甲公司账款明细账户贷方余额 35 000 元，应付乙公司账款明细账户贷方余额 5 000 元；"预付账款"账户月末贷方余额 3 000 元，其中预付 A 工厂账款明细账户贷方余额 5 000 元，预付 B 工厂账款明细账户借方余额 2 000 元。该企业月末资产负债表中"应付账款"项目的金额是（   ）元。

   A. 43 000   B. 45 000   C. 38 000   D. 42 000

2. 根据"资产＝负债＋所有者权益"这一平衡公式填列的财务报表是（   ）。

   A. 现金流量表   B. 所有者权益变动表
   C. 资产负债表   D. 利润表

3. 资产负债表中"未分配利润"项目是根据（   ）填列。

   A. "本年利润"账户余额
   B. "利润分配"账户余额
   C. "本年利润"账户和"利润分配"账户的余额计算
   D. "盈余公积"账户余额

4. 以下项目中，属于资产负债表中流动负债项目的是（   ）。

   A. 长期借款   B. 递延所得税负债
   C. 应付职工薪酬   D. 应付债券

5. 某月末，甲公司"本年利润"账户余额为借方 50 000 元，"利润分配"账户余额为贷方 30 000 元，则该月末资产负债表中未分配利润项目的金额为（   ）元。

   A. 80 000   B. －80 000   C. 20 000   D. －20 000

6. 某月末，甲公司"应收账款——A"账户余额为借方 50 000 元，"应收账款——B"账户余额为贷方 30 000 元，"预收账款——C"账户余额为借方 40 000 元，则该月末资产负债表中应收账款项目的金额为（   ）元。

   A. 90 000   B. －80 000   C. 20 000   D. －20 000

7. 某月末，甲公司"应付账款——A"账户余额为借方 60 000 元，"应收账款——B"账户余额为贷方 20 000 元，"预收账款——C"账户余额为借方 90 000 元，"预付账款——D"账户余额为贷方 40 000 元，则该月末资产负债表中预付账款项目的金额为（   ）元。

   A. 90 000   B. 60 000   C. 20 000   D. 40 000

8. 我国利润表采用（　　　）。

    A. 账户式　　　　B. 报告式　　　　C. 单步式　　　　D. 多步式

9. 根据"收入－费用＝利润"填列的财务报表是（　　　）。

    A. 资产负债表　　　　　　　　B. 所有者权益变动表

    C. 利润表　　　　　　　　　　D. 现金流量表

10. 反映某一会计期间经营成果的财务报表是（　　　）。

    A. 资产负债表　　　　　　　　B. 所有者权益变动表

    C. 现金流量表　　　　　　　　D. 利润表

11. 利润表中，只需根据有关科目的借方发生额填列的项目是（　　　）。

    A. 营业税金及附加　　　　　　B. 主营业务收入

    C. 营业利润　　　　　　　　　D. 利润总额

二、多项选择题

1. 下列各项中，应在资产负债表"应付账款"项目中反映的有（　　　）。

    A. "应付账款"明细账户的借方余额

    B. "应付账款"明细账户的贷方余额

    C. "预付账款"明细账户的借方余额

    D. "预付账款"明细账户的贷方余额

    E. "应收账款"明细账户的贷方余额

2. 我国企业财务报告通常由（　　　）组成。

    A. 资产负债表　　　　　　　　B. 利润表

    C. 所有者权益变动表　　　　　D. 现金流量表

    E. 财务报表附注

3. 资产负债表中"存货"项目应根据（　　　）总账账户的期末余额之和填列。

    A. 原材料　　　B. 生产成本　　　C. 库存商品　　　D. 在途物资

    E. 周转材料

4. 在编制资产负债表时，根据若干总账账户的期末余额分析、计算填列的项目有（　　　）。

    A. 货币资金　　B. 存货　　　　C. 预付账款　　　D. 应付账款

    E. 短期借款

5. 下列资产负债表项目中，根据总账余额直接填列的有（　　　）。

    A. 短期借款　　　　　　　　　B. 实收资本

    C. 交易性金融资产　　　　　　D. 应收账款

    E. 应付票据

6. 为计算营业利润，需要从营业收入中减去（　　　）。

    A. 营业成本　　　　　　　　　B. 营业税金及附加

    C. 销售费用、管理费用　　　　D. 财务费用

    E. 营业外支出

7. 利润表的基本要素有（　　　）。

    A. 资产　　　　B. 负债　　　　C. 收入　　　　D. 费用　　　　E. 利润

8. 利润表中的"营业税金及附加"项目反映企业应交纳的税金，主要包括（　　）。

    A. 营业税　　　　B. 消费税　　　　C. 房产税　　　　D. 增值税　　　　E. 所得税

9. 下列各项中，影响企业营业利润的项目有（　　）。

    A. 销售费用　　　B. 管理费用　　　C. 投资收益　　　D. 制造费用　　　E. 所得税

三、判断题

1. 资产负债表是反映企业在一定期间经营成果的报表，所以它是动态报表。（　　）

2. 虽然资产负债表中的项目有些是根据账簿记录直接填列，有些是根据账簿记录计算填列，但它们的共同之处是都来源于账簿的期末余额。（　　）

3. 利润表中的项目主要是根据损益类账户的余额分析计算填列。（　　）

4. 会计报表按其反映的内容，可以分为动态会计报表和静态会计报表。资产负债表是反映企业在某一特定时期内企业财务状况的会计招表，属于静态会计报表。（　　）

5. 通过利润表，可以帮助报表使用者全面了解企业的财务状况，分析企业的债务偿还能力，从而为未来的经济决策提供参考信息。（　　）

6. 我国资产负债表中资产项目是按流动性排列的。（　　）

7. 营业外收支应反映在利润表的营业利润中。（　　）

8. 利润表是反映企业在某一特定日期财务状况的报表。（　　）

四、实务训练

1. 某企业 9 月末有关总账账户余额如表 7 - 6 所示。要求：根据以上资料计算资产负债表中"存货"和"未分配利润"项目金额。

表 7 - 6　总账账户余额

账户名称	借方余额	贷方余额
原材料	120 000	
生产成本	9 000	
库存商品	60 000	
本年利润		22 000
利润分配		6 000

2. 红日公司 2009 年 12 月 31 日部分总分类账户及明细分类账户的期末余额分别如表 7 - 7 和表 7 - 8 所示。

表 7 - 7　部分总分类账户

单位：元

总分类账户	借方余额	贷方余额	总分类账户	借方余额	贷方余额
库存现金	2 000		生产成本	21 800	
银行存款	12 500		应付职工薪酬		3000
应收账款	4 000		利润分配		16 400
预付账款	7 500		预收账款		8 500
材料采购	4 150		短期借款		40 000
原材料	18 450		应付账款		5 800
库存商品	9 200		长期借款		200 000

表7-8 部分明细分类账户

单位：元

账 户	借或贷	金 额	账 户	借或贷	金 额
应收账款	借	4 000	应付账款	贷	5 800
—A公司	借	5 500	—甲公司	贷	6 200
—B公司	贷	1 500	—乙公司	借	400
预收账款	贷	8 500	预付账款	借	7 500
—C公司	贷	9 000	—丙公司	借	8 000
—D公司	借	500	—丁公司	贷	500

其中，长期借款中将于1年内到期归还的长期借款为60 000元。

要求：根据上述资料计算资产负债表中下列项目的金额。

（1）货币资金 =

（2）应收账款 =

（3）预付账款 =

（4）预收账款 =

（5）应付账款 =

（6）短期借款 =

（7）长期借款 =

（8）存货 =

（9）应付职工薪酬 =

（10）未分配利润 =

3. M公司2010年12月31日有关总账科目，明细科目余额如表7-9所示。要求：根据以上资料编制M公司12月份的资产负债表。

表7-9 M公司有关总账科目、明细科目余额表

单位：元

总账科目	明细科目	借 方	贷 方	总账科目	明细科目	借 方	贷 方
库存现金		3 700		短期借款			85 000
银行存款		135 700		应付票据			78 000
其他货币资金		5 200		应付账款			35 000
应收票据		35 000			X公司		15 000
应收账款		50 000			Y公司		50 000
	A公司	45 000		其他应付款			5 600
	B公司	20 000		应付职工薪酬			25 000
	C公司		15 000	应交税费			25 600
坏账准备			3 000	长期借款			100 000
预付账款		7 000		实收资本			500 000
	W公司	10 000		盈余公职			45 000
	Z公司		3 000	利润分配			78 000

续表

总账科目	明细科目	借　方	贷　方	总账科目	明细科目	借　方	贷　方
其他应收款		400					
材料采购		7 800					
周转材料		9 670					
库存商品		12 000					
长期股权投资		56 000					
固定资产		25 000					
累计折旧			2 000				
无形资产		4 500					

4. 假设某企业为增值税一般纳税企业，201×年12月份发生下列经济业务。

①企业销售材料一批，价款10 000元，增值税销项税额1 700元，货款及税金采用商业汇票结算，收到面额11 700的商业承兑汇票一张。

②企业按合同发出商品一批，价款130 000元、增值税销项税额22 100元、该货款已于上月预收，金额为100 000元（该企业未单独设置"预收账款"账户）。

③企业用银行存款支付专设的销售部门销售产品的运杂费5000元、向慈善机构支付捐款5 000元。

④企业以银行存款支付本季度的短期借款利息1 300元（未采用预提方式）。

⑤月末，结算本月应付行政管理部门人员的工资及福利11 400元。

⑥月末，按规定计算本月的销售产品的消费税等销售税金2 500元。

⑦月末，结转已售产品的生产成本855 000元，已售材料的成本5 000元。

⑧月末，经批准盘盈存货的价值200元。

⑨假设企业按月计算所得税费用，本月没有任何调整事项，企业根据利润总额计算企业本期应交纳的所得税（所得税率为25%）。

要求：（1）根据上述材料编制会计分录。

（2）填制完成该企业201×年12月份利润表。

模块八

模拟顶岗实训

【写在前面的话】

对基础会计课程内容的学习暂告一段落，你一定想知道自己对会计基本原理学习和掌握的程度。虽然这是一门阐述会计基础理论与基本方法的课程，但也不乏实务操作的内容，况且任何理论都应付诸于实践进而指导实践，这也正是我们学习理论的目的之一。正是基于这样一种想法，我们精心设计了这套"会计模拟顶岗实训"，旨在帮助初学者运用所学过的会计理论知识解决某些实际问题，以达到进一步巩固、理解所学的会计理论知识的目的，这也是我们设计本实训的初衷。这个实训综合了会计循环的大部分内容，从经济业务的确认、计量开始，到财务会计报告的编制为止完成实训的实际操作过程。应该说，这个实训基本上要用到所学过的所有会计核算方法，当你从容地将这个实训的各个要求完成之后，相信你会有所收获。

【能力培养目标】

- 掌握企业会计循环全过程的操作与技能；
- 熟悉企业会计核算方法体系。

1. 实训材料

（1）实训耗材

① 借贷余总分类账页纸 60～65 张。

② 收付余三栏式日记账账页纸 2～5 张。

③ 借贷余三栏式明细账账页纸 10～15 张。

④ 收发存数量金额式明细账账页纸 5～10 张。

⑤ 多栏式明细账账页纸 5～10 张。

⑥ 记账凭证 40～50 张。

⑦ 科目汇总表 3～5 张。

⑧ 资产负债表 1～2 张。

⑨ 利润表 1～2 张。

⑩ 记账凭证封面 1～2 套。

⑪ 账簿封面 1 套。

⑫ 凭证装订线。

⑬ 大头针。

（2）实训器材

① 算盘或计算器。

② 直尺。

③ 小刀。

④ 铁夹。

⑤ 印泥。

⑥ 企业会计科目章。

⑦ 凭证装订机。

2. 实训资料

三友服饰公司2009年12月初总分类账户及明细账分类账户余额如表8-1和表8-2所示。

表 8-1　总分类账户余额

单位：元

账户名称	借方余额	账户名称	贷方余额
库存现金	1 000	短期借款	70 000
银行存款	412 000	应付账款	27 000
应收账款	52 000	应付职工薪酬	15 000
其他应收款	5 000	应交税费	26 000
原材料	85 000	预收账款	20 000
库存商品	40 000	实收资本	2 500 000
生产成本	70 000	资本公积	20 000
固定资产	3000 000	盈余公积	100 000
长期待摊费用	3 000	本年利润	350 000
		利润分配	40 000
		累计折旧	500 000
合　　计	3 668 000	合　　计	366 800

表 8-2　明细分类账户余额

总账账户	明细账户	计量单位	数　量	单　价	余　额
应收账款	合新公司				40 000
	光大公司				12 000
原材料	A 面料	米	2 000	250	10 000
	B 面料	米	250	300	75 000
库存商品	西　服	件	80	800	40 000
应付账款	英杰公司				19 000
	大地公司				8 000
应交税费	应交所得税				12 000
	应交增值税				11 000
	应交教育费附加				3 000

12月份发生的经济业务如下。

① 1日，从银行提取现金8 000元备用，现金支票存根如图8-1所示。

交通银行现金支票存根
Ⅳ V984574034
科　　目＿＿＿＿＿＿＿＿
对方科目＿＿＿＿＿＿＿＿

出票日期 2009 年 12 月 1 日

| 收款人：三友服饰公司 |
| 金　额：8 000.00 |
| 用　途：备用 |

单位主管　　　　会计：梅芳

图 8-1　现金支票存根

② 1日，业务部王伟预借差旅费4 000元，用现金支付。借款单见表8-3。

表 8-3　借款单

2009 年 12 月 1 日

部　门	业务部		借款事由	出差借款
借款金额	金额（大写）肆仟元整			￥4 000.00
批准金额	金额（大写）肆仟元整			￥4 000.00
领　导	黄娟	会计主管	许洁	借款人	王伟

③ 6日，向大东公司采购面料A用于西服生产，价值100 000元，外加17%的增值税，以银行转账支票支付全部款项。材料已到，验收入库。增值税专用发票见表8-4，银行转账支票存根如图8-2所示。

表 8-4　增值税专用发票

开票日期：2009 年 12 月 6 日　　　　　　　　　　　　　　南通 NO 003859760

购货单位	名　称	三友服饰公司			纳税人登记号		2300342								
	地址、电话	××市人民东路1号			开户银行及账号		交通银行 37589326								
货物或应税劳务名称	计量单位	数量	单价	金　　额							税率 %	税　　额							
				百	十	万	千	百	十	元	角	分		百	十	万	千	百	十	元	角	分
A材料	米	250	400	1	0	0	0	0	0	0	0		17		1	7	0	0	0	0	0	0
合　计				￥	1	0	0	0	0	0	0	0			￥	1	7	0	0	0	0	0	0
价税合计（大写）		×仟×佰壹拾壹万柒仟元整				￥：117 000.00														
销货单位	名称	大东公司			纳税人登记号		23850								
	地址、电话	××市开发区上海路38号			开户银行及账号		中行开发办 850383								
备　注															

第二联　发票联　购货方记账

收款人：　　　　　　　　　　　　　　开票单位（未盖章无效）

交通银行转账支票存根

IV V49607

科　目＿＿＿＿＿＿＿

对方科目＿＿＿＿＿＿＿

出票日期 2009 年 12 月 5 日

| 收款人：大东公司 |
| 金　额：11 700.00 |
| 用　途：购买面料 |

单位主管　　　会计：梅芳

图 8 - 2　转账支票存根

④ 7 日，6 日购买的 A 面料全部验收入库，入库单见表 8 - 5。

表 8 - 5　入库单

供货单位：大东公司　　　　　　　　　　　　　　　　　　　凭证编号：091203

发票编号：003859760　　　　　　　2009 年 12 月 7 日　　　　　收料仓库：材料库

材料类别	材料编号	材料名称	规格	计量单位	数　量		金　额			附　注
					应收	实收	单价	总　价		
								十万千百十元角分		
原材料		A 面料		米	250	250	400	1 0 0 0 0 0 0 0		
合　计								1 0 0 0 0 0 0 0		

会计主管：许洁　记账：高德兰　仓库主管：张华　保管：李军　验收：李云龙　采购：王伟

⑤ 8 日，办公室以现金购买办公用品 450 元。商业零售发票见表 8 - 6。

表 8 - 6　江苏省南通市商品销售统一发票

购货单位：三友服饰公司　　　　　　　2009 年 12 月 8 日　　　　　NO. 378509497

品　名	规　格	单　位	数　量	单　价	金　额						
					万	千	百	十	元	角	分
笔记本		本	20	15			3	0	0	0	0
一次性纸杯		袋	15	10			1	5	0	0	0
合计						¥	4	5	0	0	0
合计金额（大写）人民币肆佰伍拾元整											

开票人：丁佳　　　　　收款人：××　　　　　单位名称（盖章）：大润发超市

⑥ 6 日，以银行存款支付电视台广告费 5000 元。转账支票存根如图 8 - 3 所示，费用发票见表 8 - 7。

```
交通银行转账支票存根
        IV V49608
科　目_____
对方科目_____



出票日期 2009 年 12 月 6 日
收款人：电视台
金　额：5 000.00
用　途：广告费

单位主管　　会计：梅芳
```

图 8-3　转账支票存根

表 8-7　江苏省广告业专用发票

客户名称：三友服饰公司　　　　　　　　2009 年 12 月 6 日　　　　　　　　NO. 7809114

项　目	单　位	数　量	单　价	金　额						
				万	千	百	十	元	角	分
广告费					5	0	0	0	0	0
合　计				¥	5	0	0	0	0	0
合计金额（大写）人民币伍仟元整										

开票人：胡平　　　　　　　收款人：胡平　　　　　　　　　　单位名称（盖章）：

⑦ 6 日，王伟报销差旅费 3 000 元，余款退回现金 1 000 元。差旅费报销单见表 8-8，收款收据见表 8-9。

表 8-8　差旅费报表单

2009 年 12 月 6 日

部　门	业务部	出差人			王　伟					出差事由	采购面料
起讫——日期			地点		车船费		住宿费		补助费	其他金额	结账记录
月 日 时	月 日 时		起	讫	人数	金额	天数	金额	天数 伙补 住勤费		
12 1　　12 6			南通	嘉兴	3	1 200	5	1 300	5　　500		预借旅费：4 000 共报销：3 000 退回预借旅费：1 000 补给旅费：附件张数：
合　计											
总计报销金额（大写）人民币　叁仟元整　　　　　　　　¥ 3 000.0											
单位负责人：黄娟　　　　　部门负责人：张华　　　　　　报销人：王伟											

表 8 - 9　收款收据

2009 年 12 月 6 日　　　　　　　　　　　　　　　　　　　　　　　NO. 207853005

今收到　　王伟

交来　　预借差旅费余款

人民币（大写）　　壹仟元整　　　　　　　　　　￥　1 000.00

收款单位（公章）：　　　会计主管：许洁　　　收款人：梅芳

⑧ 6 日，职工吴晓蓉报销医药费 700 元，以现金付讫。医药费报销单见表 8 - 10，门诊收费收据见表 8 - 11。

表 8 - 10　医药费报销单

2009 年 12 月 6 日

姓　名	报销比例	单据张数	单据金额	实报金额	审批意见	备注
吴晓蓉	80%	1	700	560		
合　计		1	700	560		
实报金额（大写）		人民币伍佰陆拾元整			￥560.00	
单位负责人：黄娟			会计主管：许洁			出纳：梅芳

表 8 - 11　门诊收费收据

2009 年 12 月 4 日

项　目	金　额	项　目	金　额
西　药	150	手术费	
中成药	400	治疗费	50
常规检查		放射费	
CT		化验费	100
B　超		输血费	
金额（大写）：人民币柒佰元整		￥700.00	
收款人：程飞		单位（盖章）：	

⑨ 7 日，生产车间为生产西服领用 A 面料 20 米，单价 250 元，B 面料 40 米，单价 10 元。领料单见表 8 - 12。

表 8-12 领料单

领料部门 生产车间　　　　2009 年 12 月 7 日　　　　　　字第 1207 号

材料			位	数量		成本								材料账页
编号	名称	规格		请领	实发	单价	总价							
							万	千	百	十	元	角	分	
	A 面料		米	20	20	250		5	0	0	0	0	0	
	B 面料		米	40	40	100		4	0	0	0	0	0	
合　计							¥	9	0	0	0	0	0	

主管：　　会计：　　记账：　　保管：李云龙　　发料：李云龙　　　　领料：何吉

⑩ 7 日，销售给合新公司西服 100 件，单价 1 500 元，价款 150 000 元，增值税 25 500 元，款项未收到。增值税专用发票见表 8-13。

⑪ 7 日，结转销售西服的销售成本。产品出库通知单见表 8-14。

表 8-13 增值税专用发票

开票日期：2009 年 12 月 7 日　　　　　　　　　　　　　南通 NQ 003859760

购货单位	名　称		三友服饰公司		纳税人登记号					2300342					
	地址、电话		××市人民东路 1 号		开户银行及账号					交通银行 37589326					

货物或应税劳务名称	计量单位	数量	单价	金　额									税率%	税　额								
				百	十	万	千	百	十	元	角	分		百	十	万	千	百	十	元	角	分
西服	件	100	1 500		1	5	0	0	0	0	0	0	17			2	5	5	0	0	0	0
合　计					¥1	5	0	0	0	0	0	0			¥	2	5	5	0	0	0	0
价税合计（大写）		人民币⊗仟⊗佰壹拾柒万伍仟伍佰零拾零元零角零分										¥：175 500.00										

销货单位	名称	大东公司	纳税人登记号	2300342
	地址	人民东路 1 号	开户银行及账号	交通银行 37589326
备注				

收款人：　　　　　　　开票单位（未盖章无效）

第三联：销货方记账

表 8-14 出库通知单

2009 年 12 月 7 日　　　　　　　　　　字　1207　号

类别	编号	名称	规格	单位	数　量		成本								附注
					应发	实发	成本	总成本							
								十	万	千	百	十	元	角	分	
成品		西服		件	100	100	500		5	0	0	0	0	0	
合　计								¥	5	0	0	0	0	0	

第三联：销货方记账

⑫ 8 日，收到光大公司转账支票一张，偿还原欠货款 10 000 元，已办妥进账手续。银行进账单见表 8－15。

表 8－15　银行进账单

2009 年 12 月 8 日

收款人	全称		三友服饰公司											
	账号	37589326	开户银行				交通银行							
金额（大写）	人民币壹万元整		万	千	百	十	万	千	百	十	元	角	分	
						￥	1	0	0	0	0	0	0	
付款人名称	付款人开户行及账号	票据号码	对方科目											
光大公司	工行 2739594056													
			复核　　记账											
备注														

⑬ 10 日，从银行提取现金 30 000 元，备发工资。现金支票存根见图 8－4。

交通银行转账支票存根

IV V 984574035

科　　目＿＿＿＿＿＿＿

对方科目＿＿＿＿＿＿＿

出票日期 2009 年 12 月 10 日

收款人：三友服饰公司
金　额：30 000.00
用　途：备发工资

单位主管　　会计：梅芳

图 8－4　现金支票存根

⑭ 10 日，以现金 30 000 元发放工资。工资结算汇总表见表 8－16。

表 8－16　工资结算汇总表

2009 年 12 月 10 日

车间部门	人员类别	应付工资					代扣款项		实发工资
		计时工资	计件工资	奖金	津贴	应付工资	房租	合计	
基本生产车间	生产工人					25 000			25 000
	管理人员		（略）			2 000			2 000
企业管理部门						3 000			3 000
合计						30 000			30 000

⑮ 15 日，开出转账支票一张，缴纳所得税 12 000 元。转账支票存根如图 8－5 所示，

完税凭证见表 8－17。

```
交通银行转账支票存根
        IV V 49609
科    目_____
对方科目_____


出票日期 2009 年 12 月 15 日
┌─────────────────────┐
│ 收款人：税务局       │
├─────────────────────┤
│ 金　额：12 000.00    │
├─────────────────────┤
│ 用　途：所得税       │
└─────────────────────┘
单位主管　　　会计：梅芳
```

图 8－5　转账支票存根

表 8－17　税收通用完税证

单位：元

2009 年 12 月 15 日			
税务登记代码	2300342	征收机关	南通市地税局
纳税人全称	三友服饰公司	收款银行	商业银行
税（费）种	税款所属时期		实缴金额
所得税	2009 年 1 月 1 日—2009 年 11 月 30 日		12 000
合计金额	（大写）人民币壹万贰仟元整		￥12000.00
税务机关（盖章）	收款银行（盖章）		经手人：刘一

⑯ 18 日，以银行存款支付上月月电话费 3000 元。银行转账支票存根如图 8－6 所示，电信专用收据见表 8－18。

```
交通银行转账支票存根
        IV V 49610
科    目_____
对方科目_____


出票日期 2009 年 12 月 18 日
┌─────────────────────┐
│ 收款人：电信局       │
├─────────────────────┤
│ 金　额：3 000.00     │
├─────────────────────┤
│ 用　途：电话费       │
└─────────────────────┘
单位主管　　　会计：梅芳
```

图 8－6　转账支票存根

表 8 - 18　电信局专用收据

2009 年 12 月 18 日

电话号码	85875123	付款单位			三友服饰公司
交款明细项目（略）					
实收金额	人民币（大写）叁仟元整				￥3000.00

⑰ 15 日，接银行通知，偿还大地公司货款 3 000 元。付款通知见表 8 - 19。

表 8 - 19　委托收款凭证（付款通知）　　　委托号码 01327

付款人	全称	三友服饰公司		收款人	全称	大地公司							此联付款人开户行在款项付妥后给付款人的付账通知
	账号	37589326			账号	3632543043							
	开户银行	交通银行	行号		开户银行	工行		行号					
委收金额	人民币（大写）	叁仟元整				千	百	十	万	千	百	十 元 角	
									￥	3	0	0 0 0	
款项内容		委托收款凭据名称				附寄证张数							
备注		上列款项 1. 已全部划回你方账户 2. 已收回部分款项收入你方账户 3. 全部收到						收款人开户行盖章					

单位主管　　会计　　复核　　记账　　付款人开户银行收到日期　2009 年 12 月 10 日
　　　　　　　　　　　　　　　　　　　　支付日期　2009 年 12 月 11 日

⑱ 31 日，分配本月职工工资。工资费用分配表见表 8 - 20。

表 8 - 20　工资费用分配表

2009 年 12 月 31 日

应借科目	生产工人工资额分配			直接工资	合计
	生产工时	分配率	分配金额		
生产成本——西服				25 000	25 000
制造费用				2 000	2 000
管理费用				3 000	3 000
合计				30 000	30 000

会计主管：许洁　　　　　　审核：梅芳　　　　　　制表人：高德兰

⑲ 31 日，按工资总额的 14% 提取职工福利费 4 200 元。职工福利费计提分配表见表 8 - 21。

表 8 - 21　职工福利费计提分配表

2009 年 12 月 31 日

应借科目	计提基数	计提比例	计提金额
生产成本——西服	25 000	14%	3 500
制造费用	2 000	14%	280
管理费用	3 000	14%	420
合计	30 000	14%	4 200

会计主管：许洁　　　　　　审核：刘佳　　　　　　制表人：高德兰

⑳ 31 日，计提本月固定资产折旧 13 000 元，其中生产车间 9 000 元，管理部门 4 080 元。固定资产折旧计算表见表 8 –22。

表 8 –22　固定资产折旧计算表

2009 年 12 月 31 日

固定资产类别	上月计提		上月增加		上月减少		本月计提	
	原价	折旧	原价	折旧	原价	折旧	原价	折旧
生产用	1 995 000	9 000						9 000
管理部门用	1 005 000	4 080						4 080
合计		13 080						13 080

会计主管：许洁　　　　审核：刘佳　　　　　　　　制表人：高德兰

㉑ 31 日，月末将本月发生的制造费用分配转入生产成本。制造费用分配表见表 8 –23。

表 8 –23　制造费用分配表

2009 年 12 月 31 日

产品名称	分配标准	分配率	分配金额
西服			11 280
合计			11280

㉒ 31 日，100 件西服全部完工入库，结转完工产品生产成本。产品成本计算单见表 8 –24，产成品入库单见表 8 –25。

表 8 –24　产品成本计算单

2009 年 12 月 31 日

产品名称：西服　　　　　　　　　　　　　　　　　　　完工产品数：100 件

项　目	直接材料	直接人工	制造费用	合　计
期初在产品成本	40 000	20 000	10 000	70 000
本月发生额	9 000	28 500	11 280	55 780
合　计	49 000	48 500	21 280	118 780
完工产品成本	49 000	48 500	21 280	118 780
期末在产品成本				
单位成本				

表 8 –25　产品入库单

2009 年 12 月 31 日

类别	编号	名称	规格	单位	数　量		成　本									附注
					应发	实发	成本	总成本								
								十	万	千	百	十	元	角	分	
产成品		西服		件	100	100	1187.8	1	1	8	7	8	0	0	0	
合计								1	1	8	7	8	0	0	0	

会计主管：许洁　　　　审核：刘佳　　　　　　　　制表人：高德兰

㉓ 31 日，本月应缴纳增值税 8 500 元，分别按 7% 和 3% 计算应缴纳的城市维护建设税和教育费附加。城市维护建设税和教育费附加计算表见表 8 - 26。

表 8 - 26 城市维护建设税和教育费附加计算表

2009 年 12 月 31 日

计税依据	城市维护建设税		教育费附加	
	税率%	金额（元）	税率%	金额（元）
8 500	7	595	3	255
合 计		595		255

会计主管：许洁   审核：刘佳   制表人：高德兰

㉔ 31 日，将本月损益类账户余额转入本年利润账户。损益类账户余额见表 8 - 27。

表 8 - 27 损益类账户余额表

2009 年 12 月   单位：元

科 目	金 额	科 目	金 额
主营业务收入	150 000	主营业务成本	50 000
		营业税金及附加	850
		销售费用	5 000
		管理费用	13 950
合 计		合 计	

㉕ 31 日，按本月实现利润总额的 25% 计算并结转本月应交所得税。所得税计算表见表 8 - 28。

表 8 - 28 所得税计算表

2009 年 12 月

税前利润	调整金额	应纳税所得	所得税税率	所得税
80 200		80 200	25%	20 500

会计主管：许洁   审核：刘佳   制表人：高德兰

㉖ 31 日，按净利润的 10% 提取盈余公积金（无原始单据）。

㉗ 31 日，结转本年利润及利润分配有关明细分类账户（无原始单据）。

3. 模拟顶岗实训工作要求

采用科目汇总表核算程序进行账务处理，具体要求如下。

① 根据原始凭证填制记账凭证。

② 开设并登记现金日记账和银行存款日记账。

③ 开设并登记各种明细分类账户。

④ 根据要求①中编制的记账凭证编制科目汇总表。

⑤ 开设总分类账，根据科目汇总表登记并按要求结账。

⑥ 将现金日记账、银行存款日记账和明细分类账分别与总分类账进行核对。

⑦ 编制资产负债表和利润表。

采用记账凭证核算程序进行账务处理，具体要求如下。

① 根据原始凭证填制记账凭证。

② 开设并登记现金日记账和银行存款日记账。

③ 开设并登记各种明细分类账户。

④ 开设并根据要求①中编制的记账凭证登记总分类账户。

⑤ 按要求对以上各账进行结账。

⑥ 将现金日记账、银行存款日记账和明细分类账分别与总分类账进行核对。

⑦ 编制资产负债表和利润表。

4. 模拟实训建议

以小组为单位组成一个企业的模拟会计工作室，一般每组至少 4 ~ 5 名学生组成，分工为财务主管、财务审核、出纳、制证和记账。审核人员负责原始凭证的审核、记账凭证的复核、账目的核对等工作；出纳人员负责收、付款凭证的填制和日记账的登记；制证人员负责转账凭证的填制、科目汇总表的编制；记账人员负责明细分类账和总分类账的登记；主管人员负责制定会计核算程序、人员的分工、日常管理和财务报表的编制等工作。各组主管组织本组人员按照分工和会计核算工作流程，完成企业的整个会计核算工作，形成完整的会计信息资料。如果时间允许，各组可以进行岗位轮换，进行多轮次的会计核算，让每一个学生能适应各个工作岗位，掌握全面的专业技能。

5. 模拟实训考核与评价

从完成任务的正确性、及时性、完整性、明晰性和协作性上对每组学生的实训进行考核和评价，包括学生间的相互评价和教师评价两个方面，具体见表8 - 29。

表 8 - 29　模拟实训考核与评价表

考核项目	考核小项及分值		得分
1. 遵守纪律（10 分）	迟到或早退一次	扣2分	
	旷课一节	扣5分	
	旷课三天	不及格	
2. 日常会计核算（65 分）	填制原始凭证	5分	
	审核原始凭证	2分	
	编制记账凭证	22分	
	审核记账凭证	2分	
	登记日记账、明细账	15分	
	编制科目汇总表	10分	
	登记总账	4分	
	对账	1分	
	结账	4分	
3. 编制会计报表			10分
4. 整理会计档案			5分
5. 实训总结			10分
总　　分			

模块九

会计工作与职业规范

任务1 了解会计工作组织、会计机构与会计人员

> 【知识学习目标】
> ● 了解组织会计管理工作的意义和要求；
> ● 了解企业内部会计的组织形式；
> ● 了解会计人员的职责权限。

会计工作组织就是为了适应社会工作的综合性、政策性、相关性和严密细致的特点，对会计机构的设置、会计人员的配备、会计制度的制定与执行等工作所作的统筹安排。会计工作要符合《会计法》的基本要求，必须包括会计机构、会计人员、会计法规和会计档案等内容。

1. 组织会计工作的意义

会计工作是指运用一整套会计专门方法，对会计事项进行处理的活动。会计是通过会计工作对各个单位日常活动实施管理的，所以会计是经济管理的一个重要组成部分，会计具有管理的职能。会计管理是指会计机构和会计人员按照一定的目标，为满足国家宏观调控、企业所有权人及企业管理当局的需要，对企事业单位的资金运动过程及结果进行控制、决策、计划、考核和分析等的总称。

科学地组织会计工作具有十分重要的意义。

① 有利于保证会计工作的质量，提高会计工作效率。会计工作是一项系统工程，它负责收集、记录、分类、汇总和分析企业发生的全部经济业务，从凭证到账簿、从账簿到报表，各环节紧密联系，某一个数字的差错、某一个手续的遗漏或某一环节的脱节，都会造成会计信息的不正确、不及时，进而影响整个会计工作的质量。所以，科学地组织会计工作，使其按照预先设定的程序有条不紊地进行，有利于规范会计行为，保证会计工作的质量，提高会计工作效率。

② 有利于完善会计内部控制，强化企业的经营管理制度。会计工作既独立于其他经济管理工作，又同它们保持着密切的联系，它一方面能够促进其他经济管理工作的开展，另一方面也需要其他经济管理工作的配合。内部控制制度是指对涉及货币资金的收付、财产物资

的增减、往来款项的结算等会计事项，都应由两个或两个以上不同部门或人员分工掌管的一种相互牵制、相互制约的管理制度。严密完整的内部控制制度，既有利于保护企业资产的安全完整，又有利于加强会计人员之间的相互牵制、相互制约、相互监督，防止舞弊行为和工作失误等现象的发生，保证会计工作的质量。通过内部控制制度的建立，还有利于健全和完善企业经营管理制度，充分发挥会计在企业经营管理中的作用，同时内部控制制度的建立和完善有赖于科学的会计工作组织。

③ 有利于促进单位内部经济责任制的实施。会计工作与内部经济责任制有着密切的联系，科学合理地组织会计工作，可以更好地加强各部门的经济责任制，促使有关部门和人员各司其职、各负其责，力争少花钱、多办事，提高经济效益。

2. 组织会计工作的基本要求

根据《会计法》的要求和我国会计工作组织管理情况，组织会计工作一般应符合如下基本要求。

（1）必须与国家宏观经济管理的要求相适应

会计工作首先是一项经济管理活动，党和国家的各项财政、经济法规和纪律要通过会计工作来贯彻执行，因此会计组织工作必须与国家宏观经济管理的要求相一致，才能使会计工作更好地为经济管理服务。

（2）必须坚持实事求是的原则，满足企业微观管理的要求

由于各单位的经济活动、管理要求不尽相同，因此在组织会计工作时必须坚持实事求是的原则，设置符合本单位管理要求的、行之有效的会计机构；严格遵守在本单位切实可行的会计制度；配备必要的具有一定政治素养和业务水平的会计人员，并明确其职责和权限。只有这样组织会计工作，才能满足各单位经济管理和财务管理的要求。

（3）必须坚持保质保量、精简节约、高效合理的原则

保证会计工作的质量是组织会计工作的目的，在此基础上，对会计机构的设置、会计人员的配备、会计制度的制定和核算方法的采用等必须力求精练、合理，以节约时间、费用，不断提高工作效率，尽量避免无效和重复劳动，同时还要符合会计内部控制、会计监督制度的要求，以明确会计责任，达到以较少人、财、物的投入，取得较大的经济管理效益的目的。

（4）必须充分发挥基层会计机构和会计人员的积极性

会计核算的原始数据大都来自基层，会计政策的实施又要通过基层会计和会计人员的积极性来进行。

3. 会计工作的组织形式

会计工作的组织形式是指独立设置会计机构的单位内部组织和管理会计工作的具体形式，一般可分为集中核算和非集中核算两种。

（1）集中核算

集中核算是指会计主体的主要会计核算工作都集中在财务会计部门进行。单位其他部门及下属单位，只对该部门发生的经济业务填制原始凭证或汇总原始凭证并送交会计部门，经会计部门审核后，据以编制记账凭证、登记账簿、编制会计报表。实行集中核算组织形式的优点是：可以减少核算层次，有利于推行会计电算化；其不足在于不便于各部门和下属单位及时了解本部门本单位的财务会计信息，不便于实行责任会计。

（2）非集中核算

非集中核算又称分散核算，是指会计主体内部会计部门以外的其他部门和单位负责本部门发生的经济业务的明细核算，而会计部门则进行总分类核算和一部分明细分类核算，并编制对外会计报表。这种核算工作组织形式的优点是：有利于各业务部门和单位及时掌握本部门的核算资料，便于进行日常考核和分析，便于实行责任会计。其不足之处在于：增加了核算层次，使得核算工作量增大，相应地导致会计人员配备增加，会计工作成本亦会增大。

一个单位是实行集中核算还是非集中核算，主要取决于企业规模大小、生产技术特点、所属单位独立程度、会计人员的数量和质量等因素。一个单位也可以把两种形式结合起来，对一些部门、单位采用集中核算，对另一些采用非集中核算；或者对一些业务采用集中核算，对另一些业务采用非集中核算。但一般来说，无论采取哪种组织形式，企业对外的现金收支、银行存款往来、物资购销和债权债务结算都应由会计部门统一办理，集中核算。

4. 组织管理会计工作的主要内容

组织管理会计工作的主要内容包括以下四点。

（1）设置会计机构

企业、机关、事业单位，一般都需要设置从事会计工作的职能部门，建立健全会计机构是保证工作正常进行、充分发挥会计管理工作的组织保证。

（2）配备会计

会计工作是一项技术性很强的工作，必须配备专业会计人员。会计人员是从事会计工作、处理会计业务、完成会计任务的人员，任何单位都应根据实际需要，配备具有一定专业技术水平的会计人员。

（3）制定会计规章制度，建立健全会计行为规范体系

会计行为规范体系是指用于规范会计行为的各规范要素的集合，是进行会计工作的"章法"。会计行为规范体系由会计法律、会计准则、会计制度及会计人员职业道德等要素构成，它是会计工作正常进行和会计核算质量的保障。

（4）负责保管会计档案

会计档案是记录和反映单位经济业务的重要史料和证据，一般包括会计凭证、会计账簿、财务会计报告及其他会计核算资料等。我国《会计法》规定：会计凭证、会计账簿、会计报表和其他会计资料，应当按照国家有关规定建立档案，妥善保管。我国于1989年6月1日颁布了《会计档案管理办法》，于1999年1月1日进行了修订，对会计档案的管理制度作了一系列具体规定。

① 会计凭证类。会计凭证是记录经济业务、明确经济责任的书面证明，包括原始凭证、原始凭证汇总表、记账凭证、汇总记账凭证等。

② 会计账簿类。会计账簿是由一定格式、相互联结的账页组成，以会计凭证为依据，全面、连续、系统地记录各项经济业务的簿籍。它包括按会计科目设置的总分类账、各类明细分类账、现金日记账、银行存款日记账及辅助登记备查簿等。

③ 财务报告类。财务会计报告是反映企业会计某一特定时期的财务状况和一定时期经营成果、现金流量的总结性书面文件，有月度、季度、年度财务会计报告，还包括会计报表附件、附注及文字说明等。

④ 其他会计核算资料。其他会计核算资料属于经济业务范畴，是与会计核算、会计监

督紧密相关的，由会计部门负责办理的有关数据资料。例如，银行存款对账单、银行存款余额调节表，会计档案移交清册、会计档案保管清册、会计档案销毁清册，经济合同、财务数据统计资料等，实行会计电算化单位存储在磁性介质上的会计数据、程序文件及其他会计核算资料均应视同会计档案一并管理。

会计年度终了后，应按会计档案材料的关联性，对会计档案进行整理立卷，一般应采用"三统一"的办法，即统一分类标准、统一档案形成、统一管理要求，并分门别类按各卷顺序编号。

① 统一分类标准。一般将财务会计资料分成一类账簿、二类凭证、三类报表、四类文字资料及其他。

② 统一档案形成。案册封面、档案卡夹、存放柜和存放序列统一。

③ 统一管理要求。建立会计资料档案簿、会计资料档案目录；会计凭证装订成册，财务会计报表和文字资料分类立卷，其他零星资料按年度排序汇编装订成册。

5. 会计档案的装订

会计档案的装订主要包括会计凭证、会计账簿、会计报表及其他文字资料的装订。

会计档案是企业、机关和事业单位在会计活动中自然形成的，并按照一定要求保存备查的会计信息载体（包括会计凭证、会计账簿和会计报表等会计核算资料）。由于会计档案具有史料作用和查证作用，所以妥善保管会计档案是组织会计工作必不可少的主要内容之一。各单位必须加强对会计档案管理工作的领导，建立会计档案的立卷、归档、保管、查阅和销毁等管理制度，保证会计档案妥善保管、有序存放、查阅方便，严防毁损、散失和泄密。

① 归档。各单位每年形成的会计档案，应由会计机构按归档的要求，负责整理立卷，装订成册，加具封面、编号，编制会计档案保管清册。当年形成的会计档案，在会计年度终了后，可暂由会计机构保管一年；期满之后，应当由会计机构编制移交清册，移交本单位档案机构统一保管；未设立档案机构的，应当在会计机构内部指定专人保管。出纳人员不得兼管会计档案。

② 存档。档案部门对接收的会计档案，原则上应保持原卷册的封装，个别需要拆封重新整理的，应当会同原会计机构和经办人共同拆封整理，以分清责任。

③ 保管。各单位对会计档案必须进行科学管理，做到妥善保管，存放有序，查找方便。严格执行安全和保密制度，不得随意堆放，严防毁损、散失和泄露。

④ 使用。保存会计档案的最终目的是为了利用，因此必须重视和加强会计档案的利用工作。各单位保存的会计档案应为本单位服务，调阅会计档案应履行登记手续，一般应在档案室查阅。各单位保存的会计档案原件不得借出，如有特殊要求，须报经上级主管部门批准，可以提供查阅或者复制，并办理登记手续。查阅或复制会计档案的人员，严禁在会计档案上涂画、拆封和抽换。

⑤ 移交。凡关、停、并、转单位的会计档案要根据不同情况，分别编制移交清册，列明移交的会计档案名称、卷号、册数、起止年度和档案编号、应保管期限等内容，移交给上级主管部门或指定的接受单位保管，同时交接双方在移交清册上签章。档案管理人员变更时，也须按规定办理正式交接手续。

⑥ 保管期限。会计档案的保管期限，分为永久、定期两类。定期保管期限分为 3 年、5 年、10 年、15 年、25 年 5 种。会计档案的保管期限，从会计年度终了后的第一天算起。目

前企业会计档案的保管期限如表9-1所示。

表9-1 企业会计档案保管期限表

会计档案名称	保管期限	备 注
一、会计凭证类		
1. 原始凭证	15 年	
2. 记账凭证	15 年	
3. 汇总凭证	15 年	
二、会计账簿类		
1. 日记账	15 年	
其中：现金和银行存款日记账	25 年	
2. 明细账	15 年	
3. 总账	15 年	包括日记总账
4. 固定资产卡片		固定资产报废清理后保管5 年
5. 辅助账簿	15 年	
三、财务报告类		包括各级主管部门汇总财务报告
1. 月、季度财务报告	3 年	包括文字分析
2. 年度财务报告	永久	包括文字分析
四、其他类		
1. 会计移交清册	15 年	
2. 会计档案保管清册	永久	
3. 会计档案销毁清册	永久	
4. 银行余额调节表	5 年	
5. 银行对账单	5 年	

⑦ 销毁。会计档案保管期满需要销毁时，须由本单位档案机构会同会计机构提出销毁意见，编制会计档案销毁清册，单位负责人在会计档案销毁清册上签署意见。销毁会计档案时应由档案机构和会计机构共同派员监销。对于保管期满单位结清的债权、债务的原始凭证和涉及其他未了事项的原始凭证，应单独抽出，另行立卷，由档案部门保管到未了事项完结时为止。建设单位在建设期内的会计档案，不得销毁。

6. 会计机构和会计人员

会计机构是指单位内部设置的办理会计实务的组织。会计人员是指依法在会计岗位上从事会计工作的人员。建立健全会计机构，配备相当数量具备从业资格的会计人员，是各单位做好会计工作、充分发挥会计职能的重要保证。

1）会计机构的设置

《会计法》第36条第1款规定："各单位应当根据会计业务的需要，设置会计机构，或者在有关机构中设置会计人员并指定会计主管人员；不具备设置条件的，应当委托经批准设立从事会计代理记账业务的中介机构代理记账。"这是对设置会计机构的法律规定。

（1）根据业务需要设置会计机构

对各单位是否设置会计机构,《会计法》规定为"应当根据会计业务的需要"来决定,即各单位可以根据本单位的会计业务繁简情况决定是否设置会计机构。为了科学、合理地组织开展会计工作,保证本单位正常的经济核算,原则上各单位均应设置会计机构。考虑到单位有大小,业务有繁简,如果"一刀切",要求每个单位都必须设置会计机构,势必脱离实际。而且,是否设置机构,设置哪些机构,应当是单位的内部事务,不宜由法律来强制规定。因此,《会计法》对各单位是否独立设置会计机构未作统一的、强制性的规定,而是规定各单位根据会计业务的需要自行决定。但是,无论是否需要设置会计机构,会计工作必须依法开展。

从有效发挥会计职能作用的角度看,实行企业化管理的事业单位,大、中型企业(包括集团公司、股份有限公司、有限责任公司等),均应设置会计机构;业务较多的行政单位、社会团体和其他组织也应设置会计机构。而对那些规模很小的企业、业务和人员不多的行政单位等,可以不单独设置会计机构,将业务并入其他职能部门或者进行代理记账。

(2)会计岗位的划分

一般会计岗位的划分,要从本单位的会计业务量和会计人员配备的实际情况出发,按照效益和精简的原则进行。会计人员的工作岗位一般可分为:会计主管岗位,出纳岗位,资金管理核算岗位,固定资产核算岗位,存货核算岗位,工资核算岗位,成本、费用核算岗位,销售和利润核算岗位,应收应付款核算岗位,总账报表岗位,稽核岗位,电算化管理岗位等。目前,有些企业还可以设置税务会计等岗位。

(3)主要会计岗位描述

① 会计主管岗位。负责编制每月报表及分析,检查各岗位职责执行情况,审核会计凭证和会计档案的管理,对外统计报表(如政府部门调查表)的编制或审核,年度总预算的控制,应收账款的催收,凭证的审核,外汇单据的核销,固定资金的管理等。

② 出纳岗位。按照有关法规及公司财务制度,办理现金收付和银行结算业务,登记现金和银行存款日记账,保管库存现金和各种有价证券,保管有关印章、空白收据发票和空白银行单据(支票等)。

③ 资金管理核算岗位。负责编制公司资金计划,会同有关部门核定资金使用定额;根据公司资金需求,确定筹款计划并负责具体实施;做好公司资金的调度和筹措,考核资金的使用效果,确保公司资金的安全使用;编制公司资金报表,提供有关资金使用情况;熟悉各种融资渠道及方法,为公司融资提供可行方案。

④ 固定资产核算岗位。负责会同有关部门拟定固定资产管理与核算的实施办法,参与核定固定资产需用量;参与编制公司固定资产购置、更新改造和修理计划,负责固定资产及其折旧的明细核算;参与固定资产的清查盘点,分析固定资产的使用效果。

⑤ 存货核算岗位。负责会同有关部门拟定存货管理与核算的实施方法,负责存货的明细核算及有关往来核算,参与存货的清查盘点,分析存货的储备情况。

⑥ 工资核算岗位。负责工资、奖金、福利费、保险费等的审核及明细核算,正确提取福利、保险等各项经费,代扣、代缴个人所得税。

⑦ 成本、费用核算岗位。负责拟定成本核算方法,编制成本费用计划,完善成本管理基础工作;会同有关部门制定公司成本、费用开支范围与定额,核算产品成本,编制成本报表,进行成本分析;组织有关部门、车间、班组的成本核算。

⑧ 销售和利润核算岗位。负责编制公司利润计划;办理销售款项的结算业务,负责销

售业务的财务管理，负责销售和利润的预测分析。

⑨ 应收应付款核算岗位。负责建立应收应付款的清算手续制度，办理应收应付款项的结算业务，负责应收应付款项的明细核算。及时清理债权债务。

⑩ 总账报表岗位。负责登记总账，编制有关财务报表，管理会计凭证和账表；综合分析财务状况及经营成果，编写有关财务情况分析说明书；进行财务预测，提供有关生产经营决策和日常管理所需财务资料。

⑪ 稽核岗位。负责审查各项财务收支，审查财务成本费用计划，复核会计凭证和账簿、报表。

⑫ 会计电算化管理岗位。负责协同运行管理与维护，定期检查软件、硬件设备的运行情况；负责系统运行中软件和硬件故障的排除工作；负责系统的安装和调试工作，按规定程序进行软件维护。

⑬ 税务会计。负责开具销售发票，编制税务报表及报税业务，进出口业务，与外贸部的业务对接，月底编制进出口相关报表等。

上述会计工作岗位的设置并非固定模式，企业单位可以根据自身的需要合并或重新分设。这些岗位可以一人一岗、一人多岗或一岗多人，单位可以根据自身特点具体确定。需要注意的是，为贯彻内部控制中"账、钱、物分管"的原则，出纳员不得兼管稽核、会计档案保管及收入、费用、债权债务账目的登记工作。对于企业的会计人员，应有计划地进行岗位轮换，以便会计人员能够比较全面地了解和熟悉各项会计工作，提高业务水平。

一般中小型企业会计岗位设置如图 9-1 所示。

图 9-1　中小型企业会计岗位设置

企业在建立会计岗位责任制时，还应遵循下列原则。

① 要有利于加强会计管理、提高工作效率，要有利于分清职责、严明纪律，以符合考核管理的要求。

② 要从实际出发，坚持精简的原则，切实做到事事有人管，人人有专责，办事讲效率，工作有检查，以保证会计工作有秩序地进行。

③ 要同本单位的经济责任制相联系，以责定权、责权明确、有奖有惩。

④ 会计人员在岗位明确分工的前提下，要从整体出发，发扬互相协助精神，紧密配合，共同做好会计工作；会计人员的工作岗位要有计划地进行轮换，以使会计人员能够全面熟悉各项工作。

⑤ 会计岗位的设置，可一人一岗，也可一人多岗，根据单位的特点、业务繁简和人员多少等情况来确定。会计机构内部应当建立稽核、会计档案保管和收入、费用、债权、债务账目的登记工作。

⑥ 各单位应定期检查会计岗位责任制的贯彻执行情况，奖优罚劣，不断总结经验，及时对会计岗位责任制加以修订和完善。

任务2　了解会计法规和制度

┌───┐
│ **【知识学习目标】**
│ 　　了解会计行为规范体系的基本内容。
└───┘

1. 会计规范

从直观上看，会计规范是会计行为的标准，但从其最终效果看，会计规范实际上是会计信息的标准，是对会计人员、会计工作和会计信息处理具有约束、评价和指导作用的一系列标准的总称。因此，会计规范是由一系列的会计行为标准组成的完整的体系。

我国会计规范体系由若干部分组成。

（1）会计法律规范

会计法律规范包括与会计有关的法律和行政法规，是会计规范体系中最具有约束力的组成部分，它是调整经济活动中会计关系的法律规范的总称，是社会法律制度在会计方面的具体体现，是调节和控制会计行为的外在制约因素。

会计法律是指全国人民代表大会及其常务委员会经过一定立法程序制定的有关会计工作的法律。我国的会计法律是《会计法》。《会计法》是我国会计工作的根本大法，在会计法律制度体系中权威性最高、法律效力最强，是会计工作的最高准绳和法律依据。

会计行政法规是指由国务院制度并分布或者国务院有关部门拟定并经国务院批准发布，调整经济社会中某些方面会计关系的法律规范。依据《会计法》指定会计行政法规，国务院发布的有《总会计师条例》、《企业会计准则》、《企业财务会计报告条例》等。

（2）会计理论规范

随着经济理论的发展，会计理论逐步形成了比较完备的理念框架和结构。从一般意义上看，整个成熟的会计理论都是会计规范体系的组成部分，包括会计目标、会计基本前提、会计要素、会计原则、会计处理程序和方法。它所要揭示和规定的，是会计系统内在的特性问题。会计理论规范确定会计行为所要遵循的内在要求，是引导会计理论行为科学化、有效化的重要标准。

（3）会计制度规范

会计制度规范是从技术角度对会计实务处理提出的要求和准则、方法和程序的总称。从广义来看，会计制度规范是指国家制定的会计方面所有规范的总称，包括会计工作制度、会计人员管理制度和会计核算制度等。

国家统一的会计制度是由国务院财政部门根据《会计法》制定的关于会计核算、会计监督、会计机构和会计人员以及会计工作管理的制度。由财政部制定的会计规范性文件有《财政部门实施会计监督办法》、《会计从业资格管理办法》和《代理记账管理办法》等。此外，还有《企业会计制度》、《会计基础工作规范》、《会计档案管理办法》等其他规范性文件。

(4) 会计职业道德规范

会计职业道德规范是从事会计工作的人员所应该遵守的具有本职业特征的道德准则和行为规范的总称，是对会计人员的一种主观心理素质的要求，控制和掌握着会计管理行为的方向和合理化程度。会计职业道德规范是一类比较特殊的会计规范，它的强制性较弱，但约束范围却极为广泛。

会计职业道德规范主要包括：爱岗敬业、诚实守信、廉洁自律、客观公正、坚持准则、提高技能、参与管理、强化服务八个方面。

① 爱岗敬业。爱岗就是会计人员要热爱本职工作，并为做好本职工作尽心尽力、尽职尽责。要求会计人员：正确认识会计职业，树立爱岗敬业的精神，热爱会计工作，敬重会计职业，安心工作，任劳任怨，严肃认真，一丝不苟，忠于职守，尽职尽责。

② 诚实守信。诚实是指言行跟内心思想一致，不弄虚作假，不欺上瞒下。要求会计人员：做老实人，说老实话，办老实事，不搞虚假，保密守信，不为利益所诱惑，执业谨慎，信誉至上。

③ 廉洁自律。"不受曰廉，不污曰洁"，不收受贿赂、不贪污钱财，就是廉洁。要求会计人员：树立正确的人生观和价值观、公私分明，不贪不占、遵纪守法。

④ 客观公正。客观是指按事物的本来面目去反映，不掺杂个人的主观意愿，也不为他人的意见所左右。要求会计人员：端正态度，依法办事，不偏不倚，保持独立性。

⑤ 坚持准则。坚持原则是指会计人员在处理业务的过程中，严格按照会计法规制度办事，不为主观或他人意志所左右。要求会计人员：熟悉准则，遵守准则，坚持准则。

⑥ 提高技能。职业技能是人们进行职业活动，承担职业责任的能力和手段。要求会计人员：具有不断提高会计专业技能的意识和愿望，具有勤学苦练的精神和科学的学习方法。

⑦ 参与管理。参与管理，简单地讲究是间接参加管理活动，为管理者当参谋，为管理活动服务。要求会计人员：努力钻研业务，熟悉财经法规和相关制度，提高业务技能，为参与管理打下坚实的基础；熟悉服务对象的经营活动和业务流程，使参与管理的决策更具针对性和有效性。

⑧ 强化服务。强化服务就是会计人员应具有文明的服务态度，要强化服务意识，提高服务质量。

以上四个层次共同构成一个完整的会计规范体系，其目标都是为了引导和控制会计行为以及指导会计工作，使会计行为朝着合法化、规范化的方向发展。

2. 会计人员应承担的法律责任

通过会计造假操纵利润，损害国家和投资者的利益，扰乱社会经济秩序，已经成为我国财经领域的一个突出问题。而一些不法企业也很容易利用会计新人法律意识薄弱这一点，将其带入一定的误区。所以了解会计人员相应的法律约束对新手来说也能起到一定的自我保护作用。

2000 年 7 月 1 日起施行的《会计法》明文规定，会计人员在会计核算工作中，要承担一定的法律责任。相关法规条文节选如下。

第三十八条 从事会计工作的人员，必须取得会计从业资格证书。

担任单位会计机构负责人（会计主管人员）的，除取得会计从业资格证书外，还应当具备会计师以上专业技术职务资格或者从事会计工作3年以上经历。

会计人员从业资格管理办法由国务院财政部门规定。

第三十九条 会计人员应当遵守职业道德，提高业务素质。对会计人员的教育和培训工作应当加强。

第四十条 因有提供虚假财务会计报告，做假账，隐匿或者故意销毁会计凭证、会计账簿、财务会计报告，贪污，挪用公款，职务侵占等与会计职务有关的违法行为被依法追究刑事责任的人员，不得取得或者重新取得会计从业资格证书。

除前款规定的人员外，因违法违纪行为被吊销会计从业资格证书的人员，自被吊销会计从业资格证书之日起5年内，不得重新取得会计从业资格证书。

第四十二条 违反本法规定，有下列行为之一的，由县级以上人民政府财政部门责令限期改正，可以对单位并处3千元以上5万元以下的罚款；对其直接负责的主管人员和其他直接责任人员，可以处2千元以上2万元以下的罚款；属于国家工作人员的，还应当由其所在单位或者有关单位依法给予行政处分：

（1）不依法设置会计账簿的；

（2）私设会计账簿的；

（3）未按照规定填制、取得原始凭证或者填制、取得的原始凭证不符合规定的；

（4）以未经审核的会计凭证为依据登记会计账簿或者登记会计账簿不符合规定的；

（5）随意变更会计处理方法的；

（6）向不同的会计资料使用者提供的财务会计报告编制依据不一致的；

（7）未按照规定使用会计记录文字或者记账本位币的；

（8）未按照规定保管会计资料，致使会计资料毁损、灭失的；

（9）未按照规定建立并实施单位内部会计监督制度或者拒绝依法实施的监督或者不如实提供有关会计资料及有关情况的；

（10）任用会计人员不符合本法规定的。

有前款所列行为之一，构成犯罪的，依法追究刑事责任。

会计人员有第一款所列行为之一，情节严重的，由县级以上人民政府财政部门吊销会计从业资格证书。

有关法律对第一款所列行为的处罚另有规定的，依照有关法律的规定办理。

第四十三条 伪造、变造会计凭证、会计账簿，编制虚假财务会计报告，构成犯罪的，依法追究刑事责任。

有前款行为，尚不构成犯罪的，由县级以上人民政府财政部门予以通报，可以对单位并处5千元以上10万元以下的罚款；对其直接负责的主管人员和其他直接责任人员，可以处3千元以上5万元以下的罚款；属于国家工作人员的，还应当由其所在单位或者有关单位依法给予撤职直至开除的行政处分；对其中的会计人员，并由县级以上人民政府财政部门吊销会计从业资格证书。

第四十四条 隐匿或者故意销毁依法应当保存的会计凭证、会计账簿、财务会计报告，构成犯罪的，依法追究刑事责任。

有前款行为，尚不构成犯罪的，由县级以上人民政府财政部门予以通报，可以对单位并处5千元以上10万元以下的罚款；对其直接负责的主管人员和其他直接责任人员，可以处

3 千元以上 5 万元以下的罚款；属于国家工作人员的，还应当由其所在单位或者有关单位依法给予撤职直至开除的行政处分；对其中的会计人员，并由县级以上人民政府财政部门吊销会计从业资格证书。

复习思考题

1. 会计规范的内容有哪些？会计人员职业道德包括哪些内容？
2. 如果企业领导要求会计人员做假账，你作为企业会计人员应该怎么办？
3. 如果发现企业财务管理有漏洞，作为企业会计你会怎么办？
4. 如何做好财务监督工作？
5. 会计工作的组织管理包括哪些内容？
6. 会计工作的岗位构成及职责有哪些？
7. 会计岗位是不是越多越好？哪些岗位必须分离？
8. 什么是集中核算和非集中核算？各有何优缺点？
9. 简述会计档案管理的主要内容。

附录 A

课程结束语：
会计职业充满机遇与挑战

1. 会计职业充满机遇

会计职业的发展是伴随着经济的发展而发展的，经济越发达的地方，会计越发达。有强劲需求的东西，必是前途光明、充满希望的。整个中国经济的发展，迫切需要一大批具有国际水准和现代经营理念的会计人员脱颖而出，可以说，21 世纪中国的会计业是一个朝气蓬勃、欣欣向荣的行业。

下面让我们来看一组调查数据（见表 A-1、表 A-2）。

表 A-1　全球 500 强企业中首席执行官或总裁的教育背景或职业分布

	营　销	会　计	人力资源管理	其　他
人　数	178	145	98	79
百分比	35.6%	29%	19.6%	15.8%

表 A-2　欧美几大跨国企业海外总代理的教育背景或职业分布

	营　销	会　计	人力资源管理	其　他
人　数	292	258	167	283
百分比	29.2%	25.8%	16.7%	28.3%

资料来源：杨成员. 三天学会当会计. 北京：经济科学出版社，2000。

从上列调查数据可知：会计的教育或者职业背景为一个人通往高层管理者的地位奠定了极为有利的基础。

当然，任何事物都具有两面性，会计亦不能例外。随着会计在经济中地位的提高，人们的法律意识也不断增强，但会计违法、违规事件也屡屡出现，曾轰动一时的世界 500 强企业美国安然公司因会计造假事件，几乎在一瞬间倒塌了。

由此可见，会计也是一个充满机遇与挑战的职业。

2. 会计职业的成功路线

要想真的获取成功，我们必须改变对各种业界的传统思维，必须从一种全新的角度来重新审视每一个事物，哪怕是一种最传统的事物。

由会计业界获取成功，大致有以下几条路，如图 A-1 所示。

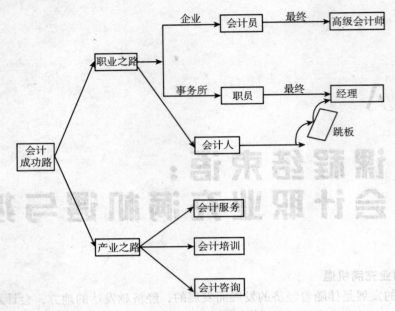

图 A - 1 会计成功路

以上从职业和产业角度可以看出会计与成功的关系。综上所述,从事会计行业要想成功一般有两条路可供选择:一是"终身从业,矢志不改";二是"以此踏跳,转行改业"。不管走哪条路,只要有功底、有信心,定会达到成功的彼岸。

3. 会计都做什么

新手入行,首要任务就是要了解会计工作的具体内容。简单来说,会计工作包括以下几方面内容。

① 账务处理工作。账务处理工作包括从原始凭证、记账凭证、分类账与总账到资产负债表、利润表、现金流量表等一系列的账务处理。前述三友服饰公司的工作任务、工作要求都是账务处理工作。

② 账务管理工作。账务管理工作包括企业资产与负债分析、企业稳定性与风险分析、企业资金流分析、企业成本与费用分析、企业投资管理分析、企业生产与经营资金管理、企业之间并购等。

③ 涉税会计工作。涉税会计工作包括企业涉税会计账务处理、涉税项目风险评估与实施、企业税务风险分析、纳税申报工作、企业涉税行政与司法事务办理等。

④ 企业审计工作。企业审计工作包括企业外部财务审计和企业内部财务审计。

4. 会计人员必备的基本素质

通过上面的介绍,你是不是对会计职业发生了兴趣,是不是有点动心呢?别急,光有美好憧憬还不够,还要对会计所应具备的素质和能力有个必要了解,看看自己够不够格。

任何一个行业都要求其从业人员具备相应的素质,而是否具备基本的工作素质也是每个人在自己的职业生涯中能否走向成功的重要因素。会计人员是会计工作的主要承担者,他们的素质、水平、能力直接影响着会计职能的发挥和会计工作的质量,会计作为一个专业性很强的行业,对专业素质有较高的要求。

要想胜任会计这份工作,会计人员必须具备以下基本素质。

（1）职业道德

热爱本职工作，忠于职守，廉洁奉公，严守职业道德；认真学习国家财经政策、法令，熟悉财经制度；积极钻研会计业务，精通专业知识，掌握会计技术方法；严守法纪，坚持原则，执行有关的会计法规，维护国家利益，抵制一切违法乱纪、贪污盗窃的行为，要勇于负责，不怕得罪人，不怕打击报复；身体状况能够适应本职工作的要求。

（2）专业胜任能力

会计人员应具备的专业胜任能力包括：熟悉国家财经政策、制度、法令；精通专业知识，掌握技术方法，钻研会计业务；具备后续学习能力。

（3）组织管理能力

在当今的经济形势下，会计作为一种经济管理活动，除了具有基本的会计核算和会计监督职能外，还应具有预测经济前景、控制经济过程、评价经营业绩等职能，这就需要会计人员具有综合组织协调能力和管理决策能力。会计人员应能很好地组织、协调财务部门与企业各部门的关系，以实现内部控制的有效管理。

（4）职业判断力

职业判断力主要是指会计人员在处理各种业务时，有自己的思维习惯和动作，能够应对自如。在遇到个别突发事件时，有主见并坚持正确观点，分寸恰当，即要求会计人员要"经验老到，应对得当"。

当然考虑问题时，不局限于会计部门本身，而是善于从整体利益出发，协同其他部门应对，以求最佳解决方案。

5. 打造精彩财会人生的五种模式

职业发展之路如果不认真谋划，可能会走很多弯路，特别对于财会人士来说，过于浓烈的专业色彩限定了职业范围，更应该精心规划自己的职业之路。如果没有长远考虑，可能在庸庸碌碌中虚度数载，经过职场风云的历练后，回顾曾走过的路才发现曲折，届时悔之晚矣。你的每一步都是下一步的铺垫和基础，决定了你的方向和未来。失败的模式总是相似的，大都因为"人无远虑"；而成功的模式却各有不同，因为通向职场巅峰之旅有不同的路径。我们不必寻觅那些偶然成功的个案，图 A-2 给出了五种模式，具有很强的借鉴作用。

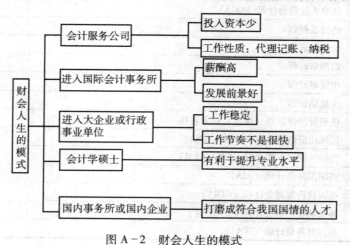

图 A-2 财会人生的模式

可以只把会计知识作为知识结构的一部分，向更能发挥自己能力的职位努力，比如金融和投资。据说作为一名合格的金融分析人员，会计知识占据整体知识的 1/3，而从实用价值的角度来讲，甚至超过一半。任何行业，如果你懂得会计知识，绝不会让人觉得有改行之嫌，因为对于任何行业来说，都是最适合自己的，并且是机遇恩赐的，那就是最好的。

6. 如何选择最适合自己的会计证书资格考试

面临日益激烈的职业竞争、日益提高的岗位要求，财会人员提高自身专业素质、保持职业竞争力是一个很普遍和强烈的需求，而提高和保持能力的一个非常重要的选择就是参加资格考试。财会从业人员面对诸多纷繁复杂的国内外财务类资格证书，如何评判一项资格考试的知名度？如何评判一项资格考试的价值？又如何选择？

1）各资格考试的知名度评价

一般来说，一项资格考试是否被广泛地了解、被何种群体了解是关系到其知名度、"含金量"和价值的重要因素。

中国会计视野网站曾对国内外比较知名的 23 种财会类与财会密切相关的资格考试的知名度、价值进行了调查分析，如表 A-3 所示。

表 A-3　23 类考试在财会群体中知名度总排名

总 名 次	资格名称	知名度指数
1	注册会计师	96.92
2	中级会计师	90.35
3	会计从业资格考试（上岗证）	85.83
4	助理会计师	80.75
5	注册税务师	75.24
6	注册资产评估师	66.62
7	高级会计师	62.05
8	英国特许会计师（ACCA）	60.19
9	国际注册内部审计师（CIA）	37.02
10	房地产估价师	30.58
11	加拿大注册会计师（CGA）	30.54
12	造价工程师	30.30
13	价格鉴证师	30.30
14	助理审计师	30.30
15	中级审计师	28.16
16	土地估价师	23.03
17	注册资产评估师（珠宝）执业资格	14.08
18	国际注册信息系统审计师（CISA）	12.40
19	美国注册财务管理师（CMA/CFM）	11.14
20	英国国际会计师（AIA）	10.35
21	英国特许管理会计师（CIMA）	9.37
22	澳大利亚注册会计师（ASCPA）	7.51
23	英国财务会计师（IFA）	5.50

注：知名度指数为每百人中了解该资格（考试）的人数。

[29]	备抵账户	Offset Account
[30]	附加账户	Adjunct Account
[31]	复式记账	Double-entry System
[32]	试算平衡	Trial Balance
[33]	借方	Debit（Dr）
[34]	贷方	Credit（Cr）
[35]	借贷记账法	Debit-credit Bookkeeping
[36]	会计分录	Accounting Entry
[37]	期初余额	Opening Balance
[38]	期末余额	Closing Balance
[39]	短期借贷	Short-term Loan
[40]	材料采购	Material Purchased
[41]	长期借贷	Long-term Loan
[42]	生产成本	Production Cost
[43]	应付账款	Accounts Payable
[44]	制造费用	Manufacturing Cost
[45]	应付票据	Notes Payable
[46]	原材料	Initial Material
[47]	应交税费	Tax and Expenses
[48]	销售成本	Cost of Goods Sold
[49]	应付职工薪酬	Salaries Payable
[50]	管理费用	Administrative Expenses
[51]	销售收入	Sales
[52]	销售费用	Selling Expenses
[53]	利得	Gain
[54]	财务费用	Financial Expenses
[55]	净利润	Net Income
[56]	损失	Loss
[57]	实际资本	Paid-in
[58]	本年利润	Profit for Current Year
[59]	应付股利	Dividends
[60]	投资收益（损失）	Investment Income（loss）
[61]	盈余公积	Retained Profit
[62]	利润分配	Profit Distribution
[63]	会计凭证	Accounting Document
[64]	记账凭证	Journal Voucher
[65]	原始凭证	Source Document
[66]	发票	Invoice
[67]	更正分录	Correction Entry

[68] 结账	Closing
[69] 对账	Checking
[70] 加权平均法	Average-cost Method
[71] 移动加权平均法	Moving Average-cost Method
[72] 先进先出法	First-in，First-out
[73] 个别计价法	Specificidentification Method
[74] 存货	Inventory
[75] 永续盘存制	Perpetualinventory System
[76] 实地盘存制	Periodicinventory System
[77] 未达账项	Account Intransit
[78] 银行对账单	Bank Statement
[79] 银行存款余额调节表	Bank Reconciliation
[80] 待处理财产损溢	Property Gain Sandlosses of Suspense
[81] 收款凭证	Receipt Voucher
[82] 付款凭证	Payment Voucher
[83] 通用记账凭证	General Purpose Voucher
[84] 转账凭证	Transfer Voucher
[85] 会计账簿	Book of Accounts
[86] 银行存款日记账	Deposit Journal
[87] 序时账簿	Journal
[88] 分类账簿	Ledger
[89] 普通日记账	General Journal
[90] 总分类账	General Ledger
[91] 特种日记账	Special Journal
[92] 明细分类账	Subsidiary Ledger
[93] 活页式分类账	Loose-leaf Book
[94] 备查账簿	Memorandum Book
[95] 多栏式日记账	Columnar Journal
[96] 卡片式分类账	Card Ledger
[97] 库存现金日记账	Cash Journal
[98] 账务处理程序	Accounting Procedures
[99] 会计核算组织程序	Bookkeeping System
[100] 记账凭证账务处理程序	Bookkeeping Procedures Using Vouchers
[101] 科目汇总表账务处理程序	Bookkeeping Procedures Using Categorized Accounts Summary
[102] 多栏式日记账账务处理程序	Bookkeeping Procedures Using Columnar Journal
[103] 汇总记账凭证账务处理程序	Bookkeeping Procedures Using Summary Vouchers
[104] 其他应收款	Other Receivables
[105] 管理费用	Administrative Expense
[106] 财务会计报告	Financial Report

参 考 文 献

[1] 李海波．新编会计学原理：基础会计．上海：立信会计出版社，2007.
[2] 财政部会计资格评价中心．初级会计实务．北京：中国财政经济出版社，2006.
[3] 高建宁．会计学原理与案例．北京：高等教育出版社，2007.
[4] 会计实训教材编写组．基础会计实训教程．北京：经济科学出版社，2005.
[5] 李占国．基础会计综合模拟实训．北京：高等教育出版社，2007.
[6] 张慧．会计基础．北京：中国纺织出版社，2007.
[7] 侯旭华．基础会计原理与实务．北京：北京大学出版社，2007.
[8] 董惠良，李莹．会计学．北京：高等教育出版社，2007.
[9] 财政部会计司编写组．企业会计准则讲解．北京：人民出版社，2007.
[10] 蒋泽生．基础会计模拟实训．2 版．北京：中国人民大学出版社，2007.
[11] 王奔，刘丽梅．基础会计实训教程．北京：北京大学出版社，2007.
[12] 雷光勇．基础会计学．大连：东北财经大学出版社，2009.
[13] 郭梅，郭丽芳．实用会计英语．北京：机械工业出版社，2007.
[14] 孙凤琴，王仁祥．基础会计实训．北京：中国人民大学出版社，2008.
[15] 徐淑芬．会计基础技能训练．北京：中国纺织出版社，2008.
[16] 高文清，张同法．基础会计：原理·实务·实训．北京：北京交通大学出版社，2009.
[17] 宫相荣，褚颖．会计基础．北京：中国农业出版社，2009.
[18] 褚颖，宫相荣．会计基础技能训练教程．北京：中国农业出版社，2009.
[19] 陈拂闻．会计基础．北京：机械工业出版社，2009.
[20] 梁建民．会计财务实务．北京：北京交通大学出版社，2009.
[21] 全占岐．会计综合模拟实训教程．北京：北京大学出版社，2007.
[22] 陈家旺，杨长华．基础会计实训．武汉：华中科技大学出版社，2007.
[23] 李占国，杨德利．基础会计综合模拟实训．北京：高等教育出版社，2010.
[24] 郭涛，何乃飞．会计学原理．北京：机械工业出版社，2008.
[25] 付丽，李琳．新编基础会计学．北京：北京交通大学出版社，2008.
[26] 江苏省会计从业资格考试研究编审组．会计基础．北京：经济科学出版社，2010.
[27] 江苏省会计从业资格考试研究编审组．江苏省会计从业资格考试应试习题集．北京：经济科学出版社，2010.
[28] 陆建军．基础会计习题与实务训练．北京：机械工业出版社，2009.
[29] 梁建民，张艳丽．财务会计分岗位实训．北京：对外经济贸易大学出版社，2009.
[30] 曾姝．基础会计：基于工作过程的会计业务核算．北京：电子工业出版社，2009.
[31] 吴肖蓉，杨长华．会计基础实务．北京：清华大学出版社，2009.
[32] 陈国辉，陈文铭，孙光国．基础会计．北京：清华大学出版社，2007.
[33] 孙恒，薛东波．基础会计学．长春：东北师范大学出版社，2006.
[34] 董力为．初级财务会计．北京：中国财政经济出版社，2008.
[35] 隋秀娟，谢婉娥．基础会计．天津：天津大学出版社，2009.
[36] 伍春姑，张晓燕．会计基础技能实训教程．北京：化学工业出版社，2009.
[37] 胡智敏，张志红．会计学原理．广州：暨南大学出版社，2008.
[38] 张莲苓，周蓉蓉，白兆秀．基础会计．北京：北京大学出版社，2007.
[39] 李红梅，贾小卫．基础会计实务．天津：天津大学出版社，2009.